Un refuge près de l'océan

Leur enfant, son secret

CHARLENE SANDS

Un refuge près de l'océan

Traduction française de
FLORENCE MOREAU

PASSIONS

HARLEQUIN

Collection : PASSIONS

Titre original :
HER FORBIDDEN COWBOY

Ce roman a déjà été publié en 2016

HARPERCOLLINS FRANCE
83-85, boulevard Vincent-Auriol, 75646 PARIS CEDEX 13
Service Lectrices — Tél. : 01 45 82 47 47 - www.harlequin.fr
ISBN 978-2-2804-7698-0 — ISSN 1950-2761

Composé et édité par HarperCollins France.
Imprimé en juillet 2022 par CPI Black Print (Barcelone)
en utilisant 100% d'électricité renouvelable.
Dépôt légal : août 2022.

FSC www.fsc.org
MIXTE
Papier issu de sources responsables
FSC® C159065

Pour limiter l'empreinte environnementale de ses livres, HarperCollins France s'engage à n'utiliser que du papier fabriqué à partir de bois provenant de forêts gérées durablement et de manière responsable.

- 1 -

De l'endroit où il était retranché, Zane Williams suivait du regard le moindre mouvement de Jessica, et entendait ses bottes résonner sur les lattes en séquoia de la véranda. Donnant sur le Pacifique, elle était inondée de soleil. Son invitée, qui se trouvait également être sa belle-sœur, venait officiellement d'arriver.

Mais était-il encore censé la considérer comme telle ?

Une brise assez forte soulevait sa chevelure couleur caramel, qu'elle avait attachée en queue-de-cheval. Quelques boucles lui fouettaient les yeux tandis qu'elle suivait Mariah, son assistante. En fin d'après-midi, le vent soufflait en général avec vigueur sur Moonlight Beach, s'élevant du large au moment où le soleil descendait vers l'horizon. C'était l'heure où la plupart des touristes qui lézardaient sur la plage pliaient bagage, et où les locaux sortaient pour en jouir tranquillement à leur tour. Ce zéphyr qui gonflait les chemises faisait partie des deux ou trois choses qu'il avait appris à apprécier, depuis qu'il vivait sur une plage californienne.

Il ôta ses lunettes de soleil, pour mieux observer Jessica. Elle portait un chemisier blanc rentré dans un jean délavé, lui-même retenu par une large ceinture en cuir marron, et ses lunettes à monture d'écaille ne parvenaient pas à dissimuler le chagrin et le désarroi qui se reflétaient dans ses prunelles.

Adorable Jess. Sa présence ici convoquait de nombreux souvenirs… Il sentit alors son cœur figé se réchauffer un peu. Elle véhiculait en effet un univers familier dans son sillage : celui de son foyer.

Il était pourtant éprouvant de repenser à Beckon, dans son Texas natal, à son ranch et à la vie qui autrefois avait été la sienne, là-bas, à sa rencontre avec Janie, la sœur de Jessica, et à la manière dont leurs vies s'y étaient liées. D'un côté, il lui semblait que la tragédie qui s'était produite plus de deux ans auparavant remontait à une éternité et, d'un autre, il avait la sensation que le temps avait suspendu son vol. Mais quelles que soient les fluctuations de son humeur, un fait demeurait : sa femme Janie et l'enfant qu'elle portait avaient disparu et ne reviendraient plus jamais. Malgré lui, il grimaça et sentit une douleur lui nouer l'estomac, qui se propagea telle une traînée de poudre dans tout son être pour le consumer littéralement.

Assez ! Il devait se concentrer sur Jessica. Elle portait une valise en tapisserie, dans les tons de gris, mauve et pêche. Il avait offert le même bagage à Janie et Jessica pour leur anniversaire, trois ans plus tôt. N'était-ce pas un hasard extraordinaire que les deux filles de Mae et Harold Holcomb soient nées le même jour, avec sept ans de différence ?

Il se saisit de ses béquilles posées près de sa chaise longue et se leva prudemment pour l'accueillir, prenant garde à ne pas tomber : s'il se blessait de nouveau, Mariah ne le lui pardonnerait pas. Son poignet plâtré le fit affreusement souffrir lors de cette manœuvre, mais il refusait que son assistante accoure dès qu'il voulait faire quelques pas. Cela l'agaçait déjà assez qu'elle ait endossé, en plus de son travail, le rôle d'infirmière. Il ne devrait pas oublier de demander à son comptable de verser une généreuse prime à Mariah.

Cette dernière surgit soudain et darda sur lui un regard désapprobateur.

— Le voici, Jessica, déclara-t-elle néanmoins d'une voix de velours. Je vous laisse tous les deux.

— Merci, Mariah, dit-il.

Mais celle-ci ne desserra plus les dents, mécontente qu'il ne l'ait pas attendue pour se mettre debout.

Jessica s'avança vers lui.

— Même avec des béquilles, tu restes un parfait gentleman qui se lève pour saluer les dames, Zane.

Il avait oublié à quel point son timbre sensuel ressemblait à celui de Janie… Toutefois, la ressemblance s'arrêtait là, car les deux sœurs étaient par ailleurs très différentes. Moins grande que Janie, Jess braquait sur le monde un regard vert clair tandis qu'un ton émeraude avait brillé dans les yeux de sa sœur. Jess était châtain, Janie blonde. Quant à leurs personnalités, elles se situaient aux antipodes l'une de l'autre. Janie avait été tout feu tout flamme ; elle affrontait sans problème son succès de chanteur country et son statut de star, ce qui aurait sans doute intimidé une femme moins assurée. D'après ce qu'il se rappelait de Jess, elle était d'un tempérament plus tempéré ; c'était une enseignante qui adorait son métier, une femme vraiment exquise.

— Désolée pour ton accident, ajouta-t-elle.

— Un manque de concentration stupide, enchaîna-t-il en hochant la tête.

Il était en effet tombé de l'estrade alors qu'il donnait un concert au Los Angeles Amphitheater et que toutes ses pensées étaient accaparées par Janie. Une vidéo de sa chute avait rapidement fait le tour d'Internet et le monde entier avait pu constater à quel point il était distrait.

— Ma tournée a été reportée, poursuivit-il. Je ne peux pas jouer de la guitare avec un poignet cassé.

— Cela se conçoit aisément.

Elle posa sa valise et considéra la plage, en contrebas : le soleil se mirait dans l'eau bleu acier tandis que l'écume venait mourir sur le sable mouillé. La mer montait.

— Je suppose que maman t'a forcé la main pour que tu acceptes de m'accueillir chez toi.

— Comment aurait-elle pu forcer la main à la marionnette que je suis en ce moment ?

Elle se retourna brusquement pour lui faire face, le regard perçant.

— Tu sais très bien ce que je veux dire, Zane.

Il n'aurait rien pu refuser à Mae Holcomb et, de fait, elle lui avait demandé cette faveur. « C'est terrible, lui avait-elle dit. Elle est blessée et a besoin de se changer les idées. Je te serais vraiment reconnaissante de l'accueillir dans ta maison en bord de mer pendant une semaine, peut-être deux. Je t'en prie, Zane, prends bien soin d'elle ».

Il le lui avait promis : il s'occuperait de Jess et veillerait à ce qu'elle guérisse. Mae comptait sur lui, et c'était le moins qu'il puisse faire pour la mère de Janie.

— Tu peux rester chez moi aussi longtemps que tu le souhaites, Jess. Ce n'est pas un vain mot.

— Merci, répondit-elle d'un ton hésitant.

Et il vit que sa bouche tremblait.

— Tu as entendu parler de ce qui s'est passé, n'est-ce pas ? poursuivit-elle.

— Oui, je suis au courant.

— Je ne pouvais pas rester à Beckon un instant de

plus, il fallait que je quitte le Texas au plus vite, et que je m'en aille loin, très loin.

— En venant ici, tu es allée le plus à l'ouest possible, constata-t-il. Nous sommes à huit kilomètres de Malibu, en empruntant l'autoroute de la côte Pacifique.

Les épaules de Jess s'affaissèrent et elle baissa la tête.

— Je me sens tellement idiote, marmonna-t-elle.

À ces mots, il lui prit le menton et l'obligea à croiser son regard, cependant que la maudite béquille qu'il avait placée sous son bras tombait par terre.

— Il ne faut pas, renchérit-il d'un ton pressant.

— Je ne vais pas être d'une compagnie très joyeuse, le prévint-elle dans un souffle.

Et comme elle s'apprêtait à se pencher pour ramasser sa béquille, il la devança en serrant les dents. Il ne serait pas dit qu'elle aussi l'assisterait ! Il se redressa et cala de nouveau la béquille.

— Dans ce cas, nous serons deux, déclara-t-il.

Elle émit un petit rire que la brise emporta au loin. Cela devait sans doute faire des jours qu'elle n'avait pas ri.

Il lui sourit.

— Je resterai une semaine, pas plus, reprit-elle.

— Comme je te l'ai dit, ma maison t'est ouverte aussi longtemps que tu en as envie.

— Merci.

Elle cligna des paupières, puis scruta ses plâtres.

— Tu souffres beaucoup ? s'enquit-elle.

— C'est plutôt moi qui fais souffrir mon entourage. Mariah subit de plein fouet mon humeur de chien.

— Je vais pouvoir la partager avec elle et l'en décharger un peu, plaisanta-t-elle.

Et, l'espace d'une seconde, ses prunelles se mirent à briller.

Il avait oublié la personnalité de Jess, et leur mode relationnel. Elle avait dix ans de moins que lui, et il l'avait toujours appelée sa petite sœur, même s'il ne l'avait guère revue, depuis la mort de Janie. Mû par la colère et la culpabilité, il s'était délibérément retiré de la vie des Holcomb. Ne leur avait-il pas causé assez de tort ?

— Donne-moi ta valise, lui ordonna-t-il.

Et, de son poignet valide, il glissa ses béquilles sous son aisselle et voulut se pencher pour la prendre... Quel effort, nom d'un chien ! Mais une fois encore, Jessica le devança.

— Merci, Zane, c'est vraiment très aimable à toi, mais je peux tout à fait la porter, elle n'est pas lourde. J'ai pris le minimum, tu sais, juste les vêtements qu'on porte à la plage.

Et elle empoigna fermement son bagage. Il ne protesta pas, peu désireux de se ridiculiser, avec ces béquilles qui le rendaient aussi maladroit qu'un marin ivre.

— Eh bien, commença-t-il, il ne te reste plus qu'à t'installer. Pour ma part, je suis cantonné au rez-de-chaussée, donc l'étage entier est à toi. Choisis la chambre qui te plaît le plus. Tu peux te reposer un peu, si tu en as envie.

Il la suivit alors qu'elle franchissait les portes-fenêtres qui menaient dans le salon.

— N'hésite pas à visiter toi-même la maison, suggéra-t-il. À moins que tu ne préfères faire le tour du propriétaire avec Mariah.

— Non, ce n'est pas nécessaire, répondit-elle en observant son entourage.

Elle scruta le plafond en forme de voûte, les murs tapissés, le style art déco et les meubles aux lignes épurées. Il perçut alors sa confusion : nul doute qu'elle se demandait pourquoi un chanteur de country, né et élevé au Texas, avait élu domicile sur une plage californienne. Pour être honnête, lui aussi se posait parfois la question. Lorsqu'il avait loué cet endroit, tout en mettant une option pour un éventuel achat ultérieur, il désirait changer complètement d'existence. En ce moment, il se consacrait ainsi à la construction d'un restaurant, *Zane's on the Beach*, son deuxième après de longues années ; par ailleurs, il ne cessait d'être sollicité pour jouer dans des films hollywoodiens. Avait-il la carrure nécessaire pour entamer une carrière d'acteur ? Il l'ignorait, aussi les propositions s'empilaient-elles sur son bureau.

Jess tourna la tête et lui jeta un regard par-dessus l'épaule.

— Tu as une très belle maison, Zane, le complimenta-t-elle.

Comme elle se tenait devant la baie, il s'approcha pour admirer la même vue.

— Je la considère juste comme un endroit où poser mes bagages, répliqua-t-il. Où accrocher mon Stetson.

— C'est un vrai palais donnant sur le front de mer, oui !

Il se mit à rire. Bon, il avait essayé de jouer les humbles, mais ça n'avait pas marché. La demeure avait été conçue par l'architecte qui habitait à deux pas de chez lui.

— Touché ! dit-il. C'est Mariah qui l'a dénichée. Elle l'a louée sur-le-champ. De son propre aveu, c'était pour me dépoussiérer la tête. Il est vrai que le dépaysement est total. C'est mon premier été, ici…

Il s'adossa contre le mur.

— Au moins, l'humidité est supportable, dans cette région, poursuivit-il. On dirait qu'il ne pleut jamais, que les orages n'existent pas. Le voisinage est en outre très agréable.

— Un lieu idéal pour se remettre, en somme.

— Sûrement…

— Quoi ? Ce n'est pas le cas ?

Il haussa les épaules, peu désireux d'ouvrir la boîte de

Pandore. Pourquoi avait-il été sur le point de lui révéler ses pensées les plus intimes ? Ils n'étaient plus proches l'un de l'autre ; il ne connaissait pas l'adulte qu'elle était devenue, et pourtant, un lien très profond les unissait.

— Si, évidemment, éluda-t-il. Bon, est-ce que tu as faim ? Je peux demander à ma gouvernante de te préparer…

— Non, merci, le coupa-t-elle. Je n'ai pas faim, je suis juste un peu fatiguée à cause du voyage. Je crois que je vais gagner mes pénates avant de m'effondrer devant toi. À propos, merci d'avoir envoyé une limousine me chercher. Enfin, merci pour tout, Zane.

Et, se hissant sur la pointe des pieds, elle effleura sa joue de ses lèvres, ce qui déclencha un léger trouble chez lui. Sa chevelure fleurait bon l'été et les fraises, et cette odeur rafraîchissante continua d'imprégner ses narines, même quand elle s'écarta de lui.

— Bienvenue, lui dit-il.

Il sentit alors ses béquilles s'enfoncer dans ses aisselles. Comme il détestait ce maudit appareillage ! Il avait hâte d'en être débarrassé !

— Je me permets juste une suggestion, ajouta-t-il. La chambre qui se trouve à droite de l'escalier et au bout du palier jouit de la meilleure vue sur l'océan. Les couchers de soleil y sont magnifiques.

— Merci pour le conseil, lança-t-elle.

Et elle lui adressa un petit sourire, sans doute destiné à le rassurer sur son compte, mais il n'était pas dupe des petits cernes sous ses yeux, ni de la pâleur de sa peau. Oui, elle avait été durement éprouvée, et comme il la comprenait ! Il était passé par là, et il savait combien la peine pouvait parfois vous étouffer. D'ailleurs, pourquoi parlait-il au passé ? Sa douleur était toujours vive… Il considéra Jess.

Quel genre de crétin fallait-il être pour abandonner une fille Holcomb juste devant l'autel ?

Jessica suivit le conseil de Zane et choisit la chambre d'amis, au bout du palier. Non pour les surprenants couchers de soleil qu'il avait évoqués, mais pour qu'ils se trouvent à bonne distance l'un de l'autre. L'intimité était un bien précieux, et elle savait qu'il appréciait la sienne. Elle fut soudain saisie par l'envie violente de se jeter sur son lit et de pleurer toutes les larmes de son corps, mais elle parvint à lutter contre son impulsion : elle en avait tellement assez de s'apitoyer sur son sort ! Après tout, elle n'était pas la seule femme à avoir été plaquée devant l'autel. Elle avait certes été trahie par un homme qu'elle aimait et en qui elle avait toute confiance, mais elle avait sans doute péché par excès d'assurance, de sorte qu'elle n'avait pas vu les signes avant-coureurs de sa trahison. Maintenant, ils sautaient aux yeux.

Elle se mit à défaire ses bagages, rangeant ses hauts dans une grande commode en bois. Puis elle s'occupa de ses robes et s'avança vers le placard. Il lui suffit de le toucher pour que ses portes s'ouvrent automatiquement. L'odeur de cèdre et de linge frais qui en émana la frappa tout de suite, ainsi que le volume du dressing, aussi grand que sa classe de CP, à Beckon. Il était composé de tiroirs en cèdre, de rangements pour les chaussures, de cintres rembourrés de soie. Rien à voir avec l'étroit placard de sa chambre, dans son deux-pièces cuisine.

Avec délicatesse, elle s'empara des élégants cintres et y accrocha ses robes. Elle rangea ensuite dans le dressing ses tennis, ses claquettes et deux paires de bottes. Sa maigre garde-robe avait comme l'air perdu dans cet espace immense. Déroutée, elle referma la double porte et s'y adossa. Ce fut alors qu'elle découvrit le panorama qui s'offrait à elle…

— Waouh ! s'exclama-t-elle à mi-voix, le souffle coupé.

Derrière la large baie et sous le ciel éclatant de soleil, l'océan offrait une vue spectaculaire. Elle déglutit avec difficulté et, soudain, elle se mit à trembler de tout son corps, comme si elle avait froid.

Que lui prenait-il ? Ne pouvait-elle donc pas se délecter tranquillement de la beauté qui l'entourait ?

Rien n'est beau, lui souffla alors une petite voix. *Tu as perdu ta sœur, le bébé qu'elle portait et ton fiancé…*

— Tu veux aller sur le balcon ?

Surprise, elle pivota sur ses talons pour découvrir Mariah, l'assistante de Zane : cette quadragénaire blonde travaillait pour lui depuis qu'il avait épousé Janie. Leurs chemins s'étaient croisés de temps à autre.

— Oh ! je ne t'avais pas entendue venir ! bafouilla-t-elle.

Elle repéra l'étroite et discrète porte qui menait à la terrasse et dont l'emplacement judicieux permettait de jouir d'une vue sans entrave sur le Pacifique.

— Merci, enchaîna-t-elle, mais j'irai un peu plus tard.

— Je comprends, renchérit Mariah. Le vol a dû te fatiguer. Est-ce que je peux faire quelque chose pour toi ?

— Non, c'est gentil, merci. Je viens de ranger mes affaires, et à présent je vais prendre une douche avant de m'accorder une petite sieste. Après, je me sentirai mieux.

Mariah lui sourit.

— Je m'en vais, j'ai fini ma journée. Mais Mme Lopez, la gouvernante de Zane, est ici. Si tu as besoin de quoi que ce soit, n'hésite pas à le lui demander.

— Merci, tout ira bien, la rassura-t-elle.

— Zane veut que tu dînes avec lui. Il prend son dîner

juste avant le coucher du soleil ; toutefois, si tu as faim plus tôt, il fera volontiers une exception pour toi.

— Dîner en admirant le coucher de soleil me convient très bien, répondit-elle.

Mariah la considéra alors avec attention et bienveillance.

— Tu ressembles un peu à Janie, lui dit-elle.

— Non, je ne crois pas. Janie était très belle.

— Mais toi aussi ! Et je t'assure que la ressemblance est réelle. Tes yeux sont aussi expressifs que les siens, et tu as le même grain de peau, si je puis me permettre.

Allons, elle était aussi pâle qu'un fantôme ! Certes, elle n'avait jamais eu d'acné, à l'adolescence, pas plus que le moindre problème de peau, donc elle devait avoir un teint correct.

— Merci, finit-elle par dire. Je… je ne veux pas vous déranger, Zane et toi. Je suis venue ici car il aurait été trop compliqué de s'opposer à ma mère, et je ne voulais pas qu'elle s'inquiète à mon sujet. Elle a déjà assez de soucis comme ça.

— Je comprends. De ton côté, tu es exactement ce dont Zane a besoin pour cesser de faire l'autruche.

Quelle étrange déclaration ! Elle plissa le front, essayant de comprendre. Devant son expression sans doute dubitative, Mariah ajouta :

— Il n'est plus lui-même depuis quelque temps.

— C'est compréhensible. Il a perdu sa famille. Nous tous, d'ailleurs, renchérit Jess.

Janie lui manquait terriblement… Ce que la vie pouvait être cruelle quelquefois !

Mariah hocha la tête en guise d'acquiescement.

— Ta présence va lui faire du bien, et vice versa. C'est bien de se soutenir, au sein d'une famille.

Elle en doutait, persuadée au contraire elle allait l'entraver, contrarier ses projets ; néanmoins, elle ne comptait pas non plus s'attarder. Elle respirerait un peu l'air du large, puis rentrerait à Beckon, pour braver l'orage. Poussée par l'humiliation et le désespoir, elle avait fui le Texas, mais elle devrait bien y revenir un jour. Elle serra les mâchoires : elle refusait de penser à cela pour l'instant.

— Peut-être, se contenta-t-elle de répondre à Mariah.

— Bon, je te souhaite une bonne soirée.

— Merci. À toi aussi.

Une fois Mariah partie, Jessica prit son gel douche et entra dans la salle de bains. Bon sang ! Et dire qu'elle avait été impressionnée par le dressing… Ce n'était rien comparé à cette immense salle de bains, qui était dotée d'un jacuzzi ovale, d'une douche à l'italienne avec jets programmables : elle pouvait déterminer la durée, la température, la force de la douche et Dieu seul savait quoi encore ! Pour un peu, il lui aurait fallu le mode d'emploi.

Après qu'elle eut touché quelques boutons, la douche se mit en marche, et l'eau ruissela sur les carreaux. Elle sourit : elle venait de découvrir un nouveau jouet. Des jets d'eau jaillissaient de trois côtés, deux étaient relativement doux et l'un pulsait comme son cœur. Elle tourna sur elle-même et utilisa le gel liquide du distributeur accroché au mur et qui sentait divinement bon. Elle resta un bon moment immobile sous l'eau, immergée dans la vapeur et comme hypnotisée par le jeu des jets qui lui faisaient autant de massages. Puis elle finit par se laver et se shampouiner. Bien trop tôt à son goût, la douche s'arrêta automatiquement. Un nuage accompagna sa sortie, et elle s'enveloppa dans une serviette blanche, épaisse et toute douce. Que ce luxe était agréable !

Elle enfila enfin un short couleur caramel et un haut à bretelles dans les tons chocolat, espérant que Zane n'était pas formaliste pour le dîner, car elle n'avait apporté aucune tenue raffinée.

Après s'être séché les cheveux, elle se fit une queue-de-cheval, laissant quelques boucles lui retomber sur le front. Finalement, cette douche revigorante avait fait disparaître son envie d'une sieste. Alors, glissant les pieds dans ses tongs, elle descendit l'escalier.

Attirée par l'odeur d'épices qui émanait de la cuisine, elle en prit la direction. Dans un magnifique espace de granit et de pierre, elle découvrit la gouvernante de Zane, une dame aux hanches imposantes, portant un tablier de chef. Elle chantonnait tout en cuisinant, ce qui ne l'avait pas empêchée de l'entendre entrer puisqu'elle se retourna.

— *Hola*, mademoiselle Holcomb ?

— Tout à fait, mais appelez-moi Jessica.

— Entendu, Jessica ! Moi, je suis Mme Lopez. Est-ce que vous aimez les *enchiladas* ?

Comment une Texane pure et dure comme elle aurait-elle pu ne pas aimer la cuisine mexicaine ?

— Oui, j'adore ! Et ça sent sacrément bon.

Mme Lopez ouvrit la porte du four et un plateau de cuisson en sortit automatiquement.

— Elles seront prêtes dans une demi-heure. Est-ce que vous voulez une boisson, en attendant ? Ou bien préférez-vous grignoter quelque chose ?

— Non merci, j'attendrai le dîner. En tout cas, je suis ravie d'avoir fait votre connaissance, ajouta-t-elle en reculant pour sortir. Je reviendrai dans…

Une sorte de rugissement l'interrompit alors.

— Et m… !

C'était la voix de Zane et son juron résonna dans toute la maison.

Elle se figea, tandis que Mme Lopez faisait la grimace et secouait la tête.

— Il a quelques difficultés à s'habiller, mais il refuse qu'on l'aide, expliqua-t-elle. Ce n'est pas un très bon patient.

Elles se sourirent.

— Je vois, dit Jessica.

Toutefois, les propos de Mme Lopez avaient semé le doute dans son esprit. Tout à l'heure, Zane portait un jean et un T-shirt en coton. Se mettait-il sur son trente et un ?

— Dois-je me changer pour le dîner ? demanda-t-elle.

— Non, inutile. M. Zane a renversé du thé sur son T-shirt, il essaie d'en mettre un propre. Votre tenue est parfaite.

— Merci.

Ouf ! Elle était soulagée. Elle avait juste besoin de s'aérer un peu, à présent.

— Je vais aller faire une petite promenade sur la plage, mais je serai de retour à l'heure pour le dîner. À tout de suite.

Mme Lopez hocha la tête et retourna à ses fourneaux. Jessica entendit son estomac gronder. Ces odeurs étaient si alléchantes. Un peu de patience ! s'ordonna-t-elle. Elle sortit sur la terrasse, d'où elle gagna la plage après avoir descendu l'escalier. Un sable fin et chaud lui caressa les orteils.

Il n'y avait au Texas rien d'aussi agréable que cette douce brise qui lui fouettait les cheveux, que le petit goût salé qu'elle sentait sur sa langue, ou que les nuances dorées et étincelantes qui se reflétaient sur l'océan. Elle avançait d'un pas léger, laissant sur le sable des empreintes que les vagues effaçaient au fur et à mesure. Même si le soleil déclinait à l'horizon, elle en percevait encore la caresse sur sa peau, tandis qu'elle longeait la grève. À sa droite, de superbes demeures surplombaient le Pacifique, chacune arborant une architecture propre. Elle les scrutait avec une telle attention qu'elle ne remarqua pas le joggeur qui se rapprochait et s'arrêta juste devant elle.

— Salut, dit-il d'un ton essoufflé.

— Oh ! bonjour…

Elle le détailla rapidement et resta sans voix. Il affichait une beauté surprenante et un bronzage impeccable et, surtout, c'était l'un des acteurs les plus connus au monde : Dylan McKay, pas moins !

Il se pencha en avant, mains sur les genoux, et tenta de reprendre son souffle.

— Juste une seconde, dit-il.

Une seconde pour quoi, au juste ? Elle aurait aimé lui poser la question, mais se contenta de rester sans bouger, comme enracinée dans le sable. Il représentait réellement un spectacle agréable pour les yeux, même si elle s'efforçait de ne pas regarder son torse nu, pas plus que son maillot de bain qui lui descendait largement sur les hanches.

Il se redressa enfin et lui adressa un sourire irrésistible.

— Merci ! s'exclama-t-il alors.

Elle le considéra d'un air confus.

— Pour quoi, au juste ?

— Pour vous être trouvée sur mon chemin. Cela me fournit une bonne excuse pour m'arrêter de courir.

Un nouveau sourire éclaira son visage et découvrit cette fois des dents d'un blanc si éclatant qu'elle se demanda un instant si cet homme était bien réel… Dylan McKay incarnait vraiment l'idéal masculin de toute femme énergique et battante.

Le seul petit hic, c'était qu'elle n'appartenait pas à cette catégorie-là.

— Vous ne pouviez pas vous pas vous arrêter de votre propre chef, si vous en aviez envie ?

Il secoua la tête.

— Hélas ! non. Je suis censé courir quinze kilomètres par jour. C'est pour un film. Je prépare un rôle de marine enrôlé dans les forces spéciales.

— Waouh ! Et combien de kilomètres avez-vous déjà parcourus ?

Il afficha un sourire empreint d'autodérision.

— Huit.

— Ce n'est pas si mal.

À en juger par son regard dépité, c'était un homme qui attendait toujours la perfection de lui-même.

— Il n'y a pas beaucoup de gens qui peuvent réaliser cette performance.

Ses encouragements parurent le rassurer, car il se détendit un peu.

— À propos, je m'appelle Dylan, dit-il.

Et il lui tendit la main.

— Moi, c'est Jessica.

— Sommes-nous voisins ? demanda-t-il en fronçant les sourcils. J'habite là-bas.

Et il désigna une maison à deux étages qui surplombait les autres, à deux pas d'où ils se trouvaient.

— Je séjourne actuellement chez Zane Williams, mais je ne vais pas rester très longtemps, répondit-elle.

Il souleva légèrement les sourcils, d'un petit air entendu. Pour éviter tout quiproquo, elle s'empressa d'ajouter :

— Il fait partie de ma famille.

— Je le connais, c'est un type bien.

— Tout à fait… Janie… Il était marié à ma sœur.

Un éclair de confusion passa sur son visage, puis il fit visiblement le rapprochement.

— Oh ! je suis désolé pour ce qui s'est passé, dit-il.

— Merci.

— Bon, je crois que je vais m'y remettre. Merci pour cette pause. Je cours encore deux kilomètres et j'arrête. Ravi de vous avoir rencontrée, Jessica. Saluez Zane de ma part.

Là-dessus, il pivota et repartit dans la direction opposée, accélérant peu à peu l'allure.

Un sourire aux lèvres et une chanson dans le cœur, elle rentra : finalement, ce séjour sur le Pacifique n'était pas une si mauvaise idée.

Elle aperçut bientôt Zane appuyé à la balustrade et lui adressa un petit signe de la main. L'avait-il observée ? Un sentiment de gêne l'envahit soudain.

Alors qu'elle montait l'escalier, elle remarqua qu'il portait une chemise hawaïenne ; elle ne l'avait jamais vu dans une tenue aussi décontractée et pourtant, il ne paraissait guère à l'aise dans son environnement.

— La promenade était-elle agréable ? lui demanda-t-il en retirant ses lunettes de soleil.

— C'est encore mieux que d'aller flâner aux abords du *Cinema Palace* de Beckon.

Zane se mit à rire et lui adressa un regard complice.

— Tu sais, il y a une éternité que je n'avais pas pensé au *Palace*, plaisanta-t-il.

Sa voix devint rauque, dénotant une émotion, comme si sa remarque l'avait ramené dans le passé.

Il n'y avait guère d'animation, à Beckon, aussi, le samedi soir, les jeunes se retrouvaient-ils sur la place située devant ce cinéma. C'était là qu'elle avait embrassé un garçon pour la première fois. Il s'appelait Miles Bernardy, elle s'en souvenait. À y repenser, c'était un vrai idiot, mais elle n'était guère plus futée, à l'époque.

C'était également au *Palace* que Janie et Zane étaient tombés amoureux.

— J'ai fait la connaissance d'un de tes voisins, lui dit-elle.

— À en juger par ton air rayonnant, ce doit être Dylan. En général, il court sur la plage, à cette heure.

— Je n'ai pas l'air rayonnant, se défendit-elle.

— Ne t'inquiète pas. Il fait toujours cet effet-là aux femmes.

— Eh bien, je ne suis pas comme… Bref, je ne vais pas me pâmer devant une star de cinéma, quand même !

Et puis, franchement, il pouvait parler ! Beau-frère ou non, Zane Williams était un très bel homme et super star de la country par-dessus le marché. Il n'avait rien à envier à Dylan, ni en charisme ni en notoriété, avec ses cheveux noirs de jais, sa taille qui frisait le mètre quatre-vingt-cinq et ses traits ciselés à la perfection. Les tabloïds le dépeignaient comme un excellent parti en mal d'amour ; jusque-là, ils avaient été sympathiques avec lui, fait rare pour un chanteur aussi célèbre.

S'emparant d'une de ses béquilles, il désigna la table.

— Ça te convient de dîner ici ?

Deux sets étaient placés l'un à côté de l'autre sur une table rectangulaire qui pouvait accueillir au moins dix personnes ; des bougies et des fleurs soulignaient le côté romantique de l'endroit, d'où ils allaient admirer le coucher de soleil.

— C'est très beau, Zane. J'espère que je ne bouleverse pas trop tes habitudes. Tu m'accueilles chez toi, c'est déjà énorme, je n'attends pas en plus que tu me divertisses.

— Je n'ai rien changé à mes habitudes, puisque je dîne ici tous les soirs. Je déteste rester enfermé à l'intérieur. Enfin, encore une semaine, et je serai débarrassé de mes entraves, précisa-t-il en touchant son poignet plâtré.

— C'est une bonne nouvelle ! Qu'est-ce que tu vas faire, alors ?

Inclinant la tête de côté, il parut considérer la question.

— De la rééducation, pour commencer. Et puis je vais continuer à m'occuper des plans de mon restaurant.

Il sourcilla et une lueur traversa son regard.

— Je ne reprendrai pas ma tournée avant septembre. Enfin, c'est ce qui est prévu.

Elle n'épilogua pas sur sa dernière phrase qui laissait planer une incertitude, et Zane se dirigea vers la table. Posant une béquille contre son bord, il parvint à tirer une chaise à son intention. Courtois en toutes circonstances, telle était sa devise. Elle s'assit sur le siège qu'il lui destinait et il se laissa tomber à côté d'elle. Pauvre Zane ! Il n'était décidément pas dans son élément, avec ces plâtres.

Mme Lopez surgit alors, un grand plateau de nourriture entre les mains. Elle posa les différents plats sur la table avec une efficacité remarquable, puis déclara :

— J'ai préparé un pichet de margarita pour accompagner les *enchiladas* et le riz. Mais peut-être préférez-vous boire du thé glacé ou du soda ?

— Jessica ? interrogea Zane.

— Une margarita ? Quelle excellente idée ! répondit-elle avec enthousiasme.

Il lança alors un coup d'œil à sa gouvernante.

— Vous pouvez apporter le pichet.

Cette dernière hocha la tête et réapparut une minute plus tard, munie d'une carafe et de deux grands verres.

— Merci, lui lança Zane.

Et il voulut s'emparer du pichet de sa main plâtrée, mais ses traits se crispèrent alors qu'il s'efforçait de le soulever. Jess comprit immédiatement toute la frustration qu'il éprouvait à ne pouvoir effectuer un geste aussi simple.

— Je vais t'aider, décréta-t-elle gentiment.

Et elle glissa sa main sous le pichet pour en alléger le poids.

— Merci, murmura-t-il en lui étreignant la main pour lui témoigner sa reconnaissance.

Ce simple contact fit aussitôt déferler une onde de chaleur dans son cœur : nul doute qu'un lien profond existait encore entre eux, et elle appréciait son amitié. Elle avait bel et bien pris la bonne décision en venant chez lui.

La nourriture était délicieuse et elle se resservit.

— Je n'avais pourtant pas l'impression d'être aussi affamée et assoiffée, constata-t-elle.

Puis elle lui tendit son verre pour qu'il lui serve une deuxième margarita et ressentit un grand plaisir en avalant l'alcool bien frais.

— C'est fantastique, ajouta-t-elle.

Le soleil s'était couché dans une harmonie parfaite de couleurs et à présent une demi-lune éclairait la nuit. La plage était calme et déserte ; de temps à autre, les vagues venaient mourir sur le sable dans un petit frémissement apaisant.

Zane en était à sa troisième margarita, mais elle se rappela qu'il tenait bien l'alcool.

— Eh bien, quels sont tes projets, à présent, Jess ? demanda-t-il.

— M'allonger sur le sable, me faire bronzer et ne pas être dans tes jambes, ce qui ne devrait pas être trop difficile : ce n'est pas la place qui manque, ici !

Des petites rides se formèrent autour de ses yeux et il se mit à rire.

— Mais tu ne me déranges pas ! Cela dit, si tu as envie d'être seule, c'est tout à fait ton droit. Sens-toi libre d'agir à ta guise. Il y a deux voitures dans le garage, avec des réservoirs pleins. Moi, je ne peux pas les conduire.

— Comment fais-tu pour te déplacer ?

— Mariah me sert de chauffeur. C'est elle qui m'emmène sur le chantier du restaurant, par exemple. C'est un vrai petit soldat, depuis mon accident. Toujours à veiller sur moi, à répondre au moindre de mes désirs.

Mme Lopez, qui vint débarrasser la table, leur laissa opportunément le pichet.

— Merci, madame Lopez, lui lança Zane. Bonne nuit et à demain.

— Bonne nuit, répondit celle-ci.

— Et merci encore pour ces délicieuses *enchiladas*, ajouta-t-il.

Un petit sourire aux lèvres, la gouvernante s'en alla.

Zane désigna alors le deuxième verre de margarita, qu'elle n'avait pas encore terminé.

— Tu peux en supporter combien, ma belle ?

— Je ne sais pas. Pourquoi ?

— Parce que si tu t'écroules, je ne pourrai pas t'aider à te relever ni te porter jusqu'à ta chambre.

Il lui fit alors un clin d'œil et l'image de Zane l'emportant dans sa chambre s'imposa à elle : finalement, ce n'était pas une idée aussi bizarre qu'elle l'aurait cru. Elle se sentait en sécurité avec lui, elle l'aimait bien et ne le rendait pas responsable de la mort de Janie. Non, il n'avait rien à se reprocher. Il ne pouvait pas savoir que l'installation électrique de sa maison était défectueuse et qu'elle déclencherait un incendie qui emporterait sa femme. Elle savait aussi que Janie n'aurait pas voulu qu'il se blâme jusqu'à la fin de ses jours pour cet accident.

— Eh bien, nous sommes à égalité ! renchérit-elle. Si tu

es ivre, je ne serais pas non plus capable de te transporter jusqu'à ta chambre.

Et, sur ces mots, elle avala une nouvelle gorgée de margarita. Bon sang, la préparation de Mme Lopez était vraiment exquise et la rendait de fort belle humeur. Sans doute commençait-elle à guérir de ses blessures.

Zane lui adressa un sourire en coin.

— J'aime ton style, mademoiselle Holcomb.

— Quand je pense que j'aurais pu aujourd'hui m'appeler « Mme Monahan ». Finalement, je suis bien contente de toujours porter mon nom de jeune fille.

— Ce type est un vrai salaud.

— En effet ! On peut dire qu'il m'a bien eue. Mais jusqu'à ce que je mette la dernière épingle dans mon voile pour le fixer sur ma tête, je pensais que mon avenir était tout tracé. Je me voyais mariée à un homme à qui un lien solide m'unissait. D'autant que lui aussi est professeur et que nous adorons tous deux notre métier. Mais je n'ai pas voulu voir sa peur viscérale de l'engagement : sais-tu qu'il allait de rupture en rupture, avant de me rencontrer ? Mais comme j'avais investi trois ans de ma vie avec lui, j'ai pensé qu'il avait enfin surmonté sa phobie. Oui, je croyais vraiment être l'élue de son cœur. Mais il m'a dupée, tout comme lui-même, d'ailleurs.

Elle fit une pause, un peu essoufflée. Ce qu'il était libérateur de laisser parler son cœur !

— Mon amie Sally m'a dit que Steven était allé quémander la sympathie d'une de ses ex, après l'annulation de notre mariage. Tu imagines un peu ?

Zane darda son regard sur elle.

— Il devrait être à tes genoux en train de te demander pardon, oui ! Mais en un sens, il est préférable que tu ne l'aies pas épousé. Même si tu es blessée, tu es bien mieux sans lui, il ne te méritait pas. Mais tu l'aimes sans doute encore.

— Ah non, alors ! s'écria-t-elle en avalant une grande rasade de margarita. Je le déteste.

Zane s'adossa à son siège, les yeux gentiment rivés sur elle.

— D'accord, tu le détestes. Il est sorti de ta vie.

Elle posa ses coudes sur la table, puis son menton dans ses mains. La mer était aussi noire que du charbon, à présent, seules quelques étoiles perçaient le dôme de la nuit, la lune était voilée.

— Je voulais juste la même chose que Janie et toi… Oui, c'est ce genre d'amour-là que je recherchais, avoua-t-elle tout à trac.

Et soudain, elle eut un éclair de lucidité. Oh non ! Elle se mordit la langue et tourna la tête vers lui : imperturbable, il fixait l'océan.

— C'est vrai, un lien très particulier nous unissait, dit-il.

— Désolée d'avoir remis le sujet sur la table.

— Ce n'est pas la peine d'être désolée, tu es la sœur de Janie, tu as le droit de parler d'elle tout autant que moi.

Elle sentait au bord des larmes.

— Elle me manque, murmura-t-elle.

— À moi aussi…

Alors elle soupira : elle n'avait pas pensé que la soirée finirait par sa faute sur une note si sombre. Zane était déjà bien gentil de l'accueillir chez lui, elle ne devait pas lui casser le moral ! Il était vraiment temps qu'ils aillent se coucher.

Elle arbora alors un sourire aussi chaleureux que possible.

— Bien, merci pour cette excellente soirée, déclara-t-elle.

Puis elle se leva, et immédiatement tout se mit à tournoyer : la table, la balustrade, l'océan… Elle cligna des yeux, sans parvenir à faire le point ; deux Zane avaient surgi dans son champ de vision. Elle s'appuya au bord de la table et s'efforça de rester droite, mais elle sentait bien qu'elle vacillait, incapable de maîtriser son corps.

— Zane ?

— La margarita était un peu forte, non ?

— On dirait, oui !

Et elle éclata de rire.

— Attends, ne bouge pas…

— Ce n'est pas aussi facile que ça en a l'air.

Elle avait l'impression qu'une tornade soufflait dans sa tête.

Zane se leva et claudiqua vers elle à l'aide d'une seule béquille coincée sous son bras gauche.

— Je vais t'aider à rentrer.

— Mais tu as dit que… que tu ne pourrais pas…

De nouveau, elle éclata de rire.

Il passa le bras droit autour de ses épaules.

— Bon, maintenant, je te tiens. Ton corps va me servir de deuxième béquille. Nous allons nous soutenir mutuellement. Avance pas à pas.

— Mais où… où va-t-on ?

— Je dois te mettre au lit.

Elle laissa retomber la tête sur l'épaule de Zane. Qu'il était doux d'être soutenue par lui ! Il sentait bon, il pourrait prendre soin d'elle…

— Regarde bien où tu mets les pieds, lui recommanda-t-il.

Elle s'efforça de suivre son conseil.

— Parfait, ma belle.

Clopin-clopant, ils avancèrent ensemble, mais il leur fallut une éternité pour parcourir, dans les ombres de la nuit, une distance pourtant assez courte. Elle avait les yeux rivés à ses pieds, attentive à ne pas trébucher. Soudain, une lumière les inonda. Elle sursauta.

— Qu'est-ce que c'est ? s'écria-t-elle.

— Nous sommes à l'intérieur.

— Ah, super, non ? Je se… serai dans mon lit bientôt.

Un bourdonnement joyeux vibra alors en elle, même si elle avait l'impression que son corps allait se liquéfier.

— Oui, mais pas en haut. Tu ne pourras jamais monter les marches. On va aller dans ma chambre.

Qu'à cela ne tienne ! Ce qui comptait, c'était qu'elle pose sa tête sur un oreiller, peu importait à quel endroit. Encore quelques pas, et ils pénétrèrent dans une chambre. Un rai de lumière les guida droit jusqu'au lit.

— Ouf, on a réussi ! déclara-t-il d'une voix essoufflée. Tu vas dormir ici, cette nuit.

Et il l'aida à s'asseoir. Elle eut la sensation de tomber un peu brusquement, mais le matelas était si souple qu'il lui fit tout de suite l'effet d'un énorme coussin, qui s'affaissa encore un peu : Zane venait de s'asseoir à côté d'elle.

— Tu crois que ça va aller ? lui demanda-t-il.

Elle ferma les paupières, pour ne plus voir la chambre bouger, tentant de se ressaisir.

— Oui, je crois.

— Parfait.

Alors, brusquement, ses vertiges cessèrent et une grande honte l'envahit : il ne lui avait pas fallu longtemps pour devenir un véritable fardeau. Si seulement elle n'avait pas terminé sa deuxième margarita ! Zane lui avait pourtant recommandé de boire lentement. De la tequila premier choix conjuguée à une fatigue liée au décalage horaire, le cocktail avait rapidement eu raison d'elle. Elle n'avait décidément aucune intuition et accumulait les erreurs.

— Je suis désolée, articula-t-elle.

— Ce n’est rien, lui assura-t-il.

Ce qu’il était gentil ! À cette pensée, elle eut aussitôt envie de le remercier, à travers le brouillard de son cerveau. Elle se pencha alors vers sa joue pour lui donner un baiser… Mais elle manqua sa cible et ses lèvres atterrirent au coin de sa bouche. Hmm, il fleurait bon la tequila et la mer… Une merveilleuse onde de chaleur se communiqua soudain à tout son corps.

— Merci beaucoup, murmura-t-elle d’un ton incertain.

Sans répondre, il l’enlaça et l’aida à s’allonger. Elle sentit sa tête s’enfoncer dans un oreiller moelleux, puis un drap de soie recouvrit son corps.

Ce fut alors qu’elle sombra dans le sommeil.

- 2 -

Jessica regarda le réveil posé sur la table de nuit : 8 h 30 ! Jamais la lève-tôt qu'elle était ne s'éveillait à une heure aussi tardive. La soirée précédente lui revint aussitôt à la mémoire, et notamment les deux margaritas géantes qu'elle avait bues. Elle se mit alors à inspecter lentement son environnement…

La veille au soir, elle s'était autorisée à passer une bonne soirée, et voilà où ça l'avait menée : à se ridiculiser ! Zane l'avait aidée à rentrer et avait dormi Dieu seul savait où. Y avait-il une autre chambre, au rez-de-chaussée ? Dans l'aile des domestiques, peut-être ? À dire vrai, elle n'avait vu qu'un bureau, une salle de projection et une autre de jeux. Pas de lits, juste des canapés.

— Oh non ! marmonna-t-elle tout à coup.

Il lui avait manifestement cédé sa chambre, à en juger par les Grammies et autres récompenses musicales qui trônaient sur une étagère. Mais, à part cela, rien ne permettait de deviner que c'était sa chambre, car la pièce était très sobre et n'affichait rien de personnel.

Elle se redressa, attentive au moindre signe de douleur. Rien. Incroyable ! Pas même une gueule de bois. Se saisissant de ses lunettes sur la table de nuit, elle rejeta les couvertures et se leva. Elle portait encore son short et son haut de la veille. C'était vraiment irresponsable de sa part d'avoir abusé de l'hospitalité de Zane.

Quand elle pénétra dans la salle de bains — autre ode à la splendeur —, elle se heurta à son reflet dans le miroir : son mascara avait coulé et ses cheveux étaient tout ébouriffés. Elle se dépêcha de se laver le visage, puis se coiffa à la va-vite ; elle s'occuperait du reste une fois qu'elle aurait regagné sa propre chambre.

Sortant de celle de Zane, elle se retrouva dans le vestibule et entendit des voix en provenance de la cuisine. Comme elle s'en approchait, Mme Lopez la repéra et lui fit signe d'entrer.

— Vous arrivez juste à temps pour le petit déjeuner, Jessica, lui dit-elle.

Mariah et Zane étaient assis à la table de la cuisine, des mugs fumants à la main, et ils levèrent en même temps la tête. Elle se sentit affreusement rougir.

— Salut, lança Zane en la regardant droit dans les yeux, sans paraître remarquer ses vêtements froissés. Viens prendre ton petit déjeuner.

Mariah et lui étaient visiblement très concentrés sur des papiers étalés devant eux.

— Asseyez-vous, insista Mme Lopez.

— Bonjour, finit-elle par bredouiller. Je ne veux pas vous déranger, vous avez l'air d'être occupés.

— La routine, reprit Mariah. Nous étudions le projet pour le restaurant. Tu peux tout à fait nous apporter tes lumières.

Ses lumières, vraiment ? Zane avait vu hier soir de quoi elle était capable. Quand elle songeait qu'elle l'avait embrassé ! À ce souvenir, un flot de chaleur inonda son corps. Elle avait manqué sa joue, et son baiser avait fini sur sa bouche. Était-ce l'alcool ou bien son inconscient qui s'était exprimé ? Allons, la faute en incombait à la margarita, bien sûr ! Elle avait juste voulu l'embrasser sur la joue, et il avait forcément compris que ce baiser résultait d'une mauvaise appréciation des distances.

— Oui, assieds-toi, Jess, l'encouragea-t-il à son tour d'un ton désinvolte. Tu dois avoir faim. Et puis nous avons besoin d'un point de vue neuf.

Avant la douche ? Heureusement, Zane n'avait fait aucune allusion à la façon dont elle s'était comportée, la veille, ni à sa tenue négligée de ce matin. Décidément, elle dérogeait à toutes ses habitudes : en règle générale, son réveil sonnait à 6 heures, car elle adorait lire la presse du matin, puis elle allait faire une petite promenade dans le sous-bois, derrière chez elle, avant d'avaler un petit déjeuner léger et de rejoindre sa classe.

Sur la table trônaient un plateau de bagels fourrés à la confiture, différentes boîtes de céréales et des œufs brouillés. Ceux-ci sentaient divinement bon, et son estomac criait famine… Alors pourquoi faire des manières ? Elle finit par s'asseoir et se servit des œufs, tandis que Mme Lopez lui apportait un bol et une tasse de café.

— Bien, dit cette dernière d'un air satisfait.

Et, pendant que Zane et son assistante continuaient leur petit déjeuner, Jessica entama le sien, complimentant aussitôt Mme Lopez sur ses prouesses culinaires.

— Janie et Jessica ont travaillé au restaurant que tenaient leurs parents, à Beckon, déclara Zane à l'adresse de Mariah. Ils servaient le meilleur poulet frit du Texas.

— Ça, c'est ce qu'ils prétendaient, tempéra-t-elle.

Mais en réalité, elle le pensait elle aussi.

— Mes parents ont ouvert leur restaurant, Holcomb House, quand j'étais enfant, poursuivit-elle. Ils ont travaillé dur pour que ça marche. L'établissement n'était sans doute pas aussi grand que celui que tu prévois de construire, Zane, mais à Beckon, il était réputé pour la qualité de sa cuisine et sa bonne ambiance. Quand mon père est mort, il y a cinq ans, ma mère n'a pas voulu continuer seule. Je ne suis pas une experte, mais si je peux vous aider en quoi que ce soit, ce sera avec plaisir.

— Super, s'enthousiasma Mariah.

— J'apprécie, enchaîna Zane. Ce restaurant sera un peu différent de celui de Reno, aussi bien pour la carte des menus que pour l'atmosphère. La plage attire beaucoup de touristes, et nous voulons que cet endroit les étonne.

Zane disposait probablement d'une demi-douzaine de conseillers, mais s'il avait besoin de son aide, elle lui rendrait volontiers ce service. Ce serait une bien petite compensation : à l'idée qu'il ait dû dormi sur le sofa, la honte l'envahissait. Furtivement, elle jeta un coup d'œil à sa tenue. Comme elle, il portait les mêmes habits que la veille : il n'avait donc pas pu prendre sa douche, lui non plus.

Une fois la table du petit déjeuner débarrassée, Mariah étala les papiers devant elle.

— Peux-tu nous dire ce que tu penses de la carte ? Si les prix sont en adéquation et si le nom des plats est approprié. Nous travaillons avec plusieurs chefs et nous ne voulons pas commettre d'impairs.

Puis elle lui tendit des impressions d'écran et ajouta :

— Ça, ce sont des simulations de ce à quoi Zane's on the Beach ressemblera, une fois terminé.

Et pendant une heure, ils discutèrent avec animation. Zane's on the Beach possédait tout ce qu'un restaurant pouvait offrir. À l'extérieur, des tables feraient face au front de mer, et un bar avait été prévu pour les derniers verres au clair de lune. À l'intérieur, les tables près des baies seraient naturellement les mieux placées, mais celles de la rangée d'à-côté seraient légèrement surélevées, de sorte qu'on pourrait également y admirer la vue sur le

Pacifique. Ce n'était pas select, mais pas non plus conçu pour les familles nombreuses.

— Vos prix sont accessibles pour une clientèle jeune, c'est un bon point, constata-t-elle. Est-ce que vous avez pensé à un éventuel podium, dans la salle de restaurant, afin de pouvoir inviter des artistes ?

Mariah jeta un coup d'œil à Zane.

— Moi aussi, je trouve que ce serait une idée géniale, mais Zane a des réserves.

Ce dernier se frotta le menton, l'air pensif.

— Il faut que je définisse une ligne claire, pour ce restaurant. Mon nom et ma réputation sont en jeu. Est-ce que je veux des vues sur l'océan et de la bonne cuisine, ou un endroit branché pour la jeunesse ?

— Pourquoi ce ne serait pas les deux à la fois ? rétorqua Jessica. La qualité demeure la qualité. Les clients viendront à la fois pour la cuisine et pour l'ambiance. Après 22 heures, le restaurant peut faire discothèque pour les moins de trente ans.

Elle vit une lueur amusée briller dans l'œil de Zane.

— Ah bon ? Passé ce stade, on est considérés comme des vieux ?

— Non, mais on a d'autres priorités, sans doute, répondit-elle d'un air malicieux.

Il inclina la tête de côté.

— Pourquoi ai-je l'impression d'un coup d'être vieux ?

— Parce que c'est le cas, rétorqua Mariah. Tu t'achemines doucement vers la quarantaine.

— Comme tu y vas ! J'ai juste trente-cinq ans… et je n'en dirai pas plus.

— Sage initiative, enchaîna Mariah d'un ton facétieux où perçait toutefois une pointe de menace.

Nul doute que Mariah Jacobellis n'était pas une femme

qui appréciait les blagues sur l'âge. Bien qu'elle soit physiquement irréprochable, elle semblait ne pas faire de quartier quand il s'agissait de sa vie personnelle. En cela, Jessica la trouvait admirable. D'ailleurs, elle pourrait peut-être en prendre de la graine.

— Bon, poursuivit-elle, je vous laisse, car je dois passer des coups de téléphone concernant ta tournée, Zane. Il faut que tu réfléchisses à une date de reprise, pour que j'avertisse les organisateurs des concerts. Je les aurai sur le dos tant qu'ils n'auront pas un calendrier. Oh ! et puis, n'oublie pas de lire le contrat que Bernie t'a envoyé l'autre jour !

Zane serra les mâchoires.

— Je ferai de mon mieux.

— Bonne matinée, Jessica. Et si tu restes dans les parages, n'hésite pas à donner un coup de main à Zane, quand il se déplace. Il a peut-être l'air d'un super héros, mais ce n'est tout de même pas Superman.

Ah bon ? Elle aurait pu se laisser facilement duper. En tout cas, la veille, il avait été héroïque, il n'y avait pas d'autre terme pour le qualifier.

Sans ajouter un mot, Mariah fit demi-tour et sortit de la cuisine. Zane se mit à rire.

— Qu'est-ce qu'il y a ? demanda-t-elle un rien agacé.

— Si tu voyais ta tête !

— Je suis mortifiée à cause de ce qui s'est passé hier soir. Est-ce que Mariah est au courant ? Et où as-tu dormi ?

— Pour commencer, relativise, ce n'est pas grave. Ce sera notre petit secret. Et rassure-toi, Mariah ne sait pas que tu es une petite joueuse, en matière de margarita. Et puis voyons le bon côté des choses : pour la première fois depuis un mois, j'ai été capable d'aider mon prochain et de faire fonctionner mon corps cabossé.

— J'ai pris ton lit.

— J'ai été ravi de te le céder.

— Tu n'as pas répondu à ma question : où as-tu dormi ?

— Le canapé de mon bureau est l'endroit le plus confortable de la maison.

— Oh non ! Je suis désolée ! Je te crée des problèmes dès la nuit de mon arrivée.

De nouveau, un sourire capable de faire fondre les cœurs les plus endurcis éclaira le visage de Zane.

— Si animer un peu ma triste existence, c'est me la compliquer, alors j'en redemande. Je suis heureux que tu sois chez moi, Jess. Tu m'as rapporté un peu de ma terre natale, cela me manquait.

Comme ces paroles la soulageaient ! Elle avait tant craint que son séjour ici ne lui rappelle Janie et tout ce qu'il avait perdu.

— Tant mieux, répliqua-t-elle.

Alors il posa les mains sur ses joues et se pencha… Elle eut l'impression que son cœur cessait de battre. Allait-il l'embrasser sur la bouche ? Elle ressentit de petits frissons dans le cou. Mais que lui arrivait-il ? Cette fois, l'alcool n'était pas en cause. Elle avait été plaquée par un vaurien, et voilà qu'un homme sur lequel elle n'avait nul droit de fantasmer la troublait. Avait-elle perdu la tête ?

Elle leva les yeux vers lui. Il regardait fixement par-dessus ses lunettes… et baissa la tête — elle se figea — pour lui donner un baiser fraternel sur le front. L'issue lui procura un grand soulagement, mais son cœur cognait toujours violemment dans sa poitrine. Bien sûr que Zane n'allait pas l'embrasser sur les lèvres !

— Et merci pour ton avis sur le restaurant, déclara-t-il. J'apprécie ton honnêteté et tes connaissances.

Elle déglutit avec difficulté puis, s'efforçant de contrôler ses émotions insensées, lui adressa un bref sourire.

— N'hésite pas à me redemander mon opinion, dit-elle.

Jessica appréciait la chaleur du soleil sur sa peau. L'air salé, le sable moelleux, et le chuchotement apaisant des vagues qui venaient mourir sur le rivage représentaient autant de bonnes raisons d'oublier sa relation désastreuse avec Steven Monahan. Il ne méritait même pas qu'elle lui consacre du temps en pensée. Cependant, la blessure de son rejet était toujours présente et laissait un vide immense. Elle avait sans doute perdu à jamais ses illusions sur le grand amour. Par chance, ici à Moonlight Beach, elle n'avait pas de décisions à prendre, elle pouvait se contenter d'être.

Enduite de crème solaire, elle était allongée sur un drap de bain, en face de la villa de Zane et se dorait au soleil dans un maillot à une pièce. Une légère brise soulevait de temps à autre un peu de sable et déposait quelques grains sur ses bras et ses jambes. Les rires des enfants et les conversations des adultes lui parvenaient agréablement aux oreilles, si bien que pour la première fois depuis des jours, elle se sentait tout à fait décontractée.

Elle s'était promis de ne plus déranger Zane, et c'était de fait le cas depuis trois jours. D'ailleurs, il passait des heures dans son bureau à travailler avec Mariah. Parfois, ils lui demandaient son avis sur le restaurant, mais elle n'était pas dupe : c'était juste une façon de lui montrer qu'elle était la bienvenue, et de la rasssurer. Chaque matin, sous un ciel d'abord couvert mais qui se dégageait vers midi, elle effectuait une promenade d'environ cinq kilomètres le long de la plage, histoire de faire de l'exercice et de s'éclaircir les idées. Le soir, elle dînait avec Zane sur la terrasse qui donnait sur l'océan ; elle avait réduit sa consommation d'alcool, s'accordant occasionnellement un verre de vin blanc, ou une bière bien fraîche. Le Pacifique et l'air frais lui servaient de véritables baumes, elle n'avait besoin de rien d'autre.

Elle se retourna sur son drap de bain pour trouver une position plus confortable, puis ferma les paupières. Les battements d'ailes d'une mouette qui passait au-dessus de sa tête, ainsi que le cri perçant que l'oiseau poussa, la firent sourire.

— Ravi de voir que tu profites de Moonlight Beach.

Mettant la main en visière, elle ouvrit les yeux et découvrit alors le beau visage de Dylan McKay au-dessus d'elle. Ainsi donc, dès leur deuxième rencontre, il la tutoyait…

— Salut, Jessica ! enchaîna-t-il en lui adressant son fameux sourire qui valait des millions de dollars. Je ne faisais que passer, je ne voulais surtout pas troubler ta tranquillité.

Et il se rappelait son nom !

Dans son short de surfer et son T-shirt moulant, comment cet homme superbe, aussi musclé que bronzé, aurait-il pu ne pas la troubler ? Mais il était si sympathique qu'elle ne lui en voulait pas d'envahir son espace privé. Elle se redressa sur les coudes et vit qu'il laissait glisser son regard sur sa poitrine, sans pour autant s'y attarder, ce qu'elle pouvait mettre à son crédit.

— Bonjour, répondit-elle alors. Je profite en effet de la plage. Ne dit-on pas qu'à Rome, il faut vivre comme les Romains ?

Et elle eut un petit rire. C'était l'adage préféré de sa mère qui le citait à tout bout de champ. La dernière fois qu'elle le lui avait entendu dire, c'était la veille, quand elles s'étaient parlé au téléphone. D'autres personnes de sa génération utilisaient-elles cette expression ?

Elle remarqua alors que Dylan tenait un portfolio noir à la main. Curieux pour un homme en maillot de bain ! Visiblement, il n'était pas pressé et s'agenouilla près d'elle.

— Je te vois parfois, le matin, marcher le long de la grève, dit-il

— Mais contrairement à certaines personnes, je ne cours pas et je ne parcours que cinq kilomètres. Et toi, où en es-tu ? As-tu atteint ton objectif ?

— Cela me coûte de gros efforts, mais j'arrive maintenant à parcourir quinze kilomètres.

Et quoi d'étonnant avec des jambes si fermes, un corps si… Bref, il était de toute façon difficile de faire abstraction de ses muscles.

— Je suis contente pour toi, déclara-t-elle.

— Alors, comment ça va ? À part prendre des bains de soleil et marcher sur la plage, tu t'amuses bien ?

— Oui, c'est super, ici. J'en profite aussi pour travailler mes cours. Je suis enseignante, j'ai une classe de CP.

— Voilà un métier très honorable !

Elle fronça les sourcils. Était-il sincère ?

— Ma mère était institutrice, ajouta-t-il avec un sourire nostalgique et une note de fierté dans la voix. Ses élèves l'adoraient, même si elle était assez exigeante. Et je ne pouvais pas facilement la rouler, elle devinait toujours mes intentions.

Il se mit à rire.

— Quelle classe avait-elle ? demanda Jessica.

— Toutes les classes de primaire, mais les CM2 étaient ses préférés. En fin de carrière, elle est devenue directrice.

Elle hocha la tête, ne sachant plus trop comment alimenter la conversation. Non que Dylan McKay ne soit pas cordial, mais elle aimait parler éducation avec des personnes qui s'y intéressaient vraiment. Lui était un acteur célèbre, il n'avait rien à voir avec ce monde-là. Il continuait pourtant à lui sourire…

— J'organise une fête, samedi soir. Si tu n'es pas encore partie, je serais ravi que tu viennes. Et peut-être que tu pourrais aussi convaincre Zane de t'accompagner. Cela le divertirait un peu.

— C'est gentil, merci, mais… À vrai dire, je n'aime pas beaucoup les fêtes. Surtout en ce moment.

Avait-elle réellement besoin de faire tapisserie, après ce qu'elle venait de vivre ? Car nul doute qu'il n'y aurait que des créatures de rêve, pendant cette soirée.

— En ce moment ? répéta-t-il. C'est-à-dire ?

Elle haussa les épaules.

— Je traverse un passage un peu difficile.

— Suite à une rupture ?

Elle hocha la tête et, oubliant sa fierté, précisa :

— Qui a eu lieu alors que les invités prenaient place à l'église.

— Ça alors ! Figure-toi qu'il y a des années, une fille m'a aussi plaqué le jour de notre mariage. Je te comprends, tu sais, mais avec le recul, je lui en ai finalement été très reconnaissant. Écoute, cette fête sera très simple, c'est juste un barbecue entre voisins et amis. J'aimerais vraiment que tu viennes.

— Merci.

Il lui sourit de nouveau, et elle lui rendit son sourire. Puis il désigna le haut de sa cuisse.

— Oh ! oh ! On dirait que tu as oublié d'enduire une parcelle de peau. Tu commences à brûler.

S'emparant de sa crème solaire, il la lui plaça dans la main, et ses doigts effleurèrent alors sa paume.

— Répare cet oubli avant de souffrir, ajouta-t-il. Sinon…

— Arrête de pervertir ma petite sœur, McKay !

Elle tourna la tête, pour découvrir Zane qui les observait, du haut de sa terrasse. Il avait pris un ton pince-sans-rire. Dylan la regarda, lui adressa un clin d'œil, puis déclara à l'intention de Zane :

— Qui te dit qu'elle n'a pas envie d'être pervertie ?

— Moi ! Et j'ajoute que tu ferais mieux de prendre tes jambes à ton cou et de déguerpir ! Je n'ai pas encore lu ton scénario, comme tu t'en doutes.

Un grand sourire éclaira alors le visage de Dylan.

— Voilà pourquoi tu ne souhaites pas me voir traîner dans les parages ! Jessica, tu ne pourrais pas le convaincre d'accepter ce rôle ? D'ailleurs, tu ferais mieux de rentrer et de te mettre à la lecture, toi aussi, car si tu restes au soleil plus longtemps, tu vas ressembler à une tomate.

Il lui proposait de lire son scénario ? Un sentiment d'excitation l'envahit aussitôt… Puis elle considéra ses cuisses. Zut alors ! Dylan avait raison, elle n'avait pas étalé sa crème solaire de manière régulière. Il était vraiment temps qu'elle se réfugie à l'ombre.

— Volontiers, répliqua-t-elle en se levant.

— Super, dit Dylan.

Puis il leva la tête vers Zane.

— On arrive, ajouta-t-il.

Galamment, il lui offrit la main, et elle dut l'accepter pour ne pas se montrer impolie. Il l'aida donc à se lever, puis elle lui sourit et se dégagea lentement de son étreinte pour rassembler ses affaires et s'envelopper dans un paréo blanc. Nul doute que Dylan était un charmeur, et elle se réjouissait que le contact de sa main l'ait laissée de marbre. Elle lança un coup d'œil en direction de Zane qui, de sa balustrade, dardait sur elle des prunelles perçantes.

Alors elle sentit un curieux tumulte se former au creux de son estomac. Mais elle préféra ne pas s'attarder sur cette impression et se mit à gravir les marches, Dylan sur les talons.

— Est-ce qu'il t'a demandé de sortir avec lui ?

Elle leva un regard étonné vers Zane : la question avait fusé dès que Dylan était sorti de la maison. La dominant de toute sa taille, on aurait dit un chevalier blanc cherchant à la protéger d'un méchant prince de l'ombre. Elle soupira.

— Pardon ?

— J'ai bien vu son petit manège sur la plage, il ne te lâchait pas des yeux !

Elle haussa les épaules et s'empara machinalement des trois verres vides, réflexe qui remontait au temps où elle était serveuse, au Holcomb House.

Après être entrée dans la maison en compagnie des deux hommes, elle s'était éclipsée pour prendre une douche et enfiler une robe à bretelles. Elle les avait ensuite rejoints dans le bureau de Zane, une pièce spacieuse abritant un mobilier en chêne clair, et avait écouté avec intérêt le résumé du scénario que Dylan proposait à Zane. La réunion avait duré une heure, puis ils s'étaient installés sur la terrasse pour prendre des boissons : elle avait bu un thé glacé, tandis que les hommes dégustaient un whisky coca.

Elle avait préféré garder les idées claires, face au redoutable Dylan. Comment un homme à femmes comme lui pouvait-il s'intéresser à la petite instit qu'elle était ? Elle ne nourrissait aucune illusion, et Zane aurait dû réagir de la même façon.

Alors, en un éclair de lucidité, l'image de sa mère s'imposa à son esprit : mais oui, c'était elle qui avait prié Zane de veiller sur sa fille, de s'assurer qu'aucun homme ne lui brise de nouveau le cœur. Pourquoi tout le monde était-il toujours sur son dos ? Il n'y avait aucun risque qu'il se passe quoi que ce soit entre Dylan et elle, mais elle allait tout de même mettre Zane un peu à l'épreuve. Voilà ce qu'il lui en coûterait pour comploter avec sa mère.

— Il m'a invitée à la fête qu'il organise, samedi soir, déclara-t-elle en redressant le menton. C'est juste une invitation amicale.

Zane serra les mâchoires et émit un grognement sceptique.

— J'en doute.

— Je lui ai dit que je n'irai probablement pas.

— Parfait, approuva-t-il alors d'un ton satisfait. Tu n'as pas besoin de le fréquenter. Tu ne…

— … fais pas le poids, c'est ça ? compléta-t-elle.

Il écarquilla les yeux.

— Mais non, ce n'est pas du tout ce que je voulais dire.

— C'est bien le cas, pourtant. Mais rassure-toi, j'en suis consciente et je n'ai pas du tout envie de me rajouter des problèmes de cœur. Parce que franchement, l'idée que Dylan McKay ait des vues sur moi est absurde.

Zane lui saisit le bras. Surprise, elle tressauta et manqua de lâcher les verres qu'elle tenait à la main.

— Ne te dévalorise pas, Jess !

Un trouble s'empara soudain de tout son être, d'autant que la dureté qui brillait dans les prunelles de Zane s'évanouit pour laisser place à un éclat qui la fit littéralement fondre.

— Ce que je voulais dire, c'est que tu es une femme bien spéciale, et que Dylan ne serait pas en mesure de t'apprécier à ta juste valeur.

Encore une fois, c'était son côté protecteur qui ressortait. Elle retint un soupir : elle serait toujours à ses yeux la sœur de Janie.

Zane chérissait la mémoire de cette dernière, et son cœur s'était refermé sur ce souvenir ; il n'autoriserait personne d'autre à entrer dans sa vie. Bien que très convoité, il était resté fidèle à Janie par-delà la mort, et s'il avait accepté de l'héberger, c'était uniquement parce qu'il était trop gentil pour refuser un service à sa mère.

— Merci, dit-elle.

Il hocha la tête et la relâcha, avant de s'appuyer contre la balustrade.

Libérée de son étreinte, elle emporta les verres dans la cuisine et les tendit un à un à Mme Lopez. Son cœur battait à tout rompre, elle devait impérativement s'occuper pour se calmer. Mais qu'est-ce qui lui prenait, à la fin ?

— *Dios*, ce n'est pas à vous de débarrasser, c'est mon travail, protesta Mme Lopez.

— Je sais, mais j'aime aider.

Depuis son arrivée, elle avait régulièrement cette conversation avec la gouvernante : elle ne voyait rien de mal à lancer une machine ou à poser les assiettes dans l'évier. Et aujourd'hui, elle avait tout particulièrement besoin de s'occuper.

— *Sí*, OK, répondit Mme Lopez.

Et son soupir résonna dans toute la cuisine.

Elle obtint donc de remplir le lave-vaisselle et de ranger des aliments dans le réfrigérateur, bref quelques menues tâches qui lui permirent de retrouver son calme intérieur. Après quoi, elle adressa un large sourire à Mme Lopez qui secoua la tête et lui jeta un petit regard amusé.

Au moment où elle sortait de la cuisine, elle fut projetée de nouveau à l'intérieur. Le coup l'avait atteinte à l'épaule, et c'était… l'assistante de Zane qui venait de la bousculer.

— Oh ! désolée ! marmonna cette dernière.

Mariah semblait aussi choquée qu'elle par la collision.

— Je ne t'avais pas vue, bredouilla-t-elle.

— C'est ma faute, je devrais apprendre à ralentir.

— Même chose pour moi, renchérit Mariah en riant.

C'est plus fort que moi, il faut toujours que j'aille à toute vitesse, même si c'est juste pour avaler un café et lire le journal.

Comme toujours impeccablement vêtue, Mariah se massa l'épaule à travers son corsage de soie cognac.

— Où allais-tu d'un si bon pas ? ajouta-t-elle.

— J'ai laissé Zane en plan, tout à l'heure, et j'allais le rejoindre.

— Bonne chance, alors ! Je viens de lui parler et c'est un vrai ours, aujourd'hui.

— Ah bon ? Pourquoi ?

Ce ne pouvait tout de même pas être à cause de cette histoire avec Dylan McKay ?

— Je l'ignore, si ce n'est qu'il en a assez de rester enfermé ici. Il se sent comme un animal en cage, même s'il ne fait aucun effort pour aller où que ce soit, à part pour s'occuper de ses affaires.

— Effectivement, ses plâtres le rendent nerveux. Il est très agité.

Mariah sourit.

— « Agité », c'est en effet le terme qui convient ! J'ai fait de mon mieux pour qu'il se concentre sur le restaurant, mais à présent, il a besoin d'une autre occupation. Et jouer dans un film serait peut-être le remède à ses maux.

Ou bien une manière de fuir le passé. Zane aimait la musique, c'était son domaine ; il adorait écrire des paroles, composer des mélodies. Il était né pour divertir les autres et sa voix sexy de baryton faisait tomber ses fans en pamoison. Pourquoi flirtait-il avec le cinéma, à présent ?

— D'après ce que j'ai compris, Dylan t'a invitée à écouter le résumé de son scénario, reprit Mariah. Qu'est-ce que tu en penses ?

— Eh bien… Je crois que l'idée est bonne : c'est

l'histoire de Josh, un homme brouillé avec son frère, qui revient dans la maison familiale, après la mort de leur père, et qui découvre que son frère sort avec la femme qu'il aimait autrefois. Ça peut fonctionner. Si Zane a des talents d'acteur, il sera génial dans le rôle de Josh. Le seul problème que je pressens, c'est le triangle amoureux... J'ai bien vu la réaction de Zane quand Dylan décrivait les scènes romantiques qu'il devrait jouer : il s'est instantanément fermé. C'est pourquoi je ne suis pas certaine qu'il accepte ce rôle.

— Entièrement d'accord avec toi. Cela dit, Dylan ne fera rien qui le mette mal à l'aise, je le connais. Il m'a demandé ce que je pensais de tout cela, et je lui ai répondu la vérité.

— C'est-à-dire ?

— Zane peut être acteur, il le fait depuis deux ans maintenant, sa personnalité publique est très différente de l'homme qu'il est réellement.

Et soudain, alors qu'elle s'apprêtait de toute évidence à poursuivre, Mariah s'interrompit et secoua la tête.

— Excuse-moi, j'oublie qui tu es.

Jessica fronça les sourcils.

— Il n'a toujours pas fait son deuil de Janie, c'est-ce ça ?

— Je crains que non, répondit Mariah. Je suis navrée d'avoir abordé ce sujet, cela ne me regarde pas.

La pensée que, deux ans après la mort de Janie, Zane prenait toujours des décisions en fonction de l'amour qu'il lui portait vint se nicher au plus profond de son cœur. En un sens, c'était très beau, mais aussi incroyablement triste.

— Tu es l'assistante personnelle de Zane, vous passez beaucoup de temps ensemble, et je vois bien que tu te soucies de lui comme d'un ami, aussi est-ce peut-être davantage ton affaire que la mienne, décréta-t-elle.

— Zane considère que tu fais partie de sa famille. Il me l'a répété des dizaines de fois avant ton arrivée.

— Je sais, je suis la petite sœur qu'il n'a jamais eue.

D'ailleurs, n'était-ce pas ainsi qu'il l'avait appelée devant Dylan ?

« Arrête de pervertir ma petite sœur, McKay. »

Cette loyauté envers la famille de son épouse était touchante, mais elle n'avait pas envie qu'il la plaigne. Depuis qu'elle avait vu ses invités quitter l'église sous le choc, des semaines auparavant, quelque chose s'était figé dans son cœur, son âme, son être… Il lui faudrait beaucoup de temps avant de pouvoir de nouveau accorder sa confiance à un homme, si tant était que ce jour arrive : aussi Zane devait-il cesser de se tracasser pour elle ; elle n'était pas en quête d'amour, pas même désireuse de rebondir. Oui, il pouvait dormir sur ses deux oreilles.

— Eh bien, quel est le programme, aujourd'hui ? enchaîna-t-elle.

En peu de temps, elle en avait beaucoup appris sur la vie que menait réellement une star. Tous les jours, Mariah recevait des dizaines de propositions pour des passages sur des plateaux de télévision, des interviews, des événements caritatifs. Or, si Zane contribuait généreusement à la cause des enfants et des familles de militaires, il avait décliné, ces derniers temps, toutes les propositions émanant des médias. Mariah s'occupait aussi de son fan-club. C'était un univers qui avait été familier à sa sœur, car elle avait aidé Zane à lancer sa carrière.

— Il faut que nous arrêtions un choix pour la déco intérieure du restaurant, mais Zane est encore indécis.

À cet instant, le téléphone de Mariah sonna, et elle s'excusa.

Jessica regagna la terrasse. Zane était assis sur une

chaise longue, à l'ombre ; les pieds surélevés, il lisait le scénario de Dylan, mais semblait songeur. Soudain, il referma le classeur et se mit à scruter la mer.

Elle suivit la direction de son regard sur le vaste océan… Le bruit de la mer agissait comme un baume sur son cœur, il la berçait et l'apaisait. Elle se sentait bien plus calme que lors de son arrivée. Cet endroit procurait une sensation de paix infinie… Le temps et la distance lui permettraient-ils finalement de surmonter sa rupture avec Steven Monahan ?

— Bon sang !

Du coin de l'œil, elle vit les béquilles de Zane tomber par terre, et leur cliquetis résonna sur les lattes de la terrasse. Il se pencha pour les ramasser, appuyé sur sa bonne jambe. On aurait dit une posture de yoga.

— Zane, ne bouge pas ! s'écria-t-elle en volant à sa rescousse.

Mais à cet instant, il perdit l'équilibre et se retrouva par terre, jurant et secouant son poignet, car il était tombé du mauvais côté. Elle s'agenouilla près de lui.

— Ça va ? demanda-t-elle gentiment.

Il tourna la tête vers elle.

— Tu veux dire… à part ma fierté ?

— Nous reparlerons de ça plus tard. Tu ne t'es pas fait mal au poignet ?

— Je suis parvenu à atterrir sur le bout des doigts, donc ça devrait aller.

Il les bougea un à un, comme s'il s'apprêtait à jouer du piano.

— Ton médecin serait peut-être meilleur juge, avança-t-elle.

— On dirait Mariah !

— Bon, espèce d'entêté, je vais t'aider à te relever.

La manœuvre la contraignit à se rapprocher très près de lui : il sentait bon le savon et l'après-rasage, et elle eut la furtive sensation que les battements du cœur de Zane résonnaient dans ses propres oreilles.

Heureusement qu'il était adroit, car elle ne pouvait guère l'aider, en réalité ! Mais il prit appui sur elle comme lorsqu'il l'avait aidée à regagner sa chambre, le soir de son arrivée, si bien qu'elle se retrouva de nouveau dans ses bras. Une bouffée de chaleur déferla en elle. C'était vraiment ridicule ! Pourquoi éprouvait-elle une telle impression de sécurité dans ses bras alors que, cette fois, c'était elle qui était venue à son secours ?

— Et voilà ! lança-t-elle une fois qu'il fut debout. À présent, nous sommes quittes.

La tenant toujours enlacée par l'épaule, il tourna vers elle des prunelles pétillantes et le trouble s'empara de nouveau de tout son être.

— J'aurais pu me relever tout seul.

— Tu crois ? Eh bien, je n'aurais pas voulu voir ce spectacle. Montre-moi plutôt un peu de gratitude.

Il se mit à rire. Il n'acceptait pas volontiers l'aide d'autrui, c'était là son problème. Sans transition, il balaya du regard la terrasse où il avait passé une bonne partie de la journée, manifestement frustré.

— Tu veux sortir ? proposa-t-il tout à trac.

— Volontiers ! s'empressa-t-elle de répondre en lui tendant ses béquilles. Où aimerais-tu aller ?

— Ça m'est égal. Tu pourras conduire ma voiture ?

— Sans problème.

— Alors après vous, madame, dit-il.

Et il désigna la porte avec sa béquille.

- 3 -

Presque amusée, Jessica vit Zane hésiter longuement entre un SUV noir et une voiture de sport décapotable gris métallique. Il choisit finalement cette dernière, alors que l'utilitaire aurait été sans doute plus confortable pour lui. Par souci de discrétion, il avait troqué son habituel Stetson contre une casquette de base-ball.

Quand il fut bien calé dans le cabriolet, elle lui demanda :

— Pourquoi avoir choisi le plus petit véhicule ?

— Parce que c'est plus drôle pour toi, non ?

— Plus effrayant, tu veux dire ! Ce petit bijou doit coûter une fortune. J'ai même peur de l'érafler, alors tu imagines si…

— Ne t'inquiète pas ! trancha-t-il avec un sourire amusé. Je suis bien assuré.

Le cœur battant un peu plus fort, elle ne se tourna pas vers lui, se contentant de remonter ses lunettes et de démarrer.

— Et voilà, c'est parti ! fit-elle, un peu décontenancée.

Il lui avait suffi d'appuyer sur un bouton pour que le moteur se mette en marche. C'était la première fois qu'elle conduisait une voiture aussi puissante ; un frisson d'excitation la parcourut.

Elle atteignit bientôt le portail d'entrée, qui s'ouvrit automatiquement lorsque Zane en fit la demande à haute voix. C'était en permanence le *nec plus ultra*, avec lui. Puis elle s'engagea sur la route qui longeait la côte, s'efforçant de ne pas céder à l'envie de vitesse que suscitait en elle ce fantastique cabriolet.

Elle sentait qu'il l'observait.

— Eh bien quoi ? finit-elle par demander. Ta grand-mère conduit plus vite que moi, c'est ça ?

— Je n'ai rien dit, répondit-il.

Et son accent traînant de Texan lui alla droit au cœur quand il ajouta :

— Mais à présent que tu en parles, je me rends compte que oui.

— Ha, ha, très drôle ! Peut-être que je roulerais plus vite, si je savais où j'allais.

Il lui adressa un vague sourire.

— Tout programmer ne garantit de rien, soupira-t-il. Je me suis rendu compte que sur certaines routes, il était préférable de ne rien prévoir.

Intriguée, elle lui jeta un coup d'œil en biais pour constater qu'il avait appuyé sa tête contre la vitre.

Au bout de quelques minutes, il se redressa.

— Tu veux voir le site de mon restaurant ? demanda-t-il. Le chantier a commencé.

— Avec plaisir !

Il lui indiqua alors une route sur la droite, qui descendait en serpentant vers une crique. Arrivés en bas, ils longèrent des boutiques chics et quelques petits restaurants donnant sur la mer avant d'arriver devant un bâtiment en construction.

— C'est ici, dit-il. Tu peux te garer sur le bas-côté.

La plage était large et le restaurant situé suffisamment loin de l'océan pour être épargné par les hautes marées. Sur la gauche, une digue en pierre avançait dans la mer, peuplée de pélicans à l'affût de leur prochain festin. Au-dessus, là-haut dans les falaises, à l'ombre des regards, se nichaient des demeures qui valaient des milliards et jouissaient d'une vue imprenable sur le Pacifique.

— Attends, lui dit-elle, je vais t'aider à descendre.

Elle coupa le contact, puis sortit de la voiture. Mais le temps qu'elle arrive à sa portière, il avait commencé à s'en extraire.

— Prends appui sur moi, ordonna-t-elle.

— Merci.

Une fois qu'il fut bien en équilibre sur ses béquilles, ils se dirigèrent vers le restaurant.

— Voici donc le Zane's on the Beach, dit-elle.

— Oui, bientôt.

— Tu cherches donc à diversifier ton activité ? enchaîna-t-elle.

— Tout à fait. Je ne vais pas pouvoir chanter toute ma vie.

Et pourquoi pas ? D'autres l'avaient fait, et il n'aurait certainement aucun problème à conserver son public même en vieillissant.

— C'est curieux, j'ai l'impression que tu n'es pas pressé de retrouver ce que tu aimes faire. Je me trompe ?

C'était sans doute une question un peu trop personnelle, car il se contenta de scruter l'océan.

— Désolée, cela ne me regarde pas, s'empressa-t-elle d'ajouter.

— Ne t'excuse pas, tu peux me demander ce que tu veux.

Elle le prit alors au mot.

— Dans ce cas, pourquoi cherches-tu à t'éloigner de ton métier alors que tu as des millions de fans ?

Il ferma brièvement les yeux.

— Je ne sais pas… Je suis fatigué de moi-même. J'ai peut-être envie de changer de peau.

— En un sens, je te comprends. Après ma rupture avec Steven, j'étais dans le désarroi le plus complet et j'ai laissé ma mère prendre les choses en main. Ensuite, je n'ai pas eu le courage de la contredire. Sans vouloir t'offenser, je ne serais pas spontanément venue me reposer chez toi si elle ne l'avait pas décidé.

Il se mit à rire, tandis qu'elle poursuivait :

— Depuis la mort de Janie, tu as visiblement tenu à garder tes distances avec ma famille.

— Je le reconnais, mais ce n'est pas pour les raisons que tu crois… J'ai vraiment connu un passage difficile.

— Je sais, Zane, je sais.

Avait-elle été trop brutale avec lui ? Il était dévoré par la culpabilité depuis la catastrophe qui avait coûté la vie à Janie, alors enceinte de cinq mois. Il était en tournée à Londres et celle-ci avait très envie de l'accompagner, mais il s'y était opposé, préférant qu'elle reste chez eux et ne s'éloigne pas de ses médecins. Quelle tragique ironie ! C'était précisément en voulant la protéger qu'il l'avait conduite à sa perte : Janie était décédée dans leur maison le soir où Zane donnait un concert pour le prince Charles et la famille royale. Sans doute s'en voudrait-il jusqu'à sa mort. Mais bien malin qui aurait pu deviner que Janie aurait été plus en sûreté dans un hôtel londonien que dans son grand ranch de Beckon ! Sa mère en avait convenu, Jessica aussi, mais lui n'en démordait pas : il se sentait responsable de la disparition de son épouse.

Glissant ses béquilles sous le même bras, Zane lui prit soudain la main et mêla ses doigts aux siens, tandis qu'ils regardaient l'océan.

— Je suis heureux que tu sois ici, Jess, murmura-t-il.

Un sentiment de paix mêlé de douleur envahit Jessica, un curieux cocktail d'émotions douces-amères, et elle aurait parié que Zane éprouvait les mêmes. Tous deux étaient perdus, partageant un lien profond.

Le vent de l'après-midi fit virevolter ses cheveux sur son visage et Zane ramena quelques mèches derrière ses oreilles, effleurant sa joue au passage.

— J'apprécie d'avoir auprès de moi une personne qui me comprend, murmura-t-il. Tu peux me croire.

— Je te crois, répondit-elle sur le même ton.

Elle avait confiance en lui, il ne représentait aucune menace pour elle, contrairement aux autres hommes de la planète. Car depuis Steven, elle se méfiait de l'ensemble de la gent masculine : on ne l'y reprendrait plus.

Zane lui relâcha la main et ils se mirent à contempler en silence les vagues du Pacifique qui venaient se briser sur le rivage. Au bout d'un moment, il se tourna vers elle :

— Je te fais visiter l'intérieur ?

Elle posa alors les yeux sur la structure sans toit qui s'élevait derrière eux.

— Oui, avec plaisir.

— Suis-moi si tu le peux ! s'esclaffa-t-il. En route pour une visite complète.

Bras croisés et adossé à la banquette du box qu'ils occupaient, Zane observait Jess, qui était en train d'étudier la carte des menus de son restaurant mexicain préféré, Amigos del Sol. De style hacienda, l'établissement était notamment réputé pour son délicieux guacamole, qui était préparé devant les clients.

— Tout est exquis ici, lui indiqua-t-il, mais je te recommande les *tamales*. Ce sont les meilleurs que j'ai jamais goûtés.

Un serveur en uniforme avait déjà roulé un chariot devant leur table et s'affairait, à l'aide d'un mortier et d'un pilon, à mélanger tous les ingrédients nécessaires pour la préparation du guacamole maison : avocat, citron, cubes de tomates, ail et épices diverses.

Comme Jessica avait la tête inclinée en avant, ses lunettes glissaient sur le bout de son nez. D'un geste rapide, elle les remonta, et Zane ne put s'empêcher de sourire : c'était une de ses petites manies qu'il trouvait adorables.

— Alors je prendrai des *tamales*, trancha-t-elle. Je m'incline devant tes vastes connaissances culinaires. Mais pour tout t'avouer, ce qui m'a le plus impressionnée, c'est la façon dont tu t'es introduit par la porte arrière pour dénicher ce box, alors que l'endroit est bondé.

— Je ne devrais pas te révéler tous mes secrets, mais pendant que tu conduisais, j'ai envoyé un texto à Mariah pour qu'elle appelle le propriétaire et qu'il nous réserve un coin tranquille, en lui précisant que nous apprécierions d'entrer discrètement par la porte arrière.

— Ah ! Mariah… Ton arme secrète.

— Oui, elle est comme une mère pour moi. C'est mon deuxième bras droit, et vu mon état, son rôle est déterminant.

À cet instant, le serveur posa sa préparation sur la table, et l'odeur d'avocat mélangé aux délicates épices se répandit subtilement dans l'air. Il y plaça également des chips de maïs toutes chaudes, puis prit leurs commandes.

Une fois qu'il se fut éloigné avec son chariot, Zane se saisit d'une chips qu'il plongea dans le mélange, et l'offrit à Jess.

— Goûte-moi ça, et ose me dire que ce n'est pas le paradis.

Il lui glissa la chips dans la bouche. Fermant les yeux, elle poussa un soupir de satisfaction.

— Hmm, c'est tout simplement divin.

Et pendant un bref instant, l'expression sublime de

son visage lui fit oublier son envie de goûter lui aussi au guacamole.

Eh bien, tu ne t'es pas servi ? s'étonna-t-elle en rouvrant les yeux.

— Non. C'était très amusant de te regarder.

— On dirait que je suis une vraie source de divertissement pour toi, ces derniers temps.

Il ne pouvait prétendre le contraire : son arrivée avait éclairé sa vie. Au fond, ce n'était pas une mauvaise chose. Il plongea à son tour une chips de maïs dans le guacamole.

— Mon Dieu, que c'est savoureux ! s'exclama-t-il quelques secondes plus tard.

Tout à coup, il vit que l'attention de Jess était accaparée par ce qui se passait derrière lui.

— Zane, ne te retourne surtout pas, chuchota-t-elle.

À peine eut-elle prononcé ces mots que deux jeunes filles d'une vingtaine d'années se matérialisèrent devant lui, avec un air à la fois ravi et gauche.

— Excusez-nous, dit l'une d'elles, mais nous sommes de grandes fans.

— Merci, dit-il.

— Vous voulez bien nous signer un autographe sur cette serviette en papier ?

Il lança un coup d'œil à Jessica qui hocha la tête.

— Entendu.

Et elles brandirent immédiatement deux serviettes et un stylo, ce qui facilita le processus.

— Merci, merci beaucoup ! s'exclama la plus âgée quand il les leur rendit. Vous êtes notre chanteur de country préféré. Je n'arrive pas à le croire ! J'adore votre dernier album. Je vous ai vu en concert, il y a cinq ans, quand je vivais à Abilene, chez mes parents.

Il s'efforçait de garder le sourire : les jeunes filles ne

s'apercevaient visiblement pas qu'elles étaient en train de perturber son repas avec Jessica.

Comme devinant son agacement, cette dernière intervint :

— Bonjour ! Moi, je suis Jessica, la belle-sœur de Zane.

Les deux jeunes filles affichèrent une mine stupéfaite : de toute évidence, elles ne l'avaient même pas remarquée.

— Nous dînons en famille et nous avons peu de temps, sans quoi, je suis certaine que Zane aurait adoré discuter avec vous. Toutefois, donnez-moi vos noms et adresses, et je veillerai à ce qu'on vous envoie un CD dédicacé de son dernier album. Et s'il vous plaît, soyez discrètes en partant ! Zane adore ses fans, mais nous avons vraiment besoin de diner dans l'intimité.

— Oh ! bien sûr ! répliqua l'une des jeunes filles.

Et l'autre s'empressa d'écrire leurs adresses sur la serviette de Jessica, avant qu'elles s'éclipsent toutes deux en riant.

Il regarda Jessica droit dans les yeux.

— Je suis impressionné, dit-il.

— J'ai déjà entendu Mariah s'entretenir au téléphone avec tes fans. J'ai pris exemple. J'espère que tu ne vois pas d'inconvénient à ce que je leur aie offert un CD.

— C'est parfait, ça se passe toujours comme ça.

— Ce qu'elles étaient pot-de-colle !

— Oh ! j'ai vu pire ! répliqua-t-il en secouant la tête.

— Tu veux dire en matière de femmes entreprenantes ?

Il se frotta le menton, soudain gêné.

— Inutile de faire ton timoré devant moi, poursuivit-elle. Je sais que tu es très demandé.

Il inclina la tête en arrière et se mit à rire.

— Très demandé ? Où veux-tu en venir ?

— Tu es célibataire, disponible, célèbre, beau. Tu es monsieur J'ai tout bon, en somme.

De nouveau, il éclata de rire.

— Quelle expression ! Tu viens de l'inventer ?

— Peut-être, répondit-elle en prenant une généreuse portion de guacamole. Peut-être que non.

— Tu me surprendras toujours, Jessica, renchérit-il.

Et il but quelques gorgées d'eau, tout en regrettant de ne pas avoir commandé d'alcool.

— Ça me plaît, chez toi, ajouta-t-il.

— Et moi, j'apprécie le fait que tu te comportes correctement avec ceux qui t'admirent.

À cet instant, leurs yeux se croisèrent et il ressentit une curieuse chaleur au creux de l'estomac. Le compliment de Jessica signifiait bien plus pour lui que dix mille groupies avides de le rencontrer.

— Ah, arrête ! Tu vas me faire rougir, s'exclama-t-il.

Elle pouffa alors de rire, mais à cet instant, son téléphone sonna. Il vérifia qui appelait.

— C'est Mariah, dit-il à voix haute.

Puis il regarda sa montre : il était 20 heures.

— Curieux, ajouta-t-il. En dehors des heures de travail, elle m'envoie habituellement un texto, au lieu de me téléphoner. Désolé, je dois décrocher.

Et il enchaîna dans l'appareil.

— Salut, Mariah ! Que se passe-t-il ?

— Zane… Un événement… affreux s'est produit, bredouilla-t-elle entre deux sanglots.

Il se figea : ces paroles lui rappelèrent aussitôt un mauvais souvenir.

— Ma mère a eu… un AVC. Apparemment, c'est sérieux.

— Mariah, je suis désolé !

— Il faut que je prenne tout de suite l'avion pour aller la voir… Ils ne savent pas si… Zane, elle est si jeune ! Seulement soixante-quatre ans. Et elle n'a jamais eu de problèmes de santé, auparavant.

— Mariah, cours à son chevet et ne t'inquiète de rien.

Il l'entendit redoubler de sanglots.

— Où es-tu ? demanda-t-il alors.

— Chez Patty, à Santa Monica.

Patty était une amie qui avait mis à sa disposition une aile de sa maison, depuis qu'il était venu s'installer à Moonlight Beach. De la sorte, ils n'avaient pas besoin de vivre sous le même toit, ce qui était pratique pour tous les deux.

— Elle est avec toi ?

— Oui, elle m'a réservé un vol pour Miami à minuit.

— Parfait. J'envoie une voiture te chercher dans une heure.

— C'est gentil, mais Patty a proposé de me conduire à l'aéroport.

Elle poussa un profond soupir avant d'ajouter :

— Est-ce que ça va aller sans moi ? Je ne sais pas… combien de temps je serai absente.

— Ne te tracasse pas pour ça, assura-t-il en regardant Jessica. Prends tout le temps dont tu as besoin. Et appelle-moi si je peux t'aider en quoi que ce soit, d'accord ?

— OK. Merci, Zane. Au revoir.

Il raccrocha.

— Bon sang, quel coup dur ! La mère de Mariah a eu un AVC. Elle part pour la Floride à son chevet.

— Je suis désolée, c'est sérieux ?

— Ça en a tout l'air, répondit-il en se passant une main sur le visage. Elle était bouleversée, il est possible qu'elle reste là-bas un certain temps.

— C'est probable, en effet. Tu vas chercher une remplaçante ?

Il n'y avait pas encore réfléchi. Pour l'instant, il était sous le choc de la nouvelle. Il comprenait si bien l'incrédulité et la douleur dans la voix de Mariah…

« Votre femme ne s'en est pas sortie »

« Quoi ? Vous devez vous tromper… »

Il sc rappelait cet échange surréaliste avec le médecin. Lui, hurlant au téléphone et refusant d'y croire. Pendant le vol qui le ramenait de Londres, il n'avait pas cessé de prier pour que ce soit une erreur. Une affreuse, épouvantable erreur. Mais quand il avait vu sa maison en cendres, cette demeure dont il avait toujours été si fier, il avait enfin compris que Janie était partie pour toujours.

Le serveur apporta leur repas, et il regarda les *tamales* qu'il avait tant vantés à Jessica. Il n'avait plus du tout d'appétit. Allons, il ne devait pas se laisser submerger par ces souvenirs, il ne pouvait pas lui gâcher son repas !

Jessica tendit la main et lui effleura les doigts : ce léger contact eut le pouvoir de le rasséréner. Puis il croisa ses prunelles, compréhensives et sensibles. Elle lui sourit.

— Demandons un doggy bag. Nous mangerons plus tard, quand tu te seras remis de tes émotions.

— Cela ne te fait rien ?

— Pas du tout. On y va quand tu veux.

Adorable Jess. Elle était si bonne avec lui, et elle le comprenait si bien. C'était une véritable amie qui le reliait au foyer qu'il avait perdu, à la région qu'il avait quittée, et il avait besoin d'elle à ses côtés.

— Tu m'as demandé si j'allais chercher une remplaçante pour Mariah…

— Effectivement. J'imagine qu'il va être difficile de trouver une personne à la hauteur.

— C'est vrai.

Il plongea alors les yeux dans les siens et ajouta :

— Cela dit, j'ai déjà trouvé quelqu'un, et elle est juste devant moi.

- 4 -

Un merveilleux lever de soleil, irisé par le léger voile des nuages, attendait Jessica à son réveil. Chaque jour lui apportait un spectacle différent, et elle aimait ce ciel californien qui s'éclaircissait au fil des heures matinales pour afficher un bleu azur vers midi.

Elle s'étira et repensa à la veille au soir… Zane l'avait encouragée à bien réfléchir à sa suggestion, la nuit portant conseil, avait-il précisé. Quand il lui avait proposé de remplacer Mariah, elle en était restée bouche bée. Était-il devenu fou ? Mais il lui avait rapidement précisé qu'en ce moment, il ne travaillait pas, et que sa mission consisterait pour l'essentiel à tenir la presse à distance et à reporter tout rendez-vous à une période ultérieure.

Par ailleurs, avait-il souligné, elle pourrait appeler Mariah si elle avait besoin de son aide.

— Tu es une femme intelligente, Jess, avait-il déclaré. Je suis certain que tu t'en sortiras sans problème.

Au fond, pourquoi pas ? Elle adorait relever les défis, et elle n'était pas encore prête à rentrer au Texas.

En quelques jours, elle avait pris un hâle californien, ses cheveux s'étaient éclaircis, mais elle ne pouvait pas non plus passer toutes les vacances étendue sur la plage : rester une ou deux semaines supplémentaires pour aider Zane, voilà qui donnerait un nouveau sens à son séjour.

Elle se doucha et enfila rapidement un short kaki et une

tunique moka, puis glissa les pieds dans ses tongs avant de filer vers la cuisine. Bizarrement, aucune bonne odeur ne s'en échappait ce matin. Mme Lopez n'était sans doute pas encore arrivée.

— Nom de Dieu !

Ce juron retentissant fut suivi d'une bordée d'autres. Pauvre Zane ! Il ne supportait décidément pas d'être entravé dans ses mouvements par ses plâtres.

Elle s'avança vers le seuil de sa chambre.

— Zane ?

— Je suis ici !

Elle s'orienta au son de sa voix. Il se tenait devant le lavabo, et leurs yeux se croisèrent dans le miroir. Sourcils froncés, il avait encore de la crème à raser sur le visage et s'était coupé à trois endroits.

— Cette fichue main ! Je n'arrive pas à me raser correctement.

— Attends, je vais t'aider.

— Toi ?

— Oui, moi. Je rasais mon père, par jeu, quand j'étais enfant, et j'étais assez douée.

Il lui lança un regard dubitatif.

— Eh bien quoi ? Tu doutes de mes talents ? poursuivit-elle. Je te garantis en tout cas que je m'en sortirais mieux que toi. À moins que tu ne préfères que je te conduise chez le barbier, comme je suis ta nouvelle assistante.

À ces mots, il se dérida et elle sentit son cœur se réchauffer devant l'éclat approbateur qui passa dans le regard de Zane.

— Alors tu acceptes, finalement ? demanda-t-il d'un ton hésitant.

— Oui, et je prends mon poste dès maintenant. Donc

que choisis-tu ? Ton assistante finit ce que tu as commencé ou elle te conduit chez le barbier ?

— Bon, essaie de ne pas me couper, alors, marmonna-t-il.

— Après ce que tu t'es infligé, je tâcherai effectivement d'être prudente. Lave-toi le visage, on reprend depuis le début.

Il obtempéra en maugréant.

Elle le fit asseoir, pour qu'il soit à la bonne hauteur, puis lui étala de la mousse sur les joues… Elle était toute proche, lui tenant le menton pour avoir un meilleur appui. Soudain, elle se rendit compte de l'intimité de la situation : était-ce le rôle d'une belle-sœur ? Elle n'avait pas réfléchi un instant en lui proposant son aide. Allons, elle devait considérer cette « opération sauvetage » comme sa première mission en tant qu'assistante, rien de plus. Et pourtant, difficile de ne pas être sensible à la chaleur qui émanait de son corps tout en muscles, à l'eau de Cologne épicée dont il s'était aspergé, après la douche… Assez ! Pour juguler l'attirance inattendue qu'il éveillait, elle se mit à penser à Steven, l'homme qui l'avait transformée en une femme désabusée.

Tout à coup, alors qu'elle plongeait le rasoir dans l'eau, elle s'aperçut que Zane suivait le moindre de ses gestes. Sur une impulsion, elle leva les yeux vers lui et croisa les siens. Une sorte d'électricité vibra dans l'air…

Quelques secondes s'écoulèrent, puis il se regarda de nouveau dans le miroir, détournant ses prunelles des siennes.

— Tu tiens le coup ? demanda-t-elle.

Au fond, cette question s'adressait aussi à elle.

— Je saigne ?

— Pas du tout ! Penche la tête en arrière, à présent, j'attaque ton cou.

— C'est rassurant ! grommela-t-il.

Mais il lui obéit sans faire d'histoires. Manifestement, il lui faisait confiance et, à cette pensée, une vague de chaleur la submergea, sans refluer avant la fin de la « séance ».

— Et voilà, c'est fini ! annonça-t-elle. Et pas une coupure à m'imputer ! Tiens, je crois que j'entends Mme Lopez.

Elle lui tendit aussitôt son rasoir, soulagée.

— Tu veux prendre ton petit déjeuner ? Café ? Œufs brouillés ? ajouta-t-elle d'un ton décontracté.

Elle s'apprêtait à sortir de la salle de bains quand il la saisit par le bras ; il lui restait encore un peu de mousse sur le visage, et il n'en était que plus troublant.

— Une seconde. Je ne t'ai même pas remerciée. Et puis tu n'as pas à te tracasser pour mon petit déjeuner, OK ?

— Cela ne fait pas partie de mon job ?

Elle le savait bien, elle n'avait jamais vu Mariah le servir, mais elle avait parlé sans réfléchir, pour se donner une contenance.

— Nous dresserons la liste des tâches que j'attends de toi en tant qu'assistante, répondit-il. Merci de m'avoir rasé.

Il passa la main sur son visage.

— Bravo, tu es douée, ajouta-t-il.

Elle déglutit lentement. Devrait-elle le raser tous les jours ?

Quatre heures plus tard, elle était assise au bureau de Zane, satisfaite de contrôler la situation, après avoir été un peu déroutée au début. Mariah possédait un sens remarquable de l'organisation, qui lui avait grandement facilité la tâche. Et puis Zane était dans une période d'hibernation professionnelle, entièrement focalisé sur son nouveau restaurant, comme si le reste ne l'intéressait plus. Avait-il besoin de cette coupure, loin des feux de la rampe, ou bien n'avait-il pas encore surmonté ses démons ?

En un sens, elle se trouvait dans le même état d'esprit, effrayée à l'idée d'affronter sa propre vie.

— Comment vas-tu ?

Elle leva les yeux de son agenda : Zane était adossé au chambranle. Aussitôt, son cœur battit un peu plus vite.

— J'ai l'impression de bien m'en sortir, répondit-elle.

Il sourit.

— Besoin de mon aide ? demanda-t-il.

— Non, pas pour le moment.

Comme il ne bougeait pas, elle ajouta :

— Et moi, je peux t'être utile ?

— Eh bien… Dylan me harcèle avec son scénario, mais je ne suis pas acteur. J'ai envie de refuser et, en même temps…

Il hésita.

Elle posa ses coudes sur le bureau et se pencha en avant.

— Et en même temps, ça te tente ?

Il plongea son regard dans le sien.

— Je n'en sais rien, Jess ! Pour tout te dire, Dylan pense que je devrais répéter avec quelqu'un, avant de me décider. Je n'ai pas voulu demander à Mariah, car je n'étais pas certain qu'elle soit très objective. Elle m'incite toujours à tenter de nouvelles aventures.

— Mais moi, je serais capable de te rabrouer sans états d'âme, c'est ça ? Et si je me trompe, Zane ?

— Tu sais tout de même reconnaître un bon acteur d'un mauvais ! Tu verras tout de suite si je suis crédible ou non.

Cette confiance qu'il avait en elle la flattait énormément. Et puis comme elle était désormais son assistante personnelle, difficile de refuser !

Elle prit une grande inspiration.

— OK, concéda-t-elle. Comment veux-tu que l'on s'y prenne ?

— On va lire certaines scènes à voix haute.

— Très bien. Où nous installons-nous ?

Il désigna le canapé beige, prétendument si confortable pour dormir.

— Le scénario est sur cette étagère, précisa-t-il encore. Tu peux l'attraper ?

— *Fleur sauvage*, c'est ça ? demanda-t-elle en se hissant sur la pointe des pieds.

— Tout à fait. Et tu connais en partie l'histoire.

Exact. Elle était là quand Dylan l'avait résumée.

— Voyons voir si je peux lui rendre justice, ajouta-t-il.

Tandis qu'il prenait place sur le canapé, elle alla s'asseoir à l'autre bout.

— Non, viens plus près de moi, sinon, ça ne va pas marcher.

Elle se rapprocha de lui et vit son regard glisser sur ses jambes où il s'attarda une seconde de trop. Immédiatement, elle sentit des frissons lui parcourir la nuque. Voilà qui promettait. Mais, l'instant d'après, Zane parut absorbé par le scénario qu'il avait entre les mains ; sans doute surinterprétait-elle le moindre de ses gestes.

— Voilà, j'ai trouvé la scène que l'on pourrait répéter. C'est quand Josh se retrouve seul avec Bridget, pour la première fois depuis son retour.

Elle parcourut rapidement la page.

— OK, finit-elle par dire.

— Bon, vas-y, tu commences. Ils discutent devant la maison.

Elle leva les yeux et lui sourit. Mais il ne lui rendit pas son sourire, prenant visiblement l'affaire très au sérieux. Elle s'éclaircit la voix et se concentra sur son texte…

— Josh ? Tu es de retour ? Depuis quand ? Je… J'ignorais que tu allais revenir.

— Mon père est mort. Tu croyais peut-être que j'allais manquer son enterrement ?

— Non, je veux dire… Tu es parti depuis si longtemps.

— Pour toi, je n'existais donc plus ?

Une note de colère s'entendit alors dans sa voix. Il était parfait.

— Je te rappelle que c'est toi qui es parti ! Tu as dit que tu ne pouvais plus vivre ici.

— Je t'ai proposé de partir avec moi, Bridget.

— Non, tu me l'as ordonné, c'est différent. Tu me demandais de tout laisser derrière moi. Ma famille, mes amis, mon travail, la ville que j'aime. Je ne comprends pas pourquoi tu la détestes à ce point, d'ailleurs.

— Je l'ai aimée, autrefois. Et toi aussi, je t'ai aimée.

Jessica leva la tête vers lui. Son ton était si juste, si sincère, qu'elle en était déroutée.

— Mais toi, tu as tourné la page de notre histoire, poursuivit-il d'une voix froide. Et tu t'es réfugiée dans les bras de mon frère.

Ils lurent encore deux ou trois répliques. La scène était intense, et Zane semblait y avoir trouvé un exutoire à son angoisse existentielle.

— Va-t'en, Josh, reprit-elle en croisant le regard de Zane. Je ne veux plus te voir.

Alors, d'une voix réellement habitée par le rôle, il répliqua :

— Désolé de te décevoir, Brigdet, mais je compte rester.

— Je vais épouser ton frère, Josh.

— N'y compte surtout pas ! s'insurgea Zane d'un ton farouche, son visage à deux doigts du sien.

— Arrête, Josh… Ne gâche pas de nouveau ma vie.

— Et c'est là qu'il l'attrape et l'embrasse, murmura-t-il.

Sentant alors le souffle de Zane lui caresser la bouche,

elle eut soudain la folle envie qu'il lui donne un baiser. Le rouge lui en monta aux joues.

Il avait les yeux rivés à sa bouche. Ressentait-il la même chose ? Voulait-il l'embrasser ?

Allons, tout cela n'était pas raisonnable. Zane était un homme en qui elle avait toute confiance, qu'elle appréciait réellement… Ils ne devaient pas céder à des jeux aussi futiles, tous les deux.

— Tu ne préfères pas que l'on saute la scène du baiser ? suggéra-t-elle.

Il secoua la tête.

— Non, je ne veux pas.

Le pouls de Jessica battait comme un fou à ses tempes lorsqu'il lui prit le visage entre ses mains, pour lui caresser doucement les joues. Puis il pressa sa bouche contre la sienne, et elle perçut le merveilleux lien qui les unissait et vibrait jusqu'au plus profond de son âme. Était-elle censée continuer à jouer le rôle de Bridget ? Comment était-ce possible alors qu'elle était aux prises avec un vertige intérieur bien réel ?

Le scénario indiquait que le baiser devait être violent et rapide, mais celui-ci ne respectait pas la consigne : il était à la fois ferme et langoureux… Un vrai paradis.

— Ne compte pas sur moi pour arrêter de te gâcher la vie, Bridget, reprit-il d'une voix dure, tout à fait convaincante. Je ne m'en lasserai jamais.

Sur ces mots, Zane recula et la regarda fixement avant de cligner plusieurs fois des paupières, comme s'il reprenait ses esprits. Il s'éclaircit alors la voix.

Elle avait l'impression que de l'électricité crépitait dans l'air. Éprouvait-il la même sensation ? Elle ne savait que dire, que faire…

— C'est à toi, murmura-t-il.

— Désolée, marmonna-t-elle avant de se raccrocher à son texte : Je ne veux pas que tout cela recommence, Josh.

— Tu n'auras pas le choix !

Et voilà, la scène était terminée. Zane referma le livret, tandis qu'elle s'efforçait de contrôler les battements de son cœur. Désireuse de retrouver un peu de son espace vital, elle recula discrètement à l'autre bout du canapé.

Il possédait des dons d'acteur, aucun doute là-dessus. Il avait endossé le rôle de Josh sans le moindre problème.

— Je ne suis pas une experte, mais je peux t'assurer que tu joues parfaitement bien le personnage de Josh. Et avec un naturel étonnant, pour une première fois.

Il plongea ses yeux dans les siens… Pourvu qu'il ne remarque pas sa nervosité !

— Tu es sincère ?

— Bien sûr. J'ai réellement cru à ton interprétation.

Un sourire en coin éclaira alors le visage de Zane.

— J'espère que tu ne m'en veux pas pour le petit baiser.

Si c'était un « petit baiser », alors elle voulait voir ce qu'était un vrai baiser de sa part ! Visiblement, il n'avait pas perçu son trouble, et elle s'en réjouit.

Jamais elle n'avouerait qu'elle avait envie de se faire embrasser par lui : c'était son beau-frère, nom d'un chien, et désormais son employeur. Mais il était avant tout quelqu'un de bien, qui ne tirerait jamais avantage de la situation, elle le savait.

S'il avait tenu à ce baiser, c'était parce qu'il était immergé dans le rôle de Josh, et comme elle n'était pas aussi impliquée dans le personnage de Bridget, elle avait cru, durant l'espace d'un instant, que c'était Zane Williams qui avait voulu l'embrasser.

Son portable sonna soudain et elle bondit pour répondre.

— Excuse-moi, Zane, c'est maman.

— Pas de problème, dit-il en se levant.

— Ne te dérange pas, je la prends dans ma chambre.

Le prétexte idéal pour s'éloigner de lui et des idées folles qui lui traversaient l'esprit.

— Bonjour, maman, lança-t-elle en montant l'escalier.

— Bonjour, ma chérie. Comment vas-tu ?

— Bien, merci.

— Tu es sûre ?

— Mais oui !

Elle en avait assez que sa mère se tracasse pour elle.

— J'ai une nouvelle à t'annoncer, enchaîna-t-elle. Mariah, l'assistante de Zane, a dû s'absenter pour quelque temps car sa mère a eu un AVC. Zane m'a demandé de la remplacer au pied levé, et j'ai accepté. Pendant une ou deux semaines.

— Quelle bonne nouvelle, ma chérie !

— Tu le penses vraiment ?

Quelque chose dans le ton enthousiaste de sa mère avait éveillé sa suspicion.

— Je suis désolée pour la mère de Mariah, bien sûr, mais pour toi, c'est une excellente opportunité.

Vraiment ? Sa mère si protectrice se réjouissait qu'elle ne rentre pas à la maison à la date prévue ? Il y avait forcément anguille sous roche.

— Pourquoi, maman ? Qu'est-ce qui s'est passé ?

— Je n'ai pas franchement envie de te le dire, même s'il est préférable que ce soit moi qui te l'apprenne.

Elle crut que son cœur allait cesser de battre. Sa mère était-elle malade ?

— De quoi s'agit-il ?

— Ma chérie, je suis désolée, mais je viens d'apprendre que Steven s'est marié à Las Vegas avec Judy McGinnis. Toute la ville en parle.

— Avec Judy ? répéta-t-elle comme un automate.

— Je suis vraiment navrée, mon ange. Je n'aurais jamais cru Judy capable d'une telle trahison. Jess, ça va ?

C'était le coup de grâce. S'en remettrait-elle ? L'homme qui lui avait fait perdre trois ans de sa vie pour l'abandonner devant l'autel venait finalement de se marier, alors qu'il lui avait juré avoir eu peur *in extremis* de s'engager. Et elle l'avait cru. Or, la vérité, c'était qu'il ne voulait pas s'engager avec elle, et qu'il lui avait préféré l'une de ses demoiselles d'honneur, avec qui elle était amie depuis l'école primaire.

Mon Dieu, c'était affreux ! Elle avait déjà perdu Steven, mais elle devait aussi renoncer à présent à une amie chère. Tous les deux l'avaient trahie, c'était un double coup porté à son amour-propre. Et, comme une idiote, elle n'y avait vu que du feu. Depuis combien de temps leur petit manège durait-il derrière son dos ?

Ses yeux la brûlaient.

Dire qu'elle commençait tout juste à se sentir mieux ! Or, la peine venait de rejaillir en elle avec une force redoublée. Mais elle ne pouvait tout de même pas laisser ces deux-là dicter sa vie ! Non, elle n'allait pas se transformer en martyre !

— Jessica ?

— Je suis là, maman, ça va, je dois juste digérer la nouvelle.

— Dis-moi ce que je peux faire pour toi.

— Rien, pour l'instant… Je te rappellerai ce soir. À tout à l'heure.

Et elle raccrocha avant de se regarder dans le miroir.

— Que t'arrive-il, Jess ? murmura-t-elle.

Elle en avait assez de se sentir une victime, elle avait toujours détesté ce rôle ! C'était décidé, elle ne se laisserait pas abattre par cette nouvelle épreuve. Il était temps qu'elle prenne sa vie en main.

La brise de l'après-midi jouait dans les cheveux de Zane qui, assis sur la terrasse, contemplait le Pacifique ; à ses côtés, Dylan McKay sirotait du thé glacé. Il appréciait la compagnie de Dylan, à condition que celui-ci ne le tarabuste pas pour qu'il accepte le rôle dans son scénario.

— Dans combien de temps seras-tu complètement rétabli et pourras-tu te remettre à vivre normalement ? lui demanda ce dernier.

— On m'enlève mon fichu plâtre au pied lundi, répondit-il.

Il était à bout de nerfs, à force de ne pouvoir se déplacer à sa convenance.

— Et ton poignet ?

La séance de rasage de la matinée lui revint en mémoire. Une chance que Jess soit venue à sa rescousse. À un moment, elle s'était penchée vers lui et son haleine sucrée s'était mêlée à la sienne : il avait eu la sensation que tout son corps vibrait d'électricité.

Il s'était vite ressaisi, Jess étant absolument hors de portée.

Et puis il lui avait demandé de lui donner la réplique, pour répéter le scénario, et il s'était alors retrouvé tellement pris par la scène qu'il l'en avait embrassée. Était-ce juste parce que le scénario le voulait, ou bien s'agissait-il d'autre chose ? D'un désir caché, par exemple ?

Il serra les mâchoires. Non, il devait écarter cette idée.

Et pourtant… Ce baiser avait eu sur lui l'effet dévastateur d'une bombe : il y avait si longtemps qu'il n'avait pas embrassé une femme aussi douce… Assez ! Ni l'un ni l'autre n'avaient besoin de complications dans leur vie, en ce moment.

— Mon poignet sera bientôt guéri lui aussi, j'espère,

répondit-il enfin en remuant les doigts. Mais l'hypothèse que je garde le plâtre un peu plus longtemps n'est pas exclue.

Il poussa un lourd soupir.

— Je ne suis vraiment pas doué de la main gauche ajouta-t-il. On n'a pas idée de sa maladresse jusqu'à ce qu'on perde l'usage de sa main droite.

— Je comprends. Combien de temps Mariah sera-t-elle absente ?

— Je ne sais pas encore. Il se peut que sa mère demeure partiellement paralysée. Elle est désemparée, pour l'instant.

— Alors Jessica et toi, vous vous retrouvez en tête à tête entre ces quatre murs ?

Zane leva les yeux au ciel. La maison était immense et ils ne risquaient pas de se marcher sur les pieds. Et malgré tout, le propos anodin de Dylan venait de le troubler.

— Elle remplace Mariah au pied levé, éluda-t-il.

— Ah bon ? Tu lui as proposé le poste ?

Zane hocha la tête, peu désireux de lui expliquer que la présence de Jess lui donnait l'impression de retrouver Beckon sans avoir à y retourner. C'était ce qu'il appréciait particulièrement chez elle, même s'il avait conscience que son attitude était par ailleurs très égoïste. Cela étant, il n'avait exercé aucune pression sur elle pour l'inciter à rester, elle semblait juste avoir envie de prolonger son séjour.

— Oui. Tu sais combien il est difficile de trouver des collaboratrices fiables. Or, j'ai toute confiance en Jess. Elle fera de son mieux, j'en suis convaincu.

Dylan plissa les yeux.

— En tout cas, tu n'hésites pas à chanter ses louanges.

— Elle est intelligente, elle apprend vite, répliqua-t-il en haussant les épaules. Et puis elle fait partie de la famille.

— Oui, c'est ce que tu n'arrêtes pas de répéter.

— Parce que c'est la vérité et que je ne vois pas pourquoi je la cacherais.

— Effectivement, renchérit Dylan, grand sourire à l'appui. Alors, est-ce qu'il y a des chances pour que tu partages l'affiche de mon film ?

— Je n'ai pas encore pris de décision : je ne t'ai fait aucune promesse, je te rappelle.

— C'est vrai. Sais-tu ce qu'on dit des gens qui traînent des pieds ?

— Non, mais je t'écoute.

— Qu'on finit par leur couper l'herbe sous le pied !

Il se mit à rire.

— Je devrais être flatté par ton insistance. Pourtant, si tu choisis d'engager un autre acteur, je ne t'en voudrais pas.

— Mais je ne veux confier ce rôle à personne d'autre que toi. Tu corresponds tout à fait au personnage !

— Peut-être, mais je tiens à garder mes fans, et ils pourraient penser que je m'éloigne d'eux en…

— Zane ?

La brise venait de porter une voix sensuelle jusqu'à eux, et il se figea. C'était Jess, bien évidemment, mais parfois, quand il s'y attendait le moins, il aurait pu jurer que c'était Janie qui l'appelait.

— Je suis sur la terrasse, répondit-il en se ressaisissant.

Jessica se matérialisa alors sur le seuil de la porte-fenêtre.

— Désolée, je n'avais pas vu que tu avais un invité, s'excusa-t-elle.

— Bonjour, Jess, enchaîna Dylan. Comment vas-tu ?

Et un sourire ravageur éclaira son visage. Ce charmeur invétéré aurait pu séduire un bouc dans un champ de luzerne, pensa Zane, un rien agacé.

— Salut, Dylan.

— Viens t'asseoir avec nous, Jess, suggéra Zane. Tu veux prendre un verre ?

Ils ne s'étaient pas revus depuis la lecture du scénario, et leur « baiser », plus tôt dans la journée ; elle avait travaillé ensuite dans son bureau sans requérir une seule fois son aide.

— Non, merci, répondit-elle en s'avançant vers eux.

Elle portait une robe fleurie en coton léger et s'était fait une queue-de-cheval : elle avait également son sac à main en bandoulière.

— En fait, poursuivit-elle, j'ai fini mon travail pour aujourd'hui et je comptais aller faire un peu de shopping. Je voulais juste savoir si tu avais besoin de quelque chose.

— Ah bon ? Tu veux faire du shopping ?

Et alors, elle en a bien le droit, non ? répliqua aussitôt une petite voix intérieure. Pourquoi se mêlait-il de sa vie privée ?

— Je n'avais pas prévu de rester si longtemps, et je n'ai pas apporté assez de vêtements. Et puis de toute façon, je voulais m'acheter de nouvelles robes.

— Je connais une boutique très sympa, dans le canyon, renchérit aussitôt Dylan. Je serais ravi de t'y conduire.

Zane tourna la tête vers lui. Il plaisantait ou quoi ?

Jessica se mit à rire.

— Merci, c'est gentil, mais j'aime bien flâner et explorer par moi-même.

— Comme tu voudras, répondit Dylan. J'espère que ton employeur ne t'exploite pas trop.

— Pas du tout ! J'adore être son assistante.

Sur ces mots, elle ajusta ses lunettes de soleil, geste qui dénotait une certaine gêne chez elle. Dylan la rendait nerveuse et, en l'occurrence, il espérait qu'il ne se trompait pas sur la cause de son embarras. Il prit une large inspiration : Jess était actuellement vulnérable et elle n'avait pas besoin que Dylan flirte avec elle.

— Mais vous venez tous les deux à ma fête de demain, n'est-ce pas ? reprit Dylan, de nouveau tout sourire.

— Non, désolé, nous ne sommes pas disponibles, trancha Zane.

Jessica lui lança un regard curieux, puis cligna des yeux avant de les tourner de nouveau vers Dylan.

— En réalité, j'ai changé d'avis, et je viendrais volontiers. À quelle heure les invités sont-ils conviés ?

Dylan arbora alors un sourire aussi large que la vue sur l'océan.

— À 18 heures.

— J'y serai.

— Ah bon, tu iras ? reprit Zane.

Incroyable ! Ils avaient pourtant décidé qu'ils s'abstiendraient.

— Oui, pourquoi pas ? On va bien s'amuser, non ?

Il ne pouvait la contredire. Après tout, si elle voulait aller à la petite fête de Dylan, il n'avait nul droit de l'en empêcher.

— Eh bien... Dans ce cas, nous viendrons, concéda-t-il.

— Nous ? Tu te joins à moi ? s'étonna-t-elle.

Et un éclat ravi s'alluma dans les belles prunelles de Jess.

— C'est super, Zane ! ajouta-t-elle.

Il retint alors un soupir irrité : pourquoi était-il si heureux qu'elle se réjouisse de sa présence ?

— Bon, j'y vais, enchaîna-t-elle. Zane, cela ne te dérange pas que je prenne ton SUV ?

— Pas du tout, la clé est dans le bureau, comme tu le sais.

— Entendu, merci !

Puis elle pivota sur ses talons et s'en alla.

— Elle est adorable, déclara Dylan.

— Oui, mais…

— Mais elle n’est pas pour moi, c’est ça ?

— Désolé, Dylan, d’être si transparent, mais tu te rends compte par toi-même que Jessica n’est pas ton type de femme, et puis elle a été durement éprouvée, ces derniers temps. Donc, il vaut mieux que tu te tiennes à distance, je ne plaisante pas.

La chaise de Dylan craqua quand ce dernier se rapprocha de lui.

— Tu l’aimes bien, n’est-ce pas ?

— Bien sûr ! Elle est comme…

Mais sa phrase resta en suspens car il se rendit compte qu’il ne pouvait plus affirmer en toute sincérité que Jessica était comme une sœur pour lui. Il se revoyait prendre sa bouche pour lui donner un baiser audacieux : en cet instant, il avait oublié qu’elle était la sœur de Janie, ses lèvres douces et sucrées l’avaient complètement saisi…

Depuis la mort de Janie, il n’avait pas vécu comme un saint, satisfaisant ses besoins physiques dans les bras d’autres femmes, mais il n’avait jamais établi de relation avec aucune. Et ce n’était pas avec Jessica, nom d’un chien, qu’il allait commencer ! Aussi, pourquoi le souvenir de ce baiser le hantait-il à ce point ?

— En fait, tu veux la garder pour toi, c’est ça ? lança Dylan.

— Mais tu n’écoutes pas ce que je te dis ? Jessica, c’est zone interdite pour tout le monde. Elle se remet d’une peine de cœur, elle est en convalescence !

Il se rappela alors la promesse qu’il avait faite à sa mère de la protéger et de s’assurer que rien ne viendrait la perturber.

— Très bien, j’ai compris, papa ours, grommela Dylan.

Bon, revenons à notre scénario. Je pense que Josh est un personnage taillé sur mesure pour toi.

Et, pour unc fois, Zane fut heureux que la conversation roule sur son éventuelle possibilité de faire l'acteur.

- 5 -

La boutique que Mariah lui avait vantée, Misty Blue, était une véritable caverne d'Ali Baba et Jessica y trouva toutes les tenues rêvées pour briser son image de petite institutrice provinciale. Sybil, la vendeuse d'une trentaine d'années qui s'occupait d'elle, ne cessait de lui faire de nouvelles suggestions.

— On dirait cette robe taillée sur mesure pour vous ! disait-elle. Vous allez faire des envieuses, à Moonlight Beach !

Jessica savourait : après tout, elle avait autant besoin de compliments que de tenues ! Elle avait décidé de se défaire de l'ancienne Jessica dès l'instant où elle avait appris que sa prétendue amie s'était enfuie avec son ex-fiancé. Puisqu'il en était ainsi, elle retournerait à Beckon sous les traits d'une nouvelle femme.

Elle allait redresser la tête : pas question qu'on s'apitoie sur son sort. Et tant pis si son compte en banque en pâtissait un peu !

— Prenez tout votre temps, poursuivit la vendeuse.

Elle choisit encore un maillot deux pièces, deux robes moulantes et deux jeans slim de couturier, ainsi que quatre tuniques de couleurs et de style variés.

— Je vais accrocher tout cela dans votre cabine, lui indiqua Sybil.

Ce qu'il était agréable d'être traitée comme une princesse ! Le pouvoir de l'argent, tout de même !

— Voulez-vous aussi essayer des chaussures ?

— Très bonne idée. J'ai besoin de deux ou trois paires.

— Dans ce cas, ce sera Benjamin, notre assistant chaussures, qui prendra le relais.

Trente minutes plus tard, dans la cabine Vagues — puisque cette boutique fort chic donnait un nom à ses cabines d'essayage —, Jessica considéra, un peu perdue, toutes les tenues accrochées aux ravissantes patères dorées, et les escarpins épars. Elle avait besoin d'aide ! Elle sortit donc *illico* son téléphone portable.

— J'ai besoin de ton avis, Sally, chuchota-t-elle quelques instants plus tard à sa meilleure amie. Je t'ai envoyé les photos de cinq robes, tu les as reçues ?

— Oui, à l'instant.

— Et alors ? demanda-t-elle, en se félicitant de vivre à une époque où la technique facilitait autant le shopping.

— Toutes te vont très bien. Tu as une superbe silhouette ! Pourquoi l'as-tu cachée, jusque-là ?

Elle n'avait jamais été très à l'aise avec, achetant toujours des vêtements qui masquaient ses formes au lieu de les mettre en valeur. Mais désormais, finie la timidité !

— Comment trouves-tu la rouge ? demanda-t-elle sans répondre.

— Géniale. Incontournable. Mais qui as-tu envie de faire saliver, au juste ?

Immédiatement, l'image de Zane s'imposa à son esprit. Depuis qu'il l'avait embrassée, il l'obsédait : pourtant, c'était ridicule, il s'était juste laissé emporter par le scénario. Malgré tout, difficile d'oublier la pression de ses lèvres sur les siennes. Ce baiser lui avait apporté une bonne dose d'endorphines, et sa réaction n'était pas forcément opportune.

— Elle n'est pas un peu trop tape-à-l'œil ? répliqua-t-elle. Je ne devrais pas changer de style ?

— Pas du tout ! Prends soin de toi, fais-toi plaisir. Si seulement je pouvais sauter dans le prochain avion pour te serrer dans mes bras ! Achète toute la boutique, si tu en as envie. Leur choix a l'air fantastique. Les escarpins rouges te donnent des airs de dévoreuse d'hommes. Juste un petit conseil : pendant que tu y es, remplace tes lunettes par des lentilles. Tu les as apportées, non ?

— Oui, oui.

— Alors mets-les ! Va jusqu'au bout de ce que tu as commencé. Tu as mon approbation la plus totale !

Évidemment, Sally avait raison. Elle pourrait peut-être aussi éclaircir ses cheveux : avec son teint californien, ce serait parfait. Rien qu'à cette idée, elle se sentait déjà mieux.

— Tu sais, Sal, moi aussi j'aimerais que tu sois là.

— Pas autant que moi ! La maison de Zane a tout d'un rêve, d'après les photos que j'en ai vues. Et en plus, elle donne sur la plage. Je parie qu'il n'y a pas d'humidité, là-bas.

— C'est vrai, c'est très différent du Texas.

— Ne me dis pas que tu as rencontré des stars de cinéma ou je vais vraiment être jalouse…

— Eh bien…

— Quoi ? Qui ?

— En fait, Dylan McKay habite à deux maisons de chez Zane.

Après cet aveu, elle ferma les yeux, anticipant le cri à l'autre bout du téléphone : Sally était folle des stars de Hollywood.

— Quoi ? ! Et tu l'as rencontré ? s'écria cette dernière après avoir effectivement poussé un hurlement.

— En quelque sorte. Je l'ai croisé sur la plage. C'est un ami de Zane.

— Non, jc ne le crois pas ! ! Raconte-moi tout.

Soudain, Jessica sursauta : on venait de frapper à la porte de sa cabine. Elle avait oublié où elle se trouvait !

— Mademoiselle Holcomb, je peux vous aider dans votre choix ? demanda Sybil.

Elle chuchota alors à l'adresse de Sally :

— Désolée, je dois te laisser. Je te rappelle plus tard.

— Tu as plutôt intérêt !

Elle raccrocha en souriant, puis répondit à la vendeuse :

— Non merci, tout va bien. J'ai bientôt terminé.

— Vous semblez contente. Vous avez trouvé ce qui vous plaît ?

— Je prends tout, répondit-elle.

Et elle imagina sans peine la joie de la vendeuse de l'autre côté de la porte, à l'idée de la commission qu'elle allait toucher.

Ses achats auraient au moins fait deux heureuses.

Zane avait reçu un texto de Jessica une demi-heure auparavant, lui indiquant de ne pas l'attendre pour dîner car elle serait en retard. Seulement, il n'avait aucune envie de prendre son repas sans elle. Il avait fallu que Jessica vienne séjourner chez lui pour qu'il se rende compte à quel point il était triste de manger en solitaire.

Quand il entendit le portail s'ouvrir, il s'écroula sur le canapé et s'empara d'un magazine pour ne pas donner l'impression de l'avoir attendue. Bientôt, des bruissements de sacs lui indiquèrent qu'elle allait surgir. Il tourna une page et prit un air concentré.

— Salut, Zane, lâcha-t-elle d'une voix essoufflée. Désolée d'être en retard.

Quand il releva la tête, il fut surpris par le nombre de sacs qu'elle portait.

— Tu as dévalisé les boutiques ?

Le salon résonna alors de son rire chaud et profond.

— Disons que la gérante a tout fait pour que je me sente à l'aise. J'ai eu droit à un *latte* à la vanille, des petits fours, et le vendeur de chaussures m'a presque fait un massage de pieds.

Il fronça les sourcils.

— Un massage de pieds ?

— J'ai hélas ! décliné, car je n'avais plus le temps. C'est une pratique courante, par ici ?

— Je n'en ai jamais entendu parler, marmonna-t-il. Où es-tu allée ?

— Chez Misty Blue, une boutique recommandée par Mariah.

— Je vois.

Il ne commenta pas davantage : Mariah avait des goûts impeccables, mais elle pouvait parfois être complaisante.

— À propos de Mariah, enchaîna-t-elle, tu as eu de ses nouvelles, aujourd'hui ?

— Oui, ce matin. L'état de sa mère ne s'améliore pas vite, elle gardera sans doute des séquelles. Mariah passe beaucoup de temps à l'hôpital et discute avec les médecins.

Il avait de la chance que ses parents, qui étaient dans leur soixante-dixième année, soient encore en grande forme et coulent une retraite paisible, en Arizona. Il les voyait plusieurs fois par an. Mais ce genre d'incidents l'incitait à passer plus de temps avec eux.

— J'en suis désolée.

— Moi aussi. Elle m'a également dit que tu ne devais pas hésiter à l'appeler si tu avais des questions à lui poser.

Jessica lui lança un regard sévère.

— Sauf en cas d'urgence, je ne l'appellerai pas, Zane. Toi et moi savons ce que c'est, de traverser une crise familiale.

Il sentit sa gorge se serrer.

— Tout à fait. Il n'y a rien qui ne puisse attendre, c'est ce que je lui ai répondu.

— Parfait… Tiens, j'allais oublier ! Je t'ai acheté un cadeau.

— Ah bon ? fit-il, le cœur soudain plus léger.

Elle se mit alors à fouiller dans ses paquets.

— J'espère que ça ne va pas trop te bouleverser, marmonna-t-elle. Je sais à quel point tu tenais à celui que Janie t'avait offert… Eh voilà, celui-là, c'est de ma part !

Elle lui pressa affectueusement le bras et lui tendit un paquet.

Il l'ouvrit et en resta sans voix pendant quelques secondes. C'était un bolo orné d'une turquoise sur un fond argenté, quasi identique à celui que Janie lui avait offert pour l'anniversaire de leur rencontre, et qui avait disparu dans l'incendie. Il ne l'avait jamais remplacé.

— Ton présent me touche, dit-il.

— J'avais aidé Janie à choisir le premier.

— Mais tu n'avais pas besoin de m'offrir quoi que ce soit, précisa-t-il bien vite.

— Une manière de te remercier pour le gîte et le couvert, et puis, surtout, parce qu'ici je sens que je me remets peu à peu.

— Merci beaucoup.

Là-dessus, il se leva et, à l'aide de ses béquilles, avança jusqu'à elle. Il voulait juste lui donner un baiser sur le front mais, troublé par ses yeux verts et doux, il ne put résister à l'envie de tester le goût de ses lèvres. Il se contenta toutefois de les effleurer, car il ne voulait pas l'embarrasser.

— Merci, répéta-t-il.

— Je t'en prie.

La voix rauque de Jessica lui retourna l'estomac : encore une fois, il avait eu la sensation d'entendre Janie.

— Je n'ai pas dîné, je t'attendais. Mme Lopez a gardé le repas au chaud. Tu as faim ?

— Je suis littéralement affamée ! C'est éprouvant, le shopping, ça ouvre l'appétit.

Il se mit à rire. Jess ne ressemblait décidément à personne : en général, les femmes n'associaient pas le shopping à une épreuve.

— Je vais poser mes sacs dans ma chambre. On se retrouve dans la cuisine ?

Il hocha la tête, dépité de ne pouvoir s'en charger. Il la regarda gravir les marches avec énergie, se prenant à espérer que lors de son prochain shopping, il serait en mesure de monter ses achats.

Il s'achemina d'un pas claudiquant vers la cuisine et sortit du four le poulet et les bouchées vapeur aux légumes que Mme Lopez y avait placés. Puis il souleva une serviette couleur lavande qui recouvrait des petits friands au fromage. Il en goûta un… Un vrai délice ! Il avait hâte de dîner en tête à tête avec Jess.

— Hmm, comme ça sent bon ! s'exclama-t-elle en entrant quelques instants plus tard dans la cuisine.

— Mme Lopez a cuisiné mes plats favoris, ce soir.

— Tu n'aurais pas dû m'attendre !

— C'est la recette de ma mère. Je me suis dit qu'une fille du Sud comme toi devait elle aussi aimer le poulet et les bouchées à la vapeur.

— Bien vu ! Assieds-toi, à présent, je me charge du service. Sauf si tu préfères dîner dehors.

— Non, ici, ce sera très bien, ce soir.

Le soleil était déjà couché, et le vent soulevait le sable,

ce qui n'était pas très agréable ; en un rien de temps, elle dressa la table et s'assit en face de lui.

La chair du poulet était tendre, les ravioles à la vapeur fondaient dans la bouche… Et puis, ce qu'il appréciait avec Jess, c'était qu'ils ne sentaient pas obligés de se faire mutuellement la conversation, le silence ne les gênait pas.

— C'est un délice, dit-elle en avalant sa dernière bouchée.

Alors elle s'essuya les lèvres et il suivit son geste du regard, presque jaloux de la serviette.

— Je vais voler la recette de Mme Lopez pour la donner à ma mère.

Elle remonta ses lunettes en haut de son nez. Bon sang, il n'aurait pas dû être attentif à ces petits détails, pas plus qu'à l'odeur de son parfum, ni à sa peau qui avait pris une jolie nuance dorée, sous le soleil californien. Et puis il y avait sa voix, à la fois rauque et féminine. Comme celle de Janie.

— Zane ?

Il releva la tête et se heurta à ses yeux verts.

— Tu étais ailleurs, constata-t-elle.

— Désolé.

— Tu vas bien ?

Il acquiesça, puis s'éclaircit la voix.

— Alors, tu t'es bien divertie, dans les boutiques ? demanda-t-il.

— C'était une expérience effectivement amusante d'avoir une assistante à ma disposition. Et puis Sally, ma meilleure amie, m'a aidée dans mes choix.

— Ah bon, ta meilleure amie est en ville ?

Elle éclata de rire.

— Non, pas du tout ! Je lui ai envoyé par texto des photos de moi dans différentes tenues. Tu sais, je ne suis pas très douée pour le shopping.

— Ah ! le pouvoir de la technique !

— C'est fantastique, non ?

Et la prochaine fois, pas question que Dylan l'accompagne, comme il l'avait proposé. Ce briseur de cœurs devait rester aussi loin que possible de la tendre Jess.

— Dorénavant, j'entends bien en profiter, précisa-t-elle.

Un éclair brilla alors dans ses prunelles claires, et son visage afficha une expression rassérénée.

Elle était en train de se remettre de sa rupture, et il s'en réjouissait, puisque c'était le but de son séjour en Californie. Cependant, cette bonne humeur si subitement retrouvée lui parut, à la réflexion, un peu suspecte : n'était-ce pas prématuré, après ce qu'elle venait de traverser ? On l'aurait crue prête à conquérir le monde, ou du moins Moonlight Beach. Mais son intuition, qui le trompait rarement, lui soufflait qu'elle lui cachait quelque chose.

— Coucou, Zane !

Jessica venait d'entrer dans le salon, prête pour la fête de Dylan.

Il pivota sur ses talons. Ses cheveux noirs légèrement mouillés brillaient et, dans sa chemise d'un blanc immaculé et son pantalon en toile beige, il était d'une beauté frappante. Elle vit la plus vive surprise se peindre sur son visage quand il découvrit sa tenue, puis il se mit à la détailler de la tête aux pieds, et elle eut alors l'impression d'apercevoir un éclair de douleur dans son regard. Il cligna plusieurs fois des paupières, avant de prendre une profonde inspiration.

— Zane ? Tout va bien ? s'enquit-elle, soudain inquiète.

— Très bien, répondit-il, l'expression impénétrable.

— Tu es certain ? C'est ma robe qui ne te plaît pas ?

Elle avait choisi un dos-nu bleu vif qui soulignait la

sveltesse de sa taille, tout en révélant la générosité de sa poitrine. Le décolleté était plus audacieux que ce qu'elle portait habituellement, mais en aucun cas indécent.

Visiblement, il n'arrivait pas à parler.

— Qu'y a-t-il, Zane ?

— On dirait Janie, déclara-t-il alors d'un ton brutal.

— Quoi ? s'exclama-t-elle, déconfite.

Elle avait l'impression que le ciel venait de lui tomber sur la tête…

Et puis, tout à coup, elle comprit. Sa nouvelle couleur de cheveux ressemblait au miel de Janie ; par ailleurs, elle avait mis ses lentilles, ce qui devait sans doute faire étinceler davantage ses yeux verts. Or, les prunelles de Janie ressemblaient à deux pierres éclatantes. Zane avait-il eu l'impression de voir le fantôme de sa femme ? Elle n'aurait jamais imaginé susciter pareille sensation chez lui.

— Telle n'était pas mon intention, mais je le prends comme un compliment, murmura-t-elle en se ressaisissant. Bon, je vais aller me changer.

— Non, n'en fais rien, ordonna-t-il alors d'un ton ferme.

Elle qui s'était crue si belle ! Évidemment, Zane ne pouvait deviner ce qui avait motivé sa métamorphose. De toute façon, il n'était pas son psy pour qu'elle lui confie à quel point elle s'était sentie humiliée par le mariage inattendu de Steven avec une femme qu'elle avait jusque-là considérée comme une amie et qui avait été sa demoiselle d'honneur.

— Je suis désolée de t'avoir bouleversé, marmonna-t-elle.

C'était vraiment le dernier de ses desseins. Elle était bien placée pour savoir que sa sœur était un être unique et Zane était toujours amoureux d'elle par-delà la mort. Il n'empêche, elle s'était attendue à un compliment de sa part, pas à cette réaction. Encore une fois, elle avait tout faux. Pour un nouveau départ, c'était raté ! Car par cette transformation physique, elle avait aussi voulu afficher un nouvel état d'esprit.

Elle pivota sur ses talons, prête à remonter à l'étage. Il ne pouvait se figurer à quel point il l'avait meurtrie.

— Bon sang, Jessica, reste !

Elle se retourna lentement. Un orage couvait dans le regard de Zane. Était-il en colère contre elle ? Mais au fait, n'était-ce pas elle qui était en droit d'être furieuse ? Elle en avait assez de ces hommes qui dirigeaient sa vie.

— Dois-je le prendre comme un ordre de mon employeur ?

— Arrête, Jess…

Il avait les yeux rivés sur elle : le désir qu'elle y lut alors la consuma littéralement jusqu'à l'âme.

— Qu'est-ce qui ne va pas, Zane ? parvint-elle à articuler.

— Tu es splendide, ce soir. Tu m'as surpris, c'est tout, et je n'aime pas les surprises.

Comment devait-elle interpréter ces propos ? Il dut se rendre compte de leur ambiguïté car il s'empressa d'ajouter :

— Je ne suis qu'un crétin fini.

À ces mots, elle retint un sourire. Il pouvait vraiment être charmant, quand il le voulait.

— Le blond te sied à ravir, et cette robe est magnifique, poursuivit-il. En un mot, tu es à tomber.

Ses compliments lui allèrent droit au cœur.

— Assez, Zane, je vais finir par me sentir gênée ! Oublions ce qui vient de se passer.

— Eh bien, on y va, à cette fête ? Je t'attends, dit-il d'un ton pince-sans-rire.

Alors elle lui sourit. Ouf ! Tout était rentré dans l'ordre et c'était tant mieux, car elle détestait les conflits.

- 6 -

Bras croisés et adossé contre un mur, Zane admirait le coucher de soleil qui déployait ses couleurs pastel sur le ciel cobalt, tout en écoutant le doux clapotis des vagues. La brise s'était calmée et ne soulevait plus les boucles blondes de Jessica. Elle aussi se tenait sur la terrasse de Dylan, aux abords du barbecue circulaire. Sa robe bleue avait été elle aussi victime du vent qui en avait relevé l'ourlet à plusieurs reprises. Chaque fois, une curieuse sensation avait traversé tout son être, semblable à un éclair.

Pourquoi avait-elle si radicalement changé d'apparence ? Mystère. Bien sûr, on n'aurait pas pu la qualifier auparavant de vilain petit canard, loin de là ; elle était parfaite au naturel. Mais, ce soir, elle avait éclos en un merveilleux cygne et il avait le sentiment que les ennuis n'allaient pas tarder.

Il l'aimait énormément mais, nom d'un chien, elle était inaccessible. Avec l'ancienne Jess, il se sentait à l'aise, comme avec une petite sœur ; or, à présent, quand il l'observait dans la lumière du crépuscule et entendait son rire sensuel alors qu'elle discutait avec Dylan et ses amis, il avait l'impression qu'elle était devenue une autre femme.

Pourquoi se mentir ? L'adorable Jess était une vraie bombe, ce soir, et tous les hommes de la soirée l'avaient remarquée.

— Viens nous rejoindre, lança Dylan en lui faisant signe de venir.

Il retint un soupir et se força à sourire. Allons ! Il ne pouvait pas rester dans l'ombre toute la soirée ; mettant en sommeil ses pensées confuses au sujet de Jessica, il rejoignit les autres.

— Et moi qui croyais qu'Adam était le seul reclus de la plage, commenta Dylan.

— Il y a une différence entre savourer son intimité et vivre caché du monde, précisa l'intéressé.

Adam Chase était un de leurs voisins, architecte de nombreuses maisons de front de mer. En dépit de sa notoriété, c'était un homme discret, n'accordant que de rares interviews aux médias ; néanmoins, son travail remarquable parlait pour lui. En tout état de cause, il n'aimait pas attirer l'attention.

— Là, Adam a marqué un point, Dylan, reprit Zane. Mais comme toi, tu recherches en permanence les feux de la rampe, tu ne peux pas comprendre.

Dylan, qui avait l'esprit sportif, accepta gentiment la petite pique. Passant son bras sous celui de Jessica, il déclara :

— Ils se liguent contre moi, Jess, j'ai besoin que quelqu'un soit dans mon camp.

Elle se mit à rire, et Zane considéra le verre de mojito à moitié vide qu'elle tenait à la main. Se libérant de l'étreinte de Dylan, elle s'écarta imperceptiblement de lui.

— C'est une affaire entre garçons, moi je reste en dehors de tout ça, déclara-t-elle.

Dylan plaqua alors la main sur sa poitrine.

— Tu me brises le cœur !

Adam lança un regard à Jess et le laissa ensuite glisser dans la vallée de ses seins, mis en valeur par sa robe dos nu. Elle aimantait littéralement les yeux des hommes, ce soir, à commencer par ceux de Zane, et chaque coup d'œil masculin adressé à Jess le faisait bouillir en silence.

— On voit que tu es une femme intelligente, Jessica, affirma Adam.

— La plus intelligente de toutes, car c'est avec moi qu'elle va rentrer, ce soir, renchérit Zane.

Toutes les têtes se tournèrent vers lui. Il venait visiblement de choquer la petite assemblée, mais nul ne l'était sans doute autant que lui. Il regarda furtivement Dylan : celui-ci arborait un sourire capable d'éclairer la nuit. Adam demeurait comme à son habitude impénétrable, tandis que les quatre autres convives autour du barbecue avaient jugé plus prudent de se taire.

— Elle est mon hôte et…

— Zane voulait juste dire que je me remets d'une rupture douloureuse, le coupa Jess, et il tient à me protéger.

Elle considéra alors les sept personnes autour du barbecue et s'empressa d'ajouter :

— Non que je coure le moindre danger ici, vous avez tous été adorables et accueillants.

Zane se sentit soudain idiot : il n'avait aucun droit sur elle, et il l'avait placée dans une position gênante.

— Par ailleurs, étant assez grande pour prendre mes propres décisions, j'ai envie de connaître chacun d'entre vous.

— Tu es décidément une femme intelligente, renchérit Dylan en se tournant vers Zane avec un air entendu.

Il préféra garder le silence, sachant parfaitement que Jessica n'était pas très contente de son côté grand frère ; il ne pipa mot lorsque Adam se lança dans une grande conversation avec elle, pas plus qu'il ne montra le moindre signe d'irritation quand Dylan lui fit faire le tour du propriétaire. Mais il éprouva un vif soulagement quand

Jessica se mit à discuter avec les femmes de l'assistance et passa un long moment en leur compagnie. L'une d'entre elles, actrice, avait été récemment engagée pour jouer dans un film relatant la vie d'une fille du Sud. Aussi avait-elle de nombreuses questions à poser à Jessica sur le Texas.

— On dirait que tu as besoin d'une bière, déclara Adam en lui tendant une canette.

— Et toi, on dirait que tu lis dans mes pensées, rétorqua Zane.

Adam lui adressa alors un sourire furtif : visiblement, il amusait cet homme plutôt taciturne.

— Eh bien, où en est ton restaurant ? lui demanda-t-il.

Zane avait requis ses conseils pour trouver un architecte spécialisé dans les établissements commerciaux en bordure de mer, Adam, lui, s'occupait essentiellement de résidences.

— La structure est construite, et nous devrions ouvrir dans quelques mois, début septembre, pour la fête du Travail, du moins je l'espère.

— Ravi de constater que les travaux avancent bien.

— Je n'ai pas à me plaindre, et je te remercie encore pour le confrère auquel tu m'as adressé.

Adam but une gorgée de bière.

— Jessica est charmante. Elle m'a dit que vous étiez indirectement apparentés.

Étaient-ce les propos de Jessica ? Cette expression le contraria, même si c'était la vérité. Mais au fond, n'était-elle pas également libératrice ?

— Exact, c'est la sœur cadette de ma femme. Elle séjourne à Moonlight Beach, en ce moment.

— Oui, je sais, tu l'as dit tout à l'heure.

Et, de nouveau, un sourire éclaira le visage d'Adam.

Il fallait croire qu'il savait le divertir, ce soir, car jamais il ne l'avait vu aussi enjoué.

— Je m'avance peut-être un peu, mais soit elle te fascine, soit tu souffres profondément du syndrome du grand frère.

Zane jeta un coup d'œil par-dessus l'épaule d'Adam et s'aperçut que Jess était en train de discuter avec un homme qui ressemblait étrangement à Dylan.

— Qui est ce type ? demanda-t-il d'un ton brusque.

Adam tourna vivement la tête.

— C'est Roy, sa doublure.

Roy et Jessica se tenaient près d'une torche en bambou, un peu à l'écart des autres convives qui gravitaient autour du barbecue où le chef cuisinier préparait les grillades. Bon sang, il ne pouvait tout de même pas empêcher que des hommes lui adressent la parole.

— Alors, tu t'es décidé pour quoi ? reprit Adam.

— Pardon ?

— Est-ce que tu joues les grands frères, ou pas ? Car si tel n'est pas le cas, il va falloir passer à la vitesse supérieure, mon vieux, sans quoi tu vas te faire doubler avant même que tu t'en aperçoives.

Il considéra Adam. Ce type ne savait décidément pas de quoi il parlait et n'imaginait pas à quel point il avait aimé Janie, aussi ne pouvait-il pas comprendre son incapacité à surmonter le passé. Il retint un soupir… Il avait bien essayé de canaliser ses émotions en les mettant en paroles, d'écrire une chanson dédiée à Janie qui lui permettrait de tourner la page, mais les mots ne venaient pas.

— J'ai déjà perdu…

— Zane, l'interrompit Adam, je ne te parle pas du passé, mais de l'avenir.

— Pour un homme qui franchit rarement la porte de sa maison, je ne sais pas si tu peux te poser en donneur de leçons ! répliqua-t-il soudain, agacé par l'insistance de son interlocuteur.

— En tout cas, je suis ici ce soir, et je ne le regrette pas. Cela m'a permis de rencontrer Jessica et tout le charme du Sud.

À cet instant, une odeur caractéristique de fraise des bois arriva jusqu'à lui, annonçant la présence de Jessica avant même qu'elle ne prononce un mot. Et, comme chaque fois, il ressentit un vague bourdonnement dans les tempes.

Elle ne lui avait pas beaucoup parlé, ce soir. L'évitait-elle, ou bien était-elle attirée par les autres convives comme un papillon par la lumière, désireuse de se nouer de nouvelles amitiés ?

— Tu t'amuses bien ? demanda-t-il.

— Très bien, oui ! J'ai fait la connaissance de personnes formidables. Désolée de t'avoir un peu abandonné.

Il porta sa bouteille de bière à ses lèvres.

— Ce n'est rien. J'ai passé ma soirée à divertir Adam, c'est déjà pas mal, non ?

Jessica lança un regard interrogateur à ce dernier.

— Zane est effectivement un vrai boute-en-train, en ce moment. Je comprends qu'on l'invite à des soirées, il met de l'ambiance, décréta Adam d'un ton pince-sans-rire.

Zane vida le reste de sa bière sans commenter ces propos ambigus. Il ne serait pas venu, si Jessica n'avait pas changé d'avis au sujet de la fête.

— Viens, dit-il à cette dernière. On dirait que le dîner est servi. Je meurs d'envie d'une brochette de poulet.

— Tu te joins à nous, Adam ? demanda-t-elle.

— Je vais d'abord prendre une autre bière. Je vous rejoins tout à l'heure, éluda-t-il.

Et tandis qu'ils s'avançaient vers la table de bois massif qui occupait l'autre bout de la terrasse, Zane déclara :

— Il y a peu de chances pour que nous le revoyions ce soir.

— Ah bon, pourquoi ?

— C'est un ours solitaire.

— En tout cas, il a été cordial avec moi.

— Oui, je sais.

Et il se mit à loucher malgré lui vers le renflement de sa poitrine qui pointait sa robe. Sa peau était douce et tentante... Avec ses cheveux blonds ramenés en arrière et ses yeux aussi verts qu'une prairie, elle avivait en lui un désir presque douloureux.

— Je vous ai vus marcher vers l'océan, tout à l'heure, poursuivit-il. Vous aviez l'air plongés dans une grande discussion.

— Effectivement, je lui ai posé des questions sur son métier.

— Ah ! je comprends mieux ! C'est sans doute pour cette raison qu'il a passé tout ce temps avec toi.

Par chance, Jess ne parut pas remarquer l'ironie de sa réplique. Ils étaient arrivés à la table et il parvint à tirer une chaise à son intention, en prenant garde à ne pas laisser échapper ses béquilles.

Bon sang, il avait hâte d'être débarrassé de ces fichus engins !

Ils s'étaient attardés un peu trop longtemps au barbecue, et Jessica éprouvait à présent quelques difficultés à sortir Zane de la voiture. Il l'avait engagée à ne pas trop boirc, mais avait négligé de s'appliquer le conseil à lui-même !

— Prends appui sur moi, lui dit-elle.

— Avec plaisir, mon ange !

Et il noua les bras autour de son cou, la faisant presque tomber sur ses genoux.

— Zane !

Alors il éclata de rire.

— Franchement, ce n'est pas drôle ! maugréa-t-elle.

Elle parvint à le mettre debout.

— Tu es si… si belle !

Elle haussa les épaules sans relever son commentaire. À cet instant, il fit un pas vers la gauche et tangua. Elle le cala contre la voiture, puis lui donna une béquille.

— Tiens, prends ça et concentre-toi, s'il te plaît.

Au fond, elle aurait peut-être dû accepter la proposition de Dylan de les reconduire à la maison, mais elle avait craint que Zane s'y oppose. Ah ! les hommes et leur ego ! Maintenant, elle devait se débrouiller toute seule avec un fardeau qui avoisinait les quatre-vingt-dix kilos !

— Zane, tiens-toi à moi et essaie de garder l'équilibre. Tu es prêt ?

Mais la tâche n'était pas aisée, et il manqua de nouveau de s'écrouler.

— Attention ! lança-t-elle d'un ton ferme. Nous allons finir par tomber tous les deux.

Curieusement, il semblait heureux : au moins, l'un des deux appréciait la situation ! Quand il parut un peu plus stable, elle avança d'un pas, puis en fit un deuxième. Il avait le corps collé au sien, un bras autour de son épaule et, cahin-caha, elle parvint à pénétrer avec lui dans la maison.

Quand elle le fit basculer sur son lit, elle était presque à bout de forces.

— Ouf, ça y est ! s'exclama-t-elle. Je vais te laisser, à présent.

— Oh non, reste !

— Pourquoi ? Tu as des vertiges ?

Il secoua la tête et l'attira à lui. Elle eut alors la sensation que la chaleur qui émanait du corps de Zane se refermait sur elle comme un piège et, quand elle croisa ses yeux, ils lui semblèrent s'éclaircir d'un coup, comme par miracle. Comme si les vapeurs de l'alcool venaient de se dissiper.

— Non, je me sens au contraire parfaitement bien. Parce que tu es là avec moi. Parce que je n'arrive pas à te sortir de mes pensées.

Ils étaient tous deux assis sur le lit, dans la lumière de la lune qui se déversait par la fenêtre, telles deux âmes égarées attirées l'une vers l'autre.

— Tu n'es plus ivre ? lui demanda-t-elle.

— Non, c'est passé.

Il lui ramena alors les cheveux derrière la nuque, et son geste lui parut semblable à la caresse d'une brise texane. Puis, sans prévenir, il plongea la tête dans son cou, et elle en eut la respiration littéralement coupée.

— Tu te remets vite, murmura-t-elle, incapable de formuler une pensée cohérente.

Il était tout simplement délicieux de le voir prendre de telles libertés.

— Je sais ce que je veux, enchaîna-t-il.

Elle inclina légèrement la tête.

— Et que… que veux-tu, en l'occurrence ?

Sans répondre, il la saisit par le menton pour qu'elle tourne la tête vers lui et pressa fermement sa bouche contre la sienne, allumant mille feux dans son corps. Alors elle lui noua tout simplement les bras autour du cou et lui rendit son baiser. Il émanait de lui un mélange de sueur et de whisky, et cette odeur purement masculine aviva son désir : elle sentit les pointes de ses seins se dresser sous sa robe.

— Je veux t'embrasser et t'embrasser encore, chuchota-t-il. Je veux toucher ton corps, et que tu touches le mien. Oh ! ma chérie, j'en ai terriblement besoin !

Il exerçait une attirance magnétique sur elle, contre

quoi elle était tout simplement incapable de lutter. De toute façon, Zane ne lui donna pas le temps de refuser, et quand il commença à déboutonner sa chemise, elle vint à la rescousse.

— Je vais t'aider.

Le torse de Zane était une vraie œuvre d'art, aussi musclé que bronzé. Prenant une grande inspiration, elle plaqua les paumes sur sa peau chaude et moite et se mit à la palper avec délices.

Il émit un grognement et, levant les yeux vers lui, elle vit ses prunelles assombries par le désir.

Il était en feu, haletant, et elle-même était consumée par une fièvre irrésistible. Et pourtant…

— Nous ne pouvons pas, chuchota-t-elle avec douceur.

Elle se devait de prononcer ces mots, à cause de Janie, à cause de Steven. Toutefois, ces paroles ne semblaient pas assez puissantes pour faire barrage aux sensations qui les entraînaient peu à peu vers une sorte de transe.

Peut-être était-ce ce dont ils avaient besoin tous les deux.

Pour une nuit.

De nouveau, il prit sa bouche et s'allongea sur le lit, l'attirant sur lui. De sa main gauche, il lui saisit la nuque et darda sur elle un regard pénétrant.

— Si toi aussi tu en as envie, ne te pose pas de questions, Jess.

Tel était Zane, l'homme qui ne se projetait plus dans l'avenir, celui qui prétendait préférer parfois de ne pas savoir où il allait. De toute façon, elle-même n'avait pas la moindre idée de ce que lui réservait le futur.

En revanche, elle savait ce qu'elle voulait, cette nuit. Zane était un homme bon et adorable, mais il pouvait aussi être incroyablement sexy ! Bien sûr, elle avait été sa… Assez ! Elle ne devait plus penser, juste se laisser porter par le courant.

— J'en ai envie, dit-elle.

Il sourit et captura de nouveau sa bouche pour lui donner, cette fois, un baiser plus langoureux.

À cet instant, elle s'abandonna. Zane défit le nœud de sa robe dos-nu : ses seins jaillirent alors, libres de toute entrave. Il se mit à les caresser doucement, tandis qu'ils durcissaient sous ses doigts habiles. Elle ferma les paupières, laissant échapper un gémissement…

— Tu as un corps merveilleux, ma chérie, murmura-t-il.

Puis, de sa bouche, il captura l'un de ses seins, en excita la pointe du bout de la langue. Après quoi, il s'attaqua à l'autre avec une ardeur redoublée. Elle ondoyait sur lui, sentant un violent désir monter peu à peu en elle.

Soudain, il détacha ses lèvres de ses seins.

— Enlève ta robe, lui ordonna-t-il.

Elle obtempéra sans discuter avant de revenir s'allonger sur lui, en culotte. Il la saisit alors par le menton et plongea ses yeux dans les siens.

— Tu es bien certaine que tu ne le regretteras pas ? demanda-t-il d'une voix rauque.

Elle avait trop envie de lui pour reculer, à présent. Son corps vibrait déjà des caresses qu'elle anticipait et la promesse de son sexe battait contre son ventre. La nouvelle Jess s'était émancipée.

— Certaine ! répondit-elle dans un souffle.

Elle perçut à la fois un soulagement et une indécision en lui. Bon sang, l'heure n'était plus à la réflexion, mais à l'action !

Elle se pencha vers lui pour prendre sa bouche ; ses seins effleurèrent alors sa peau et il se cambra sous elle.

Ses caresses la rendaient folle, elle posa la main sur la fermeture Éclair de son pantalon…

— Attends, dit-il.

Il lui sourit et, redevenant soudain sérieux, glissa la main dans sa culotte en dentelle. Elle poussa un petit gémissement quand elle sentit ses doigts sur les plis humides de sa chair. Alors il l'embrassa, étouffant ses soupirs, sans cesser de caresser son intimité.

Elle se mit à bouger sur lui, de plus en plus haletante, cependant qu'il accélérait ses mouvements…

— Zane ! hurla-t-elle tout à coup.

Et un puissant orgasme la souleva. Tout son corps se mit à trembler et il la tint contre lui jusqu'à ce que les ultimes spasmes se calment.

— Ouvre le tiroir de la table de chevet, lui souffla-t-il alors. Au fond du tiroir.

Quelques secondes plus tard, il ajustait son préservatif sous ses yeux emplis de désir. Au-delà de l'attirance physique, elle percevait qu'un lien plus fort les unissait, que toutes les ondes de l'univers les reliaient l'un à l'autre.

— Prête ? demanda-t-il.

Elle hocha la tête et s'assit à califourchon sur lui, tandis qu'il attirait son visage pour l'embrasser. Elle le guida en elle et ferma les paupières quand il la pénétra.

Ils se mirent à chalouper doucement, et elle sentit les battements de son cœur s'accélérer : elle venait de s'offrir à lui, et il pouvait désormais faire d'elle ce qu'il voulait…

C'était un merveilleux amant, et même s'il ne disposait que d'une main, il était bien plus adroit que les hommes qu'elle avait connus par le passé. Il était à la fois tendre et fiévreux, doux et dominateur. Et quand, n'y tenant plus, il céda à la puissance de la jouissance, une violente vague de plaisir la submergea de nouveau, qui la laissa pantelante.

Elle roula sur le dos, à côté de lui.

— Waouh ! s'exclama-t-elle, incapable de formuler un commentaire plus élaboré.

— Comme tu dis, approuva-t-il, essoufflé.

Et il soupira, preuve ultime du plaisir qu'elle lui avait procuré. Elle n'avait pas de regrets, mais elle n'avait pas envie non plus de réfléchir. Pas maintenant.

Zane l'enlaça et elle vint se blottir contre lui. Bientôt, ils retrouvèrent une respiration normale. Avec tout ce qu'il avait bu ce soir, nul doute qu'il allait sombrer sous peu dans le sommeil. Et elle ferma les paupières, savourant la sérénité que la nuit lui apportait.

Quand Zane ouvrit les yeux, son regard se heurta au plafond, et son aspect alvéolaire lui parut alors bien étrange. Il ne l'avait pas remarqué jusque-là. Au Texas, c'étaient des poutres de bois qui soutenaient la structure de sa maison et il en émanait une riche odeur de chêne et de cèdre, qui donnait une réelle chaleur à toute la demeure, et lui conférait une indéniable authenticité. Comme sa région natale lui manquait !

Il n'eut pas besoin de tourner la tête pour savoir que Jess s'était éclipsée : il l'avait entendue sortir de la chambre, aux premières lueurs de l'aube, et il regrettait amèrement de ne pas l'avoir retenue. Elle aurait été auprès de lui, à présent, et il aurait pu se repaître de sa chaleur.

Adorable Jess. Sensuelle Jess.

Il soupira longuement, repensant à la soirée précédente, à l'alcool qui avait coulé à flots, puis à la nuit qu'il avait passée auprès d'une femme douce comme une rose.

Eh bien, on pouvait dire qu'il s'était mis dans de beaux draps !

Se redressant, il parvint à tendre la main pour se saisir de ses béquilles, posées contre le mur. Dans un ultime effort, il se leva et sortit de la chambre pour se rendre dans le salon. Jess était appuyée contre la rambarde de la terrasse. Vêtue d'un short sexy et d'une blouse en tissu froissé, elle contemplait le Pacifique. Il était encore très tôt, et la plage était déserte, à l'exception des quelques mouettes qui la survolaient ; de petites vagues venaient rouler presque en silence sur la plage. Il adorait ce moment de la journée.

Moment dont son hôte aux cheveux d'or renforçait actuellement la beauté.

Aussi discrètement que pouvait le faire un homme qui se déplaçait avec des béquilles, il franchit la porte-fenêtre pour la rejoindre sur la terrasse. Elle était si absorbée par le merveilleux spectacle devant elle qu'elle ne sembla prendre conscience de sa présence que lorsqu'il fut presque à sa hauteur. Il posa ses béquilles contre la balustrade et l'enlaça.

Elle plaqua le dos contre son torse, sans se retourner, ses cheveux voletant au vent. Il lui donna un baiser dans la nuque : elle avait le goût d'une femme qui avait fait l'amour toute la nuit, d'une femme satisfaite et rassasiée.

— Bonjour, Jess.

— Salut…

— Pourquoi t'es-tu levée ? On pourrait encore être en train de se prélasser au lit.

Elle inclina la tête contre son épaule.

— Je ne sais pas ce que nous sommes en train de faire, répliqua-t-elle avec douceur.

— Peut-être que nous nous aidons mutuellement à guérir, suggéra-t-il en lui mordillant le lobe de l'oreille. Tout ce que je sais, c'est que je ne me suis jamais senti aussi vivant depuis une éternité. Et ça, c'est grâce à toi !

— C'est juste parce que je te rappelle…

— Mon Texas natal, la coupa-t-il.

Il était hors de question de lui laisser penser qu'elle était un ersatz de sa sœur. Certes, sa métamorphose de la veille l'avait troublé et lui-même ne savait pas très bien comment analyser sa propre réaction, mais il refusait que Jess croie qu'il voyait en elle son épouse décédée. Quelle sorte de vaurien cela aurait-il fait de lui ?

— Et plus encore, tu me rappelles les bonnes choses de ma vie.

— Tu as idéalisé Beckon ! Ce n'est pas l'endroit le plus merveilleux de la terre.

Évidemment, rien n'y serait plus jamais pareil, ni pour lui ni pour elle, d'ailleurs. Mais ce n'était pas la même chose : Jess était une victime, alors que lui se maudissait pour la mort de Janie et son sentiment de culpabilité ne le lâchait jamais, au point parfois de l'étouffer.

— Peut-être que tu as raison, mon ange… Mais je ne regrette rien, pour cette nuit. À part d'avoir encore mes plâtres, bien sûr.

Elle se retourna et darda sur lui son regard d'un vert rafraîchissant.

— Pas un seul, Zane ? Tu n'as pas un seul regret ?

Manifestement, la question lui tenait à cœur.

— Non, aucun, confirma-t-il.

Ce qu'il nourrissait en revanche, c'était des doutes. Il n'était pas du tout prêt à s'engager dans une relation sérieuse avec elle, ou avec aucune autre femme, d'ailleurs. Peut-être même qu'il n'en serait plus jamais capable. Il avait décidé de ne plus se projeter dans le futur, de vivre dans l'instant présent. Depuis deux ans, telle était sa philosophie pour ne pas devenir fou.

— Et toi, tu regrettes ce qui s'est passé cette nuit ? demanda-t-il, pas certain de vouloir entendre sa réponse.

Elle releva le menton et parut soudain plongée dans de profondes réflexions.

— Non… Je crois que tu as raison, nous avions besoin l'un de l'autre.

Elle se tut et il la considéra d'un air songeur : il avait évidemment envie de renouveler l'expérience, mais la décision ne lui appartenait pas.

— Qu'allons-nous faire, à présent ? reprit-elle.

La brise souleva alors sa chevelure et ses mèches dorées dansèrent dans la lumière du matin. Il sentit ses instincts se réveiller.

— Tout d'abord, je vais te donner un baiser, pour te dire bonjour.

Et, sans transition, il plaqua sa bouche sur la sienne, tout en pensant qu'il aurait pu l'embrasser jusqu'au coucher du soleil sans se lasser. Pourtant, il écarta bientôt ses lèvres et la regarda. Elle ouvrit alors les paupières, rosissante. Dieu, qu'elle était adorable !

— Si tu veux bien m'aider à préparer le petit déjeuner, nous pourrons manger, car Mme Lopez ne travaille pas le dimanche. Ensuite, nous ferons comme nous le sentirons, sans pression.

Il avait couché avec la jeune sœur de Janie, il aurait dû ressentir un cuisant remords mais, curieusement, ce n'était pas le cas. Il ne comprenait pas sa réaction. D'où venait qu'en présence de Jess il éprouvait un si grand bien-être, au lieu de la pire impression ? Il n'avait rien à lui offrir à part un réconfort physique. Il lui était impossible d'aller plus loin avec elle, ça n'aurait pas été loyal, et pourtant, il ne pouvait s'empêcher de la désirer.

— Entendu, Zane, lui répondit-elle avec douceur. Inutile

de m'aider, je me charge du petit déjeuner et t'appelle quand c'est prêt.

Il la regarda s'éloigner, les yeux rivés à ses reins.

Il s'était décidément mis dans de beaux draps ! La vie au 211 Moonlight Drive n'allait plus être aussi facile qu'avant.

- 7 -

Ce fut Jessica qui conduisit Zane chez le médecin.

Et, deux mois et demi après la fameuse chute d'un podium à Los Angeles, ce dernier émit enfin un rapport positif. Le pied de Zane s'était très bien remis ; il faudrait un peu plus de temps pour qu'il retrouve le plein usage de son poignet mais, bonne nouvelle, il n'avait plus besoin de plâtre. Elle était presque aussi soulagée que lui en entendant le diagnostic. Avec un peu de rééducation, tout rentrerait rapidement dans l'ordre, de sorte que sa présence aux côtés de Zane, pour l'aider dans les gestes du quotidien, ne lui serait plus indispensable et qu'elle pourrait se concentrer sur le travail. Elle essaierait aussi d'oublier les ébats amoureux auxquels ils s'étaient adonnés, deux nuits auparavant.

Même si elle était devenue une autre, il serait bien fâcheux qu'elle tombe amoureuse de Zane. Il était encore épris de Janie, et rien ne l'en détournerait. Et puis, comment pouvait-elle être certaine qu'il n'avait pas fait l'amour avec elle parce qu'elle lui rappelait justement sa sœur, et non en raison de l'affection qu'il ressentait pour elle ?

— J'ai envie de fêter ça, déclara Zane alors qu'elle franchissait le portail de sa demeure.

— Je te comprends, mais tu ne peux quand même pas aller danser tout de suite. N'oublie pas que tu dois faire de la rééducation.

— Je me sens en grande forme, tu sais. Je suis tellement content de pouvoir remettre mes bottes, par exemple.

Elle jeta un rapide coup d'œil à ses magnifiques chaussures en peau de serpent, sans nul doute fort onéreuses.

— Je te rappelle que tu habites le front de mer, et que tu es censé porter des sandales.

Il éclata de rire.

— Je pourrais te renvoyer la balle puisque depuis quelque temps, tu portes des escarpins vertigineux.

— Moi ?

Elle avait beau protester, c'était la vérité : la nouvelle Jessica chaussait désormais des talons, à part lors de ses promenades matinales sur la plage.

— Oui, toi. Avoue pourtant que tu es plus à l'aide dans des chaussures à talons plats que perchée sur tes gratte-ciel ! Non que ça me gêne, au contraire. Tu es très sexy avec des talons aiguilles.

Le compliment la ravit, mais elle se garda de le lui montrer, se contentant de lui jeter un regard délibérément morne par-dessus ses lunettes.

Il lui sourit.

Il était de fort belle humeur ce matin, et elle le préférait largement ainsi que grincheux, comme le dimanche après-midi où il lui avait reproché d'avoir assisté à une projection privée chez Dylan. Elle pensait qu'il n'avait rien contre : ne lui avait-il pas assuré qu'ils devaient agir selon leurs élans naturels ? Quand elle était revenue vers 21 heures, il était sombre et distant, et visiblement fort mécontent.

Ne pouvait-il donc comprendre que Dylan McKay ne l'intéressait absolument pas et que ce n'était d'ailleurs pas avec lui qu'elle avait fait l'amour, la veille ? Elle s'était rendue chez son voisin car elle le lui avait promis et avait aussi besoin de s'éclaircir les idées. Pourtant, eu égard à la réaction de Zane, elle s'était demandé si elle n'avait pas commis une erreur en rendant visite à Dylan.

— Tu sais ce que j'ai envie de faire ? questionna Zane, l'interrompant dans ses pensées.

— Dis toujours…

— J'ai envie de prendre un bain.

— Dans ton jacuzzi ? C'est une excellente idée. Je suppose que l'eau chaude…

— Non, Jess, dans l'océan. Ce soir, après dîner.

Elle remontait à présent l'allée qui serpentait jusqu'à la villa.

— Je ne sais pas si c'est très prudent, Zane. Tu ne devrais pas faire de gros efforts. On vient juste de t'enlever…

— J'en ai envie, Jess ! répéta-t-il d'un ton obstiné. J'ai été confiné trop longtemps à l'intérieur.

— Oui, je sais, mais le problème, c'est que…

— C'est que quoi ?

Et zut ! Il n'allait pas apprécier.

— Je ne serai pas à la maison.

— Ah bon ? Tu comptes aller faire du shopping à cette heure tardive ?

Il aurait été facile de lui mentir, mais elle s'y refusait.

— Non. Je suis invité chez ton voisin.

Il serra les mâchoires.

— Encore Dylan ?

— Non. Chez Adam Chase.

Il plissa les yeux.

— Quoi ?

— Nous avons parlé de son travail, au barbecue, et comme je me suis montrée intéressée, il m'a proposé de venir chez lui, voir ce qu'il a réalisé. J'imagine qu'il a simplement voulu être sympathique.

Elle s'abstint de lui avouer qu'elle avait trouvé l'invitation surprenante, étant donné la réputation de loup solitaire d'Adam.

— Ça, c'est tout Adam. M. Sympathique !

— Et tu ne penses pas qu'il le soit ?

Zane émit un grognement sceptique.

— C'est un génie, indéniablement, mais je ne le connais pas sur le plan personnel.

— Sa vie privée ne m'intéresse pas, se défendit-elle. Je suis simplement curieuse de son travail, rien de plus. Je suis enseignante, j'aime découvrir de nouvelles choses !

Elle aurait de loin préféré rester auprès de lui, mais comme ils n'avaient pas vraiment discuté de ce qui s'était passé entre eux, chacun s'étant bien gardé d'aborder le sujet, elle estimait préférable qu'ils ne passent pas trop de temps ensemble. Elle ne voulait pas enchaîner les désastres.

Bien sûr, Zane lui plaisait énormément, il était l'homme le plus merveilleux et le plus sexy qu'elle ait jamais rencontré, mais elle refusait d'être de nouveau broyée par l'amour. Et puis tous deux ne cherchaient-ils pas surtout à guérir de leurs blessures ? C'était ainsi que Zane avait présenté les choses.

— Je suis certain qu'Adam ne verra aucun problème à ce que tu te joignes à nous, ajouta-t-elle alors.

Il venait de poser la main sur la poignée de la portière.

— J'ai déjà visité sa maison, Jess. Vas-y sans moi et amuse-toi bien, déclara-t-il froidement.

Sans répondre, elle se précipita à l'extérieur de l'habitacle pour l'aider à en descendre, mais il avait déjà posé son pied sain par terre ; il parvint à se soulever en posant les mains des deux côtés de la portière.

— Appuie-toi sur moi, lui conseilla-t-elle.

— Merci, mais comme tu le vois, je peux me débrouiller seul.

Elle s'écarta, et il s'achemina d'un pas prudent mais sûr vers la maison. Elle sentit ses épaules s'affaisser et éprouva soudain un grand vide : elle avait envie que Zane ait encore besoin d'elle.

À moins qu'elle n'ait tout simplement besoin de lui.

Et, pour la première fois, elle souhaita que Mariah revienne au plus vite, avant que tout ne dégénère.

Les coudes posés sur la balustrade, Zane savourait le bonheur de pouvoir prendre appui sur ses deux pieds, et regardait Jess qui descendait l'escalier menant à la plage.

— À tout à l'heure, lança-t-elle. Je ne serai pas longue.

Sa voix résonna en lui comme un écho apaisant. Son timbre était unique et il commençait à percevoir ce qui le distinguait de celui de sa sœur. Il était rauque, mais plus léger, avec une note sans doute aussi plus sucrée, qui ne suggérait que de belles choses.

Tenant ses sandales à talon d'une main, elle lui adressa un dernier sourire ; son autre main était refermée sur une torche électrique car la lune n'éclairerait que faiblement la plage quand elle rentrerait.

Ses cheveux aussi longs que blonds frôlaient la taille cintrée de sa robe blanche. Elle avait une allure aérienne, qui pouvait facilement faire tourner la tête des hommes.

— Au revoir, lança-t-il en levant la main.

Elle n'avait pas voulu renoncer à son projet d'aller chez Adam et pourtant, il avait bien perçu ses hésitations. Avait-elle attendu qu'il l'en dissuade ? Et, surtout, avait-il eu raison de n'en rien faire ? Il la désirait, et sa présence suscitait une excitation sexuelle permanente chez lui. Pourtant, il l'avait laissée se rendre chez un autre. Était-ce un comportement stupide ou avisé ?

Soudain, son portable sonna et il plongea la main dans

sa poche. Sans doute Mariah. Elle ne cessait de l'appeler pour vérifier que tout se passait bien, alors que c'était elle qui avait besoin de réconfort. Ce matin, il avait demandé à Jess de lui envoyer des fleurs.

— Bonjour, Zane. C'est Mae, entendit-il quand il prit la communication.

Il fronça les sourcils. *Tiens, la mère de Jessica…*

— Bonjour, Mae, répondit-il d'un ton naturel. Quelle bonne surprise !

— J'espère bien. Alors dis-moi, comment te sens-tu en ce moment ?

— Bien mieux. On m'a retiré mes plâtres et je suis désormais libre de mes mouvements. Un vrai bonheur ! Et vous, êtes-vous en forme ?

— Tu sais bien que je m'inquiète toujours pour un rien ! Or, cela fait trois jours que je n'ai pas eu de nouvelles de Jess.

— Ah bon ? C'est inhabituel ?

— Oui, très ! En général, on s'appelle tous les jours, mais en l'occurrence, elle s'est contentée de m'envoyer des textos, ce week-end, et je n'arrive pas à la joindre. C'est pourquoi j'ai préféré vérifier auprès de toi si tout allait bien.

— Oui, je peux vous l'assurer.

— C'est bien vrai ?

— Tout à fait.

— Bon, je suis soulagée. J'avais peur qu'elle soit anéantie après l'affreuse nouvelle que je lui ai apprise. Ah ! on peut dire que ce Steven lui en aura fait voir de toutes les couleurs !

À ce nom, il serra le poing.

— Que s'est-il donc encore passé, Mae ?

— Je n'ai pas pu le cacher à Jess… Tu imagines un peu, il vient d'épouser Judy ! Sa demoiselle d'honneur et son amie depuis des années. Nous la considérions comme un membre de la famille. Et dire que je pensais connaître ce Steven ! Je voudrais les gifler tous les deux pour avoir brisé le cœur de ma petite fille.

Quelle sale histoire ! Ce type était un moins que rien.

Et soudain, un déclic se produisit en lui.

— Attendez une minute, Mae. Quand avez-vous appris la nouvelle à Jess ?

— Eh bien, que je me rappelle… Ce devait être jeudi. Oui, c'est bien ça, car j'avais rendez-vous chez le coiffeur et dans le salon, on ne parlait que de ça ! Je suis finalement partie avec les cheveux mouillés juste après ma coupe, sans attendre qu'on me fasse un brushing, tellement j'étais bouleversée. Je redoutais la façon dont Jess allait prendre la nouvelle mais, à ma grande surprise, elle est restée très calme. Je crois qu'elle était sous le choc. Est-ce que tu as noté une différence de comportement, chez elle ?

Oh que oui ! Il comprenait à présent sa transformation : ses cheveux teints en blond, les lentilles de contact à la place des lunettes, les tenues plus suggestives. Était-ce une façon de se rebeller… ou bien de faire fi de toute prudence et de devenir une femme aux mœurs légères ? Non, cette deuxième option ne collait pas. Jessica était simplement meurtrie, car des êtres chers l'avaient trahie.

Il repensa alors à sa propre réaction en découvrant sa métamorphose. Bon sang ! Il avait été en dessous de tout en lui reprochant sans ménagement de ressembler à Janie. Il s'était montré d'un égoïsme forcené, alors que sa vue l'avait en réalité excité. La vérité, c'était qu'il n'avait pas su comment gérer sa propre réaction. Elle avait bien failli ne pas se rendre à la fête de Dylan à cause de lui, alors qu'elle était absolument splendide.

Ensuite, il avait été jaloux de tous ceux qui s'étaient

approchés d'elle et puis… Et zut ! Il n'était même plus en mesure d'analyser quoi que ce soit la concernant.

— Zane, tu es toujours là ? Tu n'as pas répondu à ma question. Est-ce que Jessica se comporte différemment ?

Il jugea préférable d'enjoliver un peu la réalité.

— Elle est fort occupée, voyez-vous ! Elle prend très à cœur son rôle d'assistante, et puis elle s'est fait quelques nouveaux amis. Elle se plaît beaucoup ici. D'ailleurs, elle se trouve actuellement chez l'un de mes voisins. Quand elle reviendra, je lui dirai de vous appeler.

— Je suis contente, ce sont de bonnes nouvelles. Je savais que ce séjour chez toi lui ferait le plus grand bien.

Il grimaça. Il avait couché avec la fille de Mae et s'il s'était écouté, il aurait recommencé, alors que celle-ci le prenait pour son protecteur ! Ce n'était pas très glorieux, mais elle vivait sous son toit, et il l'avait dans la peau, à présent. Oh ! et puis après tout, était-ce si dramatique qu'il ait succombé à ses charmes, si tous deux s'en trouvaient mieux ? Allons, pourquoi cherchait-il à se dédouaner de ses actes ? Il savait bien que ce n'était pas anodin.

— Comme je te suis reconnaissante ! poursuivit Mae. Tu sais à quel point j'aime mes filles.

À ces mots, il sentit son cœur le lancer. Mae ne cesserait jamais d'aimer Janie, elle parlait toujours d'elle au présent, mais c'était aussi ce qu'il appréciait chez elle.

— Oui, je sais, Mae.

— Eh bien, parle-moi de toi ! Où en est ce restaurant ?

Une demi-heure plus tard, après avoir raccroché, il alla chercher sa guitare et se mit à jouer doucement, pour se réhabituer à l'instrument. Les mots se bousculaient dans son esprit, des paroles commençaient à prendre forme, et il finit par griffonner quelques notes, tout en égrenant des accords. Les cordes lui opposaient un peu de résistance, mais il en viendrait à bout.

Pourtant, il n'arrêtait pas de penser à Jess et aux révélations de Mae. Il voulait la protéger et, en même temps, il la désirait. Il était certes désolé pour elle, mais pas assez pour garder ses distances. En résumé, il était en conflit avec lui-même, comme aurait dit Dylan. Décidément, il avait besoin de se détendre, de se rafraîchir les idées, et un bon plongeon dans l'océan libèrerait son esprit et apaiserait son corps.

Quelques minutes plus tard, il se dirigeait vers le Pacifique en maillot de bain. Puis, prenant appui sur ses pieds, il s'élança dans l'eau sombre et profonde, conscient de repousser les limites de son corps.

Après une visite plaisante chez Adam, et avoir refusé qu'il la raccompagne, Jessica longeait la plage pour rentrer chez Zane. Elle sentait le sable frais crisser sous ses pieds, et avait l'agréable impression que les grains les lui massaient. Elle connaissait bien la plage, pour s'y promener tous les matins.

Quand elle entra dans la maison, le silence l'enveloppa tout de suite comme une chape. L'absence de bruit était fort étrange : il n'était pas encore 22 heures, et Zane ne pouvait tout de même pas déjà être au lit.

— Zane ? Tu es là ?

Pas de réponse.

— Zane ? répéta-t-elle.

Elle entra alors dans son bureau, puis dans la cuisine avant de passer la tête dans l'entrebâillement de la porte de sa chambre.

Rien. Aucun signe de lui.

Elle soupira et secoua la tête. L'entêté ! Il avait dû

aller nager dans l'océan. Et à cette pensée, l'inquiétude l'étreignit aussitôt. On venait juste de lui retirer ses plâtres, nom d'un chien ! Pourquoi s'était-il précipité dans l'eau, qui plus est de nuit ?

Montant dans sa chambre, elle retira rapidement sa robe pour enfiler le premier maillot de bain qui lui tomba sous la main, c'est-à-dire le deux-pièces provocant qu'elle avait acheté récemment. Elle passa ensuite un T-shirt, puis reprit sa torche et s'élança à l'extérieur.

Avec un peu de chance, elle allait le voir revenir en sifflotant vers la maison.

Au lieu de quoi, elle aperçut la serviette de Zane étendue sur la plage. Il était donc dans les parages. Le bruissement des vagues, qui d'ordinaire la berçait, lui parut soudain menaçant. Elle braqua sa torche vers l'océan, l'illuminant par bandes étroites et successives. Dans le même temps, elle plissait les yeux, essayant de déchiffrer les ombres.

— Zane ! Zane ! appela-t-elle.

Mais personne ne lui répondit, et elle ne voyait rien. Elle se mordit la lèvre et se rapprocha de l'océan, balayant de nouveau l'eau avec sa torche. Elle n'avait jamais nagé dans le Pacifique avant de venir sur la côte californienne, mais elle avait vite compris qu'il fallait se méfier des courants qui pouvaient vous entraîner au large. Elle savait aussi qu'ils étaient plus puissants la nuit et que…

Soudain, il lui sembla repérer un mouvement dans l'eau. N'était-ce pas une tête qui venait d'émerger ? Elle pointa sa torche dans cette direction, et plissa les yeux. Oui, il y avait bien une forme là-bas, qui venait de nouveau d'être engloutie par les eaux.

— Zane ! hurla-t-elle.

Mais sa voix se perdit dans le bruit du ressac.

Il ne pouvait pas l'entendre, il était trop loin. Elle attendit de longues secondes qu'il réapparaisse. Rien…

— Mon Dieu, Zane ! marmonna-t-elle.

Alors elle s'élança dans l'eau, consciente qu'elle n'avait plus une minute à perdre. Dotée d'un excellent sens de l'orientation, elle savait parfaitement où elle l'avait vu. Elle l'avait presque rejoint quand soudain, un grondement retentit… Elle leva les yeux. Oh non ! Une vague énorme allait la heurter de plein fouet, elle ne pouvait plus rien faire pour l'éviter. Le rouleau l'atteignit à mi-course et sa force la projeta en l'air. Elle retomba à plat ventre sur une mer aussi dure qu'une plaque de granit.

Une nouvelle vague la recouvrit, et elle se mit à lutter pour reprendre sa respiration, avant d'être bientôt soulevée hors d'eau, ce qui lui permit d'aspirer une grande bouffée.

— Jess ! entendit-elle alors.

Zane ! Il était venu à sa rescousse. Comment était-ce possible ? Tandis qu'elle toussait et reprenait son souffle, il l'entraîna vers le rivage, en flottant lui-même sur le dos et en lui maintenant la tête hors de l'eau. Une fois qu'il eut pied, il se remit debout et la porta jusqu'à la plage. Alors il l'allongea sur le sable et jamais elle ne fut aussi heureuse de retrouver la terre ferme. Lui aussi était sauf, et c'était merveilleux.

Il s'agenouilla près d'elle.

— Tu m'as fait une sacrée peur ! s'exclama-t-il.

Il écarta alors les mèches qui recouvraient son visage, et elle se heurta à l'impact de ses yeux magnifiques, à la fois pleins de douceur et d'inquiétude.

— Ça va ? s'enquit-il.

Elle hocha la tête.

— Oui. C'est le vent qui m'a surprise.

— Mais tu as failli te noyer, ma belle ! Qu'est-ce que tu fichais dans l'eau ?

Elle inspira et expira, sans rejeter d'eau salée, cette fois.

— J'étais venue à ta rescousse, répondit-elle. Je pensais t'avoir vu te débattre dans l'eau.

Il la couva alors d'un regard si chaleureux qu'elle ne sentit plus les gouttes d'eau froide le long de son corps. Puis il se mit à lui caresser les joues, la nuque, faisant naître en elle une troublante chaleur.

— Tu pensais que j'étais en train de me noyer et tu as risqué ta vie pour moi ? demanda-t-il d'une voix aussi râpeuse que tendre.

Elle hocha la tête.

— Mais ce n'était pas moi, ma jolie, tu auras vu des lions de mer ! renchérit-il. Ils viennent fréquemment s'ébrouer par ici, à la nuit tombée. J'en ai déjà aperçu qui sortaient la tête de l'eau. Dans l'obscurité, il est vrai qu'on peut les prendre pour une forme humaine.

— Et toi, comment m'as-tu trouvée ?

— Après m'être baigné, j'ai fait une longue promenade sur le rivage. Et je suis revenu juste à temps pour entendre que tu m'appelais. Une chance que je t'aie tout de suite repérée.

Il se mit à lui frictionner les bras, les jambes. Elle avait froid maintenant, mais cela ne l'empêcha absolument pas de réagir à son contact.

— Ça me fait du bien, soupira-t-elle de satisfaction.

— C'est vrai ? fit-il, un petit sourire malicieux au coin des lèvres.

Elle était tellement soulagée qu'il ne se soit pas noyé, qu'il l'ait sauvée, et plus encore… Elle éprouva soudain un immense bien-être.

— Merci, Zane.

Elle lui effleura l'épaule, et vit clairement un encouragement dans ses yeux. Alors, sur une impulsion, elle noua les bras autour de son cou et il avança son visage tout près du sien.

C'était complètement fou. Ils étaient allongés sur une plage au clair de lune, elle avait failli se noyer, et l'univers lui semblait parfaitement en ordre. Elle n'aurait échangé sa place pour rien au monde.

— Tu mérites un beau savon, pour avoir pris un tel risque, mais ça attendra.

— Ah bon ?

— Oui, car je pense que maintenant, tu vas m'embrasser.

— Bien vu !

Elle plongea les doigts dans ses cheveux épais et mouillés et l'attira à lui. Sa bouche avait le goût du sel et du sable chaud, et il l'embrassa avec fougue, avivant en elle un violent désir.

— Zane, murmura-t-elle essoufflée, quand il détacha ses lèvres des siennes.

— Nous devons absolument rentrer !

Elle comprit tout de suite le sous-entendu. Si on les découvrait en train de faire l'amour sur la plage, ils risquaient d'être arrêtés !

— Tu peux marcher ? enchaîna-t-il.

— Avec ton aide, oui, je pense.

Il lui sourit.

— Décidément, on dirait que toi et moi, nous avons toujours besoin de l'autre pour avancer.

Elle lui sourit. Comme c'était vrai !

Il l'aida à se remettre debout, et ils rentrèrent bras dessus bras dessous à la maison.

À peine furent-ils à l'intérieur que Jessica se retrouva plaquée contre le mur, prisonnière des bras de Zane.

— Tu vas me passer un savon, c'est ça ?

Il éclata de rire, et elle se sentit soudain l'âme toute légère.

Il laissa son regard courir sur son T-shirt mouillé, puis poussa un soupir :

— Sais-tu que tu es incroyablement parfaite, Jess ?

Il l'enlaça par la taille et sa chaleur excitante se communiqua à tout son être.

— Non, je n'en savais rien.

— Eh bien, maintenant, tu es au courant ! Tu ne dois pas changer à cause de ces deux-là. Ce Steven est vraiment le type le plus idiot de la terre.

Elle se figea.

— « Ces deux-là » ? Que veux-tu dire, au juste ?

Zane traçait de fabuleux sillons dans sa nuque, tout en pressant son corps contre le sien, si bien qu'elle avait du mal à ordonner ses pensées.

— Zane ? insista-t-elle cependant.

Détachant la bouche de son cou, il plongea ses yeux dans les siens.

— Ta mère a appelé quand tu étais chez Adam. Elle s'inquiétait parce que… Eh bien, elle m'a raconté que Steven avait filé avec une de tes amies.

Elle sentit son estomac se contracter. Pourquoi avait-il fallu que sa mère révèle cette suprême humiliation à Zane ? C'était comme si on venait de lui arracher son dernier lambeau de fierté.

— Tu as toutes les raisons d'être meurtrie, Jess. Mais ne change pas à cause d'eux, lui répéta-t-il.

— Tu crois que c'est ce que je suis en train de faire ?

— N'est-ce pas le cas ? Tu as teint tes cheveux, tu portes des lentilles, tu t'habilles différemment… Ne te méprends pas sur mes propos. Tu es belle comme un cœur. Mais tu l'étais aussi avant.

— J'avais besoin de changer, bredouilla-t-elle tandis que les larmes lui montaient aux yeux.

Elle avait envie d'effacer l'image de la femme humiliée qu'elle avait été, pour voir dans le miroir le reflet d'une personne plus forte, plus indépendante, qui avait du style et confiance en elle.

— Je comprends, murmura-t-il en la serrant tendrement dans ses bras. Mais promets-moi une chose.

— Quoi ?

— Ne va pas chercher ce dont tu as besoin dans les bras d'un autre. Cela me rend fou.

Son accent sincère, joint à l'intensité de sa voix, la toucha.

— Tu veux dire avec Dylan ou Adam ? Mais ils ne sont…

Il l'embrassa alors, sans la laisser finir, et elle frissonna.

— Tu me rends fou, lâcha-t-il d'une voix râpeuse.

Et il saisit l'ourlet de son T-shirt. Elle leva spontanément les bras pour qu'il le lui retire et se retrouva en Bikini, sous son regard brûlant.

— À partir d'aujourd'hui, je veux être l'homme que tu rejoins quand tu en as besoin !

— Tu veux dire, celui qui va me permettre de rebondir ?

— Appelle-moi comme ça si tu veux, ma chérie.

Elle accepta son offre sans condition. Grâce à lui, elle avait désormais une autre image d'elle-même ; Steven l'avait menée au bord du gouffre, Zane lui offrait la lune.

C'était un homme, un vrai.

Et si elle avait eu des doutes sur la nature des sentiments qu'elle éprouvait pour lui, ils s'étaient tous dissipés lorsqu'elle l'avait pensé en train de se noyer. Elle s'était ruée pour le sauver, tout en priant le destin qu'il ne le lui arrache pas.

Et elle n'allait pas se sentir coupable ou s'excuser auprès de quiconque : interdit ou non, c'était lui qu'elle voulait.

Il enlaça ses doigts aux siens.

— Ta chambre ou la mienne ? demanda-t-il.

— Comme tu voudras, répondit-elle, ivre de joie. Mais avant, nous avons besoin d'une douche bien chaude, qu'en penses-tu ? ajouta-t-elle, surmontant ses inhibitions.

— Tant que tu m'autorises à te retirer ton Bikini, pas de problème.

- 8 -

Jessica se laissa déshabiller par Zane, tandis que la vapeur envahissait la vaste douche. Puis il l'attira sous les jets et elle eut la merveilleuse sensation de se retrouver sous une puissante cascade tropicale. Il s'avança alors vers elle dans toute la beauté de sa nudité, le corps sculpté et bronzé, tel un dieu de l'Olympe.

— Tu es magnifique, Jess, lui dit-il.

Et, de sa bouche, il recouvrit la sienne tout en plaquant les mains sur ses seins avec un grognement de plaisir. Spontanément, elle noua les bras autour de son cou, fermant les yeux pour savourer les caresses qu'il lui prodiguait, conjuguées au jeu de l'eau sur son corps. De ses pouces, il titillait à présent ses mamelons déjà tout raidis, ce qui lui procurait une délicieuse torture. Elle retint un petit cri.

Il était extrêmement tendre, mais déterminé à lui donner du plaisir. Quand il retira le bas de son Bikini, les mains tremblantes de fièvre, elle se sentit désirable et puissante comme jamais.

Il déversa une pluie de baisers dans son cou, avant de capturer l'un de ses seins et de le mordiller de façon exquise. Elle ne put retenir un cri, étouffé par le bruit de l'eau. Puis il s'employa à chérir le deuxième téton de la même façon.

— Est-ce que tu es prête, maintenant ? chuchota-t-il.

— Oui, je crois…

Il s'empara alors du savon et la savonna de la tête aux pieds, l'enveloppant dans une mousse subtile et fleurie qui lui rappelait un après-midi de printemps. Il s'attarda plus particulièrement sur la partie la plus intime de son corps, lui arrachant de nouveaux gémissements.

Il avait plaqué la main sur ses reins, dans un geste possessif, et pressait à présent son membre dur contre son ventre. Elle frissonna puis céda doucement au plaisir, consciente de la vague qui l'emportait avec une force grandissante. Il recouvrit sa bouche de la sienne, tandis qu'elle s'enivrait du goût tendrement érotique de la passion.

Soudain, elle s'agrippa à ses épaules, consumée par un orgasme qui dépassait en intensité tout ce qu'elle avait connu.

Quand elle revint des brumes de la volupté, elle l'entendit murmurer :

— Tu as aimé, ma chérie ?

— Adoré, oui ! renchérit-elle.

Et elle sentit nettement sa bouche s'élargir en un grand sourire, pendant qu'il embrassait son épaule. Elle glissa alors la main vers son érection.

— Jess ! s'écria-t-il.

Il l'empoigna alors par la taille et elle enroula les jambes autour de ses hanches ; l'eau ruisselait toujours sur leurs corps. Il lui lança un regard aussi brillant que celui d'un loup affamé, puis la pénétra…

— Hmm… Que c'est bon, Zane ! balbutia-t-elle.

Il embrassa sa gorge, ses seins, et se mit à aller et venir. Elle était au paradis ; jamais on ne lui avait fait aussi divinement l'amour. De nouveau, les spasmes du plaisir se formèrent au creux de son ventre.

— Zane !

Il avait à présent les yeux rivés sur elle, aussi noirs que brûlants. Il attendit qu'elle redescende de son petit nuage et se remit à lui donner des coups de reins, de plus en plus rapides, de plus en plus puissants, auxquels elle répondait par un mouvement de hanches déchaîné, désireuse elle aussi de lui procurer du plaisir.

Des sons gutturaux lui échappèrent bientôt, et il perdit à son tour tout contrôle pour s'abandonner aux griffes de la jouissance.

Au bout de quelques instants, il releva la tête et repoussa les mèches blondes qui lui barraient le front.

— Ça va, mon ange ? demanda-t-il.

— C'était sublime, Zane.

Et la douche s'arrêta. Décidément, tout était programmé de manière parfaite. Oui, la perfection régnait en maître sur cette soirée, depuis qu'il l'avait enlacée sur le sable mouillé.

— On se met au lit ? proposa-t-il.

Elle hocha la tête, soudain insouciante de ce que demain lui réserverait : elle vivait désormais dans l'instant, et celui-ci avait été spectaculaire.

Après qu'ils se furent mutuellement essuyés, ils gagnèrent la chambre de Zane, mais elle voulut se diriger vers la sienne. Il lui saisit immédiatement le poignet.

— Où crois-tu aller ?

— Juste chercher ma chemise de nuit.

— Inutile, je te réchaufferai. Et maintenant, au lit !

Jessica ouvrit les yeux peu après l'aube, lovée contre Zane, dans son grand lit confortable. Comme d'habitude, le voile nuageux ne laissait percer qu'un filet de soleil. Il était déjà réveillé et lui caressait les hanches d'un geste familier. Pour un peu, elle se serait mise à ronronner comme un chaton devant un bol de lait !

— Je t'accorde ta journée, lui murmura-t-il.

Et elle sentit son souffle dans ses cheveux.

— Est-ce bien raisonnable ? J'ai de nombreux coups de téléphone à donner.

— Ça peut attendre. Je veux passer la journée avec toi.

— Mais c'est le cas, de toute façon.

— Pour faire des choses bien précises, enchaîna-t-il d'une voix suggestive.

Puis il lui mordilla le lobe de l'oreille, tandis qu'il glissait la main vers son ventre.

Ils avaient fait l'amour deux fois après la douche, et ç'avait été aussi merveilleux qu'effrayant car, bien malgré elle, Jessica avait vu l'avenir s'ouvrir comme un gouffre insondable, et la panique l'avait envahie. Qu'était-elle en train de faire ? Ce matin encore, la question se posait toujours : où tout cela allait-il les conduire ? Ils n'avaient pas utilisé de préservatif hier soir, sous la douche ; elle prenait certes la pilule, mais il lui était arrivé de l'oublier, après le fiasco de son mariage.

Elle se tourna vers Zane, excitée par ses caresses lascives.

— Qu'as-tu en tête, pour aujourd'hui ? le questionna-t-elle.

— Une journée d'oisiveté.

— OK, c'est toi le chef.

— Non, je ne suis pas ton chef, se défendit-il doucement. Pas quand il s'agit de ça.

Et il baisa son épaule, sa gorge, son menton. Soudain, il redressa la tête et plongea son regard dans le sien.

— Veux-tu ou non passer la journée avec moi ?

La question avait été proférée d'un ton aussi sérieux que s'il lui avait fait une demande en mariage : il avait apparemment tout un programme en tête.

— Oui, bien sûr ! répondit-elle en soufflant sur une boucle brune qui lui tombait sur le front.

— Parfait ! Alors allons-nous doucher, mais chacun de son côté, sinon, nous ne sommes pas près de partir !

Elle éclata de rire et bondit du lit.

— Entendu, j'y vais en premier !

Moins d'une heure plus tard, Zane, derrière le volant de son SUV, franchissait les grilles de sa villa.

— Cela fait un bien fou de pouvoir conduire à nouveau, déclara-t-il. Je déteste dépendre des autres.

Il avait renoncé à se raser depuis quelques jours et il portait une mince barbe qui le rendait encore plus sexy. Mais tout chez lui la troublait, et quand elle repensait à leur nuit d'amour, elle sentait son estomac se contracter.

Il avait coiffé une casquette à la place de son Stetson et chaussé des lunettes de soleil, afin de passer incognito. Il était quasiment guéri, et l'on n'aurait jamais pu deviner qu'on venait de lui retirer deux plâtres, n'eût été une légère claudication qui se manifestait quand il essayait de ne pas s'appuyer de tout son poids sur sa jambe tout juste remise. Elle pressentait déjà qu'elle devrait batailler pour qu'il ne manque pas ses rendez-vous chez le kinésithérapeute.

Il lui avait dit de mettre des bottines et un jean, sans lui préciser où ils se rendaient, car il souhaitait lui faire la surprise. Elle regardait à présent le merveilleux paysage défiler derrière la vitre alors qu'ils laissaient les eaux bleues derrière eux, pour emprunter une route de montagne. Zane fredonnait l'air qui passait à la radio et elle avait la sensation qu'il lui donnait un concert privé. Que demander de plus ?

Trente minutes plus tard, ils se retrouvèrent au sommet d'une montagne, où s'élevait une immense maison de rancher qui surplombait la ville et la vallée. L'air y était plus pur, le brouillard avait été emporté par les brises de l'océan.

— Où sommes-nous ? demanda-t-elle.

— Chez mon ami Chuck Bowen. Il habite ici avec sa mère. Cet endroit s'appelle Ruby Ranch.

Regardant autour d'elle, elle découvrit des corrals entourés de clôtures blanches, des vignes au loin, et des hectares de terrain vallonné et boisé. Des hennissements lui parvenaient.

— Viens, dit-il en descendant de la voiture.

Puis il en fit le tour pour l'aider à descendre, et lui tendit la main. Il semblait aussi excité qu'un petit garçon s'apprêtant à faire du manège.

— On va monter, lui annonça-t-il.

— Monter ? répéta-t-elle, surprise.

Elle n'était pas allée à cheval depuis son adolescence mais, à cette époque, elle montait chaque week-end avec une amie, Jolie Burns, quand elle ne travaillait pas à Holcomb House. Jolie vivait dans un ranch à une quinzaine de kilomètres de Beckon, et Jessica y retrouvait régulièrement un superbe alezan appelé Éclair. Elle adorait le brosser et prendre soin de lui, après les promenades.

— Mais avec plaisir ! ajouta-t-elle.

Zane se mit à rire et lui embrassa le bout du nez.

— C'est bien ce que je pensais.

Une belle quinquagénaire, dotée d'une flamboyante chevelure auburn, se dessina alors sur le seuil de la maison. Elle était vêtue de manière fort élégante, à la mode de l'Ouest, comme tout droit sortie d'une gravure de mode.

— Salut, Ruby, lui lança Zane.

Et il se saisit de la main de Jessica. L'espace d'une seconde, Ruby observa, surprise, leurs doigts enlacés, avant de leur adresser à tous deux son plus beau sourire.

— Ruby, je te présente Jessica Holcomb. Jess, voici Ruby Bowen. Chuck et elle possèdent cette merveilleuse propriété.

Ils étaient arrivés au pied de la véranda.

— Bonjour, renchérit Jessica. Cet endroit est splendide. Vous cultivez aussi la vigne ?

— Oui, nous sommes à la fois vignerons et éleveurs de chevaux. C'est une association assez rare, mais elle fonctionne pour nous. Nous ne mettons pas le vin en bouteille ici, pas assez de place, mais nous avons notre propre label. Nous y prenons un grand plaisir, même si c'est très prenant.

— J'imagine !

— J'ai rencontré Ruby et Chuck à une vente aux enchères caritative, il y a six mois, enchaîna Zane. Comme ils sont eux aussi originaires du Texas, ils m'ont gentiment proposé de venir faire du cheval quand j'en avais envie.

— Tout à fait, approuva Ruby. Nous disposons d'une immense propriété et nos chevaux ont besoin de prendre de l'exercice. Nous avons pensé que Zane devait être comme un poisson hors de l'eau, dans sa maison de front de mer, et je suis ravie qu'il ait accepté notre proposition.

Elle s'interrompit et ajouta à l'adresse de ce dernier :

— Chuck est en ville, il sera désolé de t'avoir manqué. Mais je t'en prie, fais comme chez toi. Stewie, notre palefrenier, va vous aider à trouver le cheval qui vous convient le mieux.

— Merci, Ruby.

Quelques minutes plus tard, Jessica enfourchait une jument appelée Adobe, et Zane un hongre noir répondant au nom de Triumph. À Beckon, le terrain était plat, mais ici, sur les hauteurs de Santa Monica, on avait l'impression que le ciel bleu pastel était à portée de main. Ils empruntèrent un chemin qui montait doucement, avant de redescendre de la même façon et de longer un ruisseau.

— Je parie que c'était un fleuve bouillonnant, autrefois, maugréa-t-il.

— C'est vraiment très beau, ici.

— Tu as raison. Le cheval te manquait ?

Elle hocha la tête, serrant la bride de sa monture. Bien que Zane ait gardé sa casquette, il était un cow-boy dans l'âme ; et il avait beau vivre dans une maison moderne et luxueuse à Moonlight Beach, il ne pouvait étouffer le Texan qui était en lui.

— Moi aussi, renchérit-il. J'adore chevaucher sur de grandes étendues.

Et elle se rappela sa superbe propriété à Beckon, laissée à l'abandon après l'incendie dévastateur. Il n'avait pas eu le cœur de tout démolir et de redonner sa splendeur au domaine. Il avait simplement engagé un agent pour vendre ses chevaux, et le reste demeurait en l'état.

Le cœur brisé, Zane avait laissé ses souvenirs derrière lui, et les gens de Beckon en avaient été profondément attristés : il était leur fierté, il n'avait pas de fans plus loyaux.

— Je suis contente que tu m'aies emmenée ici, lui dit-elle.

Il la considéra d'un air songeur.

— Sans toi, je ne serais jamais monté jusque-là, déclara-t-il. Chuck me harcèle depuis des mois pour que je vienne faire du cheval, mais je n'en avais pas envie. Jusqu'à aujourd'hui.

Elle sentit son cœur cogner plus fort. L'espoir pouvait être aussi destructeur que le désespoir, pensa-t-elle alors. Et elle essaya d'aborder le sujet sous un angle différent.

— Il est vrai que tu en as été empêché pendant longtemps, à cause de tes plâtres. Aujourd'hui, tu es enfin libéré.

— Oui, c'est une explication, concéda-t-il, le regard absent. Mais c'est surtout parce que, aujourd'hui, tu es avec moi.

Mon Dieu ! Dans ce superbe décor, tout lui paraissait possible, mais elle devait pourtant se garder de nourrir de trop grandes illusions.

— Ah bon ?

Il ralentit alors l'allure et immobilisa son cheval.

Elle l'imita.

À cet instant, il plongea ses yeux de jais dans les siens.

— Oui, parce que tu es avec moi ! répéta-t-il d'une voix rauque.

Elle se sentit rougir, priant pour que son bronzage et le bord de son chapeau masquent ses émotions. Zane n'avait pas besoin d'une nouvelle groupie ! Ils avaient tous deux convenu qu'il serait pour elle celui qui lui permettrait de rebondir, sans préciser ce que cela signifiait. Ils couchaient ensemble, c'était indéniable, mais à part ça, elle ne savait pas très bien quel rôle elle occupait dans sa vie.

Son cœur égaré ne souhaitait pas en savoir davantage : pourrait-elle survivre à une autre déception ? Il était préférable de ne pas trop réfléchir.

— Le premier arrivé au chêne, au bout du plateau, lança-t-elle par-dessus son épaule, éperonnant son cheval.

Elle le devançait déjà de trois longueurs quand elle l'entendit éclater de rire.

Visage au vent, cheveux tout emmêlés, elle se pencha sur sa jument pour éviter les branches des arbres qui longeaient le sentier, et encouragea sa monture à accélérer encore l'allure. Elle n'était plus qu'à cinquante mètres du but.

Dans son dos, elle entendit soudain les sabots de Triumph. Non, elle n'allait tout de même pas se faire coiffer au poteau !

— Allez, Adobe, vas-y !

Mais Zane la dépassa à cinq mètres de l'arrivée et remporta finalement la course, tandis que son cheval poussait un hennissement de victoire. Elle tira alors sur les rênes du sien pour l'immobiliser et fit le tour du chêne, tandis que Zane lui adressait un large sourire, visiblement heureux. Comment aurait-elle pu ne pas partager ce bonheur avec lui ?

Il descendit de monture et s'avança vers elle d'un pas assuré. Comme son rétablissement lui seyait ! Ses yeux brillaient, il avait les épaules bien redressées, et un merveilleux sourire aux lèvres.

— J'ai gagné, Jess.

— De peu.

— Sans doute, mais ma victoire est incontestable.

Il lui tendit alors la main pour l'aider à descendre et elle se laissa glisser contre lui, le cœur battant à tout rompre à cause de l'exaltation de la course et de la beauté de Zane.

— Eh bien, qu'est-ce que j'ai gagné ? poursuivit-il.

— C'est une question piège ?

— Pas du tout.

— Qu'est-ce que tu veux ?

— Un baiser, pour commencer, répondit-il avec un sourire diabolique, digne d'un acteur de *soap opera* incarnant le vaurien.

— Pour commencer ? reprit-elle en rivant son regard à sa bouche souriante.

Dès l'instant où les lèvres de Zane rencontrèrent les siennes, son esprit refit défiler le film de leur nuit d'amour. Avec sa bouche, il avait goûté chaque parcelle de son corps.

À bout de souffle, elle s'écarta pour reprendre sa respiration et se heurta à ses prunelles malicieuses.

— Tu as triché pour la course, ma chérie. Tu es partie avant moi. Ça se paie, ce genre de chose.

Lui prenant la main, il l'entraîna derrière le chêne.

— Viens, ordonna-t-il en s'asseyant au pied. Comme ça.

Docile, elle se coula entre ses jambes, calant le dos contre son torse, comme il le souhaitait, puis elle posa la tête sur son épaule, et il l'enlaça.

— Confortablement installée ? demanda-t-il.

— Oui, répliqua-t-elle avec un rire nerveux.

— Ferme les yeux.

De nouveau, elle lui obéit.

— Et voici ta punition, dit-il.

Il déposa alors de petits baisers dans sa nuque, et elle sentit les pointes de ses seins se dresser. Tout à coup, il défit les boutons de son corsage.

— Zane ! s'exclama-t-elle.

— Chut ! Il est à peu près certain que nous sommes seuls, mais on ne sait jamais... Essaie de ne pas trop crier, même si je sais que tu adores ça.

Et, sur ces mots, il plongea les mains dans son soutien-gorge pour palper ses mamelons déjà durcis.

— Cela ne t'a pas trop gêné, hier soir, protesta-t-elle, le souffle court.

— Le problème, c'est que l'on n'est pas chez moi.

— On devrait peut-être rentrer.

— Je ne crois pas pouvoir passer la journée sans te toucher, Jess, renchérit-il d'une voix rauque. Sinon, c'est moi qui serais puni.

Après une telle confession, comment aurait-elle pu l'arrêter ?

— Tu as gagné ! concéda-t-elle.

- 9 -

— J'aime faire l'école buissonnière avec toi, déclara Zane à Jessica.

Ils dînaient dans un restaurant un peu en retrait, avec une vue spectaculaire sur la mer. C'était l'un de ses voisins qui lui avait recommandé cet établissement pour l'excellente cuisine qu'on y servait, l'intimité qu'il offrait et la musique qu'on y jouait. Assis à côté d'elle dans leur box, il écoutait un saxophoniste de jazz au souffle particulièrement impressionnant.

Chaque fois qu'il posait le regard sur Jessica, il se rappelait la façon dont elle avait joui dans ses bras, sous le chêne. Il n'avait pas pensé aller si loin, mais quelque chose chez elle réveillait ses instincts les plus primaires.

Étaient-ce les petits gémissements qui lui échappaient, quand il l'embrassait ? Ou bien le pouvoir érotique qu'elle exerçait sur lui dès qu'elle entrait dans une pièce ? À moins que ce ne soit sa vulnérabilité, et son honnêteté, ou peut-être le souvenir des séances de rasage.

— Moi aussi, ça me plaît, répliqua-t-elle.

Sa voix sensuelle correspondait tout à fait à l'atmosphère de l'établissement et lui donnait une folle envie de finir ce qu'il avait commencé sous le chêne, ce matin.

Ce soir, elle portait une robe rouge qui lui arrivait au-dessus des genoux, avec un décolleté audacieux. Cette tenue épousait merveilleusement ses courbes par ailleurs parfaites, et il en venait à oublier qui elle était, qu'il avait été marié à sa sœur et qu'elle n'était pas du tout prête à s'engager dans une nouvelle relation. Il était juste l'homme consolateur, celui sur lequel elle pouvait compter… Bon sang ! Il ignorait où tout cela allait les mener, n'arrivant toujours pas lui-même à se projeter dans le futur. Depuis le décès de Janie, il était littéralement rongé par la culpabilité de ne pas l'avoir laissée venir à Londres, comme elle le désirait, et incapable de nourrir le moindre espoir.

Il but une gorgée de vin, puis balaya la salle du regard. Quelques personnes dansaient, sur la piste. Il n'avait pas pris de précautions spéciales pour passer *incognito*, mais le lieu était assez sélect et il comptait sur la discrétion des clients, au cas où on le reconnaîtrait.

— On danse ? lui demanda-t-il.

À son tour, elle scruta le club, et il vit clairement un éclair d'envie passer dans les eaux émeraude de ses yeux.

— Tu es certain ?

— Tout à fait.

Alors il se leva et l'entraîna vers la piste. Leurs corps s'épousèrent comme s'ils étaient faits pour danser ensemble.

— Comment va ton pied ?

— J'ai l'impression de léviter, je ne le sens même pas.

— Je suis sérieuse, Zane, tu as fait du cheval, aujourd'hui, et maintenant tu danses. Tu ne crois pas que c'est un peu trop, pour un premier jour ?

— Merci de te soucier de moi, mais je me sens en grande forme. Et comment pourrait-il en aller autrement alors que je tiens la plus belle femme de la soirée dans mes bras ?

— Ah bon ? Comment le sais-tu ? Aurais-tu passé ton temps à observer les autres ?

Il éclata de rire.

— Joker ! répondit-il.

Et il resserra son étreinte.

Ses seins lui effleuraient le torse, et il imaginait leurs pointes en train de se dresser sous le tissu de la robe. Jessica enfouit alors la main dans ses cheveux et se mit à le caresser doucement. De façon quasi instantanée, il se sentit durcir. Elle lui jeta un coup d'œil coquin et il comprit qu'ils étaient sur la même longueur d'onde. Tout semblait si merveilleux, quand elle était dans ses bras, il refusait de penser au-delà.

Deux danses plus tard, il constata que leur repas était servi.

— On va manger ? proposa-t-il.

— Volontiers. Ces événements m'ont ouvert l'appétit.

— Juste pour la nourriture ?

— Entre autres, éluda-t-elle avec un petit sourire.

Elle avait choisi des *penne* au pesto, tandis qu'il avait pris des *linguine* accompagnées d'une sauce à la viande. De la fumée s'élevait de leurs plats, agrémentant l'air d'une odeur épicée.

— Ça a l'air divin ! s'exclama-t-elle.

— Comme toi, renchérit-il, les yeux plantés dans les siens.

Il la vit alors rougir.

— Eh, vous deux !

C'était la voix familière de Dylan McKay qui venait de s'élever derrière lui.

— Je vous ai repérés sur la piste tout à l'heure, mais je n'ai pas osé vous déranger, vous étiez tellement en symbiose ! Un merveilleux couple, vraiment. Et puis quel plaisir de te voir sans béquilles, Zane !

— Bonjour, Dylan ! s'exclama alors Jessica, avec assez de chaleur pour eux deux.

Il s'efforça de conserver le sourire : Dylan avait toujours le don de s'immiscer dans l'intimité des autres et, surtout, une perception acérée de son entourage.

— Alors, cet endroit vous plaît-il ? enchaîna-t-il.

— Beaucoup, répondit Jess.

— Nous nous apprêtions justement à savourer notre repas, observa Zane.

Et il se saisit de sa fourchette.

— Il est vrai que la cuisine est excellente, ici. Et vous ne pouvez pas…

Il fut subitement interrompu par une série de flashs et de cliquetis. Un satané groupe de paparazzi venait de les surprendre !

Impassible, Dylan se tourna vers eux pour leur adresser son plus beau sourire, tandis que Zane serrait Jess contre lui et tournait le dos aux objectifs pour l'en protéger. Il détestait qu'on l'assaille de cette façon, mais cela ne paraissait pas du tout émouvoir Dylan, lequel posa le temps de quelques photos avant que le patron ne se précipite pour chasser les importuns.

— Désolé, monsieur McKay, dit-il. Cela ne se produit pas, d'habitude.

— Je sais, Jeffrey, ce n'est rien. Ils n'ont pas dû avoir grand-chose à se mettre sous la dent, aujourd'hui.

Mais le manager prenait la chose aux sérieux.

— Je vous présente également mes excuses, monsieur Williams.

— Allons, oublions l'incident, il n'y a pas eu mort d'homme, répondit Zane.

Un sourire forcé toujours plaqué sur le visage, il maudit intérieurement Dylan, qui attirait les tabloïds comme un aimant.

Une fois le patron parti, ce dernier haussa les épaules.

— Je suis navré, marmonna-t-il. Jusqu'à présent, cet endroit avait échappé aux paparazzi.

— Ce n'est pas ta faute, lui assura promptement Jess. Et comme Zane l'a souligné, il n'y a pas eu mort d'homme.

Dylan les considéra alors tour à tour, un petit sourire aux lèvres.

— Ça fait du bien de vous voir ainsi tous les deux.

Que voulait-il dire au juste ? Zane lui adressa un regard qui signifiait sans équivoque de se mêler de ses affaires.

— Bon, fit Dylan, je vais rejoindre mes amis. Bonne soirée, à vous deux. Et Jess, on se croisera sûrement bientôt sur la plage.

Elle lui sourit.

— Salut, Dylan, reprit Zane.

Et l'importun s'en alla enfin. Cette façon qu'il avait de flirter avec Jessica lui portait sur les nerfs !

Elle lui toucha le bras.

— Tu es en colère ?

De toute évidence, Jess faisait allusion aux photographes.

— Non. Seulement, la pression que je subis de la part des photographes n'a pas à rejaillir sur toi.

— Ce n'est pas grave, lui assura-t-elle d'une voix douce, ce n'était pas une expérience très traumatisante.

Peut-être, mais il avait envie de savourer en toute tranquillité chaque minute qu'il leur était donné de passer ensemble, car nul doute qu'elle repartirait bientôt. C'était ainsi, il devait l'accepter. Jessica était un fruit défendu, de sorte que sa raison était en guerre constante avec son désir : elle était vulnérable, elle était venue chez lui pour se remettre, aussi ne devait-il absolument pas la faire souffrir ! Il avait au contraire envie de croire que leur relation était salutaire à Jess, comme c'était le cas pour lui. Pour l'instant, tout était facile, mais quand l'heure viendrait, il devrait la laisser repartir.

Elle lui caressa alors gentiment la joue et, dans ses yeux, il vit briller une chaleur qui aurait pu allumer un feu. Quand elle s'approcha de lui pour l'embrasser, il sentit son cœur fléchir, mais préféra ne pas s'attarder sur la sensation, ni sur celles qui le terrifiaient tout au fond de lui : il avait commis une erreur qui avait coûté la vie à sa femme, il ne pouvait se permettre désormais le moindre faux pas. Tomber amoureux ne faisait pas du tout partie de ses projets.

Il s'adossa à son siège et adressa un sourire à Jess.

— Tes pâtes vont refroidir, ma chérie.

Elle cligna des yeux et le feu qui consumait son regard se dissipa. Ce n'était visiblement pas la réponse qu'elle attendait, mais il n'avait rien de plus à dire sur le sujet.

Jessica aimait travailler pour Zane, car cela élargissait ses perspectives. En tant qu'enseignante, son monde tournait autour des enfants, alors que ce rôle d'assistante lui permettait de rencontrer des personnes venant d'horizons très différents. Ce matin, elle avait discuté avec le président du fan-club de Zane, établi la liste des personnes à qui l'on avait promis une photo dédicacée, et elle s'était également entretenue avec Elise Woolery, une dame âgée qui écrivait une lettre à Zane tous les mois. À l'âge de quatre-vingt-quatre ans, elle était l'une de ses plus ferventes admiratrices. Mariah avait toujours veillé à ce qu'il lise ses lettres et elle lui répondait ; Jessica avait bien l'intention de l'imiter.

Elle était en train de lire un de ses courriers enflammés, quand son portable sonna. Un coup d'œil à l'écran lui indiqua que c'était sa mère. Elle répondit, toute joyeuse :

— Bonjour, maman !

— Bonjour, ma chérie.

— Tu as une drôle de voix… Tu vas bien ?

— Moi, oui, mais toi ?

Elle vivait sur un nuage en ce moment, entre les après-midi sur la plage et les soirées avec Zane. Elle avait passé une excellente soirée, la veille, dans ce club épatant, à l'exception des quelques minutes où les paparazzi avaient fait irruption dans leur bulle dorée. Mais à ce détail près, qu'aurait-elle pu demander de plus ?

Bien plus ! s'écria une petite voix au fond d'elle. Mais elle n'y prit garde.

— Je me porte à merveille, maman, pourquoi as-tu l'air préoccupé ? Steven a encore fait des siennes ? Judy est enceinte ? Ne t'inquiète pas, je t'ai dit que tout cela m'était à présent égal.

— Non, ma chérie, je n'ai pas entendu parler de lui dernièrement. C'est juste que… Eh bien, as-tu lu le *Daily Inquiry*, ce matin ?

— Maman, tu sais bien que je ne lis pas ce genre de journaux. Et toi non plus, d'ailleurs.

— Eh bien… Avec Janie, j'avais pris l'habitude de les lire. Zane la protégeait et la presse les appréciait, tous les deux. Mais te voir à la une de ce journal avec lui, ça m'a vraiment fait un choc !

— Quoi ? Il y a une photo de Zane et moi dans le *Daily Inquiry* ?

— Oui, en première page ! C'est Esther, notre voisine, qui me l'a montrée ce matin. Et après ça, mon téléphone n'a pas arrêté de sonner.

Maudits soient ces fichus paparazzis ! Elle avait pensé que seul Zane les intéressait…

— Maman, ce n'est rien, je t'assure ! reprit-elle bien

vite. Tu sais que les journalistes sont toujours à l'affût des moindres déplacements de Zane. Nous dînions dans un restaurant et avons été piégés par des paparazzi, c'est tout.

— Mais tu as changé de couleur de cheveux ! Et puis cette robe que tu portais... Eh bien, elle était très suggestive ! Zane te tenait dans ses bras, et j'ai eu l'impression que...

— C'était pour me protéger des objectifs, rien de plus.

— Tu en es sûre, ma chérie ?

Elle se mordit la lèvre. Que pouvait-elle dire à sa mère ? Qu'elle couchait avec Zane et qu'ils s'aidaient l'un l'autre à surmonter les démons du passé ? Honnêtement, c'était impossible ! Mae aurait été folle d'inquiétude, car elle ne savait pas encore que la nouvelle Jessica pouvait gérer ce genre de situation. Enfin... Si tant était qu'elle ne se trompait pas sur elle-même.

— Jessica, sur cette photo, est-ce que tu sais à quel point tu ressembles à Janie ?

Elle eut l'impression de recevoir un coup au cœur, car le sous-entendu que cette question recelait n'avait cessé de la hanter depuis le début de sa liaison avec Zane : était-ce précisément ce qui attirait ce dernier, chez elle ?

— Je ne veux pas que tu souffres une deuxième fois, ajouta sa mère.

— Je sais, maman, mais telle n'est pas non plus mon intention.

Alors, tournant son siège vers l'ordinateur, elle se rendit sur la page Internet du *Daily Inquiry*. La une s'afficha et elle se vit blottie dans les bras de Zane, qui la tenait de manière possessive par les épaules. Mais le pire c'était la légende : « Zane Williams sort avec une femme qui ressemble à son épouse ». Et le sous-titre n'était guère mieux : « Qui est ce mystérieux amour ? »

— Maman, je viens juste de voir le numéro en ligne !

Une chance que les paparazzi n'aient pas enquêté plus avant, car elle n'osait pas imaginer la légende s'ils avaient su qu'elle était la jeune sœur de Janie.

— Tu comprends mieux, maintenant, mon inquiétude ?

— Oui, bien sûr, mais la rumeur va retomber. Dès demain, ils trouveront une autre proie.

— Je sais, ce n'est pas ce qui me tracasse. Non, ce qui m'inquiète, c'est ce que toi, tu ressens.

— Mais maman, je suis heureuse. Zane est incroyablement gentil avec moi, j'adore travailler pour lui et je me suis fait de nouveaux amis.

— Est-ce qu'il est à la maison ?

— Non, il est chez son kiné.

Ce fut alors qu'elle comprit les intentions de sa mère.

— Maman, tu ne vas pas l'appeler pour ça ? questionna-t-elle, tendue.

Le silence de sa mère l'alarma.

— Maman ?

— Je ne lui téléphonerai pas, si tu ne le souhaites pas, concéda sa mère.

— Parfait, car je ne veux absolument pas que tu lui parles de cette histoire. Tu me promets que tu n'en feras rien ?

Il n'aurait plus manqué que sa mère se mêle de sa vie privée. C'était déjà elle qui l'avait incitée à venir chez Zane. Mae promit et elles raccrochèrent sur une note affectueuse. Puis elle se remit au travail.

Une heure plus tard, elle entendit la voiture de Zane qui rentrait et la joie l'envahit : elle devenait complètement folle de lui. Quelques instants plus tard, il se matérialisa devant elle, un exemplaire du *Daily Inquiry* à la main. Il le posa sous son nez, et elle jeta un bref coup d'œil à la couverture.

— Navré, ma belle. J'ai demandé à mon manager de s'en occuper et ton nom n'apparaîtra nulle part.

Il la considéra un instant, puis ajouta :

— Tu n'as pas l'air surprise.

— Je l'ai été quand ma mère m'a appelée !

— Quoi ? Elle est au courant ?

Il avait presque hurlé.

— Oui, comme tout Beckon, sans doute.

— Oh non ! soupira-t-il en se passant la main sur le visage.

— Zane, pourquoi as-tu l'air si inquiet ? s'enquit-elle, soudain affolée elle aussi.

Il contourna la table de bureau et la prit dans ses bras.

— Je me tracasse pour toi, lui murmura-t-il à l'oreille.

— Mais pourquoi ? Je vais très bien.

— Ta mère doit penser que je suis un crétin et puis, un jour ou l'autre, tu devras rentrer à Beckon, et je n'ai pas envie que la vie soit compliquée pour toi, là-bas. Je suis vraiment désolé !

« Un jour ou l'autre, tu devras rentrer à Beckon… »

Il avait raison, bien sûr, et pourtant elle sentait tout son être se révolter à cette pensée. Sous ses baisers, elle se calma peu à peu, et quand il s'écarta, elle lui demanda :

— Comment s'est passé ton rendez-vous ?

— Bien. Je ne pense pas que j'ai besoin de séances de kinésithérapie, mais…

— Si, tu en as besoin ! coupa-t-elle. Donc, ce n'était pas trop éprouvant ?

— Je te rappelle que j'ai nagé, fait du cheval et dansé depuis que l'on m'a retiré mes plâtres. Je fais ma propre rééducation de mon côté.

— Estime-toi heureux qu'il ne te soit rien arrivé.

Il lui adressa un sourire amusé.

— Ce n'est pas drôle, protesta-t-elle.
— Non, tu as raison, renchérit-il.
— Mais, pour la peine, je vais te proposer une activité qui va peut-être te distraire.
— Elle inclut un lit et des draps frais ?
— Non, une bande de jeunes filles au bord d'une piscine, répondit-elle d'un ton aussi mystérieux que malicieux.

Une semaine plus tard, au foyer des femmes seniors de Ventura, à une heure de Moonlight Beach, Jessica était assise au bord de la piscine parmi les « jeunes filles » promises. Une odeur de chlore flottait fortement dans l'air tandis que Zane, assis devant elles, égrenait les notes sur sa guitare ; personne n'aurait pu deviner qu'il ne s'était pas entraîné depuis deux mois. La guitare, ce devait être comme le vélo, une fois que l'on savait en jouer, on n'oubliait jamais.

Elise Woolery, la grande admiratrice de Zane, était tout sourire. Elle semblait la reine de la fête, et nul doute que c'était elle qui avait converti ses amies à sa musique. Même si Zane représentait un vrai sex-symbol pour son jeune public féminin, il possédait le charme du Sud que toutes ces femmes plus âgées pouvaient apprécier chez un fils.

Au départ, l'idée n'avait pas enchanté Zane, non parce qu'il n'était pas charitable, mais il ignorait s'il avait encore la capacité ou l'envie de divertir les foules. Toutefois, elle avait tellement insisté pour qu'il donne ce concert privé, qu'il avait fini par céder.

À présent, il faisait face à son public.

— Eh bien, je suis ravi d'être en si bonne compagnie, commença-t-il. Nous allons passer une ou deux heures ensemble, alors commençons la musique !

Et il fit un signe du menton à Jessica qui conduisit Elise vers la chaise vide placée à côté de lui, et l'aida à s'asseoir.

— Comment allez-vous, Elise ? lui demanda Zane.

— Je vais très bien, répondit celle-ci en gloussant comme une écolière.

— J'en suis ravi. Prête pour une chanson ?

La vieille dame parcourut l'assemblée d'un regard fier.

— Prête ! déclara-t-elle.

Jessica ne le lâcha pas des yeux un seul instant. Il chanta et joua de la guitare pendant plus d'une heure, seul, sans son groupe habituel, ni lumière ou choriste pour le soutenir. Sa voix était claire, sincère et magnifique.

Après la représentation, les vieilles dames défilèrent pour lui faire la bise et le remercier et Elise resta jusqu'à la fin pour discuter avec lui. On aurait dit, grâce à leur correspondance, deux vieux amis qui se retrouvaient. Jessica resta un peu en retrait ; en revanche, elle prit de nombreuses photos et promit à Elise de les lui envoyer.

— Vous pouvez remercier Jessica, conseilla Zane à sa groupie. C'est elle qui a tout organisé.

— Merci beaucoup, ma chère, renchérit la vieille dame. Je peux vous dire qu'aujourd'hui, mon arthrite ne m'a pas fait souffrir. Et je crois même que ce soir, je vais mettre un disque de Zane et me trémousser au son de la musique !

Un peu plus tard, à l'arrière de la limousine qui les ramenait à Moonlight Beach, Zane lui prit la main. Il n'était guère bavard, admirant le paysage derrière la vitre ; de temps à autre, il lui étreignait les doigts.

Si elle avait pu donner un nom à la sensation de paix qu'elle éprouvait, elle l'aurait qualifiée d'état de grâce.

La mer scintillait sous le clair de lune ; elle était calme, de petites vagues venaient doucement lécher la grève.

C'était une soirée en tout point semblable à celles qu'elle avait passées en compagnie de Zane depuis son arrivée, une soirée exquise. Ils marchaient main dans la main sur le sable mouillé.

— Tu es bien silencieuse, ce soir, observa Zane.

— J'ai l'impression que j'ai mangé quelque chose que je n'ai pas digéré, répondit-elle.

— On va rentrer, si tu préfères.

— Non, ça va. L'air frais me fait du bien.

— Tu es certaine ?

— Oui, sûre et certaine !

— Sinon, maintenant que ma rééducation est terminée, je peux te porter jusqu'à la maison. Nous sommes à un kilomètre à peine.

Elle se mit à rire et son estomac se contracta violemment. Toutefois, pour ne pas attirer son attention, elle se garda de plaquer la main sur son ventre : elle n'avait pas envie de gâcher leur soirée. Elle s'efforça au contraire de lui sourire.

— Ce ne sera pas nécessaire.

— Je vois bien que tu es fatiguée. Viens, allons nous coucher.

— Entendu, tu as peut-être raison.

Elle n'eut pas la force de le contredire. D'ailleurs, le lendemain, il devait donner un concert dans un hôpital devant des enfants malades, et elle n'avait pas envie de manquer l'événement. Il n'avait pas été difficile à convaincre : quand il s'agissait de rendre les enfants heureux, il était toujours partant.

Soudain, elle éprouva une sensation de vertige, comme si elle était très faible.

— Appuie-toi sur moi, lui dit-il, tu n'as pas l'air bien.

— Je ne sais pas ce qui m'arrive, tout à coup.

— Ferme les yeux, je me charge de tout ! décréta-t-il.

Et il la souleva dans ses bras.

Quelques minutes plus tard, ils arrivaient à la maison ; elle insista pour qu'il la dépose dans sa propre chambre, ce à quoi il finit par consentir. Comme elle ne savait pas ce qu'elle avait, elle préférait ne pas risquer de le contaminer.

— Merci de m'avoir portée, lui dit-elle.

— Je recommence quand tu veux, souffla-t-il en la couvant du regard.

— Je crois que ça ira mieux après une bonne nuit.

— Je l'espère aussi. Je reviendrai voir tout à l'heure si tout va bien. Je ne te réveillerai pas si tu dors, promis.

— Entendu, murmura-t-elle, se délectant de l'air protecteur qui brillait dans ses yeux.

— Et si tu as besoin de quoi que ce soit cette nuit, appelle-moi.

Quand elle avait eu la grippe, l'hiver dernier, Steven ne lui avait pas rendu une seule visite, par peur de tomber malade lui aussi. Décidément, elle n'avait pas voulu voir les signes avant-coureurs.

— Merci, Zane.

Il avait l'air inquiet et cela la touchait.

— Bonne nuit, ma douce.

Il lui donna un baiser sur la joue, remonta le drap au-dessous de son menton, puis sortit de sa chambre.

Quelques instants après, elle se précipitait dans la salle de bains, une main sur la bouche. Après quoi, elle se laissa glisser sur le sol et prit de longues inspirations. Bon, quoi que ce soit, elle espérait que c'était passé, à présent. Oublié ! Juste un mauvais souvenir.

Elle se releva lentement et s'appuya contre le lavabo en marbre. S'apercevant dans le miroir, elle se heurta à son teint crayeux et en fut choquée. Elle s'aspergea longuement les joues, le front, la gorge, les bras… Puis, d'un pas mal assuré, elle se remit au lit et s'endormit, bercée par la voix de Zane qui lui parvenait du rez-de-chaussée où il répétait pour son concert du lendemain.

Au réveil, elle eut la sensation qu'un bulldozer lui était passé sur le corps. Et pourtant, le matelas sur lequel elle avait dormi était d'un confort irréprochable, même si les bras de Zane lui avaient terriblement manqué.

Elle entendit un léger coup frappé à sa porte.

— Jess, tu es réveillée ?

Elle se redressa, passa les doigts dans ses cheveux et se pinça les joues, espérant qu'elle avait meilleure mine que la veille.

— Oui, entre.

Zane poussa la porte et la considéra attentivement avant de s'asseoir sur le bord du lit.

— Comment te sens-tu ce matin ?

— Un peu fatiguée, mais une fois que j'aurai pris ma douche et mon petit déjeuner, je me sentirai mieux.

Avec son jean flambant neuf, sa chemise bleu lagon décorée de diamants fantaisie et son ceinturon à boucle argentée, il ressemblait à la superstar qu'il était. Ses chemises de concert étaient conçues par un couturier réputé, et celle d'aujourd'hui était parfaite pour un concert avec des enfants.

— Ravi de t'entendre dire ça. Mme Lopez te servira tes œufs brouillés dès que tu descendras.

Curieusement, la mention de la nourriture lui coupa l'appétit. Elle regarda alors le réveil, sur la table de nuit : 10 heures ! Comment avait-elle pu dormir aussi longtemps ?

— Zane, j'ignorais qu'il était si tard ! Donne-moi cinq minutes pour m'habiller et…

Comme elle se levait, un vertige la rappela à l'ordre.

— Eh, doucement, Jess !

Elle se rallongea, et attendit que le malaise passe. Puis elle laissa échapper un petit soupir.

— Mais je suis censée t'accompagner, aujourd'hui.

N'était-ce pas son devoir, en tant qu'assistante personnelle ? Zane n'avait pas l'habitude de se produire seul, il était toujours accompagné de Mariah.

— Je n'ai pas eu le cœur de te réveiller, lui dit-il. Je pars dans quelques minutes, et je veux que tu passes la journée au lit, à te reposer.

— Mais je ne peux pas manquer ton concert !

— Moi aussi, j'aurais aimé que tu viennes, mais…

— OK, soupira-t-elle d'un ton las, je vais appeler Mme Russo, la responsable du département Enfants, pour lui expliquer la situation, et pour qu'elle veille sur toi à ma place.

— Je suis un grand garçon, Jess, ça va aller, dit-il.

Sur quoi, il lui donna un baiser sur le front et sortit.

Dès qu'il eut refermé la porte, elle s'empara de son portable et appela Mme Russo qui lui promit qu'elle s'occuperait de tout. Elle était une grande admiratrice de Zane, elle aussi, et elle était ravie de le recevoir dans son établissement. Aussi veillerait-elle à ce que tout se passe au mieux.

Jessica raccrocha, soulagée. Puis elle s'assoupit de nouveau et quand son téléphone sonna, elle ne comprit pas ce qui se passait. Il lui fallut quelques secondes pour se réveiller complètement. Ouf, elle n'avait pas envie de vomir, ni mal à la tête ! Tout semblait rentré dans l'ordre. Elle prit la communication : c'était Mariah.

— Bonjour, Mariah, je suis ravie de t'entendre ! lança-t-elle en s'efforçant de s'exprimer avec entrain. Tout va bien ?

— Oui, ma mère va bien mieux, répondit celle-ci d'un

ton enjoué qui lui réchauffa le cœur. Sa convalescence sera longue, mais le docteur a affirmé qu'elle s'en remettrait. Ma sœur va la prendre chez elle jusqu'à ce qu'elle recouvre toutes ses facultés, et je vais donc pouvoir retravailler dès lundi. J'ai appelé Zane pour lui annoncer la nouvelle, mais il est sur répondeur.

Quoi ? Mariah revenait dans cinq jours ! Bien sûr, cela devait finir par arriver, mais elle avait été trop occupée à vivre dans l'instant pour s'en soucier.

— Oh… euh… Zane n'est pas là, il donne un concert privé pour des enfants, à l'hôpital.

— Ah oui, c'était aujourd'hui ! En tout cas, toi, te revoilà bientôt libre de tes mouvements.

Tout allait donc s'arrêter ? Les dîners devant les couchers de soleil, les promenades au clair de lune, les étreintes dans son grand lit confortable… Elle sentit son cœur fléchir, comme un ballon qui se dégonfle.

— Je suis heureuse que ta mère aille mieux, parvint-elle à articuler. Je transmettrai la nouvelle à Zane.

— Merci, Jess. Je sais que tu as fait du bon travail, en mon absence. Zane n'a pas arrêté de me chanter tes louanges.

— Je n'ai pas un grand mérite. Comme tu es très organisée, j'ai juste suivi les indications sur ton agenda.

— Je ne sais pas si c'est toujours une qualité, on me reproche parfois d'être trop méticuleuse. Et toi, Jessica, comment vas-tu ? L'été se déroule bien ?

Il était déjà bien avancé, et si elle le finissait ici, rien ne serait plus pareil. En présence de Mariah, ils ne pourraient plus se comporter de façon aussi insouciante qu'avant. Et puis comment qualifier leur relation ? Elle n'était pas sa petite amie, il ne lui avait rien promis. Il voulait juste être celui qui lui permettrait de rebondir. Bravo ! Mission accomplie, puisqu'elle avait oublié Steven.

— Ce n'est pas parce que je reviens que tu dois partir, s'empressa alors d'ajouter Mariah, comme si elle lisait dans ses pensées, ou plutôt dans son silence. J'aimerais apprendre à te connaître mieux.

— Moi aussi, Mariah, mais il faudra quoi qu'il en soit que je reparte bientôt. Je dois préparer mes cours pour la rentrée.

— Je comprends. Quand l'appel de la ville natale se fait impérieux... Bon, pourras-tu dire à Zane que j'ai cherché à le rejoindre ? Ravie d'avoir discuté avec toi, Jessica.

Après cet échange, elle laissa libre cours aux émotions qu'il avait suscitées... D'un côté, elle se réjouissait bien sûr que la mère de Mariah soit hors de danger, mais d'un autre... La pensée de quitter Zane et de retourner à Beckon l'anéantissait.

- 10 -

— Tu restes ! déclara Zane d'un ton résolu.

Son beau visage était juste à quelques centimètres du sien alors qu'elle se prélassait sur un drap de plage, à ses côtés. Elle avait besoin de la chaleur du soleil pour donner un peu de couleur à ses joues, bien pâles en ce moment, et pour réfléchir à sa vie et où elle était en train de la conduire.

— Ce n'est pas aussi facile que tu le crois…

Il était venu la rejoindre quelques minutes auparavant, en short et chemise hawaïenne. Il était d'excellente humeur depuis son concert pour les enfants malades, et elle avait été désolée de gâcher l'ambiance avec la nouvelle de son proche départ.

— Bien sûr que si ! Tu es mon invitée pour l'été. Qu'est-ce qu'il y a de compliqué à ça ?

Tout était si simple, avec lui ! Sans compter son arsenal d'armes secrètes pour la convaincre, et notamment son torse musclé qu'il frottait à présent contre sa poitrine. Bientôt, il plaqua ses mains de chaque côté de son visage, de sorte qu'elle se retrouva prise au piège de deux bras puissants, sa bouche si proche de la sienne qu'elle sentait son souffle sur ses lèvres. Sa présence envahissante aspirait littéralement toute pensée rationnelle de son cerveau.

— Ce serait un peu délicat, tout de même, reprit-elle. Mariah va vite deviner ce qui se passe entre nous.

Il lui enserra le visage entre ses paumes, et elle n'eut d'autre solution que de plonger ses yeux dans les siens.

— Elle est probablement déjà au courant. Mariah garde toujours un œil sur tout, et je suis certain qu'elle a vu la photo publiée par le tabloïd. Mais si cela peut te mettre à l'aise, je ne lui cacherai rien et je lui présenterai la situation telle qu'elle est. Peu importe qu'elle sache, dès l'instant où tu restes, ajouta-t-il en effleurant ses lèvres.

Comme elle avait envie de lui donner raison ! Elle n'aurait pas dû se soucier de ce que les autres pensaient, mais elle n'y arrivait pas, et puis c'était tout de même son cœur qui était en jeu.

— Je ne suis pas… Je ne peux pas… Ah, et zut !

— Jess, chuchota-t-il tout en retraçant avec son doigt le contour de ses lèvres.

Elle en fut toute troublée, car il donnait l'impression de n'avoir jamais rien touché d'aussi fascinant.

Elle avait espéré bien sûr qu'il lui demanderait de rester, mais elle voulait davantage, en fait. Elle souhaitait un *happy end* qui n'allait, hélas ! jamais se produire.

Mais Zane captura sa bouche et elle fut projetée dans un autre monde. Quand il fut rassasié de ses lèvres, il releva la tête et darda sur elle des yeux brûlants de désir.

— Écoute, Jess, tout cela est nouveau, mais bien réel pour moi. Seulement, pour l'instant, je ne peux rien t'offrir de plus, dit-il d'une voix chargée d'émotion. Mais je te demande sincèrement de rester encore un peu.

« Nouveau » et « réel » ? N'étaient-ce pas là des mots prometteurs ? L'espoir rejaillit d'un coup en elle, même si elle savait que la prudence s'imposait : Zane avait-il la capacité d'aimer de nouveau ? C'était la grande inconnue. Il avait tant vénéré sa sœur. Mais là n'était pas la question : après tout, elle pouvait tout à fait s'accorder encore cinq semaines avec lui, c'était ce que lui soufflait la nouvelle Jess, même si l'ancienne qui sommeillait encore lui envoyait de temps à autre des messages d'alarme.

— Ma chérie, tu n'as pas besoin de te décider sur-le-champ. Tu peux prendre le temps de réfléchir, lui dit-il.

À ces mots, elle se détendit un peu.

— OK, c'est ce que je vais faire, concéda-t-elle avec douceur.

— Parfait.

Alors il se leva et lui tendit la main.

— Où allons-nous ? questionna-t-elle.

— Devine, renchérit-il en plantant devant elle sa silhouette aussi baraquée que bronzée.

Visiblement, il vibrait de désir.

— Ce n'est pas fair-play, Zane Williams !

— Non, c'est toi qui ne l'es pas, en t'affichant dans des Bikinis qui me font tourner la tête. Et si tu ne te dépêches pas à filer à l'intérieur, je vais être arrêté pour outrage à la pudeur.

Elle émit un petit rire et, main dans la main, ils gravirent les marches de la terrasse. Il sentait bon le soleil, le sable chaud et le monoï et, à cet instant, elle ne pouvait s'imaginer la vie sans lui.

— Que diraient les résidentes du foyer de Ventura ?

Un large sourire éclaira les traits de Zane.

— Elles m'enverraient sans doute une nouvelle invitation, gravée dans du marbre, cette fois.

Elle éclata de rire, et la journée lui parut tout d'un coup belle et légère.

Jessica se donnait corps et âme à Zane, et les trois derniers jours avaient été magiques. Ils étaient montés à cheval, avaient pris des bains de minuit, avaient dîné et dansé ensemble. Ils étaient retournés à son restaurant pour en surveiller l'avancement et avaient échangé leurs idées concernant la décoration et l'aménagement. Il l'avait aidée à répondre au courrier de ses fans, signant lui-même les lettres. Le soir, ils faisaient passionnément l'amour, et jamais elle n'avait connu une telle fièvre entre les bras d'un homme. Chaque nuit, avant qu'ils s'endorment, Zane lui murmurait à l'oreille de rester encore, et chaque matin, ils se levaient à l'aube pour aller marcher sur la plage déserte et avoir la sensation que le monde leur appartenait.

Une seule ombre planait sur cette idylle, et pas des moindres : elle se demandait si elle n'était pas enceinte.

En réalité, l'idée de porter l'enfant de Zane la remplissait d'une grande joie, même si les conditions n'étaient pas franchement idéales. Tous les matins, depuis qu'elle avait été malade, le jour du deuxième concert privé de Zane, elle avait la nausée mais elle était parvenue à le lui cacher. Au petit déjeuner, elle n'avalait pas grand-chose, prétextant de pas vouloir prendre de poids.

— Mais tu n'as pas un gramme en trop, répliquait-il, sourcils froncés.

— Et je veux que ça continue.

Ce n'était pas entièrement vrai, elle n'était pas obsédée par les silhouettes filiformes, mais, en l'occurrence, la vanité féminine était un mensonge nécessaire.

Elle éprouvait par ailleurs une grande fatigue et quand Zane le remarquait, elle l'attribuait au rythme effréné de leurs nuits.

Sans compter que son cycle avait du retard.

Enfermée dans la salle de bains, elle tenait pour l'heure un test de grossesse, attendant que les précieuses minutes qui la séparaient peut-être d'une nouvelle vie s'écoulent… Zane était sorti faire une course, et elle avait décidé de tirer les choses au clair, une bonne fois pour toutes. Il lui avait fallu une bonne demi-heure avant d'ouvrir le paquet et d'humecter la languette. Et maintenant, le cœur battant, elle attendait le résultat.

Elle finit par s'appuyer contre le lavabo, paupières closes. Puis elle prit une grande inspiration.

— OK, dit-elle à voix haute.

La nouvelle Jess était forte, elle pouvait affronter la vérité.

Elle ouvrit les yeux, et des larmes les picotèrent immédiatement.

— Jess ?

Oh non ! Zane était déjà de retour.

— Oui, j'arrive, lança-t-elle.

— Je peux t'attendre dans la chambre ?

— Euh… oui, pas de problème.

Elle fit bien vite disparaître toute trace de son test, enveloppant chaque objet dans du papier toilette avant de jeter le tout au fond de la poubelle. Elle se passa ensuite le visage sous l'eau, prit une profonde inspiration et ouvrit la porte.

Zane était étendu sur le lit, le visage tourné vers la fenêtre. Dès qu'il la vit, il lui adressa un sourire charmeur et tendre, qui lui alla droit au cœur.

— Tout va bien, mon ange ?

Elle hocha la tête et se mordit la langue.

Zane la considéra alors attentivement. Allait-il la démasquer ? Elle baissa la tête et aperçut une petite boîte en velours bleu, posée à côté de lui, sur le lit.

— Viens près de moi, dit-il en prenant la boîte. Récemment, tu m'as offert un présent, alors c'est à mon tour, maintenant, de t'en donner un. Tiens, je l'ai fait fabriquer à ton intention.

Et, d'autorité, il lui plaça l'écrin dans la main. Impatiente, elle en souleva le couvercle pour découvrir un bracelet en argent orné de charmes et piqué de diamants.

— Oh ! Zane… !

Et elle ne put en dire davantage, sidérée par la beauté de ce bijou unique, qu'elle se mit à examiner attentivement. Le premier charme représentait la pomme du savoir, le deuxième était un livre ouvert, et le troisième une paire de lunettes. Chacun était joliment souligné de petits diamants. Un cœur pendait au fermoir, sur lequel il avait fait graver : « Reste ».

— Je vais t'aider à le mettre, dit-il.

— Merci, parvint-elle enfin à articuler.

Le bracelet épousait parfaitement son poignet, et elle était émue au plus haut point. Après un baiser aussi bref que passionné, elle s'écarta de lui, gorge nouée.

Elle aimait Zane de tout son corps, mais hélas ! elle ne portait pas son enfant ! La languette était demeurée incolore. À la pensée de ce qui ne serait pas, un élan de tristesse la traversa.

— Tu es certaine que tout va bien, Jess ? lui demanda Zane alors qu'elle le rejoignait entre les draps.

Depuis qu'elle était sortie de la salle de bains et qu'il lui avait remis le bracelet, il l'avait trouvée bien taciturne, songeuse aussi. Il avait la sensation qu'un voile de chagrin assombrissait son regard.

Elle avait aimé son cadeau, c'était indéniable, et pourtant ses yeux ne brillaient pas de leur éclat habituel. Elle avait gardé le bracelet au poignet toute la journée et il l'avait parfois surprise en train d'effleurer les charmes, du bout du doigt.

— Oui, je me sens mieux, ce soir, répondit-elle en se coulant contre lui.

Sa mère lui avait confié Jess, et sa première responsabilité était de veiller sur sa santé. N'avait-elle pas déjà perdu une fille, par sa faute ?

— Tu m'en vois ravi.

Elle avait pourtant l'air lasse, comme si un poids pesait sur ses épaules. Se demandait-elle encore si elle devait passer le reste des vacances avec lui ? À présent qu'elle s'était pelotonnée contre lui, dos contre torse, qu'il la tenait bien serrée, il ne pouvait imaginer qu'elle prendrait la décision de le quitter avant. Toutefois, si tel était le cas, il n'aurait pas le pouvoir de la retenir.

Après avoir écarté les mèches de ses cheveux, il se mit à lui mordiller le lobe de l'oreille.

— Si tu as envie de dormir, je te tiendrai toute la nuit ainsi dans mes bras. Sinon…

Elle se retourna alors vers lui, le visage apaisé.

— Je préfère sinon.

Il lui fit alors l'amour avec langueur, prenant le temps de savourer chaque parcelle de son corps ; et elle s'accorda à son rythme lent. Peu à peu, jour après jour, Jess avait rempli sa vie. Elle comptait pour lui, et il avait à cœur de la rendre heureuse : jamais il n'avait eu la sensation d'être en si parfaite harmonie avec une femme. *À l'exception de Janie.*

Une bouffée de culpabilité le submergea. Jusque-là, il avait été capable de séparer les deux. Était-il en train de piétiner le souvenir de sa femme en offrant du réconfort et du bonheur à sa sœur ? De préparer une peine de cœur à cette dernière et de déshonorer Janie ?

Se détachant de Jess qui s'était endormie, il se leva sans bruit. Des mots qui lui échappaient jusque-là, pour terminer une nouvelle chanson, venaient de s'imposer à lui, tout comme les notes qui les accompagnaient. Cette chanson qui le hantait depuis des mois allait enfin voir le jour.

Tout en entendant son estomac gronder, Jessica mettait la dernière touche de fard pour cacher définitivement les cernes que lui avait valus son petit malaise. Elle se réjouissait d'avoir retrouvé son appétit et ce matin, dans sa robe d'été couleur citron imprimée de petites pâquerettes, elle se sentait de nouveau bien vivante. Elle se regarda dans le miroir : ce jaune était parfaitement accordé à son teint hâlé, et lui donnait envie de conquérir le monde.

Dans la cuisine, Mme Lopez lui servit son petit déjeuner.

— Merci, lui dit-elle en s'asseyant devant une assiette d'œufs brouillés et un thé. Comment saviez-vous que c'était ce dont j'avais envie, ce matin ?

— J'ai bien vu que vous mangiez peu, ces derniers temps, mais j'ai eu l'impression, en vous voyant entrer dans la cuisine, que vous vous portiez mieux.

— C'est vrai. J'ai eu un malaise passager, mais à présent, j'ai retrouvé la forme.

Alors qu'elle terminait son petit déjeuner, on frappa à la porte de la terrasse. Mme Lopez alla ouvrir.

— Monsieur McKay ! s'exclama-t-elle en gloussant.

Même la gouvernante de Zane était une grande admiratrice de Dylan qui ne laissait aucune femme insensible, jeune ou plus âgée, mariée ou non.

— Bonjour, madame Lopez. Je venais voir si Zane avait une petite minute à m'accorder, ce matin.

— Il n'est pas là.

— Mais moi si, intervint Jessica en s'avançant vers eux. Salut, Dylan ! Je peux faire quelque chose pour toi ?

Il portait un attaché-case sous le bras, bien qu'il soit par ailleurs en short et T-shirt, avec l'air d'un modèle de publicité pour une marque de crème solaire ou de planche à voile. Mais c'était tout lui.

— Bonjour, Jess.

— Merci, madame Lopez, dit-elle.

La cuisinière s'éclipsa.

— Qu'y a-t-il ? reprit-elle devant son regard insistant.

— Rien, si ce n'est que tu es toujours aussi belle.

— Toi aussi, tu n'es pas mal, tu sais. Tu as bien couru ?

Il fit la grimace.

— Oui, mais en prenant de l'âge, on ne prend pas que des qualités.

— Pourquoi est-ce que tu ne cours pas sept kilomètres et demi le matin et sept et demi le soir ?

Il fronça les sourcils.

— Non seulement tu es belle, mais tu es intelligente. Est-ce que Zane apprécie le trésor qui loge chez lui ?

— Je ne sais pas. Demande-le-lui, répondit-elle avec un beau sourire.

— En tout cas, cette idée d'effectuer le parcours en deux temps est bonne, je vais essayer pour voir ce que ça donne.

Mme Lopez s'avança sur le seuil, une cafetière à la main, ce qui rappela à Jess les bonnes manières.

— Oh… ! Tu veux un café ? De l'eau ? Un jus de fruits ?

Que c'était amusant de jouer les hôtesses chez Zane ! C'était un rôle qu'elle aurait voulu ne jamais abandonner.

— Non, merci, je n'ai besoin de rien. En fait, j'ai apporté à Zane le scénario revu et corrigé du film. Le scénariste a modifié certains passages et je pense que ça améliore franchement l'ensemble. J'ai souligné ceux qui concernent Zane. Tu veux que je te les montre ?

— Volontiers. Viens, nous allons nous installer dans son bureau.

Il lui emboîta le pas et, une fois dans la pièce, elle ouvrit les persiennes pour que la lumière y entre.

— Assieds-toi, je t'en prie.

— Tiens, on dirait que Zane est en train d'écrire…

Elle considéra sa table de travail parsemée de petites boules de papier, visiblement des notes qu'il avait froissées. Mme Lopez n'était pas encore passée par là. Elle les rassembla rapidement et les jeta dans la corbeille, découvrant alors que celle-ci en était pleine à ras bord.

— Oui, on dirait en effet, confirma-t-elle.

— C'est plutôt une bonne nouvelle, non ? Il n'a pas composé de chanson depuis des années.

Depuis la mort de Janie, en fait.

— Je suppose, dit-elle.

Dylan prit place sur le canapé et ouvrit son attaché-case.

— Est-ce que tu sais où il a mis le scénario que je lui ai confié ? Comme ça, on pourra comparer. Je suis impatient de savoir ce que tu penses des modifications.

— Bien sûr ! Zane a fermé à clé le tiroir où il l'a rangé, par sécurité. Un instant, s'il te plaît, je vais chercher la clé.

— Pas de problème. Je suis patient.

Cela, elle en doutait, mais, sans émettre de commentaire, elle se rendit dans la chambre de Zane, sachant qu'il conservait la clé dans sa table de chevet. Quand elle revint, Dylan était plongé dans son scénario et prenait des notes.

— Voilà, c'est bon, lança-t-elle.

Elle se pencha pour ouvrir le tiroir et y trouva comme prévu le scénario. Toutefois, en s'emparant du cahier, elle aperçut une autre chemise en dessous, au titre bien surprenant : *Chanson pour Janie. Final.*

Zane ne lui en avait pas soufflé mot. Toutes ces feuilles de musique froissées sur son bureau, étaient-elles autant de tentatives effectuées cette nuit même ? À un moment, elle s'était réveillée et avait trouvé la place vide à côté d'elle. Puis elle avait entendu des notes de musique et supposé que Zane répétait ; rapidement, elle était retombée dans le sommeil. Mais maintenant, elle comprenait micux : il avait consacré sa nuit à Janie !

Ce serait toujours sa sœur qui occuperait le centre de ses pensées. Elle s'efforça de se ressaisir. Comment pouvait-elle être jalouse de sa sœur décédée ? Des larmes lui montèrent aux yeux et, de nouveau, elle eut mal au ventre.

Tendant la première version du scénario à Dylan, elle s'apprêta à refermer le tiroir quand, brûlant de curiosité, elle ouvrit le dossier qui se trouvait au fond.

Fouiller dans les affaires de Zane était répréhensible, mais elle devait savoir. D'une main tremblante, elle parcourut les paroles.

Je t'aimerai toujours, ma Janie/
Sans toi, ma route est morne, mon chemin flou/
Mon cœur t'appartient à jamais...

À cet instant, Dylan s'éclaircit la voix, et ce son lui rappela qu'elle n'était pas toute seule. Elle referma vivement la chemise, le tiroir. Elle en avait assez vu, elle ne voulait pas lire la chanson en entier. À quoi bon se torturer davantage ? Son cœur était déjà complètement déchiré.

Dylan ne s'était de toute évidence rendu compte de rien, trop absorbé par la comparaison des deux scénarios. Elle entendit alors un cliquetis familier de bottes, dans le corridor.

— Jess ?

Elle ne répondit pas. Dylan lui lança un coup d'œil interrogateur, avant d'intervenir :

— Nous sommes dans ton bureau, Zane.

Ce dernier passa la tête dans l'entrebâillement de la

porte avant d'entrer. Il jeta un regard interrogateur à Jessica qui détourna vivement la tête : il lui était impossible de poser les yeux sur lui. Par ailleurs, qu'allait-il penser du fait qu'elle ne lui ait pas répondu ? Qu'elle intriguait dans son dos avec Dylan ? Eh bien qu'il soit jaloux, après tout, il l'avait mérité, même si cette pensée était une maigre consolation.

— Salut, Dylan. Quoi de neuf ? s'exclama Zane.

Elle devait se ressaisir et sortir du bureau au plus vite.

Dylan se leva pour serrer la main de Zane.

— Bonjour, vieux. Je suis venu t'apporter une version modifiée du scénario, et je m'apprêtais à demander à Jess ce qu'elle en pensait.

— Bon, comme Zane est arrivé, je vous laisse. J'ai un coup de fil à passer, s'empressa-t-elle d'ajouter. À plus tard.

— Oui, à tout à l'heure, répondit Dylan d'un ton distrait avant de se tourner vers son ami : Zane, tu es certain que je ne te dérange pas ?

Elle s'enfuit sans attendre la réponse de Zane. Son expression perplexe lui avait mis les nerfs à vif.

Jessica refusait de verser la moindre larme, de céder au tumulte de ses émotions. À quoi cela servirait-il ? Elle avait tellement sangloté sur sa rupture avec Steven qu'elle avait épuisé tous les pleurs de son corps. Son cœur était affreusement douloureux, le genre de souffrance qu'aucune larme ni remède n'auraient pu apaiser. Elle se réfugia dans sa chambre, ferma la porte et s'allongea sur son lit. Puis elle se mit à contempler le ciel majestueux, que traversaient çà et là des nuages duveteux.

Elle aimait la Californie, tout y était magnifique, les gens y étaient accueillants et insouciants. Les jours y étaient balayés par de douces brises, et les nuits d'une fraîcheur apaisante.

Mais pour la première fois depuis son arrivée, sa région natale lui manquait, tout comme son petit appartement, et son minuscule balcon où elle faisait pousser des cactus et du jasmin qui retombait en cascades par-dessus la balustrade. Il en allait de même pour sa cuisine colorée et sa chambre dans les tons de lavande, avec ses draps brodés de belle dentelle blanche du Texas.

Et puis elle avait envie de revoir sa mère, ainsi que ses amis.

Elle n'avait aucun futur auprès de Zane. Bien qu'elle en ait le cœur brisé, force était de l'admettre : encore accroché au souvenir de sa sœur, il n'était pas disponible pour elle. Son décès et la perte de leur enfant l'avaient marqué à vie.

On pouvait amener un cheval à l'abreuvoir, mais on ne pouvait l'obliger à boire, telle était une autre devise que sa mère aimait à répéter et qui s'appliquait parfaitement à sa relation avec Zane.

Alors elle se leva, lissa sa robe et ouvrit le placard pour en sortir un short, un T-shirt et des baskets. Elle enfila le tout rapidement, se fit une queue-de-cheval, puis jeta un coup d'œil au miroir. Elle était devenue une personne qu'elle ne reconnaissait plus, une Californienne comme celles qui emplissaient les chansons des Beach Boys : blonde, bronzée, en tenue de sport.

Était-ce ce qu'elle avait recherché, en venant ici ? Elle n'en était pas certaine. D'ailleurs elle n'était plus sûre de rien.

Arrivée sur le palier, elle entendit des voix masculines. Zut, elle n'allait pas pouvoir les éviter, elle était obligée de passer devant le bureau de Zane. OK ! Elle prit une inspiration.

— Je vais faire un tour, annonça-t-elle en passant la tête par l'encadrement de la porte.

Zane leva les yeux vers elle mais, encore une fois, elle ne put croiser son regard ; elle avait la sensation qu'il l'avait trahie et cela lui donnait la nausée.

— Nous avons presque terminé, commença-t-il. Si tu attends deux secondes…

— Oui, je vais t'accompagner, renchérit Dylan.

— Non, merci, trancha-t-elle. Terminez ce que vous êtes en train de faire. À tout à l'heure.

Et elle partit sans se retourner, même si le sourcillement étonné de Zane ne lui avait pas échappé.

Elle avait été à la limite de l'impolitesse, mais ç'avait été plus fort qu'elle. Il fallait qu'elle soit seule, loin de cette maison, pour réfléchir. Elle se dirigea vers le rivage et se mit à courir sous le soleil de Moonlight Beach, dont le feu était atténué par la brise. Elle croisa des adolescents qui jouaient au Frisbee, des enfants qui creusaient des tunnels dans le sable, des surfeurs qui glissaient sur les rouleaux de l'océan. Elle finit par atteindre une petite crique entourée de falaises, appelée Moon Point.

Les rochers semblaient se prêter à l'escalade et, sans se poser de questions, elle grimpa sur le premier, puis continua son ascension, fouettée par le vent. On lui avait dit que, du sommet de Moon Point, on jouissait d'une vue magnifique et qu'on apercevait même l'embarcadère de Santa Monica, par temps clair. En cinq minutes, elle atteignit le point culminant et s'assit sur un rocher plat.

Une main en visière pour se protéger du soleil, elle contempla la vaste mer. La nature était d'une beauté et d'un calme extraordinaires, ici. Elle eut soudain la sensation jubilatoire que le Pacifique lui appartenait.

Jessica resta presque trois heures à Moon Point jusqu'à ce que les embruns la surprennent et la ramènent à la réalité. Alors elle entreprit de redescendre, ce qui était moins amusant que de monter, puis refit le trajet en sens inverse. La plage était quasiment déserte, à présent, les baigneurs partant de bonne heure pour éviter les bouchons. Une demi-heure plus tard, elle arrivait à la hauteur de la maison de Zane. Son cœur fit un bond dans sa poitrine quand elle l'aperçut sur la terrasse.

Sa chemise en lin flottait au vent et il semblait occuper ce poste d'observation depuis un bon moment. Leurs yeux se croisèrent, mais il lui sembla inutile de le saluer : ils s'étaient bien entendu reconnus. Poussant un petit soupir, elle s'avança vers lui tandis qu'il descendait les marches.

Elle remarqua tout de suite l'absence de sourire sur son visage et comprit que la discussion n'allait pas être facile.

— Bon sang, mais où étais-tu passée ? s'écria-t-il d'un ton brusque.

Elle battit des paupières. Jamais il ne lui avait parlé sur ce ton.

— J'ai fait un jogging.

— Pendant quatre heures ? reprit-il sur un ton accusateur.

— Eh bien, tu vois, je suis de retour.

— Oui, merci ! Pourquoi es-tu partie comme une voleuse ?

— J'avais besoin d'être seule.

— Sur la plage ? Il devait y avoir des centaines de personnes, aujourd'hui.

Il exagérait un peu tout de même, mais il y avait du vrai dans ses propos.

— Très bien. Puisque tu veux tout savoir, j'avais besoin de m'éloigner de toi.

— De moi ? Mais pourquoi ? Qu'est-ce que je t'ai fait ? Et réponds, s'il te plaît. Je me suis terriblement inquiété.

— Pourquoi, Zane ?

— Quelle question ! Je n'avais pas la moindre idée de l'endroit où tu te trouvais. Tu aurais pu être emportée par une vague, enlevée par un pervers, tomber, te blesser, que sais-je encore ? Tu n'avais même pas pris ton portable.

— J'avais besoin de réfléchir.

— Et, alors tu as réfléchi ?

— Oui. Du haut de Moon Point.

Il roula des yeux.

— Quoi ? Tu es montée là-haut ?

— Ce n'était pas très difficile.

Il poussa un lourd soupir, mais s'abstint de tout commentaire.

À son tour, elle soupira, puis lui prit la main. Il considéra alors leurs doigts enlacés.

— Zane, dit-elle d'une voix douce, tu étais inquiet parce que tu es un peu attaché à moi, mais aussi parce que tu te sens responsable de moi, puisque tu as promis à ma mère de veiller sur moi. Ne le nie pas, je sais que c'est vrai et que tu veux tenir ta promesse. Je le comprends et j'apprécie. Mais tu n'as pas à te faire de souci pour moi, je ne suis plus la faible Jess au cœur brisé qui a débarqué chez toi il y a un mois. J'ai changé.

— Tu es étonnante, Jess, constata-t-il avec conviction. Forte, intelligente, amusante, belle…

Elle retint son souffle : ces compliments l'avaient presque anéantie.

— Je pars demain, décréta-t-elle alors.

Elle devait se montrer forte pour qu'il ne voie pas que son cœur était littéralement en train de se fissurer.

— C'est hors de question ! s'insurgea-t-il.

Elle secoua la tête : rien ne pourrait l'en dissuader.

— Que puis-je dire pour te faire changer d'avis ?

Même s'il avait avancé des dizaines d'arguments, cela n'aurait pas ébranlé sa décision, mais elle demeura silencieuse.

— Pourquoi, Jess ? Que s'est-il passé ? J'exige une explication, insista-t-il.

— Tu en veux une, vraiment ? reprit-elle sur le ton du défi. Eh bien, vois-tu, hier, j'ai acheté un test de grossesse !

Elle sentit alors ses yeux la brûler. Bon sang, elle en avait assez d'être toujours au bord des larmes ! Et malgré elle, une ou deux roulèrent sur sa joue.

— Pardon ? fit-il.

Il était devenu tout pâle, et son regard reflétait soudain de… de la peur, c'était indéniable ! Il était évident qu'il n'avait même pas envisagé ce scénario.

— J'étais fatiguée et nauséeuse, alors j'ai voulu en avoir le cœur net.

Elle s'interrompit. Il était littéralement décomposé, comme sur le point de s'évanouir.

— Mais je ne suis pas enceinte ! conclut-elle bien vite pour mettre fin à sa torture manifeste.

Il laissa alors échapper un soupir qui remontait du plus profond de son être, comme s'il venait d'échapper à une terrible sentence.

Au fond, la réaction de Zane ne la surprenait pas. Il ne voulait pas d'enfant avec elle, il ne se sentait sans doute pas en mesure de vouer un amour inconditionnel à un petit être, après le drame qu'il avait subi. D'ailleurs, ne donnait-il pas l'impression générale de manquer d'engagement, notamment sur le plan professionnel, en essayant de se réinventer en acteur ou en entrepreneur, avec son restaurant ?

— J'aurais sans doute dû me taire, marmonna-t-elle.

— Mais non, tu as bien fait de m'informer, s'empressa-t-il d'affirmer, redevant le gentleman qu'il avait toujours été.

Il ne pouvait imaginer à quel point sa réaction l'avait affectée. La frayeur qu'elle avait lue dans ses prunelles lui avait déchiré le cœur.

Mais que s'était-elle donc imaginé ? Qu'il allait accueillir avec joie une telle éventualité ? C'était ridicule.

Quand Janie avait annoncé à Zane qu'elle était enceinte, il avait débordé de joie. Pendant une semaine, il lui avait envoyé chaque jour des fleurs, puis il avait chargé une décoratrice d'intérieur de l'aménagement d'une chambre d'enfant. Il avait composé une chanson pour le bébé, une berceuse uniquement destinée à sa famille. Il avait informé ses amis, ses fans, la presse de l'heureux événement qui se profilait. Tout Beckon s'était réjoui pour lui : leur enfant chéri allait devenir père.

Maintenant, Zane lui avait pris les mains, et elle les sentait à la fois glacées et moites dans les siennes, ce qui rajoutait à sa peine.

— Il est normal que tu m'aies mis au courant, dit-il. Et je veux que tu saches que si les choses avaient tourné autrement, nous aurions trouvé une solution.

Elle préférait ne pas savoir ce qu'il entendait par là. En tout cas, ni fleurs ni berceuse n'auraient été au programme.

— Je sais, et maintenant tu comprends pourquoi je dois partir demain.

Elle ne pouvait rien lui reprocher, elle avait parfaitement conscience qu'il aurait tout fait pour qu'elle soit heureuse, mais la réalité était implacable : il ne l'aimait pas, le grand amour de sa vie était derrière lui. Son expression figée n'était-elle pas assez éloquente ?

Elle sentit un froid immense l'envahir, une sensation qui

allait sans nul doute la poursuivre longtemps, même quand elle rentrerait chez elle, au cœur de la chaleur texane. Elle aimait Zane et aurait voulu porter son enfant, mais jamais il ne connaîtrait les sentiments profonds qui l'animaient. À ses yeux, elle redeviendrait bien vite la sœur de son épouse, l'adorable Jess.

Elle n'était pas destinée à vivre un grand amour.

— Je partirai très tôt demain matin, lui annonça-t-elle. Inutile que tu m'accompagnes à l'aéroport.

- 11 -

Jessica était en train de changer l'aménagement de sa classe, de telle sorte qu'elle pourrait voir tous les élèves de face, juger de leur niveau d'attention et les encourager à participer. Elle savait qu'elle allait les marquer à vie : qui ne se souvenait pas de sa première institutrice ?

L'école reprenait après la fête du Travail, c'est-à-dire dans une semaine : elle était impatiente de retrouver ses élèves et de laisser les événements des vacances derrière elle.

Il régnait une chaleur aussi étouffante qu'en juin, et elle était en sueur, à déplacer les bureaux et les chaises qui crissaient sur le linoléum.

Quelques minutes auparavant, Steven avait frappé à la porte de sa classe. Elle avait été surprise de le voir et, en regardant son visage penaud, elle avait tout de suite compris qu'elle n'avait jamais éprouvé une réelle passion pour lui. Il avait enchaîné les excuses, lui avait demandé pardon. Elle l'avait écouté patiemment, songeant qu'il lui avait en réalité rendu service en ne l'épousant pas, même s'il avait choisi un mode de rupture plutôt brutal. Puis ç'avait été son tour de s'exprimer : elle ne l'avait pas injurié, pas plus qu'elle ne s'était mise en colère, mais elle lui avait dit sans ménagement sa façon de penser avant de le renvoyer.

La nouvelle Jess avait soulagé son cœur, et l'effet avait été libérateur.

Tout en continuant à bouger les meubles de sa classe, elle refusa de consacrer une seconde de plus à Steven, et son esprit fut de nouveau accaparé par Zane, par son dernier jour en Californie.

Il n'avait pas voulu qu'elle se rende seule à l'aéroport et s'était levé à l'aube pour l'accompagner. Il n'avait aucune idée de la douleur que lui causaient ces adieux, pas plus qu'il ne pouvait imaginer être devenu son homme idéal, et non plus celui qui était juste censé la faire rebondir. Oui, il ignorait qu'elle avait découvert dans ses bras ce qu'était le vrai amour.

Il l'avait escortée jusqu'aux portes d'embarquement, et elle avait été heureuse que la réglementation l'empêche d'aller au-delà. Par chance, l'heure était trop matinale pour les fans de Zane, même s'il avait affirmé dans la voiture qu'il se fichait de créer une émeute, et qu'il tenait à la voir partir.

— Bien, avait-il dit en déposant son sac à ses pieds, et en lui prenant les mains. Tu vas terriblement me manquer, ma belle.

Elle avait plongé les yeux dans ses prunelles au brun si profond qu'on avait la sensation de voir son âme.

— Merci, Zane…

Elle n'avait pas pu ajouter qu'il allait lui aussi lui manquer. Pourtant ç'aurait vraiment été l'euphémisme du siècle !

— Ce séjour chez toi m'a beaucoup plu. La Californie va me manquer, avait-elle poursuivi.

Selon les standards des Beach Boys, n'était-elle pas devenue une Californienne ? Il l'avait agrippée par le bras, et cet ultime contact avait fait frissonner tout son être…

— Et moi, je ne vais pas te manquer un peu ? avait-il demandé.

— Je ne peux pas répondre à cette question, Zane, avait-elle éludé.

Il avait hoché la tête, sans la relâcher.

— Je n'oublierai jamais ces semaines passées avec toi. Elles signifient beaucoup pour moi.

Elle avait fermé les paupières, puis pris une profonde inspiration.

— Moi non plus je n'oublierai jamais ce séjour, avait-elle répondu. Et maintenant il faut que j'y aille, l'embarquement va bientôt commencer.

— Une seconde…

Et il lui avait donné un baiser torride qui l'aurait fait chavirer s'il ne l'avait pas tenue dans ses bras. Après quoi, il lui avait caressé la joue, puis l'avait de nouveau embrassée passionnément, avant de poser son front contre le sien. Ils étaient restés ainsi quelques instants, paupières closes, souffles mêlés.

Son vol avait alors été annoncé : il était temps pour elle d'embarquer.

— Et zut ! avait-il murmuré.

Puis il l'avait relâchée.

Elle avait pris son bagage et s'était éloignée de l'homme qu'elle aimait. Cette fois, il ne lui avait pas demandé de rester. Tous deux savaient que c'était fini.

Elle ne s'était pas retournée.

Le réaménagement de sa classe terminé, elle sauta dans sa voiture et mit la radio. La voix mélodieuse de Zane s'éleva aussitôt dans les airs.

— Génial, marmonna-t-elle.

Elle n'avait vraiment pas besoin qu'on lui rappelle à quel point il lui manquait. Elle éteignit la radio et rêva du bon bain qu'elle allait prendre en rentrant chez elle.

Elle immergerait aussi la tête pour en chasser toutes les pensées négatives.

— Bon anniversaire, Jessica ! Eh bien, comment vas-tu, ma chérie, aujourd'hui ?

— Bien, maman. Merci.

Jessica venait de monter dans la voiture de sa mère qui l'attendait en bas de son immeuble. Elle lui fit la bise et sentit au passage son eau de toilette plutôt capiteuse, mais qui était tellement associée pour elle à la personne de Mae, qu'elle la trouvait réconfortante. Et aujourd'hui, tout comme sa mère d'ailleurs, elle avait particulièrement besoin de réconfort.

Sa mère démarra et elle s'accrocha à la poignée de la portière. Mae n'était pas une très bonne conductrice, elle s'agrippait au volant comme à une bouée de sauvetage, et sa conduite heurtée n'avait rien de rassurant.

Un coup d'œil à l'arrière, par-dessus son épaule, révéla à Jessica une composition de lys jaune pâle et de roses blanches comme neige.

— Elles sont très belles, approuva-t-elle.

— C'étaient les fleurs préférées de Janie.

Cette visite sur la tombe de Janie, pour son anniversaire et le sien, était devenue un rituel, et sa mère et elle n'auraient pu imaginer qu'il en aille autrement.

Le cimetière était à la sortie de la ville, de sorte qu'il leur fallut peu de temps pour y arriver.

— On dirait que quelqu'un est passé avant nous, constata sa mère une fois qu'elles furent devant la merveilleuse pierre tombale que Zane avait fait construire pour Janie.

Une douzaine de roses rouges et blanches avait en effet été disposée dans un vase en granit.

— C'est probablement Zane qui les aura fait livrer, confirma Jessica.

Il n'oubliait jamais l'anniversaire de Janie. De son vivant, il organisait toujours de grandes fêtes, ce jour-là, se creusant la tête pour lui trouver le cadeau parfait et faire en sorte que la journée soit parfaite aussi.

— Je crois qu'il est venu les déposer en personne, reprit sa mère. Regarde.

— Il y a son médiator, regarde, dit-elle avec douceur en découvrant l'objet.

Le petit triangle noir sur lequel « Je t'aime » était écrit en lettres blanches brillait en effet sur un lit de pétales.

— Il doit être à Beckon, Jess, affirma sa mère.

— Maman, arrête ! Tu sais bien qu'il ne vient plus jamais ici. Et si c'était le cas, la ville aurait été avertie. Les gens sont fous de lui, ici !

— Et toi aussi, Jessica, tu l'es.

— Arrête, maman ! se récria-elle en reprenant sa respiration. C'est absurde.

— Mais si, tu l'aimes, inutile de nier. C'est un homme très convenable, il a aimé ta sœur de tout son cœur, mais hélas ! celle-ci n'est plus. Aussi, s'il y a quelque chose entre vous…

— Maman, tu te trompes, je t'assure.

Elle ne pouvait supporter que sa mère tienne de tels propos devant la tombe de Janie, alors qu'elle aurait tout donné pour que sa sœur soit toujours en vie. Son enfant aurait deux ans, à présent, et elle aurait sans doute été sa tante préférée. Franchement, quel pauvre substitut elle ferait pour Zane !

— Nous verrons bien, marmonna Mae.

Elle ne releva pas, espérant que Zane était à des centaines de kilomètres de Beckon.

Elles restèrent une demi-heure devant la tombe de Janie, lui parlant, lui rapportant les nouvelles. Puis, les yeux remplis de larmes, elles prirent congé. C'était le jour le plus pénible de l'année : fêter son anniversaire alors que sa sœur, née le même jour qu'elle, n'était plus.

Une fois qu'elles eurent franchi les portes du cimetière, sa mère déclara :

— J'ai réservé au BBQ Heaven pour fêter ton anniversaire, ce soir, en compagnie de Sally, Louisa et Marty.

Elle lui sourit. Sa mère s'efforçait toujours de lui souhaiter son anniversaire dans les règles de l'art et d'être gaie après la visite au cimetière.

— Merci, maman, c'est une très bonne idée !

Durant son séjour en Californie, elle avait parfois rêvé de manger l'une des savoureuses grillades marinées que servait ce restaurant.

Le parking était quasiment plein, quand Jessica et Mae arrivèrent BBQ Heaven. Curieux, car en semaine, même s'il y avait toujours des clients, ce n'était pas non plus bondé.

Leurs amies les attendaient à l'extérieur et elles entrèrent toutes ensemble dans la salle, où on les conduisit à la table réservée. Le box était en forme de croissant, dans des tons de rouge. Sa mère prit place près de Louisa, sa vieille copine de toujours, afin de pouvoir papoter tranquillement, tandis qu'elle-même s'asseyait entre ses amies.

— Merci d'être venues, lança Jessica à Sally et Marty.

Ces deux personnes lui étaient très chères et leur présence apaisante ; elle lui prouvait qu'elle avait encore des ancres auxquelles se raccrocher pour reprendre le cours de sa vie. Sally était au courant de tout : c'était elle qui était venue l'accueillir à l'aéroport, à son retour de Moonlight Beach, et elle avait vidé son sac, tout en faisait jurer à son amie de n'en rien dire à personne. Ce que cette dernière lui avait bien sûr promis, comme au temps du lycée. Leur complicité l'avait rassurée.

— Nous sommes heureuses d'être là, déclara Marty. Moi aussi, j'aimerais avoir encore vingt-six ans.

Louisa roula des yeux.

— Allons, tu n'en as que vingt-huit, ma jolie !

— Je sais, maman, mais l'année de mes vingt-six ans a été si belle !

Sally donna un coup de coude à Marty, et les trois amies éclatèrent de rire.

— Bon anniversaire, Jessica, reprit Louisa. J'espère que tu vas passer une bonne soirée.

— Je suis sûre que oui, renchérit alors sa mère d'un ton si confiant qu'elle tourna la tête vers elle.

Son regard vert brillait de douceur, et Jessica fut heureuse de la voir si détendue.

La serveuse vint prendre leur commande : une grillade différente pour chacune, afin de pouvoir goûter dans le plat de sa voisine, accompagnée pour tout le monde de pommes de terres sautées, de haricots blancs au bacon, de haricots verts aux amandes et de maïs grillé. Aucune ne rentrerait chez elle la faim au ventre !

On jouait de la musique en arrière-plan, et les conversations allaient bon train, dans le restaurant.

Soudain, quelqu'un tapota sur le micro et un son strident en sortit. George, le gérant du restaurant, prit alors la parole.

— Ce soir, nous vous avons réservé une petite surprise, annonça-t-il du podium. Zane Williams, notre Zane, est de retour parmi nous, et il tient à vous faire entendre en exclusivité sa toute dernière chanson. Je suis certain que vous allez tous apprécier sa sérénade. Et maintenant, je lui laisse le micro.

Les applaudissements éclatèrent et Zane se matérialisa sur l'estrade. Avec son Stetson noir et sa chemise blanche, un projecteur au-dessus de la tête, on aurait dit un cow-boy solitaire qui voyageait avec sa propre auréole.

Jessica eut subitement la sensation de manquer d'oxygène. Elle lança un coup d'œil à sa mère qui fixait résolument la scène. Et soudain, elle comprit : ses allusions au cimetière, son comportement étrange…

Maman, qu'as-tu fait ? demanda-t-elle en silence.

Sally était aux anges.

— Tu étais au courant ? articula-t-elle.

Elle secoua la tête.

Zane prit alors la parole :

— Merci de me permettre d'interrompre votre dîner pour vous présenter ma dernière chanson, et merci à toi, George, ajouta-t-il en regardant le gérant qui se tenait toujours à ses côtés. Je te revaudrai ça, mon vieux. Cette chanson est destinée à souhaiter un bon anniversaire à la femme que j'aime. Voici donc ma *Chanson pour Janie*.

Des exclamations parcoururent la foule : chacun savait qu'il lui vouait un amour indéfectible. Un froid glacial saisit alors Jessica, tandis qu'elle sentait son estomac se contracter violemment. Pourquoi lui infligeait-il une telle épreuve ? Elle jeta un coup d'œil vers la porte, tentée de s'éclipser.

La voix belle et riche de Zane s'éleva alors, véritable instrument de torture qui mettait son cœur en miettes, mais captivait le reste de la salle. Impossible de se déplacer sans attirer l'attention, à présent ! Les mots qu'elle avait lus sortaient actuellement de la bouche de Zane :

Je t'aimerai toujours, ma Janie, sans toi,
ma route était morne, mon chemin flou,
mon cœur t'appartenait, c'est certain…

Sa mère lui étreignit alors la main et lui adressa un coup d'œil confiant. C'était tout simplement insupportable, elle ne pouvait concevoir qu'il chante devant elle une chanson d'amour dédiée à une autre qu'elle, même s'il s'adressait à sa sœur qu'elle adorait elle aussi. Pas après tout ce qu'ils avaient vécu ensemble.

Sa voix de crooner, pleine d'émotion, avait hypnotisé toute la salle, et chacun vibrait au rythme des vers qu'il égrenait. Soudain, ceux-ci prirent une orientation différente :

> *Je t'ai aimée, et j'en suis heureux. Mais je continue à avancer, ma Janie, et j'ai trouvé un amour si pur que tu l'approuverais, j'en suis certain. Si tu la voyais, ma Janie, tu l'aimerais aussi, tu l'aimerais aussi, tu l'aimerais aussi…*

Saisie, elle releva la tête. Zane chantait paupières closes, et il semblait soudain libéré, comme s'il avait mis tout son cœur et son âme dans cette chanson.

Elle le regarda fixement, les sens en émoi. Quand il rouvrit les yeux, ce fut sur elle qu'il les fixa. Juste sur elle. Il retira son chapeau d'un geste gracieux et les profondeurs de ses prunelles la troublèrent encore davantage. Toutes les têtes des convives se tournèrent vers elle : certains étaient bouche bée, d'autres souriaient. Elle reconnut même des personnes qui avaient assisté en direct au fiasco de son mariage. Elle sentit ses joues s'empourprer. Qu'est-ce que Zane était encore en train de lui faire subir ?

Il posa alors sa guitare, sans paraître se rendre compte de la présence du public. À cet instant, elle se leva et la lumière du projecteur se braqua sur elle

Il s'avançait à présent dans sa direction.

Son cœur battait si fort qu'elle se crut sur le point de défaillir.

Et puis, soudain, elle bondit vers la porte et s'élança en courant dans la nuit.

Zane décocha un coup d'œil navré à Mae Holcomb et se rua à son tour vers la sortie. Il ne s'était pas attendu à cette réaction de la part de Jessica. Une fois à l'extérieur, il la repéra rapidement : elle avait presque atteint le stade de football. Il reprit son sprint tout en se disant que si son kinésithérapeute le voyait, il serait fier de lui. Elle avait beau courir vite, elle ne lui échapperait pas !

Il ralentit en arrivant à quelques mètres d'elle, se concentrant sur ce qu'il allait lui dire pour être convaincant, car Jess représentait désormais tout ce qui comptait pour lui.

— Va-t'en ! lança-t-elle par-dessus son épaule.

— Ce n'est pas gentil, Jess.

En revanche, pouvoir admirer ses belles jambes bronzées, sa splendide chute de reins constituait un superbe cadeau : Jess était douce et souple, merveilleuse…

Mais elle ne ralentissait pas l'allure.

— Aïe ! Je me suis blessé au pied ! s'exclama-t-il soudain.

Immédiatement, elle s'immobilisa et se retourna, pour braquer les yeux sur sa prétendue blessure. Alors, dans son regard tourmenté, il lut une immense compassion, l'amour qu'elle lui portait l'illuminait littéralement. Dylan ne s'était donc pas trompé, pensa-t-il.

— Tu n'es pas blessé, avoue !

— Mon cœur saigne, répliqua-t-il.

— Mais ton pied, ça va.

— À vrai dire, courir à toute vitesse derrière toi dans mes bottes de concert, ce n'est pas franchement le genre de thérapie qui m'est conseillé.

Il reprit son souffle, heureux de constater qu'elle n'avait pas bougé. C'était bon signe, il progressait.

— Ce n'est pas fair-play, Zane.

— Il fallait que je te revoie, Jess.

— Tu crois que j'avais besoin d'un nouveau scandale ?

— Je suis revenu pour toi, insista-t-il.

Il la vit frémir et se dit que tout n'était pas perdu.

— Tu as changé les paroles de ta chanson, reprit-elle.

— Donc Dylan avait raison, tu les avais bien vues ! Et c'est pour ça que tu es partie, n'est-ce pas ?

— Dylan ? Tu écoutes les conseils de ce Casanova, à présent ?

— Ne le critique pas, c'est lui qui m'a ouvert les yeux. Comme tu m'as manqué et que j'ai été stupide, Jess ! Et oui, j'ai retravaillé les paroles après ton départ, et j'ai rapidement trouvé les bonnes.

Elle croisa les bras, sur la réserve, mais de la chaleur brillait désormais dans son regard.

— Et pourquoi fallait-il que tu les chantes devant la moitié de la ville ?

— Je t'ai laissée partir, car je mourais de peur. J'avais vécu pendant deux ans figé dans le souvenir. Quand tu m'as appris que tu avais cru être enceinte, je n'ai pas su comment le gérer, je me sentais toujours coupable pour la mort de Janie et du bébé. Je m'étais convaincu que je n'aimerais plus jamais, c'était plus facile… Et quand tu es partie, je me suis senti affreusement seul, désemparé. J'ai fini par admettre que j'avais tourné la page, et comme je pensais que tu ne me croirais pas, j'ai tenu à le crier sur les toits. Voilà, tu sais tout.

Alors il s'avança vers elle, lui prit la main et ajouta :

— Est-ce que tu m'aimes, Jess ?

— Évidemment, comment peux-tu en douter ? répliqua-t-elle en se dégageant de son étreinte.

— Je vais vendre ma maison à Beckon. J'ai déjà trouvé un autre terrain, mais je voulais que tu le voies avant de l'acheter. Je vais me concentrer uniquement sur ma carrière de chanteur et m'établir de nouveau à Beckon.

— Comment le pourras-tu, si tu es en tournée ?

— Je ne donnerai des concerts que l'été, quand tu seras en vacances et que tu pourras m'accompagner.

— Mais Zane, qu'est-ce que tu racontes ? demanda-t-elle, d'un ton incrédule.

— La vérité, le futur… Ta mère est au courant, j'ai sa bénédiction. Ma chérie, c'est grâce à toi que j'ai guéri, je ne peux imaginer ma vie sans toi.

Il mit alors un genou à terre et leva la tête vers elle.

— Jess, tu m'as appris à regarder l'avenir, et fort de notre amour, je me sens prêt à l'affronter. Je n'ai plus peur. Je t'implore de m'accorder une seconde chance et te demande de devenir ma femme, et la mère de mes enfants. Je t'aime de tout mon cœur. Veux-tu m'épouser, mon amour ?

Ses beaux yeux verts se mouillèrent alors de larmes, mais un exquis sourire éclaira ses traits. Pourtant, sa réponse se fit tellement attendre qu'il crut un instant avoir encore tout raté.

— Une femme n'épouse pas l'homme qui était censé la faire rebondir, commença-t-elle. Aucune, sauf moi. Je t'aime, Zane, et je veux passer le reste de ma vie à tes côtés.

— Je suis si soulagé que tu acceptes ! Je t'aime, il faut que tu me croies.

— Je te crois, et comme tu l'as écrit dans ta chanson, je suis certaine que Janie approuverait. À présent, retournons au restaurant pour annoncer la bonne nouvelle à ma mère. Elle avait l'air inquiète.

— Elle n'était pas la seule !

Et, l'attirant à lui, il lui donna un baiser. Son rêve le plus fou se réalisait : Jess allait devenir sa femme, et plus jamais il ne la laisserait partir. Plus jamais !

SHERI WHITEFEATHER

Leur enfant, son secret

Traduction française de
AGNÈS JAUBERT

PASSIONS

HARLEQUIN

Titre original :
WAKING UP WITH THE BOSS

Ce roman a déjà été publié en 2017.

- 1 -

Dans le luxueux bureau qui surplombait Los Angeles, Carol Lawrence attendait les consignes de son patron, l'esprit submergé par une multitude de pensées. Le poste d'assistante de direction de Jake Water était un travail exigeant et presque toutes ses fonctions relevaient de la gestion des engagements mondains du magnat, et l'agent immobilier international qui passait sa vie entre deux avions la gardait en permanence sur le qui-vive ; non seulement ses voyages professionnels le menaient sur toute la surface du globe, mais ce fêtard notoire s'envolait régulièrement pour quelque destination exotique en compagnie d'un mannequin, d'une actrice, ou autre jolie femme correspondant à ses goûts d'homme riche.

Jake se percha avec nonchalance sur un coin de son bureau et lança sa veste sur sa chaise vide. L'air toujours aussi sexy avec ses cheveux bruns ébouriffés, ses manches étaient comme à son habitude relevées, exposant les tatouages bariolés sur ses bras. Avec son physique de beau gosse désinvolte et sa passion pour la vitesse, il exsudait de lui un charme à la James Dean. À cela près que Jake était à moitié amérindien, de la tribu choctaw, un métissage qui conférait à ses traits une beauté peu banale.

Avec sa vie bien trop tumultueuse pour une fille aussi pragmatique qu'elle, il n'était certes pas le type d'homme qui aurait dû l'attirer. Carol consacrait son temps libre à des loisirs paisibles, alors qu'il se servait de la course automobile comme exutoire : un hobby particulièrement imprudent, voire étonnant, pour un homme qui avait perdu toute sa famille dans un accident de voiture. Orphelin comme elle, il avait lui aussi grandi dans des familles d'accueil, mais ils ne se connaissaient pas à l'époque, et les tragédies qu'ils avaient tous les deux traversées ne les rapprochaient pas pour autant.

Pourtant, une question la taraudait malgré elle : quel genre de relation vivrait-elle avec un homme comme Jake si elle parvenait à le dompter ? Elle réprima un sourire à cette idée, bien consciente qu'elle rêvait : si les beautés glamour avec lesquelles il sortait n'arrivaient pas à le retenir, pourquoi irait-il jeter son dévolu sur une fille toute simple, avec son sage carré blond et sa nature pleine de bon sens ? Jake était un milliardaire de trente et un ans qui avait été cité dans la liste des « Célibataires athlétiques » comme l'un des hommes les plus sexy de la Californie du Sud. Les femmes le poursuivaient avec acharnement, et certaines, convaincues que la frivolité de son mode de vie était une façon d'oublier la douleur tapie en lui depuis la mort de ses proches, persistaient à vouloir panser ses plaies. Carol ne doutait pas que ce soit la vérité, elle connaissait le chagrin des orphelins, mais elle apprivoisait sa propre peine avec beaucoup plus de patience que lui. Elle espérait un jour se marier et avoir des enfants, pour recréer la famille qu'elle avait perdue.

Quand, levant les yeux, Jake surprit son regard, elle sentit des papillons danser dans son ventre, une réaction bien trop fréquente lorsqu'elle était en sa présence.

Bien déterminée à ne pas perdre contenance, elle se concentra sur son travail et demanda :

— Comptez-vous aller à l'anniversaire de Lena ?

Lena était une pop star qui, partageant le penchant de Jake pour la fête, évoluait dans son cercle de noceurs.

— Bien sûr ! Lena est mon amie, jamais je ne manquerais ses trente ans ! Elle dansera sans doute à moitié nue sur les tables avant la fin de la soirée, ajouta-t-il avec un petit rire satisfait.

— Je n'en doute pas.

La chanteuse était connue pour ses excentricités. Carol, qui avait son âge, ne pouvait s'imaginer se comporter ainsi.

— Qui vous accompagnera ?

— C'est là que j'ai un souci, répondit Jake. Je n'ai pas d'escorte.

— Je croyais que vous sortiez avec Susanne Monroe.

Sa dernière conquête en date, une brune aux jambes interminables, récemment divorcée d'un célèbre joueur de base-ball, était venue se pavaner dans le bureau à plusieurs reprises dans ses robes ultra-moulantes, les talons de ses stilettos résonnant sur les sols.

— Nous ne sommes plus ensemble.

Carol lui jeta un coup d'œil étonné. Ainsi, c'était déjà fini ?

— Qui a rompu ?

— Elle, confia-t-il avec un haussement d'épaules dégagé. De toute façon, pour elle, je n'étais qu'une consolation à sa déception amoureuse.

Secouant la tête, Carol regarda par la baie vitrée qui allait du sol au plafond et offrait une vue imprenable de Wilshire Boulevard et des gratte-ciel de Los Angeles. Elle avait beau travailler pour Jake depuis deux ans, elle n'arrivait toujours pas à s'habituer au défilé de femmes qui entraient et sortaient de sa vie.

Puis elle ramena son attention sur lui et reprit :

— Je ne me fais pas de souci pour vous, je suis certaine

que vous allez trouver une escorte pour l'anniversaire de Lena. En attendant, voulez-vous que j'accepte l'invitation pour deux personnes ? Et que je prévienne votre pilote de se tenir prêt pour ce week-end ?

La fête devait se dérouler sur une île privée des Caraïbes, Lena prenant toutes les précautions pour se protéger des yeux fureteurs des paparazzis.

— Oui, merci, répondit Jake. Le dernier tube de Lena s'appelle *Réservé aux couples* et elle organise toujours ses fêtes sur le thème de ses chansons ; je vais donc être obligé d'y aller accompagné.

Soudain, il s'interrompit pour la dévisager comme s'il venait de trouver la solution à un casse-tête.

— J'ai une idée : vous pourriez être mon escorte, s'exclama-t-il. Non seulement cela m'épargnerait de devoir chercher quelqu'un, mais cela vous donnerait l'occasion de faire une magnifique escapade.

Carol serra son iPad contre sa poitrine. Juste ciel ! Était-il en train de lui suggérer de s'envoler pour une île tropicale pour boire, danser et faire la fête avec lui ? Évidemment, elle voyageait avec son patron en cas de nécessité, mais jamais elle ne s'était attendue à jouer le rôle de l'une de ses conquêtes.

— Vous plaisantez ?

— Bien sûr que non. Sinon, je ne vous l'aurais pas proposé.

— Mais je ne fais pas partie de votre cercle, protesta-t-elle. Je ne serais pas du tout dans mon élément.

— Mais si, enfin ! persista-t-il. Vous connaissez déjà pas mal de mes amis.

— D'un point de vue professionnel, souligna-t-elle.

— Eh bien maintenant vous les connaîtrez aussi dans le privé.

L'estomac noué d'appréhension, Carol le dévisagea avec incrédulité, encore sous le choc. Il lui était impossible de passer un week-end avec Jake et son petit groupe élitiste de relations.

— Je ne peux pas, finit-elle par balbutier. En outre, vous êtes mon patron, ce ne serait pas convenable.

— Vraiment, Carol, c'est tout ce que vous avez trouvé comme excuse ? Je ne vous propose pas de vivre une folle idylle passionnée ; le thème « Réservé aux couples » ne signifie pas que nous nous comportions en vrai couple. Il s'agit juste d'une fête.

Carol était assez raisonnable pour comprendre qu'il n'était pas intéressé par elle et que même si, par le plus pur des hasards, il l'avait été, elle n'était pas assez stupide pour risquer de perdre son poste en cédant à ses avances.

— Une fête sur une île privée, se défendit-elle. Et je n'ai jamais imaginé que vous aviez une arrière-pensée. Mais partir ensemble ne serait pas approprié. Ce serait différent s'il s'agissait d'un voyage d'affaires.

— Alors, disons qu'il s'agit d'un voyage d'affaires.

Elle refoula un petit rire ironique. Qui essayait-il de leurrer ?

— Une soirée organisée par Lena Kent s'apparenterait plus à des affaires frauduleuses, persifla-t-elle.

Jake éclata de rire.

— C'est vrai, mais Lena n'est pas une mauvaise fille. Elle donne beaucoup d'argent à mes œuvres de bienfaisance.

Carol savait aussi à quel point la fondation que Jake avait créée avec ses frères adoptifs lui tenait à cœur.

— Je suis au courant de sa générosité, mais son anniversaire ne sera pas une soirée caritative. Ce sera plutôt un week-end délirant.

— Je vous l'accorde, mais pensez un peu au magnifique

moment que vous allez passer, à boire le champagne le plus cher du monde et à déguster les meilleurs plats imaginables. Sans parler de vous prélasser en maillot de bain, la mer léchant vos pieds, susurra-t-il d'une voix tentatrice. Et puis, nous irons sans doute à la pêche aux crabes. Je parie que vous n'avez jamais pêché le crabe.

Il se leva, la dominant de toute sa taille.

— Cela vous donnerait l'occasion d'étendre vos horizons et de connaître de nouvelles expériences. C'est fou à quel point vous êtes réticente à l'idée de laisser tomber votre garde et de vous amuser.

À ces mots, Carol sentit la moutarde lui monter au nez ; elle était loin d'être aussi ennuyeuse que le portrait qu'il brossait d'elle.

— Je n'ai pas peur de m'amuser, se rebiffa-t-elle. Je sors avec mes copines. Et si je n'ai pas eu de petit ami régulier depuis longtemps, je fais des rencontres sur Internet. Je fais juste attention, c'est tout.

Et si jusqu'ici aucun n'avait fait l'affaire, elle n'avait pas dit son dernier mot.

— Attention à quoi ? À des gens comme moi ? Allez, mademoiselle l'Employée Modèle, venez passer un week-end avec votre vilain patron si dissipé et sa bande d'excentriques nantis.

— Seriez-vous en fait en train de me mettre au défi ? s'offusqua-t-elle.

— Vous avez tout compris ! Alors qu'en dites-vous ? Vous êtes partante ? fit-il, enjôleur.

Déployant tout son charme, il faisait preuve de son insistance habituelle.

Ses frères adoptifs seraient-ils invités ? La présence de Garrett et Max la sécurisait. Préférant mener des vies plus discrètes, ils étaient tous les deux aussi réfléchis que Jake était intrépide. Tous trois avaient grandi dans la même famille et restaient très proches, mais ils ne fréquentaient pas les mêmes cercles de joyeux drilles.

Jake s'avança et posa les mains sur ses épaules.

— Allez, acceptez. Plongez tête la première et voyez où vous atterrissez.

Carol ferma les yeux comme si elle sautait vraiment d'un rocher. Un… Deux… Trois : elle compta ses respirations, puis soulevant les paupières, soutint le regard de son patron avec l'intention de décliner son invitation. Mais quelque part dans la folie de l'instant, debout à quelques centimètres de lui, absorbant la chaleur de ses paumes sur sa peau, elle s'entendit répondre :

— D'accord. Je vais aller avec vous.

— Parfait.

La libérant, il recula d'un pas, creusant un fossé de silence entre eux.

Un sentiment de panique la submergea. Que le ciel lui vienne en aide, avait-elle vraiment accepté son offre ?

Non seulement elle allait se retrouver coincée sur une île tropicale avec son incorrigible patron tout feu tout flammes et sa bande de noceurs, mais elle n'avait rien à se mettre.

— Je n'ai pas la moindre idée de ce que je suis censée porter pour cette fête, avoua-t-elle.

Elle possédait des tailleurs professionnels pour le travail et des tenues décontractées ses jours de congé, mais il s'agissait là d'un contexte très différent.

D'un geste dégagé, Jake balaya ses inquiétudes.

— Appelez Millie, elle vous apportera un lot d'ensembles à essayer chez vous. Vous choisirez ce que vous voudrez et vous lui demanderez de m'envoyer la facture.

Millie, sa styliste, travaillait aussi pour des célébrités.

— Vous n'êtes pas obligé, protesta Carol.

— J'y tiens. En outre, vous n'auriez pas les moyens de vous offrir la garde-robe adéquate. Sinon, je devrais vous accorder une augmentation ridicule, ajouta-t-il avec un sourire espiègle.

Elle lui rendit son sourire.

— Il ne manquerait plus que ça !

En effet, il lui payait déjà un salaire très généreux. Mais, s'il disait que les vêtements à prévoir n'étaient pas dans ses moyens, elle voulait bien le croire.

Elle n'avait pas de temps à perdre et devait prendre contact avec la styliste : l'anniversaire de Lena devait avoir lieu dans moins d'un mois, et elle tenait à être prête. Elle ne faisait jamais rien à la dernière minute.

— Je vais lui téléphoner dans la journée et voir quel est son planning. Au moins, Millie sait déjà que je ne suis ni mannequin ni une actrice au style Beverly Hills. Je ne pourrai jamais rien porter provenant des podiums, je suis trop potelée.

Machinalement, il la balaya du regard.

— Il n'y a rien de mal à avoir des formes.

Elle se maudit. Quelle mouche l'avait piquée d'attirer l'attention sur ses rondeurs ?

— Ce n'est pas ce que j'ai voulu dire.

Ayant appris à accepter sa silhouette pulpeuse, elle avait renoncé depuis longtemps à espérer être plus mince que ne lui permettait sa nature.

Même s'il ne le faisait pas ouvertement, il continuait à la scruter d'un regard bien trop appréciateur.

— Dites bien à Millie de ne pas oublier les maillots de bain, suggéra-t-il.

— Très bien.

Elle n'avait plus qu'une envie, filer se réfugier dans

son bureau, mais elle ne pouvait s'en aller avant d'avoir tout réglé.

— Quel type de logement ont-ils sur l'île ? demanda-t-elle précipitamment, dans l'espoir de faire diversion.

— Lena a loué une ancienne plantation. En plus des gardiens de la propriété, elle va engager du personnel hôtelier pour le week-end. Quand vous répondrez, assurez-vous d'informer son assistant que nous aurons besoin de deux chambres. Sinon, il partira du principe que nous partagerons la même.

— Oui, bien sûr. Je m'en charge.

Sentant une soudaine bouffée d'anxiété, elle poursuivit :

— Je ferais mieux de retourner travailler.

— Mais vous êtes en train de travailler, lui rappela-t-il.

— Je veux dire m'occuper d'autres dossiers que l'anniversaire de Lena. Vous avez de nombreux engagements.

En fait, l'agenda de Jake était rempli de dîners d'affaires, de soirées caritatives et de réunions du conseil municipal.

— Je ne sais pas ce que je ferais sans vous, admit-il. Vous gérez mon emploi du temps de main de maître.

— Je me contente de faire mon travail.

Néanmoins, cette discussion lui semblait étrangement personnelle. Pourvu qu'elle ne fasse pas une bêtise en acceptant de l'accompagner aux Caraïbes. Comment allait-elle pouvoir se retrouver sur la plage, à côté de lui, vêtue d'un simple maillot de bain ?

À l'instant même où cette image lui traversait l'esprit, la pièce fut soudain illuminée par les rayons du soleil qui s'était déplacé dans le ciel.

Il resta un moment immobile dans la lumière éblouissante de l'après-midi, plus beau que jamais. Puis, rompant le charme, il prit la télécommande sur son bureau et baissa les stores.

— À tout à l'heure, le salua-t-elle.

Sur ces mots, elle se dirigea vers la porte, se répétant en boucle de ne pas s'inquiéter… Mais elle sentait qu'il la suivait d'un regard beaucoup trop insistant, et cela ne manqua pas de l'angoisser.

Jake gara son coupé Gullwing Mercedes, l'une des nombreuses voitures de sport de sa collection, dans le parking de la résidence de Carol. Il ne voyait pas l'intérêt de laisser ses belles voitures aux carrosseries rutilantes au garage. Qu'importaient leur rareté et leur valeur, il les conduisait à tombeau ouvert. Il réservait le même traitement, mélange de révérence et de vigueur, aux femmes.

Certes, Carol n'étant pas sa maîtresse, il n'avait rien à faire ici, mais sachant qu'elle devait rencontrer la styliste aujourd'hui il avait décidé de passer, devinant que le rendez-vous devait être terminé. Il était curieux de voir sur quoi son choix s'était porté.

Il était curieux de toutes sortes de choses à son sujet. En fait, son assistante lui inspirait les fantasmes les plus fous.

Tout en pudeur malgré un corps de déesse, c'était une femme fascinante. Jamais il ne s'était trouvé confronté à une telle énigme. Comment pouvait-il ne pas être excité par sa réserve prudente ? C'était d'autant plus étrange que les femmes pondérées n'étaient pas son genre favori, et en dehors d'elle il n'avait jamais ressenti l'envie de revenir à la charge auprès de quiconque.

Peut-être était-ce lié à leurs passés similaires ? Cela expliquerait pourquoi il la mettait au défi de se laisser aller à s'amuser. Quelle que soit la raison, il avait besoin de refréner son désir : il ne pouvait la séduire pendant leur voyage. Qu'importait l'attirance qu'elle lui inspirait, c'était impossible, une ligne à ne pas franchir.

Toujours songeur, il balaya les lieux du regard. Construite dans les années 1930, la résidence de style colonial espagnol se trouvait à proximité des restaurants, des centres commerciaux et des marchés fermiers.

Il jeta un coup d'œil en direction de l'appartement au rez-de-chaussée, niché dans la verdure du jardin. Il n'y était jamais entré.

C'était la première fois qu'il rendait visite à Carol, n'ayant pas pour habitude d'aller voir ses salariés chez eux. Toutefois, cet immeuble, l'un de ses préférés, lui appartenait. Il lui faisait une réduction sur le loyer, un avantage lié à son poste mais, en dehors de ce marché qu'ils avaient conclu, il laissait le soin à son cabinet de gestion immobilière d'organiser la location et d'encaisser les mensualités.

Se décidant à descendre de voiture, il s'avança jusqu'à sa porte et sonna. Quand elle lui ouvrit, une expression de surprise se peignit sur son visage.

— Jake ? Que faites-vous ici ?

— Je me suis dit que j'allais venir voir comme se déroulait la réunion des fashionistas. Non que je sois l'élégance incarnée, aujourd'hui, ajouta-t-il avec un geste moqueur vers sa tenue.

Il portait un T-shirt blanc tout simple, un jean et des bottes de cuir éraflées.

— Mais ça, au moins, c'est classe ! fit-il alors en retirant ses lunettes de soleil.

Elle reconnut la paire qu'elle lui avait offerte à Noël dernier. Identiques à celles de James Dean, elles avaient été baptisées du nom de l'acteur.

Elle le regarda de la tête aux pieds.

— Habillé ainsi, vous pourriez vraiment être lui.

Si la comparaison le flatta, il n'en montra rien.

— Bien sûr ! railla-t-il. Peut-être pourrais-je m'acheter une Porsche comme la sienne, celle dans laquelle il s'est tué.

L'air interdit, elle étouffa un soupir résigné.

— Vous ne devriez pas parler ainsi.

— Je blaguais.

Une blague stupide, supposait-il. Il aurait dû se douter qu'elle ne la trouverait pas drôle.

— La voiture qu'il conduisait jusqu'au circuit où il devait faire une course automobile était une Spyder 550, poursuivit-il. Un modèle superbe. C'est une sacrée bonne raison pour que j'en achète une.

Le dévisageant sans ciller, elle lui intima :

— Je préférerais que vous vous absteniez.

Il s'appuya contre le chambranle de la porte et, essayant d'atténuer la tension, demanda :

— Allez-vous m'inviter à entrer voir vos vêtements ?

Ses cheveux blonds attachés en queue-de-cheval, elle portait un short et une chemise kaki ample. Il s'imagina défaire la barrette et laisser filer ses mèches entre ses doigts. Elle avait les cheveux les plus soyeux qui soient, toujours impeccablement coiffés. Serrant les lèvres, il s'empressa de se rabrouer ; il n'aurait pas dû penser à les ébouriffer, il était censé contrôler ce type d'envie.

— Je vous en prie, entrez, l'invita-t-elle en reculant pour le laisser passer.

Avec ses planchers de bois blond et ses grandes fenêtres, l'intérieur était lumineux. Carol avait opté pour un mobilier Art déco, de l'époque de l'immeuble, agrémenté d'objets d'artisanat. Il remarqua un jeté en patchwork drapé sur le canapé, qu'elle avait probablement cousu elle-même. Parfois, elle offrait des patchworks qu'elle avait confectionnés à des collègues de bureau, pour des anniversaires ou autres occasions.

— C'est très joliment décoré, la complimenta-t-il.

— Merci.

Manifestement toujours perturbée par sa plaisanterie sur l'accident de James Dean, elle peinait à se détendre.

S'il ne regrettait pas d'avoir exprimé son intérêt pour la Porsche de James Dean, il s'en voulait de sa boutade. Il glissa ses lunettes de soleil dans le col en V de son T-shirt. Carol le regarda faire, les sourcils froncés d'un air préoccupé, avant de demander d'un ton plutôt sec :

— Est-ce que vous faites de la course automobile parce que vous souhaitez mourir ?

Bon sang ! Elle n'avait rien compris. Tous ses actes n'étaient dictés que par une seule raison.

— Je cours pour me sentir vivant, expliqua-t-il. Je ne veux pas regarder en arrière et avoir des regrets.

— J'espère que c'est la vérité.

— Croyez-moi, cela l'est.

Satisfait d'avoir dissipé ce malentendu, il fit un geste vers le patchwork.

— Quand j'étais petit, nous avions ce genre de truc sur le mur de notre séjour. Un souvenir de ma grand-mère paternelle.

Carol s'approcha de lui.

— Vraiment ?

Avec un signe d'assentiment, il raconta :

— Elle est morte avant ma naissance, mais le patchwork était inspiré par sa tribu.

— Vous l'avez toujours, rangé quelque part ?

Il secoua la tête.

— Il a disparu quand je suis parti en famille d'accueil. Ou bien, il aura été vendu ou donné. Je ne sais pas ce que sont devenus nos objets familiaux.

Il jeta un coup d'œil au manteau de la cheminée sur

lequel trônait une photo représentant trois fillettes blondes et leurs parents, qui devaient avoir la quarantaine, dans un parc. Sans doute sa famille.

Il prit le cadre et demanda d'une voix douce.

— Vous êtes dessus ?

— Oui, murmura-t-elle à son tour. Je suis l'aînée. J'avais environ dix ans sur cette photo.

Il étudia l'image, observant les visages heureux. C'était une photo des plus banales, sa propre famille avait dû avoir ce même air épanoui... Mais il n'avait aucun souvenir d'eux. Revoir leurs visages tous les jours lui était insupportable.

Dieu merci, il avait la chance d'avoir tissé des liens avec Garrett et Max. Trois gamins perturbés en foyer d'accueil, ils s'étaient fait le serment de devenir très riches et de toujours s'aider, un objectif qui avait scellé leur incroyable réussite à chacun. Sans Garrett et Max, il savait qu'il aurait voulu mourir.

Songeur, il dévisagea Carol. Avait-elle été soutenue dans son chagrin ou avait-elle été seule pour l'affronter ? Ils abordaient rarement le sujet de leur passé ensemble, pourtant, c'était l'objet de leur discussion à cet instant précis.

— C'est une très belle photo, fit-il remarquer en la reposant. Vous aviez l'air de passer une bonne journée.

— Magnifique. Elle a été prise au pique-nique de la société de mon père, expliqua-t-elle d'une voix toujours aussi feutrée, pleine de ferveur. Nous avions passé un merveilleux moment, mes sœurs et moi. Elles n'avaient qu'un an de différence et elles étaient très proches. Quelquefois, les gens les prenaient pour des jumelles, ce qui les amusait beaucoup.

— J'avais deux sœurs, moi aussi. Mais elles étaient plus âgées que moi. J'étais leur petit frère casse-pieds.

Plantant ses yeux de jade dans les siens, elle demanda :

— Quel âge aviez-vous quand… ?

— Douze ans. Et vous ?

Dans un soupir accablé, elle répondit :

— Onze.

Il sentit son cœur se serrer. Il savait que sa famille était morte asphyxiée au monoxyde de carbone, un accident dû à un appareil défectueux, mais il ne connaissait pas les détails du drame.

— Comment se fait-il que vous soyez la seule à avoir survécu ?

— J'étais chez des voisins, déclara-t-elle d'une voix monocorde. C'était ma première soirée pyjama. Comme j'étais plus jeune que certaines des autres filles, mes parents ont hésité à me permettre d'y aller. Je les ai tellement suppliés qu'ils ont fini par céder.

Reprenant son souffle, elle précisa :

— Le fait de ne pas avoir été à la maison ce soir-là m'a sauvé la vie.

— Pour moi, c'était différent. J'étais dans la voiture quand nous avons eu l'accident. Le choc a été rapide, brutal, mais je me le rappelle au ralenti.

L'espace d'un interminable moment, il avait eu l'impression de sortir de son corps.

— J'ai une cicatrice, ajouta-t-il en repoussant les mèches qui tombaient sur son front. Ici, juste à la naissance des cheveux. Elle se remarquait quand j'étais jeune, mais elle s'est estompée avec les années.

Elle s'approcha et, avec une délicatesse infinie, fit courir son index sur la ligne pâle. Ils n'étaient qu'à un souffle l'un de l'autre, et il fut saisi d'un besoin aussi soudain qu'impérieux de l'embrasser. Il aurait pu se pencher et s'emparer de sa bouche, pourtant, il ne prit pas cette liberté, se contentant de la dévisager, de savourer cette intimité entre eux, aussi inattendue qu'étrange.

— Je suis heureuse que vous ayez survécu, finit-elle par dire en lissant ses cheveux sur son front.

— Moi aussi.

Sans laisser le temps à une quelconque sensation de gêne de s'installer, il recula d'un pas pour dissiper la tendresse de l'instant.

— Après l'accident, j'avais pour habitude de prier Uncta, une divinité de la mythologie choctaw qui vole le feu au soleil. J'ai été le seul à échapper aux flammes avant que la voiture ne s'embrase.

— Et pensez-vous que vous avez été sauvé par Uncta ?

— Non, mais je voulais voler le feu, moi aussi. Être doté des mêmes pouvoirs.

Ce qui ne l'aurait pas aidé à cet instant précis. L'attirance qu'il ne pouvait s'empêcher d'éprouver pour Carol le dévorait déjà comme un brasier intérieur. Il avait toujours envie de l'embrasser, aussi passionnément que possible.

- 2 -

Carol était mortifiée. Quelle lubie avait bien pu la pousser à toucher Jake ? Jamais elle n'aurait dû suivre sa cicatrice du doigt ou essayer de discipliner ses mèches rebelles, c'était le genre de geste qui était réservé à un amant, pas à votre patron… Mais elle n'avait nulle intention de lui présenter des excuses. Cela n'aurait servi qu'à attirer l'attention sur son attitude incongrue, et elle sentait déjà la gêne qu'elle avait provoquée. Brisant le silence, elle déclara :

— Je vais chercher mes vêtements neufs pour vous les montrer.

Après tout, n'était-ce pas le but de sa visite ? Même si elle ne comptait pas lui proposer de les essayer devant lui, cela aurait été bien trop étrange.

Elle s'empressa de gagner sa chambre et en revint les bras chargés d'habits qu'elle posa sur le canapé. Puis elle repartit chercher les accessoires assortis et les disposa sur la table basse.

— Pas mal, la récolte ! approuva Jake avec amusement.

Il avait raison. Avec au moins deux tenues différentes par jour, des chaussures, des sacs à main et de plage coordonnés, elle était parée.

— C'est vous que je dois remercier pour tout cela, fit-elle remarquer.

— Tant que vous êtes contente de tout.

Il saisit un cintre sur lequel était drapé un tissu léger et délicat, presque transparent.

— Qu'est-ce que c'est ?

— C'est ma robe de soirée, un sarong.

La soie d'une finesse incomparable était peinte à la main d'un dessin complexe et bordée de petites perles brillantes.

— C'est magnifique, commenta-t-il. Mais comment porte-t-on ce machin ?

— Cela se drape de diverses façons, expliqua-t-elle. Millie m'a montré ce qu'elle pense être le plus seyant sur moi. Cette étole va avec, précisa-t-elle en exhibant un grand châle dans un tissu vaporeux. Les deux vêtements ont été créés par un styliste brésilien qui fait actuellement un tabac dans le milieu de la mode.

Elle avait déjà mémorisé son nom au cas où elle devrait le mentionner durant la fête. Puis elle ajouta :

— D'après Millie, on n'utilise pas de serviettes de plage à Rio : les Brésiliennes étalent un paréo sur le sable puis les enroulent sur leurs bikinis en sortant de la mer. Étant donné que vous y allez tous les ans pour le carnaval, vous le savez sans doute déjà.

Soudain, elle fut submergée par l'image d'un Jake en train de faire la bringue dans les rues de Rio. Pour couper court à son imagination débordante, elle s'empressa de reprendre :

— Ma tenue ayant été créée comme une robe de soirée, elle est beaucoup plus sophistiquée que les paréos de plage. Elle sort de la collection la plus récente du styliste et n'est même pas encore en vente, j'ai donc eu tort de dire que je ne pouvais rien porter venant des derniers défilés de mode.

Jack reposa la robe avec délicatesse.

— Elle a quelque chose de très romantique.

Sa remarque prit Carol au dépourvu. Il avait sans doute

raison, surtout agrémentée de l'étole. Incapable de trouver une repartie appropriée, elle s'interrogea : Jake partageait-il l'attirance qu'il lui inspirait ? Était-ce même possible ? Elle en avait vraiment l'impression.

Il examinait maintenant son bikini neuf. S'il n'était pas minuscule, il n'en était pas moins sexy. Millie l'avait convaincue de l'acheter, lui soutenant que le haut échancré et le bas à taille haute mettaient ses formes en valeur, lui donnant l'allure d'une pin-up. Heureusement, même si l'été n'était pas encore là, elle avait la peau déjà hâlée par des visites régulières à la piscine : au printemps, le temps variable de la Californie du Sud la poussait à tricher un peu en faisant des séances d'UV en attendant les chaleurs estivales, même si elle faisait attention à ne pas en abuser.

Jake, en revanche, ne se modérait en rien : il était maître dans l'art de se faire plaisir. En dehors de la similitude de leurs drames du passé, elle ne pouvait imaginer deux êtres plus opposés qu'eux. Elle l'avait rencontré pour la première fois quand elle s'était présentée pour un poste à la fondation l'Avenir des enfants de familles d'accueil, l'organisation que Garrett et Max avaient créée dans le but de leur apporter un soutien à la fois émotionnel et financier. Elle n'avait pas décroché le poste, car son expérience dans les associations caritatives était limitée, mais Jake l'avait dédommagée en proposant de l'engager comme assistante personnelle. Voilà comment, deux ans plus tard, elle se retrouvait aux prises avec des sentiments qu'elle peinait à analyser.

— Il faudrait que je range tout ça, déclara-t-elle, impatiente de chasser ce maillot de bain de sa vue et de son esprit.

Ce qui, elle le savait, était parfaitement idiot : ne finirait-elle pas par le porter devant lui, sur l'île où elle avait accepté de l'accompagner ?

— Je peux vous aider.

— Ce n'est pas nécessaire.

— Vraiment, cela ne me dérange pas.

— Comme vous voudrez, capitula-t-elle.

Même si le fait de le voir toucher à ses vêtements la rendait nerveuse, il était inutile qu'il aille croire qu'elle accordait plus d'importance que nécessaire à sa proposition. Les bras encombrés de ses effets neufs, il la suivit jusqu'à sa chambre où elle déposa son chargement sur le lit. Quelques secondes plus tard, il fit de même avant de remarquer :

— C'est une vraie chambre de fille.

Elle balaya du regard le mobilier en bois texturé, les fleurs séchées, les coussins en dentelle et la tête de lit capitonnée d'un épais velours bleu qui composaient l'ensemble et répondit :

— Je suppose que oui. En même temps, quoi de plus naturel ? Mais vous feriez bien de vous méfier, je frappe aussi comme une fille, tenta-t-elle de plaisanter.

Il éclata de rire.

— Les filles ne savent pas frapper, se moqua-t-il. Mes sœurs ne s'en privaient pas, mais, la plupart du temps, j'esquivais leurs coups.

— Vous étiez déjà un élément perturbateur ?

— Je les embarrassais en racontant des blagues stupides sur elles à leurs petits copains.

Sans se départir de son humour, elle lança :

— Rappelez-moi de ne pas vous avoir dans les parages lors de mon prochain rendez-vous galant.

Son expression se radoucit.

— Jamais je ne vous ferais une chose pareille, Carol. Je ne suis plus un gamin.

Comme si elle n'en était pas consciente ! Il était aussi adulte qu'un homme pouvait l'être : grand et vigoureux, avec un regard de braise, d'un brun profond. Quand il souriait, ses yeux pétillaient, mais quand il était sérieux, comme en cet instant même, ils semblaient vous sonder jusqu'à l'âme.

Impatiente de le faire sortir de sa chambre pour revenir en terrain neutre, elle déclara :

— Je ne vous ai même pas proposé quelque chose.

— Quelque chose ? répéta-t-il, l'air intrigué.

— Un rafraîchissement, précisa-t-elle.

Elle savait qu'il aimait l'eau gazeuse avec des glaçons et une rondelle de citron. Une boisson qui, à son contact, était aussi devenue l'une de ses préférées.

— Un « rafraîchissement ? » Qui parle encore comme ça à part les ménagères des vieux feuilletons télévisés, la taquina-t-il, son sourire revenu. Il ne vous manque plus qu'un tablier à ruches pour compléter l'image.

— C'est malin ! le rabroua-t-elle avec un haussement d'épaules. Peut-être ne suis-je pas née à la bonne époque.

— Moi non plus, peut-être, mais moi, j'aurais été mécano pour bolides, plaisanta-t-il.

L'air canaille, il fit glisser ses lunettes de soleil sur l'arête de son nez pour la regarder par-dessus ses verres.

Elle n'avait jamais assisté à l'une de ses courses automobiles, mais son métier l'avait habituée à savoir où il allait, avec qui il sortait, et même avec quelles femmes il couchait.

Quoi d'étonnant dans ce cas à ce que sa présence dans sa chambre la mette à cran ? Elle avait passé bien trop de temps à penser aux nuits sensuelles parfois décrites par ses conquêtes. Une starlette pleine de zèle était allée jusqu'à créer un blog sur ses escapades coquines avec lui.

— Alors, voulez-vous boire quelque chose ? demanda-t-elle.

— Avec plaisir, accepta-t-il en retirant ses lunettes.

Ils se dirigèrent vers la cuisine où elle leur servit un verre, puis ils regagnèrent le salon, sans qu'elle soit parvenue à reprendre le contrôle de ses pensées indisciplinées.

Pourvu seulement qu'elle réussisse à se détendre et à profiter de leur voyage, sans que ses fantasmes ne s'emballent ! Car elle semblait bien incapable d'apaiser la bataille qui faisait rage en elle.

Un mois plus tard, assis à côté de Carol dans son jet privé, Jake était en route vers les Caraïbes. Pris dans un tourbillon d'activités, il n'avait pas vu le temps filer.

D'habitude, pour éviter l'ennui des longs vols, il dormait. Or, cette fois, parfaitement réveillé, il était fasciné par le moindre mouvement de sa compagne de voyage qui contemplait l'océan.

Avec ses cheveux d'or roux qui cascadaient sur son chemisier blanc, son visage doux ombré par intermittence par les nuages flottant devant son hublot, elle était ravissante.

Elle finit par se tourner vers lui, l'air tendu ; même si elle n'était pas paniquée en avion, il était manifeste qu'elle n'était pas aussi à l'aise que lui. L'appareil étant trop grand pour se poser sur l'île privée où devait se dérouler la fête, ils atterriraient sur une autre île, puis prendraient un hélicoptère pour atteindre leur destination finale.

— J'ai fait des recherches sur les Caraïbes, déclara-t-elle à brûle-pourpoint.

— Vraiment ? Quel genre de recherches ?

Il se pencha un peu, inspirant son parfum frais, piquant, mélange de pamplemousse et de senteurs vertes estivales.

— Un peu de tout. Vous auriez dû voir les serpents, les araignées, les scorpions que j'ai découverts, ajouta-t-elle en feignant de trembler de peur. Heureusement, il n'y a ni animaux venimeux ni crocodiles sur notre île.

Changeant de position, il demanda :

— Parce que vous croyez que Lena aurait choisi un endroit pullulant de monstres ?

— Je voulais juste vérifier, je ne tiens pas à me faire mordre par quelque créature dangereuse.

Une image s'imposa à lui. À cet instant précis, s'il avait pu la mordre en toute impunité, il ne s'en serait pas privé. Chassant sa pensée incongrue, il la rassura :

— Tout ira bien, ne vous inquiétez pas.

— J'ai emballé une trousse de premiers secours au cas où, répondit-elle. Parce qu'il faudra quand même se méfier des méduses.

La seule précaution que Jake prenait toujours était d'emporter ses préservatifs, mais ce voyage n'ayant rien d'une escapade amoureuse, cette fois, il n'en avait pas prévu. Il devait juste en avoir dans la poche intérieure de sa valise, comme d'habitude. Enfin, étant donné que Carol et lui ne partageraient même pas de chambre, c'était une considération bien inutile.

— En parlant de créatures terrifiantes…

Il ramena son attention sur elle.

— Oui ?

— Vous avez beaucoup de trucs bizarres sur vous.

Il jeta un coup d'œil à son corps. Manifestement, elle faisait référence à ses tatouages.

— Quelle est cette espèce d'araignée au milieu ? s'enquit-elle en désignant son bras droit.

— C'est Uncta.

— La divinité qui vole le feu ?

Jake hocha la tête.

— Le dieu araignée couleur bronze, la seule divinité qui a eu la bravoure de dérober des flammes au soleil pour offrir le feu au peuple choctaw. Uncta peut également prendre forme humaine et, sous cette apparence, reçoit des visiteurs dans sa tanière pour leur prodiguer conseils et prophéties.

D'un geste hésitant, elle frôla les contours du dessin d'Uncta du bout de ses ongles.

— Je me demande quels conseils il vous donnerait ou quelles prophéties il émettrait.

— Je ne sais pas, répondit-il, distrait par la sensation de ses doigts sur sa peau.

Il aurait aimé qu'ils ne lui procurent pas un effet aussi agréable. Son esprit échappant de nouveau à son contrôle, il se laissa aller à imaginer ces ongles si parfaitement manucurés lui griffant le dos.

Elle passa à un autre de ses tatouages : une belle jeune femme drapée dans une robe blanche, ses longs cheveux bruns volant au vent.

— Une autre divinité ?

De plus en plus troublé par le contact des doigts de Carol, il dut faire un effort pour se concentrer.

— Oui, acquiesça-t-il. C'est Ohoyochisba : la fille du dieu du Soleil et de la déesse de la Lune.

— Et quelle est sa spécialité ?

— C'est la déesse du Maïs. Pour récompenser les Choctaw de leur générosité, elle leur a donné les premières graines de maïs, qui ont conduit aux premières récoltes. La légende raconte qu'aujourd'hui encore on peut l'apercevoir dans sa longue robe blanche, bénissant les champs, comme un ange du ciel.

— Et là, qui est-ce ? lança-t-elle avec une nouvelle caresse.

Un à un, il lui narra l'histoire des dix êtres mythiques tatoués sur son bras : deux oiseaux gigantesques qui créaient la foudre et le tonnerre ; le dieu de la Chasse qui apprenait aux loups à hurler ; la souveraine des bayous qui fournissait les bonnes herbes médicinales. Carol semblait particulièrement fascinée par la dernière, la femme aux antennes de sauterelle qui régnait sur le monde souterrain des entrailles de la Terre.

— Elle est la mère des âmes qui attendent de naître.

— Quel est son nom ?

— Eskeilay.

Carol répéta les syllabes étranges avec la même inflexion rythmique que lui.

— Vous pensez que vos futurs enfants sont avec elle ? demanda-t-elle alors.

Il lui jeta un coup d'œil incrédule.

— Sérieusement ? Vous m'imaginez père de famille ? Il n'est pas question que j'aie des enfants un jour.

— Pardon, c'était sans doute une idée stupide de ma part, déclara-t-elle. Pourtant, il me semble que vous gâchez les pouvoirs d'Eskeilay en vous contentant de son dessin sur votre bras, sans vos bébés flottant autour d'elle, ajouta-t-elle en esquissant un sourire espiègle.

Il se mit à frotter le tatouage de la divinité qui le picotait comme si elle prenait vie.

— Quel humour ! persifla-t-il. Mais vous connaissez la mythologie : tout est une question d'interprétation. Les légendes sont susceptibles de changer, suivant qui les raconte, et mon père aimait y ajouter sa note personnelle. Parfois, ma mère renchérissait, à grand renfort de détails.

Ses souvenirs le rattrapant, il s'interrompit un instant.

— Ma mère était blonde aux yeux bleus. Elle descendait d'ancêtres français et anglais, mais elle prétendait qu'après avoir été enceinte de chacun de nous pendant neuf mois elle avait aussi du sang choctaw et que cela l'autorisait à apporter sa contribution.

— C'est adorable, approuva Carol avec un sourire.

— Mon père était de cet avis, se rappela-t-il, ils formaient un couple très heureux, et moi, je m'estimais chanceux parce qu'ils ne se disputaient jamais, ne divorçaient pas comme certains parents de mes amis. Puis ils ont connu la pire des morts.

— Je comprends parfaitement ce que vous ressentez.

Elle se tut, son regard soudé au sien. Puis elle ajouta :

— Si ce n'est que je veux me marier et avoir des enfants un jour. Cela compte vraiment pour moi.

Il acquiesça. Il se la figurait très bien mariée.

— Je m'en doutais, vous semblez avoir besoin de cet ancrage qu'est un foyer. Pas moi. Pour moi, il est plus facile d'être libre.

— Je m'en suis aperçue.

Il détourna la tête, de nouveau catapulté dans le passé. Soudain sombre, il repensait aux espoirs brisés de ses sœurs disparues.

— Mes sœurs aimaient parler du mariage de leurs rêves. Elles les voyaient très romantiques, ce qui, je suppose, est naturel pour des adolescentes.

Avec un soupir à fendre l'âme, elle avoua :

— Vous ne pouvez pas savoir le nombre de fois où j'ai fantasmé sur le mien…

Il l'imagina, petite fille solitaire dans une famille d'accueil, attendant son grand jour. Cette pensée fit naître en lui l'envie de la réconforter, de consoler l'enfant qu'elle avait été... tout en le poussant à vouloir creuser la distance entre eux. Néanmoins, il lui demanda :

— Avec quel genre d'homme sortez-vous ?

Se redressant sur son siège, Carol le regarda en haussant les sourcils.

— À votre avis ?

— Je ne sais pas, des motards costauds au torse velu, la taquina-t-il sans vergogne.

Elle lui fit les gros yeux.

— Allons, Jake ! Je suis sérieuse.

En dépit de sa blague, il ne se sentait pas particulièrement d'humeur à plaisanter non plus.

— Très bien. Dans ce cas, pourquoi pas des garçons civilisés, décents, qui feraient de bons maris ?

Elle croisa les mains sur ses genoux. Il ne lui manquait plus qu'une paire de gants blancs pour compléter son allure aristocratique.

— Exactement, répondit-elle.

Il s'en doutait, il avait compris que ce serait cela avant même d'avoir posé la question. Et de la savoir si convenable, si désireuse de se marier, ne faisait que décupler son envie d'arriver sur l'île et de l'entraîner dans la débauche qu'était devenue sa vie, vie dans laquelle les garçons civilisés et décents n'existaient pas.

- 3 -

Carol avait le souffle coupé par l'admiration : Lena avait loué pour l'occasion une immense plantation, de style colonial français, sur une splendide plage de sable blanc.

Les gardiens, un couple d'un certain âge originaire de l'île, avaient conduit Carol et Jake jusqu'à leurs chambres. Le reste du personnel venait des États-Unis, y compris une équipe de maquilleurs, coiffeurs et manucures engagés par la pop star, ainsi que des masseurs, qui se tiendraient à la disposition des invités.

Personne n'avait encore vu l'héroïne de la fête, qui ne ferait son apparition qu'à la soirée. La chanteuse étant du genre à aimer faire des entrées grandioses, Carol n'était pas surprise.

Située au deuxième étage, sa chambre était contiguë à celle de Jake. Une fois leurs portes communicantes ouvertes, les pièces formaient une suite immense.

— Il faudra les fermer dès que nous nous installerons, s'empressa-t-elle de faire remarquer.

— Bien entendu, acquiesça-t-il, d'une voix teintée d'amusement.

Il sortit sur sa spacieuse terrasse. Celle de Carol offrait la même vue, pourtant, elle le rejoignit sur la sienne. Derrière la piscine aménagée façon oasis, l'océan s'étendait à perte de vue. Le parc paysager, quant à lui, se prolongeait en une forêt tropicale d'un vert luxuriant.

Carol repensa aux explications des gardiens, qui leur avaient raconté que la plantation pouvait être louée pour des mariages, et réprima un soupir. Même si ce genre de considération était pour le moins inopportune, elle ne pouvait imaginer endroit plus merveilleux pour s'unir à son âme sœur ! Sans doute était-ce sa discussion avec Jake dans l'avion qui la mettait d'humeur romantique.

— C'est magnifique ici, murmura-t-elle, savourant la caresse de la brise.

Il se tourna vers elle.

— Vous n'avez plus peur de vous faire mordre par un animal terrifiant ?

— Je vous ai déjà dit qu'il n'y en avait aucun sur cette île.

À part vous, ajouta-t-elle en son for intérieur. Elle lança un coup d'œil en biais à Jake ; une lueur dangereuse dansait au fond de ses prunelles d'un noir de jais. Ou était-ce de la convoitise ? Ou une autre émotion encore, qu'elle était trop lâche pour tenter d'analyser ?

Sous son regard insistant, elle croisa les bras pour réprimer un frisson de désir. Sa virilité brute lui donnait la chair de poule, mais elle se força à se concentrer sur leur emploi du temps.

— Les gardiens m'ont dit que le chef avait prévu un menu de fruits de mer et de plats végétariens pour le dîner, déclara-t-elle.

Leurs repas seraient servis dans leurs chambres, où ils pourraient ensuite se reposer en prévision de la fête d'anniversaire qui devait démarrer plus tard dans la soirée.

Jake ne la quitta pas des yeux.

— Je commence à avoir un peu faim, de mon côté, pas vous ? demanda-t-il.

Carol fit un signe de tête. Elle avait vraiment besoin d'une diversion… et nul désir d'attendre le dîner. On leur avait déjà fait porter des corbeilles de fruits, de légumes et autres en-cas, et les minibars étaient bien achalandés. D'ailleurs, elle mourait d'envie de boire un verre de vin, mais il était sans doute préférable d'attendre la soirée pour commencer à consommer de l'alcool.

— Avant que j'oublie, j'ai quelque chose pour vous, annonça-t-il soudain.

Il partit fouiller dans ses bagages et revint chargé d'une longue boîte qu'il lui tendit.

Elle souleva le couvercle et y trouva un élégant bracelet en or, incrusté de diamants ronds sertis de pierres multicolores. D'autres diamants scintillaient sur une paire de boucles d'oreilles en forme d'étoiles de mer.

Ces bijoux agrémenteraient sa robe à la perfection. Sentant les battements de son pouls s'accélérer, elle murmura :

— Ils sont magnifiques, Jake. Vous les avez empruntés pour moi ?

Elle savait que les joailliers prêtaient parfois leurs plus belles pièces à leurs clients riches et célèbres.

— Non. Je les ai achetés.

Abasourdie, elle étouffa un petit cri de surprise.

— Vous n'auriez pas dû !

— J'y tenais. Et puis, après m'être renseigné auprès de Millie, j'ai appris que vous n'aviez pas choisi de bijoux pour aller avec votre robe.

— Je ne voulais pas faire de dépenses superflues, se justifia-t-elle. Mais c'est beaucoup trop, j'aimerais vous les restituer après la soirée.

— Sérieusement ? Cela n'a aucun sens : j'ai acheté cette parure pour compléter la tenue que je vous offre, alors, pourquoi me la rendre ? Elle fait partie de l'ensemble, voilà tout.

Elle examina de nouveau le bracelet et les boucles d'oreilles.

— Ils sont vraiment magnifiques.

— Ne soyez pas trop impressionnée : j'ai demandé à Millie de me conseiller, avoua-t-il. Je ne suis pas doué pour offrir des cadeaux aux femmes.

Carol était bien placée pour le savoir. Ne la sollicitait-il pas souvent pour choisir les fleurs à faire envoyer à ses conquêtes ? Mais, vu le trouble qu'il suscitait en elle, elle n'aurait pas dû repenser à cet aspect de son travail.

La question la tarauda de nouveau : avait-elle fait une erreur en l'accompagnant sur cette île ? C'était certainement la décision la plus impulsive qu'elle ait jamais prise.

Elle ferma l'écrin et le serra contre sa poitrine dans laquelle son cœur battait beaucoup trop fort. Elle aimait la compagnie de Jake, beaucoup trop pour son bien.

— Alors, nous sommes d'accord ? insista-t-il. Vous gardez les bijoux ?

De guerre lasse, elle fit un signe d'assentiment. Quel était l'intérêt de discuter alors qu'elle perdait déjà du terrain ?

— Oui, merci. Je les accepte. Il faut que j'aille défaire mes bagages maintenant, poursuivit-elle.

— Eh bien moi, je vais peut-être faire un plongeon avant le dîner, indiqua-t-il avec un geste en direction de la piscine.

Un nouveau frisson la parcourut à l'idée de son corps à la peau naturellement hâlée. Ce devait être une vision inoubliable. Elle s'efforça de s'empêcher de l'imaginer fendant l'eau vêtu de son seul short de bain, mais ses pensées semblaient ne plus vouloir lui obéir. Elle réprima son émoi d'une main de fer et le salua :

— Nous nous retrouverons pour la soirée.

— À tout à l'heure.

Mais aucun d'eux ne se détourna. Au lieu de quoi, ils restèrent face à face, absorbés l'un par l'autre, comme fascinés. Au temps pour sa sortie pleine de dignité, se dit Carol avec dérision.

Elle finit par rompre le charme et regagna sa chambre par la porte communicante qu'elle verrouilla soigneusement. Quand elle l'entendit faire de même de son côté, elle laissa échapper un profond soupir de soulagement. Néanmoins, le savoir de l'autre côté de la cloison, dans une pièce si similaire à la sienne, ne facilitait pas les choses, songea-t-elle en promenant son regard sur le mobilier raffiné et le lit à baldaquin.

Avec prudence, elle décida de ne pas ressortir sur sa propre terrasse pour éviter de l'apercevoir dans la piscine. Elle se sentait déjà bien assez coupable de fantasmer sur son corps d'apollon, inutile d'en rajouter en allant l'observer en catimini.

Jake se tenait devant le miroir, dans un costume de marque, ses mèches rebelles bien disciplinées.

À mesure que la soirée s'avançait, il sentait son envie de se défouler croître. Après avoir nagé, il avait dîné, puis il s'était endormi, nu et échevelé. Quand il s'était enfin extirpé de son lit, il avait pris une longue douche chaude.

Connaissant Carol, elle devait être prête depuis des heures. Contrairement à lui qui attendait toujours la dernière minute pour se ruer à un son premier rendez-vous matinal, son assistante était une lève-tôt.

À cet instant précis, son téléphone bipa, lui indiquant qu'il venait de recevoir un texto. C'était sûrement Carol qui lui rappelait qu'il était temps d'y aller — elle lui envoyait toujours des pense-bêtes pour tout. Ils tombèrent d'accord pour se retrouver devant leurs chambres.

Quand il sortit dans le couloir, elle était déjà là, belle à en couper le souffle. Le drapé élégant et sensuel de son sarong mettait en valeur sa silhouette voluptueuse, et elle avait jeté son étole vaporeuse sur ses épaules, ajoutant une nouvelle note sexy à l'ensemble. Une idée traversa son esprit : il aurait suffi de quelques gestes adroits pour dénouer la grande pièce de soie…

Son maquillage était léger, mais élégant, et ses cheveux mi-longs, coupés au carré, brillaient. Les boucles d'oreilles en forme d'étoiles de mer scintillaient à ses lobes, et le bracelet étincelait à son poignet. Sa peau semblait couverte d'un délicat voile nacré, sans doute dû à une lotion pour le corps, et ce particulièrement à la naissance de ses seins. À moins que ce ne soit l'endroit où il le remarquait le plus ?

— Vous êtes sublime, la complimenta-t-il en reculant d'un pas pour l'envelopper d'un nouveau regard admiratif. Sérieusement, vous incarnez la sirène de la tentation qui, musardant sur l'île, emmène à leur perte les hommes comme moi.

Les joues de Carol s'empourprèrent.

— Merci, mais je n'ai rien d'une tentatrice. Quant à vous, vous êtes toujours prêt à vous faire aguicher par une jolie fille.

Pas de la manière dont il aurait aimé se faire séduire par elle, songea-t-il.

— Ne vous inquiétez pas. Ce soir, je serai sage, la rassura-t-il.

— Dans ce cas, je suppose que je peux sans risque vous dire que vous n'êtes pas mal non plus, déclara-t-elle en le balayant du regard.

Non seulement elle le pouvait, mais il s'en félicitait. Même s'il ne devait rien se passer entre eux, il appréciait qu'elle le remarque.

— Moi aussi, j'ai choisi parmi les costumes que Millie m'a apportés.

Il s'aperçut alors que sa chemise était de la même teinte vert menthe que les yeux de Carol. Il ne l'avait pas choisie pour cette raison, du moins pas délibérément, mais Dieu seul savait quels tours son attirance pour elle jouait sur son inconscient.

S'extirpant de ses réflexions, il lui demanda :

— Vous êtes prête ?

— Autant que je peux l'être.

Un peu soucieux, il lui jeta un coup d'œil. S'inquiétait-elle toujours de ne pas être dans son élément au milieu de ses amis ?

— Il vous suffit de vous accrocher et de vous amuser.

— De m'accrocher à quoi ? s'enquit-elle d'un ton nerveux.

— À moi, répondit-il en lui tendant la main. N'oubliez pas le thème : « Réservé aux couples. » À propos, si nous devons jouer le jeu à fond, il faut nous tutoyer.

Entrelaçant ses doigts aux siens, elle répliqua :

— Je ne peux toujours pas croire que j'ai accepté de vous accompagner à cette fête.

— De t'accompagner, la reprit-il. De toute façon, il est trop tard pour reculer.

Il pressa sa main. Ce soir, il avait réussi à faire d'elle sa cavalière et il n'avait nulle intention de la laisser filer.

Ils s'engagèrent dans l'escalier menant au premier étage, où se trouvait la salle de bal. À l'intérieur, le bruit sourd de la musique de la table de mixage du DJ résonnait à en donner le tournis. Lorsqu'ils parvinrent dans la vaste pièce dont le haut plafond était soutenu par des piliers blancs, ils furent assaillis par une nuée de couleurs. Le thème « Réservé aux couples » se reflétait dans le style de la décoration, mélange d'immenses tableaux et de statues grandeur nature qui, commandés spécialement pour l'occasion, représentaient des amants légendaires à travers l'histoire.

Un gigantesque écran plat projetait des images en lien avec la musique, et des cages dorées assez spacieuses pour qu'un couple puisse y danser étaient disséminées sur la piste. Son attention immédiatement alertée, Jake fronça les sourcils, intrigué. Carol serait-elle d'accord pour se prêter au jeu ? En tout cas, cela valait la peine de le lui demander, le moment venu. Après tout, ils étaient ici pour se divertir, et s'ils étaient censés profiter des festivités ces cages en faisaient partie.

La reine de la fête n'était pas encore arrivée. Manifestement, Lena préférait attendre pour faire une entrée sensationnelle sur la scène. La plupart des invités s'amusaient déjà, agglutinés autour d'un buffet somptueux proposant de fastueux petits-fours et des desserts mousseux — et, même si Jake venait de dîner, les pâtisseries étaient vraiment alléchantes.

— Seigneur ! s'exclama Carol. C'est de la folie !

Sans lâcher sa main, Jake lui laissa le temps de s'adapter à l'environnement et regarda autour d'eux. De la limonade rose coulait d'une fontaine à trois étages remplie de glace, assez spacieuse pour s'y baigner ; du personnel en livrée Louis XV, dans le style de l'époque de la plantation, circulait avec des plateaux de champagne ; derrière un immense bar aquarium peuplé de poissons exotiques, des serveuses vêtues de bikinis, des ailes duveteuses dans le dos, étaient coiffées de perruques bleues et préparaient des cocktails ; les tables dressées dehors et dans la pièce étaient éclairées de bougies représentant d'autres couples célèbres, le tout formant un mélange éclectique de tout ce qui enchantait l'imagination de Lena.

Une coupe de champagne à la main, Carol écarquilla les yeux.

— Je ne sais pas par quoi commencer, avoua-t-elle.

— Par ce que tu voudras.

— Je crois que j'aimerais une pâtisserie, pour accompagner mon champagne, déclara-t-elle en buvant une gorgée.

— Excellente idée !

Il l'escorta jusqu'au buffet où il se servit également, puis ils sortirent dans le jardin où ils prirent place à une table, en compagnie d'un autre couple. Jake qui connaissait presque tout le monde fit les présentations. Tandis que Carol bavardait avec le parolier — et associé de Lena — et son épouse, il examina les pochettes d'allumettes à l'effigie de Napoléon et Joséphine qui se trouvaient sur leur table. En grattant une, il alluma la bougie assortie, qui dégagea un parfum de rose de plus en plus prégnant.

— Savais-tu que Joséphine s'appelait en réalité Marie-Josèphe-Rose ? demanda alors Carol, le regard fixé sur la flamme vacillante. Et qu'on l'appelait Rose jusqu'à ce que Napoléon commence à l'appeler Joséphine ?

— Non, je l'ignorais.

— Elle est née à la Martinique. J'ai appris cela en faisant des recherches sur les îles avoisinantes.

— Et maintenant nous sommes assis à la table Napoléon et Joséphine, et tu me racontes le fruit de tes investigations, fit-il remarquer avec un sourire.

Elle lui sourit en retour.

— J'ai tendance à faire un peu de zèle, parfois, s'excusa-t-elle.

— Avec pour résultat de rendre cette conversation beaucoup plus intéressante, la félicita-t-il, fasciné par ses anecdotes historiques.

À la lumière tamisée des bougies, avec la plage en

arrière-plan et le murmure des vagues en bruit de fond, la jeune femme était d'une beauté indescriptible.

Le fil de sa rêverie fut soudain interrompu par le voisin de table de Carol.

— Il est temps de regagner la salle de bal, claironna le parolier de Lena. Notre hôtesse ne va pas tarder à faire son entrée.

— Et sais-tu le genre d'entrée qu'elle va faire ? le questionna Jake.

— Oui, mais elle me tuerait si je vendais la mèche, admit l'homme. Nous vous retrouvons à l'intérieur, ajouta-t-il en prenant sa femme par le bras.

— Entendu, acquiesça Jake, avec un pincement de regret, peu désireux de mettre fin à ces instants de douceur nocturne en compagnie de Carol.

— Nous ferions bien de les suivre, suggéra-t-elle une fois qu'ils furent seuls.

— Oui, je suppose.

Ils s'étaient suffisamment attardés.

— Faut-il souffler Napoléon et Joséphine ? demanda-t-elle.

— Tu peux t'en charger.

Elle retroussa ses lèvres, et il la regarda éteindre la flamme, l'odeur fleurie de la bougie flottant dans la nuit tropicale.

La nouvelle de l'arrivée imminente de Lena s'était propagée, et la salle de bal vibrait d'excitation. Carol avait l'impression qu'ils attendaient les douze coups de minuit le soir du nouvel an, ou le début d'un feu d'artifice le 4 juillet.

Elle aussi se sentait frémir, mais pour une tout autre raison — Jake était à côté d'elle, son bras frôlant à peine le sien. Or, elle brûlait d'envie de lui prendre la main et de la serrer comme tout à l'heure, de sentir son sang bouillir dans ses veines… Mais elle se contint.

Soudain, les persiennes des portes-fenêtres furent fermées et, un instant plus tard, les lustres s'éteignirent, plongeant la salle de bal dans une obscurité totale. Inquiète à l'idée de perdre son cavalier dans le noir, elle se rapprocha de lui.

Sous l'effet d'un stroboscope alternant flashs lumineux et ténèbres, l'atmosphère changea radicalement.

Les vêtements et l'équipement du DJ scintillaient de mille feux. Manifestement, il faisait partie du spectacle. Fascinée, Carol regarda l'une des cages s'élever pour aller se poser sur une plate-forme hydraulique au-dessus de la foule. À la lumière du flash suivant, elle distingua un homme et une femme à l'intérieur, hiératiques et figés. Leurs combinaisons moulantes brillaient de dessins inspirés de graffitis, et les mèches fluorescentes qui parsemaient leurs cheveux et leur maquillage illuminaient leurs visages.

Le DJ annonça le duo et, dans un tonnerre d'applaudissements, la foule les ovationna. C'était Lena et son petit ami du moment, Mark, l'un de ses danseurs.

La chanson *Réservé aux couples* s'éleva, et l'assistance redoubla d'acclamations.

Sous les regards envoûtés, Lena et Mark se mirent à danser, oscillant en rythme en un numéro prodigieux. Tout comme Jake, Carol ne perdait pas une miette du spectacle.

Alors que les dernières mesures de la chanson retentissaient, la cage se posa sur le sol. La porte s'ouvrit, et Lena et Mark émergèrent, se ruant vers leurs amis qui les accueillirent par des étreintes et des baisers.

Le DJ lança un autre des tubes de Lena, et tous furent encouragés à rejoindre le couple sur la piste sous le jeu des lumières du stroboscope. Prenant Carol dans ses bras, Jake l'entraîna dans une danse aussi sensuelle que passionnée.

C'était la première fois qu'elle faisait une telle expérience. Son cœur battait à l'unisson avec la musique. Les paroles de la chanson étaient lascives, le rythme fiévreux, et elle sentait son corps s'enflammer au contact de celui, viril et vigoureux, de Jake.

C'était son monde, c'était le genre de fête décadente dont il était coutumier. Elle avait l'impression d'être une fleur à peine éclose sur le point d'être cueillie, mais Jake lui plaisait tellement qu'elle n'en avait cure, et malgré l'appréhension qu'il lui inspirait tout en lui la transportait.

Tout en dansant, il fredonnait, la bouche près de son oreille, l'effleurant à chaque mouvement.

Elle n'aurait pas dû accepter de l'accompagner ; elle ne devrait pas être en train d'onduler dans ses bras comme la sirène qu'il l'accusait d'être.

C'était l'île de la tentation. Certains couples sur la piste s'embrassaient avec avidité, imitant Lena et Mark pour qui le monde extérieur semblait avoir disparu.

Devant le spectacle sensuel, Carol sentit chaque parcelle de sa peau s'embraser. Pourvu que Jake n'ait pas été contaminé par la fièvre qui s'était emparée des invités.

Hélas, ses espoirs furent de courte durée. Soudain, elle remarqua qu'il ne chantait plus, mais se mordillait la lèvre inférieure. Luttant contre son besoin de se plaquer contre lui et de l'embrasser avec passion, elle l'imita.

Enfin, la chanson provocante se termina, immédiatement suivie par une autre, moins suggestive, malgré un rythme toujours aussi rapide.

Carol n'avait pas la moindre idée de combien de temps ils dansèrent, ne s'arrêtant que lorsque l'excitation retomba un peu dans la salle de nouveau illuminée. Les invités se dispersèrent, certains se dirigeant vers le buffet, d'autres vers le jardin.

Tous les deux assoiffés, ils s'emparèrent de deux verres

glacés qu'ils remplirent de limonade à la fontaine. Après avoir vidé le sien d'une traite, Jake déclara :

— Nous devrions aller saluer Lena.

— Bien sûr. Où est-elle ?

Ils ne lui avaient pas encore souhaité un joyeux anniversaire.

— Là-bas, je pense, avec Mark, indiqua-t-il avec un geste en direction du bar.

En voyant Jake approcher, Lena se jeta à son cou et le serra en une étreinte spontanée et fraternelle. Souriant, Mark dit bonsoir à Carol. Avec ses cheveux dorés aux mèches fluorescentes et ses paupières surlignées de couleur, il paraissait cinq ans de moins que Lena. Celle-ci, blonde et dotée de jambes interminables, avait de grands yeux et des lèvres en forme de cœur, qui accentuaient son allure de poupée.

Relâchant Jake, Lena se tourna vers elle pour l'interroger :

— Est-ce que je vous connais ? Vous me semblez assez familière.

— Nous nous sommes rencontrées brièvement à plusieurs reprises. Je suis Carol Lawrence. L'assistante de Jake.

— En effet, je me souviens. Vous êtes absolument magnifique !

— Merci, répondit-elle sensible à la sincérité de son compliment. Vous aussi. C'est une fête somptueuse, et vous avez fait une entrée mémorable.

— C'était drôle ! On n'a trente ans qu'une fois.

Carol hocha la tête. Après une seconde de silence, Lena l'attira à l'écart des deux hommes qui étaient déjà en grande conversation, puis, avec des mines de conspiratrice, elle lui demanda :

— Depuis quand sortez-vous avec Jake ?

— Nous ne sortons pas ensemble, s'empressa de clarifier Carol.

La curiosité se peignant sur son visage, Lena s'étonna :

— Pourtant, il vous a amenée ici ? À un week-end « Réservé aux couples » ? Allons, qui essaie-t-il de duper ?

— Vraiment, ce n'est pas le cas, insista Carol. Il avait juste besoin d'une cavalière pour la soirée, et j'étais disponible parce que je travaille pour lui, voilà tout.

Elle devait se convaincre elle-même, minimiser l'importance de sa présence, surtout après avoir été prise d'une envie si violente de l'embrasser sur la piste de danse.

— Mark aussi travaille pour moi, rétorqua Lena. Et maintenant, nous sortons ensemble.

La comparaison mit Carol sur les nerfs, la plaçant à court d'arguments. Aussi opta-t-elle pour un banal :

— Ce sont des choses qui arrivent.

— N'est-ce pas ? approuva Lena en se penchant vers elle. Je suis vraiment raide dingue de Mark, mais qui sait combien de temps cela durera ? J'ai la réputation d'être volage.

Agitant un doigt faussement sévère, Carol la taquina.

— C'est ce que j'ai entendu dire, en effet.

La reine de la soirée se mit à rire sans pour autant récuser l'accusation.

— La vie est trop courte pour ne pas profiter de toutes les occasions qui se présentent. Alors, quoi que vous fassiez, amusez-vous ce week-end ! Vous aussi, vous finirez peut-être même par tomber raide dingue de Jake.

Carol réprima un soupir résigné : de ce côté-là, le mal était déjà fait. Elle devait néanmoins prendre garde à ne pas faire de folies : si Lena était une célébrité et un esprit libre, c'était loin d'être son cas.

Quand ils quittèrent la pop star et son amoureux, Jake l'invita de nouveau à danser, cette fois sur un rythme beaucoup plus lent et langoureux.

Et plus tentant que jamais.

- 4 -

— Et si nous montions dans l'une des cages ? suggéra Jake en l'entraînant vers la piste.

Il en mourait d'envie, mais Carol le fixa avec incrédulité.

— Tu veux danser dans l'une de ces cages ?

— Oui. Pourquoi pas ? Celle dans laquelle se trouvaient Lena et Mark est libre.

À la fois intriguée et hésitante, elle répondit :

— Pourquoi pas ? Tant qu'elle ne s'élève pas dans les airs comme quand ils sont arrivés en dansant.

— Cela faisait partie du spectacle, ils ne nous joueraient pas un tel tour, la rassura-t-il en lui prenant la main avant d'ajouter : mais, au cas où, tu n'as pas le vertige ?

— Non, mais j'espère que le « au cas où » est une blague.

— Oui, acquiesça-t-il avec un sourire taquin.

Il semblait ne pas pouvoir se lasser de sa compagnie, ce soir. Une fois devant la cage, il s'effaça pour la laisser entrer et l'enveloppa d'un regard admiratif. Avec les perles de sa robe scintillant dans la lumière, elle ressemblait à un oiseau exotique.

— Qu'attends-tu ? lui demanda-t-elle.

— Rien.

Il la rejoignit et ferma la porte.

Maintenant qu'ils étaient à l'intérieur, l'espace lui paraissait étrangement réduit. Ou peut-être n'était-ce qu'une impression, mais la chanson étant une ballade, quoi de plus normal que cette proximité ?

Il prit Carol dans ses bras, et ils ondulèrent en cadence, comme si leur harmonie coulait de source. Leur alchimie était totale, songea-t-il. Elle allait bien au-delà du simple fait de danser ensemble. Ses formes épousaient son corps, lui donnant envie de la serrer plus étroitement encore.

Il jeta un coup d'œil au grand écran plan, la jeune femme suivant son regard. Un montage sur les couples de vedettes du cinéma des premières années de Hollywood à aujourd'hui y défilait.

— Quand je pense que la plupart d'entre eux se sont séparés par la suite, fit-il remarquer.

— C'est vrai, mais certains ont fini leur vie ensemble, répondit-elle du tac au tac.

Soudain, les lumières se tamisèrent, au diapason avec les photos de mariage de célébrités qui s'enchaînaient à présent : des mariées en longue robe blanche au bras de leurs sémillants époux, des pièces montées vertigineuses et des cortèges fabuleux.

— C'est magnifique ! s'exclama-t-elle, admirative.

L'était-ce vraiment ? Jake n'était pas si emballé, même si, bien malgré lui, il se sentait étrangement ému.

Balayant soudain son trouble, il déclara :

— Il serait peut-être temps d'aller faire un tour.

Il commençait à avoir l'impression d'être pris au piège de cette ambiance romantique, sans aucune libération en perspective.

— Tu as peut-être raison. C'est…

Elle ne termina pas sa phrase, mais il devinait ses pensées : ils étaient désormais si proches que leurs deux corps étaient collés l'un à l'autre.

Mais pire encore étaient les scènes d'amour maintenant

à l'écran, certaines candides et charmantes, d'autres classiques, quelques-unes carrément érotiques.

— C'est fou, ces photos ! s'écria Carol devant une séquence de bondage.

Elle avait raison, acquiesça Jake en son for intérieur. On pouvait faire confiance à Lena pour ajouter une touche de luxure à ce montage sentimental.

— Allons-y !

— Où ? demanda-t-elle en le regardant droit dans les yeux.

— N'importe où, mais ne restons pas ici.

Il ouvrit la barrière, et ils émergèrent de leur prison dorée, puis descendirent au rez-de-chaussée avant de sortir dans la fraîcheur nocturne.

Une fois dans le parc, ils s'arrêtèrent, chacun aux prises avec son propre tourment intérieur.

— Et maintenant, que faisons-nous ? répéta-t-elle.

— Je ne sais pas.

Après un instant de réflexion, il suggéra :

— Peut-être pourrions-nous aller marcher au bord de la mer ? Je serais content de m'éloigner un peu de la soirée.

— Moi aussi, avoua-t-elle.

Une nouvelle idée surgissant à son esprit, il poursuivit :

— Et si nous prenions un pique-nique ?

— Bonne idée. Mais comment allons-nous tout emporter sur la plage ?

— Je vais donner un pourboire à un serveur pour qu'il nous prépare un panier, et je lui demanderai une couverture ou des serviettes. Sinon, nous pourrons toujours utiliser ta robe, ajouta-t-il avec un sourire taquin.

Elle le gratifia d'une petite tape sur l'épaule, et ils éclatèrent de rire à l'unisson. Que c'était bon de rire ! se réjouit-il. Et d'organiser un pique-nique. Même de nuit, sur une île tropicale.

Comme s'ils étaient seuls au monde.

Ses sandales à bout de bras, Carol marchait sur la plage, savourant la sensation du sable entre ses orteils. Elle regarda Jake. Les jambes de son pantalon retroussées, il portait ses chaussures d'une main et un grand panier carré rempli à craquer de l'autre. Le serveur leur avait même donné une bougie.

Au bout d'un moment, jugeant qu'ils s'étaient suffisamment éloignés, il s'arrêta.

— Et si nous nous installions ici ? proposa-t-il.

— C'est parfait, approuva-t-elle.

Lasse de la foule hystérique et de l'ambiance sensuelle, elle appréciait ce répit.

Après avoir étalé une grande serviette moelleuse à terre, Jake y posa le panier, puis en sortit la bougie, la planta dans le sable et l'alluma.

Une fois Carol assise, il l'imita, puis lui tendit une flûte à champagne, déboucha le Dom Pérignon et les servit.

— À la paix et la tranquillité, dit-il en levant son verre.

— Aux plaisirs de la solitude.

Ils trinquèrent. Puis, après avoir bu une gorgée, elle regarda les figurines de cire.

— De quel couple s'inspire cette bougie ?

— Je l'ignore, mais elle sent la vanille.

— Oui, j'ai remarqué.

La délicieuse odeur sucrée se mêlait au parfum iodé de la mer.

— Voyons qui ils sont, dit-il en la tirant du sable.

Plissant les yeux pour essayer de discerner les noms gravés sous le socle, il lut :

— Robert Browning et Elizabeth Barrett Browning. Je ne sais pas grand-chose sur eux. Et toi ?

— Moi non plus. Si ce n'est qu'il écrivait des pièces de théâtre et qu'ils étaient tous les deux poètes. Oh ! et qu'ils étaient mariés. Je pense qu'ils se sont rencontrés à travers des lettres qu'ils échangeaient.

— Tu en sais plus que moi.

— Je n'ai pas tout oublié du cours de littérature anglaise que je suivais à la fac.

Carol était diplômée en commerce d'une université d'État, une formation qu'elle avait financée grâce à des emprunts étudiants.

— Ayant grandi en famille d'accueil, j'ai eu du mal à choisir une orientation après le bac, dit-elle à Jake. À dix-huit ans, nous n'avions même plus le droit de vivre dans une famille. Heureusement, les lois changent et ils ont repoussé la limite à vingt et un ans.

— C'était vraiment nécessaire, acquiesça-t-il. Mais cela ne s'applique que dans quelques États, et beaucoup de jeunes orphelins se retrouvent toujours à la rue à dix-huit ans. J'ai eu la chance de pouvoir aller habiter chez Garrett qui, à l'époque, était retourné vivre avec sa mère.

Carol hocha la tête. Contrairement à eux deux, Garrett n'avait pas perdu ses parents : il avait été placé en foyer et dans des familles parce que sa mère souffrait d'une maladie chronique, et même si elle était rétablie elle ne serait jamais totalement guérie.

Le regard tourné vers le passé, Jake reprit :

— Sans Garrett et sa mère, j'aurais été complètement paumé, je me serais retrouvé le bac en poche, sans nulle part où aller.

— Où était Max ?

— Toujours en maison d'accueil.

— Ah oui ! C'est vrai qu'il est un peu plus jeune que Garrett et toi. En tout cas, vous revenez de loin.

D'après ce qu'elle savait, le cadet des trois avait lui aussi eu une enfance particulièrement difficile.

— C'est clair. Néanmoins, Max était un tel geek que, plus jeune ou pas, c'est bien lui qui a réussi le premier. Et qui nous a ensuite prêté l'argent pour nous aider chacun à démarrer notre affaire. Sans lui, cela aurait été impossible.

Amusée par la description que Jake faisait de son frère adoptif, Carol esquissa un sourire. Max était un entrepreneur, concepteur de logiciels autodidacte, devenu milliardaire avant ses vingt-cinq ans. Mais il était bien trop beau pour être qualifié de « geek », même si, parfois, il semblait un peu gauche en société.

— La force du lien entre vous trois est stupéfiante, souligna-t-elle. Où est-il, d'ailleurs ? Je ne l'ai pas vu depuis quelque temps.

— Il est parti pour de longues vacances, ou une année sabbatique, au choix. J'imagine qu'il avait besoin de solitude. Il peut se montrer évasif, par moments.

Contrairement à Jake, qui vivait sa vie ouvertement, songea-t-elle.

— Tu n'as pas froid ? Je peux te donner ma veste, proposa-t-il alors en la voyant frissonner.

Reconnaissant que le fond de l'air était frais, elle accepta.

— Ce serait vraiment gentil. Merci.

Après l'avoir retirée, il la glissa sur ses épaules et elle se blottit dedans, bien au chaud. Puis il déballa leur pique-nique et lui prépara une assiette qu'il lui tendit. Elle la prit et la posa sur ses genoux avec un sourire de remerciement.

Jake se servit à son tour, et ils se mirent à grignoter un assortiment de hors-d'œuvre exquis et de desserts onctueux.

— C'est délicieux, déclara-t-elle.

Il l'enveloppa d'un regard qui fit danser des flammes dans ses veines.

— Et nous ne pourrions rêver cadre plus agréable que cette plage baignée par la clarté de la lune, sous cette voûte étoilée. Un cadre qui rehausse ta beauté, dois-je dire… Mais tu as été jolie toute la soirée.

— Même quand j'étais une boule de nerfs dans la cage ?

— Oui, même dans la cage. Je n'aurais jamais dû t'y entraîner.

— Ne t'inquiète pas, le rassura-t-elle. Tu ne pouvais pas deviner.

Elle vida sa flûte. Elle n'avait nulle intention de s'enivrer, mais, troublée par les coups d'œil suggestifs de Jake, elle avait envie de s'étourdir un peu. Sa curiosité à son sujet de plus en plus aiguisée, elle rêvait de lui poser toutes sortes de questions indiscrètes. N'y tenant plus, elle se lança :

— Tu fais ce genre de choses ?

— Quel genre de choses ? demanda-t-il en posant son assiette de côté.

— Comme dans cette vidéo.

Attendant sa réponse, elle remplit de nouveau sa flûte. S'il avait la réputation d'être un amant plein de fougue, jamais elle n'avait su jusqu'où ses ardeurs pouvaient l'entraîner ; même les starlettes qui parlaient de lui dans leurs blogs n'incluaient pas ce genre de détails.

— Non. Le sadomaso, ce n'est pas du tout mon truc.

Soutenant son regard, il ajouta :

— Pourquoi ? Tu es une dominatrice secrète ?

Si elle n'avait pas été si captivée par sa présence, elle aurait éclaté de rire.

— Tu plaisantes ? Tu m'imagines avoir quelque luxure cachée ? C'est absurde, je suis on ne peut plus conventionnelle, sur ce plan-là.

— Rassure-toi, c'était une blague ! Mais moi aussi, j'ai une sexualité standard, ce que, je crois, les amateurs de SM qualifient de « vanille », comme le parfum de la bougie.

Encore incrédule à l'idée d'avoir lancé ce sujet, elle posa son champagne et, pour se donner contenance, saisit un scone recouvert d'un glaçage blanc.

— C'est à la vanille, justement, annonça-t-elle.

Jake s'avança sur la serviette pour se rapprocher d'elle.

— Je ne pense pas en avoir goûté un…

— Nous pouvons partager.

Prise à son propre piège, elle le lui tendit et il le saisit, ses doigts frôlant les siens, faisant naître une décharge électrique qui la traversa. Elle le regarda mordre dans le gâteau, impatiente de le récupérer, de poser sa bouche à l'endroit où avait été la sienne.

— C'est bon, approuva-t-il.

Trop bon, songea-t-elle quand arriva son tour. Le scone passa de l'un à l'autre, et Carol se révéla incapable de contenir la vague sensuelle dans laquelle ce geste plein d'innocence semblait l'entraîner. Lorsqu'elle eut avalé la dernière bouchée, il se pencha vers elle et lui demanda :

— Que sommes-nous en train de faire ?

— Quelque chose que nous ne devrions pas faire, répondit-elle.

Mais les sensations que leur petit jeu faisait naître en elle étaient trop prodigieuses pour y mettre un terme.

Alors qu'il s'inclinait vers elle pour l'embrasser, avide de son goût, elle s'abandonna à la magie de l'instant. Leurs bouches se rejoignirent en une explosion de passion, leurs langues entamant un lent ballet langoureux. Envahie par une délicieuse chaleur diffuse, elle était parcourue de frissons qui réveillaient en elle des sensations divines, comme si elle était en feu et qu'une lave incandescente roulait dans ses veines, embrasant tous ses sens.

Quand ils s'écartèrent l'un de l'autre, à bout de souffle, la flamme de la bougie vacilla, son parfum de vanille tournoyant autour d'eux. Jake prit l'assiette sur les genoux de Carol, la posa à côté de la sienne, puis incitant délicatement la jeune femme à s'étendre sur le sable moelleux, captura de plus belle de sa bouche avec frénésie, étouffant son soupir d'aise de son baiser enfiévré.

De nouveau trop envoûtée pour le repousser, elle s'agrippa à lui comme si sa vie en dépendait.

Il s'allongea sur elle et, bercés par le murmure de la mer, ils s'embrassèrent éperdument. Leur baiser avait un goût d'interdit, comme s'ils venaient de dépasser le cadre de leur amitié. Sa robe s'étala sous elle, avec la veste de Jake qui avait glissé de ses épaules, et son châle s'entortillant à sa serviette.

La bouche de Carol était sucrée, chaude et parfumée, comme le gâteau qu'ils venaient de partager… Un goût qu'il devait retrouver chez elle.

Quand ils s'arrêtèrent pour reprendre leur souffle, elle savoura le poids de son corps sur le sien, la fermeté de ses muscles pressés sur elle. Avide de plus, elle enroula ses bras autour de lui, fit courir ses mains le long de sa colonne vertébrale.

— J'ai fantasmé à l'idée que tu me griffais le dos, chuchota-t-il une seconde plus tard. J'ai imaginé toutes sortes de choses érotiques avec toi. J'ai même eu envie de te mordre, avoua-t-il en lui grignotant l'oreille, tirant sur son lobe avec ses dents. Je ne devrais pas te désirer, mais c'est comme ça.

— Moi non plus, je ne le devrais pas.

Elle savait qu'elle prenait un risque ; elle était son employée, son assistante, la fille sage et toujours posée.

Le souffle court, il poursuivit :

— J'ai tellement envie de toi.

— Moi aussi, admit-elle, l'esprit embrumé et fiévreux.

Il l'embrassa de nouveau, la ravissant de ses lèvres, puis, levant la tête, il la scruta avec intensité. En réponse, elle planta son regard dans le sien, son cœur menaçant d'exploser dans sa poitrine.

Aucun d'entre eux ne bougea. S'ils continuaient, ils allaient finir nus dans le sable, à faire passionnément l'amour.

Pourtant, en dépit du désir qu'il lui inspirait, elle devait mettre un terme à ses ardeurs. Elle avait besoin d'une pause pour s'éclaircir les idées, retrouver le comportement rationnel de la femme qu'elle était.

— Nous devons arrêter, déclara-t-elle.

Sous sa robe, ses mamelons étaient durs et tendus, et sa culotte humide et brûlante.

Il se redressa, sa voix encore rauque de désir.

— Je suis désolé, je n'avais pas l'intention de…

À son tour, elle se rassit, ramassa la veste et, prise d'un besoin de se recouvrir comme d'une carapace, elle l'enfila et en retroussa les manches trop longues.

— Ce n'est pas ta faute. Nous nous sommes un peu emballés, tous les deux.

À la lumière de la bougie, elle vit qu'il se rembrunissait.

— Nous devrions y aller.

— Aller où ?

— Regagner nos chambres, aller dormir. À moins que tu ne veuilles retourner à la soirée, ajouta-t-il, son froncement de sourcils s'accentuant.

Elle ramassa son assiette et enveloppa les restes.

— Surtout pas ! Je préférerais essayer de me reposer.

— Je sais. De toute façon, il est sans doute tard.

Il jeta le fond de la bouteille du champagne et la remit dans le panier, puis aida Carol à ranger. Mais le souvenir de leur baiser persistait, chaud et parfumé sur ses lèvres.

Pressant la flamme entre son pouce et son index, il éteignit la bougie à l'effigie des poètes victoriens, et celle-ci alla rejoindre les restes.

Puis, revenant sur leur pas, ils arrivèrent sous le porche de la grande bâtisse, renfilèrent leurs chaussures et gagnèrent le deuxième étage.

Debout dans le couloir, devant leurs portes de chambre, elle déclara, faute de mieux :

— Nous y sommes.

Sans répondre, il posa le panier sur le sol.

Dans le silence qui persistait, elle lissa sa chevelure en désordre d'un geste nerveux. Ses sens étaient toujours embrasés de l'excitation de leur étreinte furtive. Avait-elle bien fait de l'arrêter ?

— Ma clé est dans ma poche de veste, indiqua-t-il.

— Oh ! pardon.

Après l'avoir retirée, elle la lui tendit, le cœur serré de devoir s'en séparer. Elle aimait être blottie dans l'un de ses vêtements.

— Merci.

— Je t'en prie.

Sa propre clé était dans sa minaudière. Esquissant un sourire timide, elle reprit :

— C'était une sacrée soirée.

— En effet, acquiesça-t-il, souriant à son tour.

Un peu perplexe, elle hocha la tête et s'entendit soudain admettre :

— Je n'ai jamais vraiment eu d'aventures. Je n'ai que des relations sérieuses.

— Inutile de t'expliquer, je comprends. Ce n'était même pas censé être un problème.

— Je sais, mais nous avons encore deux jours à passer ensemble, et je ne voudrais pas que nous soyons mal à l'aise l'un avec l'autre.

— J'aurais dû réfléchir un peu plus avant de t'emmener à un week-end « Réservé aux couples », reconnut-il, mais j'avais envie de passer un peu de temps avec toi, voilà tout.

Elle sentit une chaleur diffuse se propager en elle. Cela faisait longtemps qu'il lui plaisait. Le fait de coucher avec la guérirait-il de cette attirance ou s'en verrait-elle décuplée ? En toute honnêteté, elle l'ignorait.

— Je dois y aller.

Avant de faire une folie, précisa-t-elle en son for intérieur.

Il attendit qu'elle soit entrée dans sa chambre. Les mains tremblantes, elle peina un peu à faire tourner la clé dans la serrure ancienne.

— Tu as besoin d'aide ? lui demanda-t-il.

— Non. Merci. Bonne nuit, Jake.

— Bonne nuit, Carol.

Elle referma sa porte derrière elle, son cœur battant la chamade, ses émotions à fleur de peau. Puis, en proie à un sentiment de solitude extrême, elle appuya sur l'interrupteur, illuminant la pièce.

Combien elle regrettait qu'il ne soit pas ici avec elle !

- 5 -

Carol ne se mit pas en tenue de nuit, bouleversée par l'intensité du désir qu'elle éprouvait pour Jake et tentait en vain de juguler.

Lena avait-elle raison ? La vie était-elle trop courte pour ne pas profiter de chaque occasion qui se présentait ? Elle commençait à penser que oui. En tout cas, c'était bien l'avis de sa libido.

Mais pouvait-elle vraiment passer à l'acte ? Et Jake ? En avait-il envie ou avait-il repris ses esprits ?

Posant un doigt sur ses lèvres, elle se remémora le goût savoureux de ses baisers. Et si elle lui envoyait un texto pour savoir comment il allait ? Mais pour lui dire quoi ?

Quelque chose d'honnête, décida-t-elle. Quelque chose pour lui rappeler qu'elle était de l'autre côté de cette porte à doubles battants.

Elle leva les yeux au ciel. Comme s'il était susceptible d'oublier !

Prenant son téléphone, elle tapa :

Je ne cesse de penser à toi.

Puis, le cœur serré, elle pressa le bouton « envoyer ». Au moins, elle affrontait ses sentiments.

Puis elle attendit. Pourvu qu'il soit près de son portable, qu'elle n'ait pas commis de bévue. Elle n'eut pas à patienter longtemps, car sa réponse arriva quelques instants plus tard :

Moi aussi, à toi.

Soudain en proie à une folle excitation, elle eut l'impression d'être redevenue une adolescente conversant avec le garçon dont elle rêvait depuis toujours. Elle s'empressa d'écrire :

Je ne sais pas quoi faire.

Il répondit :

Es-tu au lit ?

Non, je suis toujours habillée.

Moi aussi. À part ma chemise.

Carol l'imagina torse nu, sa tignasse brune ébouriffée par la brise qui soufflait sur la plage, lui écrivant des petits mots intimes.

C'est bizarre, tapa-t-elle.

Je sais, vraiment bizarre. Mais ça me plaît.

À moi aussi. J'ai l'impression qu'on s'envoie des sextos.

Pareil.

Une fraction de seconde plus tard, il lui demanda :

Si je t'invitais dans ma chambre, tu viendrais ?

Son cœur se gonfla d'allégresse. Était-il sérieux ?

Tu veux vraiment que je vienne ? Ou est-ce juste un fantasme ?

Il répondit immédiatement.

Oui, je veux que tu viennes. Vraiment !

Elle laissa échapper un long soupir tremblant et écrivit :

Donne-moi quelques minutes.

Pour y réfléchir ?

Pour arriver.

Elle ne voulait plus réfléchir, elle voulait juste être avec lui.

Il répondit :

Je suis excité à la perspective de te voir.

Elle aussi était excitée, voire plus que ça. Et elle avait envie d'avoir l'air présentable, de se coiffer, de remettre du rouge à lèvres.

Mais, avant d'aller plus loin, elle avait une nouvelle question à poser.

Tu as le nécessaire ?

Ils ne pouvaient pas faire l'amour sans protection.

Oui, lui répondit-il. Ce n'est pas un problème.

Dans ce cas, j'arrive très vite, écrivit-elle.

Je t'attends.

Débarre la porte de ton côté, lui rappela-t-elle.

Entendu.

Si elle avait été du genre effrontée, elle aurait ouvert sa robe, aurait pris une photo de ses seins et la lui aurait envoyée, mais elle n'était pas ce genre de fille et était déjà bien assez intimidée comme ça. Pourtant, elle ne reculerait pas, elle irait jusqu'au bout, qu'importait sa nervosité.

S'exhortant à se détendre, elle entra dans la salle de bains pour se rafraîchir. Non que cela change quoi que ce soit : calme ou stressée, timide ou audacieuse, elle allait faire l'amour avec son patron.

Ce soir, elle avait besoin d'être avec Jake ; elle brûlait d'envie de finir ce qu'ils avaient commencé sur la plage, de sentir son corps palpitant de désir à côté du sien, de l'embrasser à perdre haleine, de lui griffer le dos.

Une fois présentable, elle s'avança vers les portes qui les séparaient et, quelques instants plus tard, le cœur battant à se rompre, elle franchissait le seuil de sa chambre.

Jake l'attendait, dans toute la splendeur de sa virilité, exactement comme il s'était décrit : le torse et les pieds nus, uniquement vêtu de son pantalon. Elle aussi était pieds nus maintenant.

Leurs regards se croisèrent, et il lui adressa un sourire malicieux, comme s'il s'apprêtait à commettre une petite bêtise en douce.

Après tout, n'était-ce pas le cas ?

Subjuguée, elle s'avança encore. Ce sourire à mille facettes reflétait tant d'aspects différents de sa personnalité.

— Dans quel genre de pétrins allais-tu te fourrer ? demanda-t-elle, en lui frôlant le menton, ses doigts s'embrasant au contact de sa peau.

Il inclina la tête vers elle et fronça les sourcils.

— Que veux-tu dire ? s'étonna-t-il.

— Dans ta jeunesse.

Il haussa les épaules, comme pour balayer sa curiosité.

— Le genre habituel.

Pour elle, il n'y avait rien d'habituel à se retrouver dans le pétrin ; elle avait toujours fait son possible pour rester dans le rang, pour ne pas faire de vagues.

— As-tu jamais commis un vrai délit ?

— Tu veux dire, ai-je jamais enfreint la loi ?

Avec un signe d'assentiment, elle attendit sa réponse. Elle était incapable de deviner s'il avait un casier judiciaire de délinquant juvénile. À cet instant précis, tout ce qu'elle voyait était à quel point l'adulte qu'il était devenu semblait dangereux.

— Oui, admit-il, j'ai été attrapé une fois.

— À faire quoi ?

— Cela n'a pas d'importance.

— Cela en a pour moi.

Pour comprendre le garçon qu'il avait été, pour faire l'amour avec l'homme vibrant d'énergie sexuelle qu'il était devenu.

— Nous pourrons en reparler plus tard, murmura-t-il en l'attirant contre lui.

Il avait raison. Le moment n'était pas vraiment approprié pour avoir ce type de discussion. Elle ferma les yeux, se grisant de la sensation de se trouver au creux de ses bras.

Puis il lui chuchota d'une voix hachée :

— Je veux te déshabiller. Dis-moi que tu m'y autorises.

Un lent frisson la traversant, elle ouvrit les paupières et soutint son regard.

— Oh oui ! Aussi vite que tu le pourras.

Malgré son accord, il prit tout son temps. Avec une délicatesse infinie, il lui retira l'étole drapée autour de sa robe et l'envoya se répandre sur le sol. Puis il dénoua le sarong et le fit glisser sur son corps, la soie fluide épousant ses courbes avec une douceur sinueuse. Les jambes en coton, elle dut lutter pour garder l'équilibre.

— Tout va bien, la rassura-t-il. Tu ne tomberas pas, je te tiens.

Mais déjà elle chavirait, se laissant aspirer par un tourbillon de sensations totalement interdites. Il jeta le sarong sur une chaise. Maintenant vêtue d'un simple slip couleur chair, elle fit son possible pour refouler sa gêne.

La prenant par la main, il l'entraîna vers son lit. La peau parcourue d'une myriade de picotements, elle se prépara pour ce qui l'attendait.

Il l'allongea sur les draps froissés et la contempla d'un regard brûlant.

— Tu es fabuleuse, lui chuchota-t-il à l'oreille.

Lui aussi l'était, trop fabuleux pour son bien. Elle peinait à croire qu'elle était en sa compagnie, qu'il s'allongeait sur elle.

Il se concentra sur ses tétons, les taquinant l'un après l'autre, tour à tour, y dessinant de petites arabesques de sa langue. Tout son corps parcouru de frissons électriques, le plaisir la consumait.

Levant la tête, il lui demanda avec un sourire gourmand :

— Je continue ?

— Oui, s'il te plaît, plaida-t-elle.

— Tu es si polie, une fille si bien.

Elle ne nia pas, mais cette fois, quand sa bouche captura de nouveau un de ses seins, elle se mit à fourrager dans ses cheveux.

Puis elle sentit sa main se glisser sous sa culotte et frissonna de plaisir sous l'effet de ses caresses expertes. Avec habileté, il lui retira son slip et soudain, hormis ses boucles d'oreilles et son bracelet, elle était nue.

— Tu veux que j'enlève aussi mes bijoux ? s'enquit-elle.

— Non. J'aime te voir les porter.

— Je fais de mon mieux pour ne pas trop m'inquiéter.

— De garder les bijoux ? s'étonna-t-il. C'est juste quelques babioles.

— Je parlais de comment nous nous sentirons demain matin.

Elle ne voulait pas regretter ce qu'ils étaient en train de faire, mais elle craignait qu'il y ait des répercussions.

— Demain ne compte pas. Tout ce qui compte, c'est ce soir.

Il fit un geste en direction des préservatifs qu'il avait dispersés sur la table de nuit.

— Je ne les ai pas emportés exprès, tu sais, mais je suis bien content qu'ils aient été dans mes bagages.

Elle plaqua ses mains sur sa poitrine où son cœur battait à tout rompre.

— Ils étaient ici par hasard ?

Il hocha la tête.

— Depuis mon dernier voyage. J'y ai même pensé dans l'avion, mais jamais je n'aurais imaginé les utiliser.

Elle se remit à faire courir ses doigts le long de son corps, l'esprit toujours en émoi. Aucun doute, le prix à payer pour cette frasque ne serait pas anodin. Quelque chose d'aussi excitant allait avoir ses conséquences.

Une fois qu'elle atteignit son estomac, elle caressa ses abdominaux en béton. Elle n'ignorait pas à quel point il était athlétique ; il avait fait aménager une salle de sport au bureau, à son propre usage comme à celui de ses salariés, et elle savait, pour être allée plusieurs fois chez lui pour raisons professionnelles, qu'il en avait une autre dans sa belle maison dans les collines de Hollywood, également équipée d'un court de tennis qui offrait une vue imprenable sur Los Angeles.

Il baissa la braguette de son pantalon sans le retirer. Le fait qu'il soit nu dessous ne l'étonna pas outre mesure, cela correspondait à son personnage.

— Si tu savais tout ce que j'ai envie de te faire, dit-il d'une voix rauque de désir.

Elle se représentait sans peine les sommets de volupté qu'il pouvait lui faire atteindre.

Il glissa une main entre ses jambes, et doucement, se mit à titiller le point sensible où se concentrait toute l'acuité de son désir. S'arc-boutant, elle laissa échapper un gémissement de plaisir, tandis qu'il plongeait un doigt en elle, la faisant trembler de volupté.

Il continua à la caresser tout en s'installant sur elle, son grand corps viril ombrant le sien. Incapable de se contenir, elle fit courir ses mains sur ses larges épaules, fourragea dans ses cheveux en bataille, explora les angles de son beau visage.

Puis, il recula et, poussant plus loin les préliminaires, sa langue prit le relais de ses doigts. Emportée par un flot de sensations, elle s'accrocha à lui, l'incitant à continuer, à ne jamais s'arrêter. Un déferlement d'une sensualité intense ondoyait en elle, faisant bouillir son sang, alors qu'elle se tordait sous ses assauts experts.

L'orgasme la submergea, la secouant de tremblements. Elle se raidit, chevauchant les vagues de volupté qui l'envahissaient.

Jake ne mit un terme à la divine torture que lorsque le dernier spasme eut traversé son corps.

Puis il l'embrassa de nouveau, lui laissant à peine le temps de se ressaisir. Quand il retira son pantalon, elle referma ses doigts autour de son sexe érigé qu'elle fit coulisser sur toute sa longueur. La caresse lui arracha un grognement, et il lui mordilla les lèvres, poussant la passion au paroxysme. Elle resserra son emprise, avide de lui donner autant de plaisir que celui qu'il venait de lui procurer, mais il attrapa un préservatif et le lui tendit.

— Pourquoi me… ? s'étonna-t-elle, ébahie.

— Parce que je veux que tu me l'enfiles.

— C'est la première fois qu'un homme me demande une telle chose.

Obtempérant néanmoins, elle ouvrit le sachet avec maladresse, les doigts fébriles tellement elle avait hâte de le sentir en elle. Quand elle parvint à dérouler le préservatif sur son sexe, il était dur comme du roc.

Puis Jake se repositionna entre ses jambes et s'enfonça en elle d'un puissant coup de reins, avec une fougue qui trahissait l'ampleur de leur désir.

S'ouvrant à lui, elle agrippa ses bras, ses hanches ondulant à sa rencontre, étouffant un cri tant la force inattendue de leur union la laissait pantelante, alanguie, comme noyée dans un océan de volupté. Jake s'émerveilla de l'instant. Il lui fallut une fraction de seconde pour prendre conscience de la réalité : il était en train de faire l'amour à Carol, sa sage assistante qui rêvait de se marier. C'était carrément dément !

C'était du sexe à son niveau le plus fondamental, provoqué par un besoin primaire.

Besoin. Le mot le frappa de plein fouet. Il ignorait pourquoi il avait été incapable de contrôler la faim qu'elle lui inspirait. Elle avait raison, demain ils allaient devoir faire le point sur cette folie. Si, en général, il ne se préoccupait pas des détails secondaires, cette fois, il couchait avec une femme qui travaillait pour lui. Ce n'était pas quelque chose qu'il pouvait ignorer.

Mais, pour le moment, le matin était encore très loin.

Plus rien n'existait que le va-et-vient de leurs deux corps en fusion, ses mains qui l'agrippaient pour accentuer ses poussées.

S'appropriant ce dont il rêvait, il embrassa sa nouvelle conquête avec autant de fougue que de passion. Des gémissements s'échappaient de ses lèvres, et elle enroula ses jambes autour de ses hanches tandis qu'il lui picorait le cou de ses dents.

L'euphorie se déversait dans ses veines comme une lave incandescente.

Puis, il roula sur le dos afin qu'elle se retrouve sur lui et la laissa le chevaucher. Elle émit un long gémissement de volupté alors qu'il la comblait avec une pression inexorable, exquise. Sous ses fesses, les cuisses de Jake se resserrèrent, ses mains glissant sur la courbe de sa taille.

Prenant ses seins en coupe dans ses paumes, il en titilla les perles durcies de ses pouces, se délectant de leur vision.

Elle enfonça ses ongles dans la chair de ses épaules et imprima un lent balancement à ses hanches, en un va-et-vient passionné, adoptant un tempo qui les conduirait inéluctablement aux confins du paradis. Il poussa des grognements alors qu'elle l'accueillait encore et encore, ses mouvements s'accélérant. Chaque assaut se réverbérait en elle en de longues sensations qui la secouaient de la tête aux pieds.

La brise agitait les rideaux blancs, leur conférant des formes spectrales, une bouffée de fraîcheur envahit la pièce. À l'intérieur, les lumières donnaient l'impression qu'il faisait jour, mais dehors la nuit scintillait d'étoiles.

Il imaginait la mer monter, ses vagues déferlant, roulant de plus en plus près du rivage baigné par la clarté de la lune, comme leur extase qui se nourrissait d'elle-même.

La fièvre des Caraïbes s'était emparée de lui.

— Je m'étais promis de te séduire, ce week-end. Et c'est ce que je fais.

— Certes, mais je suis plutôt coopérative, fit-elle d'une voix saccadée, ses cheveux encadrant son visage d'un rideau doux et soyeux.

— Oui, c'est toi qui m'as envoyé ce texto, acquiesça-t-il en la faisant de nouveau rouler sous lui.

— Ne t'arrête pas, l'implora-t-elle.

Comme s'il l'avait pu. Il était sur pilote automatique,

son tempo s'intensifiant, impatient d'atteindre le point de non-retour.

Tout comme elle, visiblement. Elle venait à sa rencontre à chaque poussée avec un tel naturel qu'elle ne devait même pas se douter de la puissance de sa sensualité. Il se surprit à envier le brave garçon qu'elle épouserait : le veinard partagerait toutes ses nuits avec elle.

— Tu es une vraie tigresse au lit, fit-il remarquer.

— En général, je ne suis pas comme ça. C'est toi qui fais ressortir cette nature en moi, répondit-elle d'une voix rauque.

Il se noya dans ses iris de jade scintillant. Lui donnait-elle un avant-goût de ce qu'elle serait pendant sa nuit de noces ? Douce, sensuelle, animale ?

— Ton futur mari pourra me remercier.

— Ne sois pas prétentieux, Jake, le sermonna-t-elle en ondulant sous lui.

Il regarda leurs deux sexes unis.

— Si, je le suis.

Elle suivit son regard.

— Ce n'est pas ce que je veux dire.

— Alors, pourquoi la vue te plaît-elle ?

— Pour la même raison que toi.

Parce que leur union était exaltante. Parce qu'ils avaient tous les deux envie d'en garder chaque seconde gravée dans leur souvenir.

Les yeux noyés de plaisir, elle se mouvait en cadence, révélant une sensualité qu'il n'aurait jamais soupçonnée en elle. Elle s'agrippait à lui, et il entendait son souffle saccadé dans ses oreilles. C'était son assistante, son assistante très personnelle. Il allait et venait, plongeant et replongeant dans ce sexe qui l'enserrait divinement, jusqu'à ce que, parcourue de spasmes, elle crie son plaisir. Accélérant le tempo, haletant, il sentit l'orgasme de Carol monter et l'entraîner. Tous ses muscles se tendirent, il n'entendait plus rien, son sang battait furieusement à ses tempes. Pressant son visage dans le cou satiné, il s'abandonna à la sensation de perfection de leurs corps enchevêtrés. Une volupté indescriptible l'emporta, le consumant. Repu, pantelant, il s'écroula sur elle avec un râle d'une satisfaction enfin assouvie.

Couvert de sueur, il reprit son souffle, s'enivrant de l'odeur musquée du sexe mêlé au parfum d'agrumes de Carol.

Elle laissa ses doigts glisser dans son dos. Les griffes avaient disparu. Carol n'était désormais plus que douceur.

— Je te fais mal ? s'inquiéta-t-il soudain.

Picorant son épaule de sa bouche, elle ironisa :

— N'est-ce pas un peu tard pour cette question ?

Malgré lui, il sourit.

— Je veux dire, suis-je trop lourd ?

— Non, tout va bien, le rassura-t-elle. Je ne suis pas en porcelaine. Je peux le supporter.

Il aurait pu passer la nuit entière à se délecter de ses courbes. Mais il avait besoin de se débarrasser de son préservatif.

— Je reviens tout de suite, prévint-il en se levant.

Il se dirigea vers la salle de bains. Quand il revint, elle était assise dans son lit, en partie recouverte.

— J'aurais dû te prendre en photo, dit-il.

Elle remonta le drap sur elle.

— Je ne préfère pas.

À la voir, sa chevelure d'or roux en désordre, parée des bijoux qu'il lui avait offerts, rien n'aurait pu lui sembler plus tentant.

— Mais tu es tellement jolie…

— Merci, mais nous n'avons pas besoin de garder des

preuves de notre nuit. Et maintenant viens te recoucher, ajouta-t-elle en tapotant l'espace vide à côté d'elle.

— Bien, madame. Alors de quel genre as-tu besoin ? reprit-il, en la serrant contre lui.

— De quel genre de quoi ?

— De preuves de ce soir ?

Avec une légère bourrade, elle le réprimanda :

— C'est malin !

Avec un haussement d'épaules, il lui donna un baiser bruyant, et ils glissèrent ensemble sur les oreillers.

— Je ne suis pas très doué pour les câlins, avoua-t-il alors.

— Dans ce cas, tu ne t'en sors pas si mal.

Tant mieux si c'était l'impression qu'il lui donnait. Car il faisait de son mieux.

— Je sens que tu es le genre à aimer les câlins…

— C'est vrai, admit-elle dans un soupir.

Le cœur soudain serré, il prit toute la mesure de son aveu. Un jour, elle allait trouver un garçon décent, bien sous tous rapports, l'opposé du dépravé qu'il était. Un jour, elle allait devenir l'épouse d'un homme avec qui elle partirait en voyage de noces.

Mais, ce soir, elle était au lit avec lui, se pelotonnant contre lui, chaude et douce, même s'ils savaient tous les deux qu'elle n'était pas vraiment à sa place.

- 6 -

Carol se réveilla tôt. La chambre était baignée d'une douce lumière, et elle remarqua que si la fenêtre était toujours ouverte la brise nocturne était tombée.

Elle avait dormi d'un sommeil paisible à côté de son amant. Beaucoup trop paisible, décida-t-elle, mais ce matin son calme s'était évanoui.

Elle jeta un coup d'œil à Jake. Il avait dû se retourner pendant la nuit parce qu'ils ne se faisaient plus face. Dos à elle, il était étendu de tout son long, une jambe sous les couvertures, l'autre exposée, ainsi qu'une partie de ses fesses nues.

Seigneur, qu'avait-elle fait ?

Quelle question stupide ! Elle savait très bien ce qu'elle avait fait : elle avait foncé, tête baissée, parfaitement consciente de ses actes. Elle s'assit dans le lit et essaya d'apaiser le rythme de sa respiration. Elle avait besoin de café, mais pour commencer elle allait finir de se démaquiller, discipliner ses cheveux et se brosser les dents. Ne souhaitant pas gagner la salle de bains en tenue d'Ève, elle récupéra son sarong et s'entortilla dedans. À l'instant précis où elle allait s'éclipser, Jake roula de côté, lui faisant une peur bleue — elle l'avait cru profondément assoupi.

— Salut ! lui dit-il d'une voix rocailleuse, avec un sourire canaille.

— Salut.

La barbe naissante qui couvrait son menton renforçait sa beauté sauvage, lui arrachant un frisson. Pourquoi diable fallait-il qu'il soit si séduisant ?

— Je vais faire un brin de toilette et préparer du café, dit-elle. Tu en veux ?

— Volontiers, merci.

Il se redressa, passa une main dans ses cheveux en bataille et, ébloui par la lumière éclatante du soleil, plissa les yeux.

— Moi aussi, il faut que je me lève.

— À tout de suite, alors.

Le laissant s'extraire de son lit, elle se précipita, trébuchant presque sur son étole. Elle la ramassa et s'enfuit, sans même prendre le temps de chercher son slip. Elle n'avait pas la moindre idée de ce que Jake en avait fait après le lui avoir enlevé, mais cela pouvait attendre.

Elle retourna dans sa chambre et, une fois devant le miroir de sa salle de bains, retira son bracelet, puis ses boucles d'oreilles — elle avait dormi parée de tous ses bijoux.

Après s'être rafraîchie et avoir noué son paréo le plus serré possible, satisfaite d'avoir remis un peu d'ordre dans son apparence, elle prépara deux cafés et, connaissant les goûts de Jake, sucra celui qui lui était destiné. Même si ce n'était ni la première fois ni, sans doute, la dernière qu'elle lui servait un café, ce n'était plus comme avant, songea-t-elle. Plus rien ne serait jamais comme avant.

Parce qu'elle avait couché avec son patron ; une nuit de folle passion, débridée, de draps froissés, de baisers fougueux et de sexe torride.

Essayant de contenir le tremblement de ses mains à cette évocation, elle rapporta les cafés dans la chambre de Jake. Celui-ci était assis dans le lit, l'air plus réveillé, et s'était visiblement débarbouillé. Elle lui tendit sa tasse, et il la remercia.

Au lieu de le rejoindre, elle s'installa dans un fauteuil à proximité. Toujours nu, Jake avait un oreiller sur ses genoux, pour se protéger de sa boisson brûlante, supposa-t-elle.

Luttant pour rester concentrée, elle sirota son café. Fort et parfumé, il était parfaitement dosé pour une journée qu'elle commençait dans un tel état de nervosité.

— Tu te fais du souci au sujet de la nuit dernière ? lui demanda-t-il sans ambages.

Mentir ne la mènerait à rien. En outre, son visage devait refléter les émotions qui se bousculaient en elle.

— Maintenant que c'est fini, j'avoue que tout cela me paraît vraiment bizarre.

— Je suis bien d'accord, admit-il, mais nous savions dans quoi nous nous embarquions quand nous avons pris cette décision.

C'était une évidence ; ils ne pouvaient pas faire semblant de ne pas avoir eu conscience de leurs actes.

— Nous savions que le matin arriverait, continua-t-il avant de l'envelopper de son regard de braise. Je ne pense pas que cela devrait se terminer ainsi.

Perplexe, Carol cligna des yeux. À quoi faisait-il allusion, au juste ?

— Pardon ?

— Nous, notre aventure, expliqua-t-il. Nous devrions passer tout le week-end à faire l'amour.

De plus en plus ahurie, elle réfléchit à sa réponse, son regard se posant sur les préservatifs éparpillés sur la table de chevet.

— Même si tu es d'accord pour reconnaître que c'est bizarre ?

— Il serait encore plus bizarre de nous en tenir là,

nous ferions aussi bien d'exploiter le thème « Réservé aux couples » à fond. Et nous ne pouvons nier à quel point nous sommes compatibles, au lit.

Il avait raison, il était inutile de nier. Elle sentait toujours le frisson d'interdit de leur union, les préliminaires torrides, rondement menés ; le rythme endiablé ; les spasmes de l'orgasme.

Chaque instant restait gravé dans son cerveau, imprimé dans son corps, dans chaque parcelle de son âme. Elle venait de passer la nuit la plus exaltante de sa vie. La plus dépravée aussi.

Oserait-elle recommencer jusqu'à la fin de leur séjour sur l'île ?

— Tu es sûr de ne pas vouloir arrêter les frais maintenant ?

— Et que suggères-tu jusqu'à notre départ ? Que nous allions nous dorer à la plage en faisant comme s'il ne s'était rien passé ? Je pense qu'il vaudrait mieux accepter la situation et en tirer parti.

Soudain, le cœur de Carol se mit à battre à tout rompre.

— En nous déshabillant de nouveau ? lança-t-elle.

— Je suis déjà nu, s'amusa-t-il. Et sous cette jolie robe, tu l'es aussi, je me trompe ? demanda-t-il en posant son café.

— Non, répondit-elle d'une voix tremblante.

Elle n'avait pas mis de dessous ce matin… et n'avait toujours aucune idée de l'endroit où son slip de la veille se trouvait. Peut-être caché entre les draps du lit.

— Alors, quel mal y aurait-il ? insista-t-il. Un week-end de détente, de soleil, de passion effrénée. Le programme pourrait être pire.

— Et les autres invités ? Allons-nous essayer de rester discrets ?

— Je ne vois pas pourquoi. De toute façon, la plupart

d'entre eux doivent déjà supposer que nous sommes ensemble.

Elle repensa à quel point sa conversation avec Lena l'avait incitée à coucher avec Jake.

— Lena l'avait prédit, murmura-t-elle, songeuse.

— Vraiment ?

— Oui, lorsque nous avons discuté à la soirée. Mais personne ne doit être au courant quand nous rentrerons à Los Angeles ; il ne faut surtout pas que mes collègues aient vent de notre aventure.

— C'est entendu. Dès que nous quitterons l'île, tout sera fini. Nous ne recommencerons plus jamais, et personne au bureau n'en saura rien, ce sera notre secret. Mais pour le moment je pense que nous devrions profiter l'un de l'autre. Allez, Carol ! Fais-moi plaisir, ajouta-t-il en lui tendant une main.

Juste ciel ! songea-t-elle. Il était vraiment d'un charme irrésistible. Alors qu'elle se levait, il s'avança, l'attira dans ses bras et l'embrassa éperdument.

Elle roula sur le lit avec lui, le laissant dénouer son sarong. Il fit courir ses doigts partout sur son corps nu, et elle l'imita, explorant cette magnifique peau brun doré, la puissance de ces muscles sculptés. Elle ne pouvait se lasser de le toucher.

Maintenant qu'ils étaient d'accord, c'était désormais officiel, ils vivaient une idylle ; un week-end en amoureux ; une aventure grisante.

— Et si nous prenions une douche ensemble ? suggéra-t-il.

Elle l'enlaça de ses bras, pressant son corps contre le sien.

Il fit descendre sa main le long de son flanc jusqu'à venir caresser la moiteur entre ses cuisses. La force du désir qui montait en elle lui arracha un gémissement.

— J'adore l'idée.

— Alors, allons-y. Nous continuerons sous l'eau, ajouta-t-il en retirant ses doigts.

Son sang bouillonnant d'excitation, Carol le regarda prendre un préservatif sur la table de nuit.

— Tu en as d'autres dans tes bagages ?

— Non, juste ceux-là, déclara-t-il en refermant son poing sur le sachet. Quand nous aurons utilisé celui-ci, nous n'en aurons plus que trois.

Il lui jeta un coup d'œil en coin avec une expression canaille, ses cheveux lui barrant le front.

— Ce sera suffisant pour deux jours de plus ?

Elle sourit aussi, impatiente de rejoindre la salle de bains avec lui.

— Je ne sais pas. Qu'en penses-tu ?

— Je suppose que nous allons devoir refréner nos ardeurs.

Ce qui, jusqu'ici, était loin d'être gagné. Midi n'avait pas encore sonné que déjà ils se préparaient à faire l'amour sous la douche.

Ils entrèrent dans sa salle de bains où elle avisa le contenu de son nécessaire à rasage étalé sur le comptoir, avec sa brosse à dents posée en vrac dessus et son dentifrice le tube encore ouvert — ce qu'elle ne faisait jamais.

Bien sûr, il avait une gouvernante qui venait chez lui au moins une fois par semaine, et un chef qui lui préparait des repas diététiques avant de les entreposer dans son réfrigérateur. Il avait pris l'habitude de voir tous ses besoins satisfaits.

Même si cela n'avait pas toujours été le cas. Orphelin comme elle, il avait connu la solitude dans son enfance, sans personne ou presque pour s'occuper de lui.

Il tourna les robinets et, dès que l'eau fut assez chaude,

ils entrèrent dans la luxueuse cabine aux parois en verre, bien assez vaste pour eux deux.

Ils se douchèrent tour à tour, et il lui lava les cheveux. C'était la première fois que des doigts masculins lui massaient le crâne, et elle se délecta des sensations divines que cela lui procurait, jusqu'à ce qu'il se mette à savonner langoureusement son corps couvert de mousse.

Elle le lava aussi, plus bas, toujours plus bas, et finit par s'agenouiller devant lui.

Tout en fourrageant dans ses cheveux mouillés, il laissa échapper un grognement de plaisir.

Son pénis se dressait, dur et fier, sur son ventre musclé. Avec un soupir tremblant, elle fit courir sa langue le long de son sexe, puis le prit dans sa bouche, ses mains se refermant à la base pour le faire coulisser. Elle n'osait jamais ce genre d'initiative d'habitude, mais elle refusait de perdre ne serait-ce qu'une seconde du temps qu'ils passaient ensemble.

Il balançait les hanches au diapason de sa caresse audacieuse, la regardant avec intensité, les mains toujours dans ses cheveux. Mais il ne la laissa pas continuer jusqu'à sa délivrance ; la relevant avec douceur, il se mit à genoux à son tour, et elle tressaillit de la tête aux pieds.

Son patron avait causé sa perte, il était sa faiblesse, son besoin vital, même si elle savait que, dès qu'ils atterriraient à Los Angeles, la page serait tournée. Mais, elle ne voulait penser qu'à l'instant, refusait d'imaginer à quel point le retour serait difficile.

Le magnifique amant si expérimenté qu'il était combla tous ses désirs.

Noyée dans les sensations, elle se mouvait au rythme de ses mains et de sa langue magiques, chavirée de volupté jusqu'à ce que, tremblante, elle crie de plaisir. La bouche toujours sur son sexe, il accéléra ses caresses, et elle sentit son orgasme monter et l'entraîner aux confins du paradis.

La laissant pantelante, il se releva et déchira le paquet du préservatif. Puis, d'une simple poussée, il la pénétra.

Une mèche de ses cheveux tombant sur son front moite, il la dévorait du regard avec une telle avidité qu'elle eut soudain l'impression d'être infiniment féminine et il la contemplait comme jamais un homme ne l'avait fait, comme s'il ne voulait rien manquer du plaisir qui déferlait sur son visage.

Elle s'enivra de son parfum délicieux, mélange de gel douche et d'after-shave. Sa virilité sauvage était inégalable.

Elle s'agrippa à ses épaules, tandis que ses hanches ondulaient à sa rencontre et, bientôt, il se mit à aller et venir en elle, avec une frénésie nouvelle qui la comblait de volupté.

Ils s'embrassèrent à perdre haleine, leurs langues dansant au même tempo que l'extase qui les submergeait.

Le frottement de leurs peaux, leurs souffles saccadés, leurs gémissements mêlés au murmure de l'eau étaient une mélodie si douce à ses oreilles. Fermant les paupières, elle se laissa entraîner en un tourbillon de plus en plus puissant, enfonçant ses ongles dans ses épaules et se délectant du grognement de plaisir qu'il poussa à cette sensation.

— D'habitude, je ne suis pas du matin, lança-t-il tout à coup en faisant une pause dans leur tango sensuel.

Avec un rire, elle le dévisagea à travers l'épaisse vapeur.

— Jamais je ne m'en serais doutée.

Il se mit à rire aussi, d'un rire à la fois juvénile, mais chaleureux, protecteur.

Ils échangèrent un nouveau baiser empreint de douceur.

Quelque part, au milieu de toute cette passion, il y avait de l'amitié. Sans doute due au fait qu'ils se connaissaient bien et étaient liés par une enfance similaire ; tous deux avaient tout perdu et, aujourd'hui, ils vivaient un week-end de folie, partageant les mêmes frissons interdits.

Les yeux dans les yeux, ils étaient unis, comme en fusion, prolongeant cette félicité indicible. Il se retirait, puis s'immobilisait quelques secondes, à la limite de l'orgasme. Jusqu'au moment où, cédant à l'extase, elle cria son nom, tandis qu'il la rejoignait dans le plaisir.

La flamme de la passion les emporta loin, très loin, jusqu'à la perfection ultime.

Encore tout étourdis par leur union fulgurante, ils sortirent de la douche et commandèrent un petit déjeuner qu'ils se firent apporter dans la chambre de Jake. Carol était reconnaissante à Lena d'avoir engagé un personnel de confiance, qui ne vendrait pas de scoops aux journaux et ne prendrait pas de photos non autorisées.

Certes, Jake n'était pas une grande célébrité, son statut de beau gosse célibataire si convoité ne suffisant pas à faire de lui une star. Contrairement à Lena ou à certains des autres invités, il n'était jamais la cible des paparazzis, mais de toute façon, et heureusement, ce week-end était placé sous le sceau de la discrétion pour tous.

— Tu as envie de prendre le petit déjeuner sur la terrasse ? suggéra-t-il.

— Pourquoi pas ? répondit-elle, séduite par l'idée.

Il sortit en portant le plateau, et ils s'assirent face à face à une table recouverte de verre. Carol regarda le parc. La piscine était vide, d'un calme presque angoissant.

— Je me demande si d'autres sont déjà levés aussi, dit-il.

Observant le jeu d'ombre et de lumière sur son visage, elle fit remarquer :

— Certains récupèrent sans doute de la soirée bien

arrosée, et les autres doivent paresser, comme nous, répondit-elle en attaquant ses œufs.

Elle les avait choisis pochés, recouverts de fromage, de tomates et de pesto. Jake les avait pris brouillés, avec une saucisse.

— Oui, acquiesça-t-il. Et nous ne sommes même pas habillés.

Elle hocha la tête. Tous deux étaient en peignoir, et elle avait encore les cheveux humides, mais peignés. Jake, pour sa part, s'était contenté de passer ses doigts dans ses épaisses boucles noires, sans pour autant les discipliner, mais une fois encore cette apparence sauvage faisait partie de son personnage.

Toujours curieuse d'en apprendre plus sur le rebelle qu'il avait été adolescent, elle le questionna :

— Alors, raconte-moi. À quoi t'es-tu fait attraper quand tu étais gamin ?

Il esquissa une grimace.

— Je volais. Surtout des jeux vidéo et des DVD, ce genre de trucs. Parfois, je piquais même une bouteille d'alcool, juste pour le plaisir.

Le regard baissé vers son assiette, il poursuivit, s'assombrissant :

— Mais ce que j'adorais, c'était dérober des bijoux pour les filles qui me plaisaient. Je leur demandais de me montrer celui qu'elles préféraient, puis j'y retournais seul pour m'en emparer. C'est comme ça que je me suis fait prendre, pour un petit collier de diamants dans un grand magasin.

— Le gérant a porté plainte ?

— Oui. J'ai été arrêté pour vol.

— Et maintenant tu fais des cadeaux de prix aux femmes pour te racheter ?

Il releva les yeux vers elle, sa fourchette en l'air.

— Je n'avais jamais envisagé ça sous cet angle, mais je suppose que oui. En leur offrant de jolies choses, je me donne peut-être l'impression d'être un type bien.

C'était peut-être ce qui l'avait poussé à lui acheter des bijoux pour ce week-end, songea-t-elle.

— J'ai commencé à voler environ six mois après la mort de mes parents, reprit-il. En foyer, en familles d'accueil, je souffrais d'une angoisse intolérable, j'avais besoin de me sentir vivant. Même si je savais que c'était mal, voler donnait un sens à ma vie. Ça a duré un certain temps, car j'avais déjà quinze ans quand j'ai été attrapé.

Carol continua à l'interroger, recollant les pièces du puzzle de son passé dans son esprit.

— Garrett et Max sont-ils au courant ?

— Oui, mais ils n'ont jamais abordé le sujet. Ils avaient assez de leurs propres problèmes.

— Que s'est-il passé après ton arrestation ?

— J'ai été placé en liberté conditionnelle et j'ai mis un terme à mes bêtises. Pas parce que j'avais été attrapé, mais parce que mon assistante sociale m'avait prévenu que si je ne me reprenais pas je serais placé dans une maison de correction où la discipline serait beaucoup plus stricte. Et je ne voulais pas être séparé de Garrett et de Max.

Carol but une gorgée de jus d'orange.

— Donc, dans un sens, ce sont eux qui t'ont sauvé ?

— Absolument, admit-il sans difficulté. Et puis, nos racines communes nous ont amenés à rester ensemble. C'est la raison pour laquelle nous avons été placés dans des familles d'accueil amérindiennes, alors que celles-ci n'étaient pas légion, à l'époque : à la moindre incartade, l'un de nous trois pouvait être renvoyé en foyer, et nous aurions pu ne plus jamais nous revoir. Quelque temps après,

Max a eu l'idée de former une alliance : nous devions nous serrer les coudes pour devenir milliardaires un jour.

Carol réfléchit un instant.

— Max venait d'une famille très pauvre, c'est bien ça ?

— Pauvre et violente, la totale. Il avait toutes les motivations possibles pour vouloir être un jour riche et respecté. Tout comme Garrett qui désirait à tout prix voir sa mère à l'abri du besoin et bien soignée. Mais moi… ? Hormis retrouver ma famille, je n'avais envie de rien. Et puis un jour, j'ai compris qu'il n'y avait rien de mal à posséder une maison luxueuse et des voitures de sport.

Il la regarda droit dans les yeux, une lueur séductrice dansant au fond de ses prunelles d'un noir d'ébène.

— Et à sortir avec de belles femmes, évidemment.

Elle sentit une vague de chaleur embraser ses reins.

— Évidemment, répéta-t-elle du bout des lèvres.

— Le sexe a toujours été un exutoire pour moi. Ma première fois, j'avais quinze ans.

— L'année où tu t'es fait prendre la main dans le sac ?

Il fit un signe d'assentiment.

— Je couchais déjà avec la fille pour laquelle j'ai volé le collier, c'était ma première. Tu n'imagines pas l'adrénaline de sortir avec quelqu'un à qui j'inspirais un tel désir.

Carol n'était pas surprise qu'il ait fait l'amour à un âge si précoce. Pour sa part, elle avait attendu d'être à l'université, avec son premier petit ami sérieux.

De son ton le plus détaché, elle demanda :

— Et tu as eu beaucoup de conquêtes, depuis ?

— Le fait d'être riche facilite les rencontres, répliqua-t-il de façon très terre à terre.

— Ton argent n'a aucune importance pour moi, ce n'est pas la raison pour laquelle je suis ici avec toi.

— Je le sais, mais en général les femmes veulent sortir

avec moi parce que je suis riche, même celles qui essaient de panser les blessures de mon enfance. Ce que tu ne feras pas, car toi aussi tu as été brisée par la vie.

Décontenancée, elle lui jeta un regard surpris. Certes, la vie ne lui avait pas fait de cadeaux non plus, mais elle ne se sentait pas brisée. Devait-elle s'offenser de sa déclaration ou être impressionnée par sa perspicacité ?

— Nous ne serons pas ensemble assez longtemps pour que j'essaie de faire quoi que ce soit, hormis finir ce week-end sans nous retrouver à court de préservatifs, plaisanta-t-il en tentant de cacher son malaise.

Il sourit et remplit de nouveau son verre de jus d'orange.

— Touché, mademoiselle Lawrence !

Elle lui lança un coup d'œil courroucé. La voyant contrariée, son sourire s'évanouit et, ses beaux traits soudain crispés, il la rabroua gentiment :

— Allons, Carol. Ne m'en veux pas d'avoir dit que la vie t'avait brisée, toi aussi.

— Ai-je dit que je t'en voulais ?

— Non, mais je vois que cela t'a perturbée.

Elle tourna la tête vers la piscine. Celle-ci était toujours vide, la surface de l'eau ondulant doucement, les transats et les chaises à côté déserts. Une tristesse subite semblait s'être abattue sur l'île paradisiaque.

— Ton opinion sur moi me déroute, tempéra-t-elle.

— Pourquoi ? Parce que tu penses que tu gères le fait d'être orpheline mieux que moi ? Personne ne s'en sort indemne, pourtant, personne, insista-t-il dans un murmure. Pas même toi.

- 7 -

Un peu plus tard dans la journée, Carol et Jake se retrouvèrent sur la plage avec Lena et Mark et un groupe d'amis de la star pour, à la suggestion de celle-ci, construire un château de sable. Ce dernier s'était vite transformé en forteresse saugrenue, entourée de dragons, de dauphins, de sirènes. Les invités qui comptaient beaucoup de gens du milieu du spectacle s'en donnaient à cœur joie, laissant libre cours à leur imagination artistique.

Jake et Carol faisaient partie de l'équipe de sculpteurs de sirènes et en avaient modelé une qui, avec sa silhouette pulpeuse et ses cheveux volant au vent, était plutôt réussie.

Occupé à peaufiner les seins de leur œuvre, Jake jeta un coup d'œil à Carol qui, s'affairant sur la queue de la femme poisson, évita son regard.

Toujours aussi déconcertée par le fait qu'il la considère comme une personne brisée, elle semblait incapable de chasser de son esprit cette opinion troublante.

— Qu'est-ce qui ne va pas ? finit-il par lui demander.

— Rien, mentit-elle.

— Tu as l'air préoccupée.

— J'essaie juste de me concentrer sur notre sirène.

— Tu es sûre que c'est tout ?

Elle décida d'opter pour la franchise, consciente que sinon cela continuerait à affecter son humeur.

— Tu penses vraiment que je suis brisée ?

Il s'arrêta de travailler le sable et s'assit sur ses talons.

— Je n'avais pas l'intention de te blesser, Carol.

— Alors quel était ton but ?

— Je voulais simplement dire qu'en perdant ta famille tu avais vécu un traumatisme comparable au mien, expliqua-t-il avant de poursuivre en plissant les yeux, ébloui par le soleil : tout comme il est regrettable que ni toi ni moi n'ayons eu personne pour nous recueillir. C'est du moins ce que je suppose en ce qui te concerne, sinon, tu n'aurais pas été placée dans des familles d'accueil.

— Tu as raison, concéda-t-elle. Je n'avais personne : mes parents avaient tous les deux été élevés par des mères célibataires, et mon père n'avait plus la sienne. Quant à ma grand-mère maternelle, atteinte d'un cancer, elle était trop malade pour s'occuper de moi. Elle est morte environ un an plus tard.

Carol poussa un soupir, essayant de desserrer l'étau qui lui broyait la poitrine.

— J'avais aussi un oncle du côté de mon père, reprit-elle, mais c'était un militaire, trop jeune pour m'élever. Après la disparition de mes parents, il m'a écrit des lettres pour garder un lien, avant d'être tué en Irak.

Un autre décès qui l'avait de nouveau anéantie.

— Mais j'ai réussi à surmonter mon chagrin, conclut-elle.

— Comment, en te montrant excessivement sage et rangée ? En quoi est-ce mieux que mes incartades de gamin incontrôlable ?

Piquée par la comparaison, elle se défendit.

— Je n'ai plus rien d'une fille sage et rangée. Je suis ici, sur cette île, à partager ton fichu lit.

— Mon « fichu » lit ? l'imita-t-il, un sourire sensuel se dessinant sur ses lèvres. Serait-ce notre première dispute ?

Carol leva les yeux au ciel, mais en affichant une

expression vaincue. Il avait raison, elle avait tort d'en faire tout un plat.

Cela ne l'empêcha pas néanmoins de se laisser rattraper par le passé. Tout comme Jake, manifestement.

Il reprit :

— J'avais Garrett et Max pour m'aider à surmonter mon chagrin, et la mère de Garrett. Mais toi, qui avais-tu, Carol ? Surtout après la mort de ton oncle ?

Bien déterminée à rester forte plutôt que ranimer l'infinie tristesse enfouie au plus profond de son être, elle s'appliqua à mettre autant de légèreté que possible dans sa réponse :

— Certains parents de mes familles d'accueil étaient des gens vraiment gentils. Bien sûr, d'autres se montraient plus indifférents. Alors, le plus souvent, j'ai essayé de me débrouiller seule, d'éviter de compter sur qui que ce soit.

— Oui, mais comment ? persista-t-il en s'essuyant les mains sur son maillot de bain.

— En faisant tout ce que je pensais correct : en travaillant à l'école et en ayant de bonnes notes, en me montrant respectueuse vis-à-vis des plus anciens.

Elle le fixa dans les yeux.

— Je voulais que mes parents soient fiers de moi. Je voulais qu'ils me regardent du ciel et qu'ils disent : « Regarde tout le chemin qu'elle a parcouru. »

— C'est très gentil à toi, vraiment, mais c'est une démarche qui me semble bien solitaire. N'as-tu jamais eu envie de te rebeller, de crier, de rager ?

— Non. Rester calme me gardait saine d'esprit.

— Cela m'aurait rendu fou.

Elle ne comptait pas le nombre de fois où elle avait sangloté jusqu'à sombrer dans le sommeil, mais elle refusait de faire payer son chagrin au monde entier.

— Et toi ? lança-t-elle alors. Quel était le problème avec ta famille ? Pourquoi n'y avait-il personne pour t'élever ?

Ramenant son attention sur la sirène, il passa distraitement ses doigts sur les parties qu'il avait déjà façonnées.

— Mon père était fils unique et ses parents sont morts avant ma naissance, commença-t-il lentement, comme s'il fouillait dans sa mémoire. Du côté de ma mère, j'avais toujours mon grand-père, dans l'Ohio, et une tante dans l'Arizona. Au moment de l'accident, elle était en plein divorce et, ayant déjà deux fils, un bébé et un garçon de deux ans à peine, elle tirait le diable par la queue. Elle ne pouvait pas prendre un autre enfant.

— Et ton grand-père ?

— Il a déclaré qu'il n'avait pas les moyens de s'occuper de moi, parce qu'il était juste ouvrier. Mais ce n'était pas simplement une question d'argent : comme il avait déjà élevé ses deux filles tout seul, il ne voulait pas se retrouver coincé avec l'un de ses petits-enfants.

— Quand est-ce que ta grand-mère est morte ? demanda-t-elle, curieuse d'entendre le reste de l'histoire.

Un muscle tressautant dans son menton, il répondit :

— Elle n'est pas morte, elle l'a quitté pour un autre homme, abandonnant sa famille. Plein de ressentiment, mon grand-père a passé sa colère sur ses filles, déjà anéanties par le départ de leur mère.

— C'est horrible ! compatit-elle.

Elle ne pouvait imaginer une femme laisser ses enfants.

— Autant te dire que ce n'était pas une famille très soudée. Avant la mort de mes parents, nous voyions très peu mon grand-père, et il était tout aussi distant avec ma tante et ses enfants, et n'a pas levé le petit doigt pour les aider quand ils en ont eu besoin.

— Où est-il aujourd'hui ?

— Dans une maison de retraite : il a la maladie d'Alzheimer et ne se souvient de rien de tout cela.

— Et qui règle ses frais médicaux ? s'enquit-elle.

— Moi.

Elle s'en doutait, Jake n'était pas du genre à entretenir des griefs envers quelqu'un qui lui avait tourné le dos, il était toujours prêt à aider.

— Ta mère et ta tante n'étaient pas proches non plus ?

— Non, mais ma mère a compensé le manque d'amour de son enfance en nous en donnant autant que possible, à mon père, à mes sœurs et à moi.

— Comment ta tante a-t-elle réagi à la mort de tes parents ?

— Elle en a beaucoup souffert, je crois qu'elle se sentait coupable d'avoir coupé les liens. Elle m'a demandé pardon à l'époque de ne pas pouvoir me prendre chez elle, mais je comprenais sa situation : elle pouvait à peine nourrir ses propres enfants.

— Et aujourd'hui ?

— Elle va bien. Je l'ai encouragée à passer une licence d'agent immobilier, et maintenant elle travaille pour l'un de mes associés qui vend des maisons qu'il a rénovées en Arizona. Je vais financer les études universitaires de mes cousins, ce qui leur permettra de démarrer dans la vie sans être étranglés par des prêts étudiants.

Carol repensa à ses propres emprunts qu'elle n'avait toujours pas fini de payer. Heureusement, elle avait un bon poste et un patron qui lui faisait une réduction sur son loyer. Sans Jake, il lui aurait sans doute été beaucoup plus difficile de joindre les deux bouts.

— C'est très généreux de ta part.

— Merci. Ma tante apprécie tout ce que j'ai fait pour elle et les enfants, reconnut-il. Mais nous n'avons pas pour autant développé de liens. Peut-être un jour, ajouta-t-il avec un haussement d'épaules résigné. En attendant, ceux qui comptent le plus pour moi, ce sont mes frères adoptifs ; ce sont eux, ma vraie famille.

Elle hocha la tête. Maintenant qu'elle connaissait toute l'histoire, elle comprenait mieux sa loyauté envers Max et Garrett.

— Je ne peux toujours pas concevoir comment tu as supporté d'être orpheline, dit-il, ramenant la conversation sur elle.

Elle s'accorda quelques instants pour réfléchir à son passé.

— J'ai une nature à me montrer responsable et je n'ai pas l'intention de changer. Mais ma créativité m'a été d'un grand secours : apprendre à faire du patchwork m'a beaucoup aidée, et quand j'ai commencé à fabriquer des jetés seule j'ai choisi des tissus qui me rappelaient ma famille, comme si je rassemblais mes souvenirs pour les garder vivants. Ce qui m'a fait l'effet d'une thérapie.

Jake la regarda s'affairer sur la sirène et se la figura en train de coudre.

— As-tu déjà confectionné un patchwork inspiré de tes espoirs et de tes rêves ? As-tu réuni des tissus qui représentent ton futur mari et les enfants que vous allez avoir ?

Surprise par sa perspicacité, elle croisa son regard. Il l'observait avec attention, avec une telle attention qu'elle avait l'impression d'être une coccinelle sous un microscope.

— Qu'est-ce qui te fait penser que j'ai fait cela ?

— Je ne sais pas, une idée, comme ça. Tu m'as raconté que tu rêvais de ton mariage.

— C'est vrai. J'ai fabriqué un patchwork sur ce thème. Avec des bouts de soie blanche pour représenter ma robe de mariée, des imprimés d'ours roses pour une fille et de dinosaures bleus pour un garçon, ainsi qu'un motif de roses rouges pour symboliser la cérémonie.

— Et pour ton époux ?

— J'ai choisi un tissu de smoking noir.

En dehors de sa tenue pour l'occasion, elle n'avait jamais vraiment imaginé à quoi son mari ressemblerait.

— Tu l'as toujours ?

— Oui. Je garde tous mes patchworks.

Précieusement rangés dans sa chambre, ils représentaient une partie essentielle de son enfance, de son cœur, de la personne qu'elle était devenue.

— Tu me vois toujours comme une femme brisée par mon passé ? fit-elle alors.

— Oui, à une nuance près : tu es la plus adorable des femmes brisées.

Il lui décocha un sourire taquin, sans pour autant cesser de la dévisager avec attention.

— Vous ne perdez rien pour attendre, monsieur le délinquant juvénile et voleur de bijoux.

Elle plongea la main dans le sable et en tira un coquillage avec l'intention de le lui lancer, mais, éblouie par sa beauté, elle s'arrêta en plein élan.

— Heureusement que j'ai été attrapé, non ? déclara Jake. Qui sait, au lieu du play-boy nanti que je suis aujourd'hui, je serais peut-être devenu cambrioleur.

Ah çà, il était nanti ! Il s'était même créé une sacrée belle vie !

— Un jour, moi aussi je réaliserai mes rêves, songea-t-elle à voix haute.

Son sourire s'évanouissant, il demanda, soudain grave :

— En faisant un grand mariage en blanc ?

Elle jeta un coup d'œil à la conque dont les courbes épousaient le creux de sa paume.

— Je veux des enfants. J'en ai toujours voulu.

— Quoi que tu fasses, sois heureuse. C'est tout.

— Je le serai, affirma-t-elle en déposant le coquillage dans les cheveux de la sirène.

— Très joli ! approuva Jake. Cherchons-en d'autres.

Ensemble, ils se mirent à fouiller dans le sable. Ensemble, mais pourtant toujours seuls.

Au crépuscule, les invités dînèrent au bord de l'eau, d'un repas préparé par le chef et son équipe. Des brochettes de légumes et des salades accompagnaient une matelote de fruits de mer, légèrement relevés et servis avec une sauce tartare traditionnelle ou une sauce piquante.

Des dizaines de feux avaient été allumés de part et d'autre de la plage. Certains pour des petits groupes, d'autres pour les couples en quête d'intimité, tout comme Jake et Carol.

Ils dînèrent assis sur une grande couverture moelleuse, à la lueur de leur feu de camp. Jake, que l'enchantement de Carol ravissait, ne pouvait imaginer façon plus agréable de passer une soirée.

— Quelle vue magique ! s'extasia-t-elle, les yeux perdus dans le lointain.

Il suivit son regard. L'immense château de sable à l'architecture majestueuse avait été décoré de centaines de bougies, créant un effet féerique.

— Je vois notre sirène d'ici, murmura-t-elle d'une voix révérencieuse.

— Moi aussi.

Leur sculpture était entourée de lumières scintillantes.

— Elle est si réussie, si belle que la mer semble vouloir l'attirer en elle.

Il la regarda, subjugué par sa propre beauté. Vêtue d'une

tunique à mailles brillante sur son bikini, elle avait relevé ses cheveux dont quelques mèches soyeuses balayaient son visage.

— Ne t'inquiète pas. Elle peut se protéger seule.

— Pas quand la marée montera. Tout disparaîtra.

— Cela fait partie de la magie, rien n'est censé durer toujours.

— Comme ce week-end ? répliqua-t-elle d'une voix lointaine.

— Oui, comme ce voyage, acquiesça-t-il en continuant à admirer son profil.

Il s'aperçut soudain qu'il avait négligé de partager une importante partie de son passé avec elle.

— Tu ne croiras jamais ce que j'ai oublié de te raconter.

— Quoi ? demanda-t-elle en se tournant enfin vers lui.

— La légende de la sirène choctaw.

Après avoir passé la moitié de la journée à en fabriquer une, comment avait-il pu ne pas y penser ?

— Raconte, je t'en prie, réclama-t-elle, aussi impatiente qu'un enfant avide d'écouter une histoire de fantôme.

Rassemblant ses souvenirs, Jake commença :

— On les appelle les « blanches créatures des eaux », parce qu'elles ont la peau pâle, comme des truites. Elles vivent dans les profondeurs du bayou, mais là où l'eau est limpide. Ce ne sont pas des créatures obscures, précisa-t-il, les flammes se reflétant dans ses prunelles.

— Sont-elles aussi belles que notre sirène ?

— Je n'en suis pas certain, mais j'aime à penser que oui. Tout ce que je sais, c'est que si tu tombes par accident dans l'eau, elles te capturent et t'emmènent dans leur monde sous-marin.

Il marqua une pause pour accentuer l'effet dramatique de son histoire.

— Et si tu y passes plus de trois jours, tu ne peux jamais regagner la terre ferme.

— Pourquoi ? le pressa-t-elle.

— Parce qu'elles te transforment en sirène du bayou et que, comme elles, tu deviens une créature aquatique.

Elle poussa un soupir rêveur.

— Ne serait-ce pas fabuleux si elles étaient réelles ?

— Mes parents m'ont emmené en Louisiane, quand j'étais petit. Nous nous sommes promenés en bateau dans le bayou, d'où étaient originaires les ancêtres de mon père, et je n'ai pas cessé de me demander si les sirènes nous observaient.

— Je parie que oui.

— J'aurais dû tomber à l'eau pour m'en assurer.

— Je suis heureuse que tu ne l'aies pas fait, chuchota-t-elle, sinon tu ne serais pas avec moi ce soir.

Ils se rapprochèrent l'un de l'autre.

— Dans ce cas, je suis content aussi.

Dans le silence qui s'éternisa, leurs regards noyés l'un dans l'autre, elle eut l'impression qu'ils étaient soudain seuls au monde, sur cette île paradisiaque.

Se secouant de leur rêve éveillé, ils finirent de dîner et, la dernière bouchée avalée, rangèrent leurs assiettes. Pour le dessert, chaque invité devait plonger ses propres brochettes de marshmallows dans du chocolat chaud.

— Je pense que nous devrions lui donner un nom, déclara-t-elle.

Jake avait eu l'esprit occupé par l'image de Carol léchant le chocolat sur ses lèvres pulpeuses et fut brusquement ramené à la réalité par sa phrase.

— À qui ? s'étonna-t-il.

— À notre sirène. Elle a besoin d'une identité avant

de se faire emporter par la marée, juste pour la rendre plus vivante.

— Je te laisse choisir.

— Cette île a une telle influence française qu'il faut lui trouver un nom français. Comment dit-on *ocean* en français ? demanda-t-elle en tournant son attention vers la mer.

— « Océan ». Et si tu ajoutes un *e*, c'est justement un prénom féminin.

S'il n'était pas spécialement doué pour les langues, il avait vécu une aventure de quelques mois avec une actrice française.

— Dans ce cas, c'est parfait. Nous la baptisons Océane.

— Très approprié, approuva-t-il avec un sourire.

— Oui. Comme ça, quand elle sera emportée par la mer, elle se dissoudra dans son propre prénom.

— Quelle est l'origine de ton prénom ? s'enquit-il alors.

Il voulait tout savoir de cette femme qui alimentait ses fantasmes, de son amoureuse éphémère avant qu'elle aussi ne disparaisse.

— Cela veut dire chanson ou hymne.

— Je vois. Jake est le diminutif de Jacob, qui signifie suppléant, poursuivit-il, analysant son propre prénom. Parce que, dans la Bible, Jacob est né en tenant le talon de son frère jumeau. Celui qui prend la place de l'autre.

— Vraiment ? De qui prends-tu la place ?

— Que dirais-tu des garçons avec qui tu sors en général ?

Il frôla sa joue, laissant son doigt courir sur sa peau et, le souffle soudain plus court, elle murmura :

— C'est une analogie intéressante, étant donné à quel point tu es différent d'eux.

Repensant aux patchworks qui illustraient sa vie, il changea de sujet.

— Vas-tu confectionner un patchwork en souvenir de ce week-end ?

— Tu crois que je devrais ? lança-t-elle en battant des cils.

Il opina du menton.

— Tu pourrais utiliser un imprimé évoquant la plage. Une île, une sirène, un château de sable.

— Et pour nous représenter ? s'enquit-elle en plaisantant à moitié.

Il laissa sa main glisser sur sa clavicule.

— Tu pourrais chiper les draps de mon lit et les découper en petits carrés.

— Jake, non ! le rabroua-t-elle, malgré son frisson à son contact. Je vais réfléchir à autre chose.

— Donc, tu acceptes ?

— Je ne sais pas encore, fit-elle, songeuse. Peut-être.

— Tu pourrais me l'offrir ?

— Vraiment ? Ça te ferait plaisir ?

— Oui, affirma-t-il en la taquinant de ses doigts à travers les mailles de sa tunique. Cela pourra faire partie du secret une fois que nous serons rentrés, un souvenir de notre aventure.

Se penchant vers lui, elle soupira, le regard soudain grave :

— Ne ferions-nous pas mieux d'essayer d'oublier cette escapade ?

En guise de réponse, il inclina la tête vers la sienne et l'embrassa. Pour le moment, il ne voulait pas oublier. Elle fondit à son contact, ses lèvres chaudes et consentantes sous les siennes, puis, quand leurs bouches se séparèrent, ils se rassirent et se perdirent en contemplation devant le feu.

Soudain tiré de leur rêverie par un serveur qui arrivait chargé d'un plateau contenant les ingrédients pour les brochettes de marshmallows, il demanda :

— Tu es prête pour le dessert ?

Elle acquiesça d'un signe de tête, et ils entreprirent de préparer leurs douceurs poisseuses. Puis, comblant son fantasme, il la regarda déguster ses confiseries, léchant ses lèvres et ses doigts couverts de chocolat d'une langue gourmande.

— Tous ceux qui en ont envie sont conviés à une pêche aux crabes, après le dîner, annonça-t-il alors.

— Ce soir ? s'étonna-t-elle. Je pensais que c'était demain matin, en bateau.

— Non, c'est une activité de nuit : ce sont des crabes géants que nous partons chercher en deux groupes, dans les broussailles, le long des chemins de l'île, avec des torches. Tu veux venir ?

— Pourquoi pas ? Mais j'avoue que je ne suis pas rassurée de vagabonder ainsi en pleine nuit.

— Je te promets de te protéger. Nous allons mettre des vêtements plus chauds ; ils vont nous donner des gants et des seaux, et tout le nécessaire. Les gardiens seront nos guides.

— Tant mieux ! s'exclama-t-elle. Mais tu peux être sûr que je ne te lâcherai pas d'une semelle.

— Avec plaisir, répliqua-t-il, heureux de la conserver aussi près de lui que possible. Je ne sais pas combien nous allons en attraper, mais l'île est censée pulluler de crabes à cette saison. Le chef nous servira notre pêche au petit déjeuner.

— Quel dommage que demain soit notre dernier jour, chuchota-t-elle avec une pointe de regret dans la voix.

— Je sais.

Ils devaient prendre l'avion juste avant le coucher du soleil et retrouver le cours normal de leur vie, mais, pour le moment, ils étaient encore sur leur île, à savourer le romantisme de chaque seconde de leur aventure.

- 8 -

C'était fini, se dit Carol, qui, debout sur sa terrasse, s'enivrait de l'air tropical. Bientôt, Jake et elle allaient quitter les Caraïbes.

Se sentant déjà nostalgique, elle sourit, se rappelant la partie de pêche aux crabes de la veille. En apercevant son premier crustacé bleu géant, elle avait crié comme une gamine. Fidèle à sa promesse, Jake ne l'avait pas lâchée d'une semelle, faisant de cette expédition une expérience aussi amusante que romantique. Néanmoins, ce genre d'aventure n'était pas son fort.

En revanche, elle s'était régalée des crêpes farcies au crabe du petit déjeuner. Le repas final, un menu français, avait été servi dans la salle à manger où tout le monde s'était rassemblé, dans un brouhaha de rires et de conversations, avant de se dire adieu.

Certains invités avaient déjà quitté l'île, et d'autres, comme Jake et elle, se préparaient au départ.

Elle retourna dans sa chambre, où sa valise l'attendait, bien fermée. Quand Jake aurait fini ses propres bagages, ils rejoindraient l'héliport pour regagner l'île où ils avaient atterri à l'origine, d'où ils prendraient l'avion qui les ramènerait à Los Angeles.

Décidant d'aller vérifier où en était Jake, elle se rendit dans la chambre voisine où elle découvrit Jake, plus beau que jamais. En jean, sa chemise en coton ample ouverte, il tenait un sachet brillant à la main.

Bouche bée, elle lui demanda :

— Où as-tu trouvé cela ?

Pour autant qu'elle sache, ils avaient utilisé le dernier préservatif la veille au soir, quand, à leur retour de la pêche, ils avaient pris ensemble un long bain voluptueux.

— Il était dans mes bagages, dans une poche séparée de là où je les range habituellement.

Le cœur battant à tout rompre devant son regard complice, elle esquissa un sourire coquin.

— Avons-nous le temps de l'utiliser ?

— Tu peux me croire, nous allons le prendre !

Vif comme l'argent, il l'attira dans ses bras, et ils s'embrassèrent éperdument, leurs langues se pourchassant, avides du goût de leurs bouches.

Puis il la plaqua contre la table de chevet. Baissant sa braguette, elle s'empara de son sexe déjà fièrement tendu. Le regard voilé par le plaisir, Jake se pressa contre sa paume.

Relevant alors le bas de sa robe d'été, il fit glisser son slip le long de ses cuisses d'un geste preste avant de baisser son jean et d'enfiler le préservatif.

Assise sur le bord de la table de chevet, alors qu'il s'enfonçait en elle, elle enroula ses jambes autour de ses hanches, le plaquant contre elle.

— J'aime te savoir nu sous ton jean, murmura-t-elle.

— Tu devrais en faire autant, lui conseilla-t-il d'une voix hachée.

Elle ne pouvait même pas l'imaginer.

— Je suis bien trop convenable.

Lui mordillant le menton, il la taquina :

— Oui, tu devrais voir à quel point tu as l'air convenable à cet instant précis, avec ta robe remontée sur tes hanches.

— Je n'ai pas retrouvé mon slip, le lendemain de notre première nuit, fit-elle d'une voix altérée, emportée par le tourbillon de sensations indescriptibles.

Accélérant le tempo, il déclara, le souffle saccadé :

— J'aurais dû le garder en souvenir.

— Je pourrais le coudre dans le patchwork.

— Cela ne me déplairait pas.

Elle n'avait pas encore décidé si elle lui fabriquerait un patchwork ou non, pour le moment, tout ce qui comptait, c'était de faire l'amour avec lui une dernière fois.

Il reprit sa bouche avec frénésie, la dévorant tout en accélérant le rythme en elle. Finalement, l'attente devint intolérable ; les bras noués autour de son cou, elle enfonça ses ongles dans sa chemise, cambra le dos et ondula à sa rencontre, avide de plus de sensations.

Il la transporta au septième ciel. Des éclairs de plaisir la traversaient de part en part, et elle ferma les yeux. Elle était incapable de se rassasier de sa présence, ne rêvait que d'une chose, voir ces moments durer pour l'éternité… Mais elle savait bien que c'était impossible.

Il la caressait fébrilement de ses doigts, accentuant encore l'intensité de son plaisir, l'entraînant toujours plus loin dans l'euphorie des sens.

Son regard se perdant dans le vague, un tremblement puissant le secoua, avant qu'il ne renverse la tête en arrière dans un cri étouffé. Il frôlait le point de non-retour, elle le savait. Elle le voyait à ses traits durcis, le sentait à la tension qui vibrait en lui. Et pourtant il continuait de s'enfoncer en elle, d'aller et venir, de l'envahir de son sexe, comme s'il sentait son orgasme monter et qu'il voulait le vivre en parfaite osmose.

Comme elle était sur le point de jouir, elle se cramponna à lui et se cala sur son rythme ; unis l'un à l'autre, ils étaient entraînés par un tourbillon de volupté de plus en plus rapide et puissant. L'orgasme la submergea alors qu'il la rejoignait dans l'extase, dans un râle rauque.

Quelques secondes plus tard, encore pantelante de la violence des sensations qu'elle venait de vivre, elle dénoua ses jambes, il pressa son front contre le sien. Noyée dans les brumes de la volupté, elle s'accrocha à cette sensation, son cœur battant à tout rompre.

Lorsque, fourbus, ils se séparèrent, elle refréna son besoin de le reprendre dans ses bras. À quoi bon ? Cela ne changerait rien, autant le laisser partir, maintenant.

Quand il gagna sa salle de bains pour se laver, elle se précipita vers la sienne, attrapant son slip au passage. Cette fois, elle ne le perdrait pas dans la confusion.

Elle revint, sa robe lissée, ayant remis ses sous-vêtements. Jake avait rentré sa chemise dans son pantalon et remonté sa braguette.

Refoulant une bouffée de tristesse, elle jeta un coup d'œil à ses pieds, chaussés de sandales décorées de strass. Ses vrais bijoux, cadeau de Jake, étaient emballés. Elle ne savait même pas si elle les remettrait un jour.

— Tu es prête ? lança-t-il.

Levant un regard inquisiteur vers lui, elle riposta :

— À rentrer et à feindre qu'il ne s'est rien passé ?

Il hocha la tête.

Elle fouilla ses iris, en vain. Ses prunelles sombres ne semblaient que refléter ses propres émotions.

— Je pense que je vais te confectionner un patchwork avec tout ce qu'on a vécu ici, déclara-t-elle soudain.

— C'est une promesse ?

— Oui. En souvenir.

Même dans des années, quand elle serait mariée à un

autre et heureuse, elle ne voulait pas que Jake oublie qu'il avait été son amant.

— Merci. Nous ferions mieux d'y aller maintenant, poursuivit-il en se chargeant de leurs deux valises. Tu veux demander aux gardiens de nous conduire à l'héliport ou tu préfères marcher ?

Le sentier pavé finissait par un escalier menant à la plate-forme surélevée.

— Nous pouvons marcher, répondit-elle. Mais j'aimerais retourner à la plage, avant, je suis curieuse de voir si le château de sable s'y trouve encore.

Même s'il avait été détruit par la marée, elle voulait en contempler les ruines.

— Entendu.

Une fois au rez-de-chaussée, ils laissèrent leurs valises devant la porte d'entrée donnant sur le perron, puis gagnèrent la plage déserte. La mer avait tout emporté, y compris leur sirène adorée.

— Nous arrivons trop tard, déclara Jake.

Ignorant le sentiment de vide qui s'était emparé d'elle, elle se tourna vers lui, de profil dans la brise iodée qui agitait ses boucles brunes.

— Comme c'est calme.

Il prit une mèche blonde qui volait au vent et la laissa filer entre ses doigts.

— Lena m'a dit au déjeuner qu'elle t'appréciait vraiment beaucoup.

— C'est réciproque, renchérit-elle en se penchant vers lui.

En discutant avec la pop star pendant le week-end, elle avait appris à la connaître, mais surtout, chaque fois qu'elle les avait vus ensemble, Lena l'avait félicitée d'un sourire de tenter sa chance avec Jake.

— Dire que tu t'inquiétais de ne pas correspondre à mes amis !

— Alors qu'au bout du compte je me suis aussi mal tenue qu'eux, s'amusa-t-elle.

— Pour mon plus grand plaisir.

Il l'embrassa, un baiser langoureux, sensuel, au milieu de ce paradis tropical qui, stimulant leurs ardeurs, avait servi d'écrin à leur aventure.

Leur dernier baiser, songea-t-elle. Le dernier moment qu'ils partageraient. Enlaçant sa taille de ses bras, elle s'agrippa à lui comme si cela ne devait jamais finir. Ils étaient les seuls à savoir que la page était déjà tournée.

Pourtant, elle approfondit son baiser, faisant durer aussi longtemps que possible le ravissement de sentir le goût de cette bouche qu'elle aimait tant.

Un peu plus d'un mois après l'anniversaire de Lena, Jake avait rendez-vous avec Garrett pour un verre dans l'un de ses hôtels de Los Angeles. En ce matin frais et lumineux, un groupe de cavaliers trottait sur la plage. Garrett, qui avait la passion des chevaux, avait fait construire une magnifique écurie attenante à son établissement, tant à l'intention des clients que pour son plaisir, ainsi qu'une maison toute proche, sur une falaise dominant la plage, pour son usage personnel.

Jake entra dans le hall de réception, l'esprit en pleine confusion. Il était censé se concentrer sur l'organisation d'une soirée caritative pour sa fondation, mais toutes ses pensées étaient occupées par Carol : celle-ci avait été absente quatre fois dans la semaine pour raison de santé, et cela ne lui ressemblait pas du tout. Elle ne prenait quasiment jamais un jour de congé. Il était vrai que, la dernière fois qu'il l'avait vue, le visage pâle et la mine fatiguée, elle n'avait pas l'air en forme, mais il aurait été incapable de dire si c'était pour une raison physique ou émotionnelle.

Certes, en dépit du temps écoulé depuis la fête de Lena, la proximité entre eux devenait de plus en plus difficile à gérer. Ils avaient beau faire leur possible, cette attraction fébrile qui continuait à les attirer l'un vers l'autre était vraiment gênante. Il peinait à analyser ce qui était pire : être seul au bureau avec elle ou en compagnie d'autres personnes. Dans les deux cas, ils ressentaient tous les deux la même pression.

Sa maladie était-elle due au stress ? Il n'en aurait pas été surpris. Mais, à ce stade, il ne savait que lui conseiller, hormis d'aller consulter un médecin, si elle ne l'avait pas déjà fait.

L'inquiétude le tenaillait. Si cela ne passait pas, n'allait-elle pas se voir obligée de trouver un autre poste, qui lui épargnerait d'avoir un ex-amant pour patron ?

Et que ferait-il dans ce cas ? Comment la remplacerait-il ? Carol était un atout pour sa société… Et pour lui. Elle le comprenait, elle savait ce qui le motivait. D'un autre côté, ne serait-il pas préférable qu'elle donne sa démission, qu'ils ne se voient plus tous les jours ? Non ! se rebiffa-t-il. Il ne voulait pas la perdre. Pas de cette façon.

— Hé ! Où vas-tu ?

Il pivota sur place et s'aperçut qu'il venait de passer devant Garrett installé dans le bar de la réception. Bon sang ! Il ne savait même plus ce qu'il faisait.

— Désolé, j'ai juste besoin de…

Plutôt qu'essayer d'expliquer, il termina :

— J'ai besoin d'une bière.

— Moi aussi, approuva son frère adoptif en lui indiquant la table réservée pour eux.

Ils s'assirent, et une jolie serveuse blonde passa prendre

leurs commandes. Ils choisirent tous les deux des bières mexicaines en bouteille. En général, fidèle à sa réputation de don Juan, Jake aurait regardé la jeune femme ou lui aurait adressé un sourire enjôleur, mais il était bien trop préoccupé par Carol. Garrett semblait égal à lui-même, bien qu'un peu plus crispé que d'habitude, non qu'il soit du genre pincé. Pour tout dire, Garrett Snow était un type formidable, mais extrêmement volontaire. Il n'avait aucune patience pour les embrouilles et, contrairement à Jake, il n'était ni fêtard ni coureur. Il croyait en l'idée de trouver la femme de sa vie et, en outre, était organisé et absorbé par son travail. Il préférait tout gérer lui-même et aurait très bien pu se passer d'une assistante. Une situation que Jake ne pouvait même pas concevoir ; Carol était la personne la plus importante de ses salariés.

Leurs boissons arrivèrent, et Jake entama la sienne tout en admirant les belles boiseries d'ébène et la décoration inspirée de l'art amérindien, témoignage du sang cheyenne de la mère de Garrett — ce dernier n'avait jamais connu son père anglo-saxon.

— Tu me parais bien soucieux, souligna celui-ci en s'emparant de sa bière.

— Oui. Je ne sais pas si je vais être bien efficace aujourd'hui pour finaliser les détails de la soirée caritative.

Garrett se mit à l'aise dans son fauteuil. Grand, de carrure large, il avait des yeux enfoncés dans leurs orbites, des cheveux bruns coupés court et des traits taillés à la serpe.

— Nous pouvons y travailler un autre jour, suggéra-t-il en étrécissant les paupières.

— Vraiment ? s'étonna Jake. Ça ne te dérangerait pas trop ?

Son frère adoptif repoussait rarement les affaires.

— Moi aussi, j'ai des soucis.

Sa curiosité aiguisée, Jake se pencha vers lui.

— Quel genre de soucis ?

Immobile, les yeux toujours plissés, Garrett ne répondit rien. Il ressemblait à un héros de western, un cow-boy buriné prêt à nettoyer la ville de ses bandits.

Au bout d'un long moment, il déclara :

— La femme qui nous a volés va être mise en liberté conditionnelle.

Ainsi, c'était donc cela ! Garrett pensait à Meagan Quinn, l'ancienne comptable d'apparence charmante qui leur avait substitué une somme d'argent. Son propre passé de kleptomane le poussant à l'indulgence, Jake fit remarquer :

— Elle a fait son temps en prison, on peut considérer qu'elle a payé sa dette à la société.

— Oui, mais elle a toujours une dette envers nous.

C'était la vérité : l'une des conditions de sa sentence était pour Meagan de rembourser ses victimes et, même si Jake estimait qu'elle n'avait pas volé une somme astronomique, cela restait un délit qui les contrariait, tout particulièrement Garrett, pour qui cela semblait prendre des proportions excessives.

Après avoir bu une nouvelle gorgée de bière, Jake demanda :

— Ne devait-elle pas trouver un travail avant d'être libérée sur parole ?

— Oui, et ma sainte de mère veut lui proposer un poste ici même, dans mon complexe hôtelier.

Abasourdi, Jake dévisagea son frère adoptif. Pour un peu, il aurait éclaté de rire.

— Qu'y ferait-elle ? Réceptionniste pour piquer les numéros de carte de tes clients et aller faire les boutiques ? railla-t-il.

— Ce n'est pas drôle.

— Si ça l'est. Sérieusement, à quoi diable pense ta mère ?

— Que je pourrais permettre à une ex-délinquante de prendre un nouveau départ. Bien sûr, la commission sur parole devrait approuver mon offre d'emploi, mais étant donné que ce qu'elle nous doit irait à notre fondation ils seraient probablement d'accord.

Jake hocha la tête. Quand il avait assisté au procès de Meagan, Garrett s'était assuré de faire accepter au tribunal que l'argent aille à leur œuvre caritative au lieu de leur être payé.

— Maman a décrété que cela me serait aussi bénéfique qu'à elle.

— Il est vrai qu'un peu de clémence ne te ferait pas de mal, commenta Jake, conscient que cela ne plairait pas à son frère adoptif.

— Oui, eh bien, nous verrons ! lâcha celui-ci en finissant sa bouteille avant de la reposer d'un geste brusque.

Au bout d'un instant de silence, il demanda :

— Et toi, quel est ton problème ?

Jake réprima un juron. Il n'avait aucune envie de vider son sac, d'autant plus qu'il ne pouvait admettre avoir couché avec Carol : il avait promis de garder leur aventure secrète une fois de retour à Los Angeles, ce qui incluait de ne pas en souffler mot à ses frères adoptifs.

— Je suis juste inquiet pour Carol, se contenta-t-il d'avouer.

L'expression de Garrett s'adoucit.

— Ton assistante ? Pourquoi ?

— Elle était malade, cette semaine.

Garrett fronça les sourcils.

— Malade à quel point ? demanda-t-il.

— Je ne sais pas, elle a l'air épuisée.

— Dans ce cas, laisse-lui un peu de temps pour se remettre.

— Peut-être pourrais-je passer chez elle pour voir comment elle va.

— C'est une bonne idée, mais tu devrais sans doute lui téléphoner avant.

— Ou lui envoyer un message, dit Jake, se rappelant les textos qui les avaient menés à leur première nuit ensemble. Je veux juste m'assurer que ce n'est rien de grave…

— Tu dépends vraiment d'elle, j'ai l'impression, constata Garrett.

— Elle est douée pour son travail.

Et pour faire l'amour, ajouta-t-il en son for intérieur. Elle était si chaude, si douce. Il s'efforça de chasser ces pensées interdites, mais en vain.

— Je vais lui écrire un texto dès que j'aurai fini ma bière.

— Je vais en prendre une autre, répondit Garrett qui, levant sa bouteille vide, fit signe à la serveuse.

Jake en refusa une deuxième ; il voulait avoir l'esprit clair pour affronter Carol.

Un sac de papier à la main, Jake sonna chez Carol. Dans son texto, il lui proposait de lui apporter de la soupe, une excuse comme une autre pour lui rendre visite. En outre, il savait qu'elle adorait la soupe aux boulettes de pain azyme du traiteur voisin.

Elle lui ouvrit la porte, l'air encore plus épuisée que lors de leur dernier échange au bureau. Bon sang ! Il avait espéré voir son état s'améliorer, pas empirer.

Quand elle l'eut invité à entrer, il lui montra la soupe.

— Tu en veux tout de suite ?

— Peut-être un peu, merci.

Elle prit le sac et se dirigea vers la cuisine. Il la suivit jusqu'au seuil et le regarda s'affairer. Elle ouvrit le récipient en plastique et versa un peu de bouillon dans un mug, puis, à l'aide d'une cuillère, ajouta une boulette.

— Il y en a beaucoup. Je t'en sers aussi une tasse ?

— Non merci.

Il l'observa de plus près. Elle portait un pantalon de jogging et une chemise ample. Ses cheveux d'habitude impeccablement coiffés étaient tirés en une queue-de-cheval brouillonne qui ressemblait à une queue de coq. Dans une situation plus détendue, son apparence désordonnée l'aurait amusé, mais il n'était pas d'humeur à sourire.

Elle lui fit signe de passer dans le salon, et il lui emboîta le pas vers le canapé où ils prirent place côte à côte.

— Elle est vraiment bonne, dit-elle après avoir bu une gorgée. Merci encore.

— Je t'en prie.

Il marqua une pause pour la laisser avaler plus de soupe, puis lui demanda :

— Tu as vu un médecin ?

Elle secoua la tête.

— Je voulais attendre jusqu'à…

— Jusqu'à quoi ?

— Jusqu'à ce que je sois prête.

Interloqué, il la dévisagea. Sa réponse n'avait aucun sens.

— Mais tu es malade depuis une semaine.

— Je prendrai rendez-vous si j'en ai besoin.

— Je pense que tu en as besoin maintenant.

— Laisse-moi gérer mes propres affaires, Jake, lui intima-t-elle en posant son mug sur la table basse.

— Je suis inquiet, c'est tout.

— Tout ira bien.

Sauf qu'elle n'avait vraiment pas l'air d'aller bien. En fait, il ne l'avait jamais vue aussi vulnérable.

Changeant de sujet, elle raconta :

— J'ai commencé le patchwork promis, mais je n'avance pas très vite.

— Tu as fait de la couture ?

— Non, mais j'ai découpé les carrés des différents tissus. Je dois en commander d'autres pour compléter l'assortiment. Tu peux regarder ce que j'ai trouvé jusqu'ici, ajouta-t-elle en indiquant une corbeille remplie de bouts de tissu dans un coin de la pièce.

Docile, il alla prendre le panier, curieux de voir quels motifs elle avait choisis. Ce n'était pas pour autant qu'il allait la laisser ignorer ses problèmes de santé, elle ne perdait rien pour attendre.

Revenu sur le canapé, il farfouilla dans les morceaux d'étoffe. La plupart étaient imprimés de sirènes, de châteaux de sable et d'îles tropicales. Elle avait trouvé un coupon représentant des crabes bleus, ainsi qu'un motif multicolore aux mêmes couleurs que les pierres du bracelet qu'il lui avait offert et un autre d'étoiles brillantes évoquant ses boucles d'oreilles. Sur un autre tissu s'étalaient des dessins géométriques d'art amérindien, sans doute en l'honneur de son sang choctaw et sur un autre encore des sauterelles.

— J'ai l'intention de trouver un motif doré un peu flamboyant pour Uncta aussi.

Même si aucun d'eux n'en avait parlé depuis ce week-end, il était sensible à toute l'attention qu'elle avait portée à leurs souvenirs.

— Tu as fait un excellent choix, la complimenta-t-il. J'apprécie ton souci des détails.

Il brûlait d'envie de la toucher, de l'enlacer, de la réconforter, mais il devinait que la dernière chose qu'elle souhaitait était qu'il la prenne dans ses bras.

— Mais je ne sais pas quand je vais finir, l'avertit-elle alors.

Elle lui donnait l'impression d'être un peu ambivalente sur son envie de le terminer. Elle avait probablement abordé le sujet uniquement pour faire diversion et l'empêcher de la harceler pour qu'elle aille chez le médecin, mais elle n'allait pas s'en tirer à si bon compte. Reposant la corbeille à côté de lui, il demanda :

— Tu es malade à cause de moi ?

Une expression inquiète se peignant sur son visage, elle balbutia :

— Qu'est-ce que tu veux dire ?

Il clarifia sa question.

— Est-ce que tu trouves trop stressant de travailler avec moi ?

— Un peu, je suppose, avoua-t-elle en se tordant les mains. J'ai appelé pour dire que j'étais malade en partie pour éviter de te voir.

— Pourtant, je suis là, tu as accepté de me laisser entrer chez toi.

— Je sais que je ne pourrai pas t'éviter éternellement, et c'est un peu plus facile ici qu'au bureau. Mais je ne veux toujours pas en discuter, pas tant que je n'aurai pas vu un médecin. Et je te l'ai déjà dit, je ne suis pas encore prête.

Bien déterminé à en avoir le cœur net, il insista :

— Je t'en prie, Carol, explique-moi ce qui se passe.

— Il est encore trop tôt.

— Trop tôt pour quoi ? la pressa-t-il, remarquant qu'elle persistait à se tordre les mains. Je ne partirai pas d'ici avant que tu m'aies parlé.

Son souffle s'accélérant, elle capitula :

— D'accord, mais tu vas paniquer.

Plantant son regard dans le sien, elle ajouta d'une voix tremblante :

— J'ai peur, Jake. Je pense que je suis enceinte, et cette idée me terrifie.

- 9 -

Carol attendit la réaction de Jake. Mais il se contenta de rester assis devant elle, à la regarder fixement. Essayait-il d'assimiler le sens de ses paroles ou était-il simplement pétrifié, trop abasourdi pour battre d'un cil ? Pour parler ?

Finalement, après ce qui lui parut une éternité, il déclara :

— C'est impossible, nous nous sommes protégés.

Il s'exprimait avec une froideur de robot... ou de quelqu'un qui refusait de croire ce qu'il venait d'entendre.

— Les préservatifs ne sont pas toujours fiables, fit-elle remarquer.

Elle avait vérifié le taux d'échec, et les chiffres étaient stupéfiants.

— Mais nous n'avons pas eu de problèmes ou d'accidents, objecta-t-il.

— Non, mais j'ai peut-être endommagé le premier en te l'enfilant. Ou peut-être que le dernier que tu as retrouvé dans ta valise était défectueux.

Jake se leva pour aller s'adosser au manteau de la cheminée. Il commençait à ressembler à un animal en cage, sensation qu'elle comprenait et partageait totalement.

— Dans ce cas, effectivement, c'est possible, admit-il.

— Oui, ça l'est, renchérit-elle d'une voix tremblante.

Jamais elle n'avait imaginé se retrouver un jour dans cette situation : elle attendait peut-être un enfant d'un homme qui ne voulait pas être père.

— La semaine dernière, je pensais avoir mes règles, mais elles étaient en avance, ce qui ne m'était jamais arrivé auparavant, expliqua-t-elle. Et, encore plus étrange, elles n'ont duré que quelques heures alors que d'habitude j'ai des cycles très réguliers.

Elle détestait partager ce genre de détails cliniques mais, considérant la gravité de la situation, cela lui semblait indispensable.

Il se racla la gorge et, d'une voix altérée, reconnut :

— Je suis perdu. Ce n'est pas un signe de grossesse, si ?

— En fait, cela peut l'être, mais je ne l'avais pas compris avant d'avoir fait une recherche en ligne. Au début, j'étais si fatiguée que j'ai cru avoir attrapé un virus. Puis, m'inquiétant de ces règles précoces et si courtes, je me suis renseignée et j'ai découvert le symptôme de saignement de l'implantation, quand l'embryon s'accroche aux parois de l'utérus, autrement dit la nidation. Comme ce saignement survient généralement entre deux et sept jours avant le retour du cycle menstruel normal si la femme n'est pas enceinte, il peut prêter à confusion. Or, cela m'est arrivé il y a environ six jours. Je devrais donc avoir mes règles demain.

Il parut se détendre un peu.

— Dans ce cas, tu vas peut-être les avoir et tout ira bien. Peut-être te sentiras-tu mieux aussi.

— C'est ce que j'espère, dit-elle. C'est pourquoi je n'ai pas voulu faire un test de grossesse ni prendre rendez-vous chez un médecin.

L'air intrigué, il demanda :

— Est-ce que l'on peut faire un test aussi tôt ?

Elle hocha la tête.

— Oui, mais je voulais attendre d'avoir mes règles.

Elle but un peu de soupe et avala une nouvelle boulette. Elle avait besoin de carburant.

— Je n'ai pas eu de nausées, donc c'est bon signe. En fait, je souffre surtout d'un manque d'énergie et de vertiges, ce qui peut tout simplement être dû au stress. C'est un facteur susceptible de perturber les cycles menstruels féminins.

Sa tension un peu dissipée, il s'éloigna du manteau de la cheminée.

— Dans ce cas, c'est probablement ça, cela me semble la raison la plus plausible. Même moi, j'avais compris pourquoi tu n'étais pas bien, c'est ce qui m'a poussé à passer chez toi.

— J'apprécie ta sollicitude.

Même si elle n'avait pas voulu le voir avant de savoir, elle se réjouissait qu'il soit venu.

— Si j'ai mes règles demain, tout va bien, mais sinon…

— Le fait que tu puisses être enceinte ne m'a jamais traversé l'esprit, déclara-t-il en se tirant les cheveux avec une telle force qu'il esquissa une grimace de douleur.

— Moi non plus, jusqu'à cet épisode, répliqua-t-elle, partagée par la même envie de s'arracher les cheveux.

— Si tu n'as pas tes règles, combien de temps vas-tu attendre avant de faire un test ?

— Je ne sais pas. Quelques jours peut-être. Je ne veux pas me sentir sur des charbons ardents, mais je n'ai pas envie non plus d'une erreur de diagnostic.

Elle espérait juste que son cycle démarre.

— Je pourrais aller faire une prise de sang pour avoir une réponse plus rapide, mais pour cela aussi il faut attendre.

— Tu peux m'appeler demain pour me donner de tes nouvelles et me dire s'il y a du nouveau ?

Maintenant qu'il était informé de la situation, il était évident qu'elle le tiendrait au courant.

— Bien sûr, acquiesça-t-elle. Mais si tu n'étais pas venu, aujourd'hui, jamais je ne t'en aurais parlé avant d'être sûre.

Sentant ses larmes affluer, elle battit des paupières pour les refouler.

— Je ne voulais pas t'inquiéter pour rien. J'ai tellement peur, Jake, ajouta-t-elle en reposant son mug, prête à s'effondrer.

Il revint s'asseoir à côté d'elle et l'enveloppa d'un regard protecteur, comme s'il avait envie de la prendre dans ses bras.

— Moi aussi, avoua-t-il.

Elle aurait aimé pouvoir le croire, mais si elle était enceinte, il était le dernier homme sur terre avec qui elle aurait dû avoir un bébé.

— Tu n'as rien de mieux à me dire ? tenta-t-elle de plaisanter.

— J'essaie juste de te réconforter, protesta-t-il.

Elle voyait bien qu'il avait du mal à jouer le rôle que lui imposait cette situation.

— Tu préfères rester seule maintenant ? Tu veux que je parte ?

— Tu as envie de partir ? demanda-t-elle en plongeant ses yeux dans les siens.

Il soutient son regard.

— C'est moi qui t'ai posé la question.

On aurait dit deux enfants qui se chamaillaient. Hélas, ce n'était pas le cas, la situation était plus grave que cela, il s'agissait d'une discussion sérieuse entre deux adultes rongés par l'anxiété.

— C'est à toi de décider, lança-t-elle, évasive.

— Je t'en prie, Carol. Soit tu me demandes de rester, soit tu me demandes de partir, mais ne me fais pas choisir.

— Dans ce cas, il serait peut-être préférable que tu t'en ailles.

S'il restait, elle était capable de céder à la tentation d'aller nicher sa tête au creux de l'une de larges épaules et de pleurer dans ses bras, ce qui ne serait bon ni pour l'un ni pour l'autre.

— Très bien. Nous restons en contact par téléphone, dit-il en s'essuyant les mains sur son pantalon, comme s'il avait les paumes moites.

Elle le raccompagna jusqu'à la porte et demeura un moment sur le seuil avec lui à inspirer profondément, s'emplissant les poumons d'oxygène. L'air embaumait d'une délicieuse odeur printanière.

— Prends soin de toi, lui recommanda-t-il.

Avait-il deviné qu'elle ne dormait plus ? Ne mangeait presque plus ?

— Promis, je ferai attention à moi, lui dit-elle néanmoins. Merci encore pour la soupe.

— Si tu as besoin de quoi que ce soit d'autre, appelle-moi.

Tout ce dont elle avait besoin, c'était de ne pas être enceinte.

— J'espère te donner de bonnes nouvelles demain.

— J'attendrai. Je suis désolé que notre week-end ensemble te gâche ainsi la vie, ajouta-t-il, plein de compassion.

— Rien n'est encore gâché.

Elle était juste au bord du désastre.

Le souffle soudain court, il murmura :

— Seigneur, Carol ! Qu'allons-nous faire si tu es vraiment enceinte ?

— Je ne sais pas, mais tu ferais mieux de t'en aller maintenant.

Elle avait bien assez de sa propre panique pour gérer la sienne.

— Tu as raison, pardon, je suis censé partir.

Dieu merci, il ne l'embrassa pas, n'esquissa pas un geste risquant d'exacerber son émotion. Après lui avoir murmuré un simple au revoir, il tourna les talons et se dirigea vers la Corvette décapotable rouge, à la carrosserie rutilante, qu'il affectionnait par beau temps. Puis, s'installant au volant, il lança le moteur à plein régime.

Une image lui traversa l'esprit : Jake dans un 4x4 avec un siège bébé sur la banquette arrière. Elle secoua la tête avec consternation ; c'était parfaitement absurde.

Elle avait peur, tellement peur. Si demain ne mettait pas un terme à cette incertitude, son patron aussi fougueux qu'extravagant pourrait devenir le père de son enfant.

Environ une semaine était passée, et Jake faisait les cent pas dans sa salle de sport, tendu comme une corde. Il attendait Carol pour faire le point sur la situation.

Elle n'était toujours pas revenue travailler, mais le test de grossesse qu'elle avait fait chez elle avait été confirmé par un rendez-vous chez le médecin : elle était enceinte. De son enfant.

De sa chair et de son sang. Il allait être père.

Il venait de faire de la gym comme un fou, jusqu'à en avoir les muscles douloureux, le corps en nage. Il avait repoussé ses limites, essayant d'oublier la vérité.

Hélas, cela n'avait servi à rien.

Quand elle lui avait annoncé au téléphone qu'elle comptait le garder, il n'avait pas été surpris. Étant donné l'importance qu'elle accordait à la maternité, il ne l'imaginait pas prendre une autre décision.

Mais quelle était sa place à lui dans cette équation ? Depuis qu'il avait perdu la sienne, il n'avait pas la moindre idée de ce qu'était une famille, de ce que cela impliquait… Et il n'avait aucune envie de le découvrir.

Il était en proie à une telle frustration que, pour un peu, il se serait cogné la tête contre les miroirs des murs.

Que diable allait-il faire ? Comment allait-il gérer son nouveau statut de père ? Il n'avait jamais été responsable de personne hormis de lui-même, pas même pas d'un animal de compagnie…

Il entra dans la salle de bains attenante et prit une douche froide, mais sans aucun résultat. Même si rien ne semblait pouvoir l'aider, il resta sous le jet glacial aussi longtemps qu'il le put.

Après s'être séché, il enfila un T-shirt et un jean troué. En privé, il aimait porter de vieux vêtements, c'était une façon de compenser pour le luxe de sa maison. Non qu'il s'en plaigne, c'était un endroit vraiment agréable, une construction ultra-moderne perchée sur les collines de Hollywood, équipée de toutes les commodités les plus luxueuses.

Au moins, il pourrait offrir à son enfant tout ce dont il aurait besoin. C'était son seul réconfort, la seule partie de cette histoire qui lui paraissait tangible.

Au fil des années, il avait appris à utiliser son argent comme un mur protecteur. Mais, s'il n'était pas devenu riche, il se serait caché derrière n'importe quel autre mur. Depuis l'accident qui avait coûté la vie à sa famille, il s'était forgé une carapace, son chagrin comme bouclier. Il n'y avait pas de retour en arrière, aucun changement possible. Il était qui il était.

Son anxiété allant croissant au fil des secondes qui s'égrenaient, il gagna le séjour pour attendre Carol. Il ne pouvait pas l'épouser, il ne pouvait pas être le garçon bien, normal, dont elle rêvait… Mais il savait que ce n'était pas ce qu'elle attendait de lui. Du moins, il espérait ne pas se tromper.

Se sentant soudain pris au piège entre les murs de sa grande maison de verre, il se frotta le menton d'une main.

Enfin, elle arriva. Après l'avoir fait entrer, il l'invita à s'asseoir en face de lui, dans son séjour au mobilier de cuir rouge et aux élégantes tables grises. Le bois blond du plancher brillait, les tableaux étaient audacieux et masculins ; les baies vitrées offraient une vue panoramique sur Hollywood et sa glorieuse dépravation, qui s'étendait sous leurs yeux. Ce n'était pas une maison destinée à accueillir une épouse et un bébé. Il l'avait achetée pour faire la fête, pour recevoir, pour vivre et laisser vivre.

— Je peux te servir quelque chose ? demanda-t-il. De l'eau ? Du thé glacé ? Du vin ?

Il s'interrompit, consterné. Venait-il de proposer de l'alcool à une femme enceinte ?

— Pardon. Oublie le vin.

— Ne t'inquiète pas. De toute façon, je ne veux rien.

Jolie et pimpante, elle portait un chemisier oxford boutonné jusqu'au cou, mais elle avait toujours l'air aussi fatiguée.

— Tu as déjà des nausées ? s'enquit-il.

— Non, les symptômes n'ont pas changé.

— Peut-être seras-tu épargnée ?

Elle esquissa un sourire.

— Je ne pense pas, même s'il serait agréable d'y couper.

— Je ne connais rien aux enfants, Carol.

— Je ne suis pas experte non plus.

— Peut-être, mais c'est dans tes gènes, tu seras une super maman.

— Merci, dit-elle d'une voix douce. Même si je n'avais

pas vraiment envisagé la maternité de la sorte, je vais aimer ce bébé de tout mon cœur.

Mal à l'aise, Jake sentait son cœur tambouriner contre sa poitrine.

— Je vous donnerai à tous les deux tout ce dont vous aurez besoin. Aucun de vous ne manquera de rien. Mais je ne peux pas t'épouser, Carol, j'espère que tu le comprends.

— Bien sûr, je le comprends. Je ne suis pas venue ici dans l'espoir d'une demande en mariage. Moi non plus, je ne pourrais jamais t'épouser.

Sa réponse aurait dû le satisfaire, n'était-ce pas ce qu'il voulait entendre, après tout ? Pourtant, il sentit une étrange tristesse pour l'enfant qu'ils avaient conçu. Et, curieusement, pour Carol et pour lui aussi.

— Je vais t'acheter une maison, annonça-t-il. Quelque part dans le voisinage. Au moins, nous serons assez proches l'un de l'autre pour que je voie l'enfant régulièrement. Je pourrai venir le border dans son lit, par exemple.

Elle se mordilla la lèvre inférieure, avant de s'exclamer :

— C'est incroyable, Jake !

Surpris, il répéta :

— Qu'est-ce qui est incroyable ?

Ses yeux émeraude un peu embués, elle déclara :

— Tu commences déjà à parler comme un père.

— Vraiment ?

Il n'avait pas du tout l'impression d'être un futur père. Il était accablé, troublé, inquiet. Ne sachant quoi ajouter, il se tut, priant pour qu'elle ne fonde pas en larmes.

Heureusement, elle battit des paupières, refoulant ses pleurs, puis elle reprit :

— J'apprécie ton offre, mais tu n'es pas obligé de m'acheter une maison.

Abasourdi, il demeura quelques instants muet.

— Je suis dans l'immobilier, finit-il par lui rappeler. C'est mon métier. En outre, tu ne peux pas rester dans ton appartement, il est trop petit pour le bébé et pour toi.

— D'accord, mais tu peux peut-être la mettre à ton nom, au lieu de me l'offrir, proposa-t-elle. Je tiens à me débrouiller seule, et accepter trop de toi ne me semble pas correct.

Il n'avait aucune envie de discuter avec elle dans son état. Pour le moment, il était plus avisé de se montrer conciliant.

— Tu peux au moins choisir un endroit qui te plaira.

— Je ne veux pas que ce soit trop grand, l'avertit-elle en balayant les immenses pièces du regard. Je préférerais quelque chose de plus intime.

— Aucun problème, nous allons trouver quelque chose qui te conviendra.

Les collines pullulaient de charmants et chaleureux bungalows, idéaux pour une famille et qui correspondraient certainement à ses attentes.

— Il n'y a pas le feu. Je peux rester chez moi jusqu'à la naissance ou presque, nous avons encore le temps.

Les doigts en éventail, elle posa une main sur son ventre. Devant la petite vie qui y grandissait, il demeura songeur.

— Inutile de tergiverser jusqu'au dernier moment.

Comme les choses avaient changé ! En général, c'était elle qui insistait pour anticiper, pas lui. Il ne comprenait pas très bien pourquoi il se jetait ainsi à corps perdu dans cette aventure. Peut-être était-ce parce qu'elle avait l'air si perdue.

— Qu'allons-nous faire au sujet de mon poste ? demanda-t-elle.

— C'est-à-dire ?

— Suis-je censée continuer à travailler pour toi ? Et quand allons-nous prévenir les autres, au bureau ?

— Bien sûr, tu peux continuer à travailler pour moi.

Il s'était déjà inquiété de la perdre avant même de savoir si elle était enceinte. Il ne voulait certainement pas la voir partir maintenant.

— Et nous pourrons organiser une réunion pour l'annoncer à tout le monde en même temps, en toute simplicité.

— L'idée me fait terriblement peur, avoua-t-elle.

— Je sais, répondit-il, son propre estomac noué par la nervosité. Mais, dans la mesure du possible, il est préférable de contrôler les rumeurs en prévenant les gens nous-mêmes.

Autant régler le problème au plus vite, avant que ses employés n'aillent répandre des ragots.

— Pourras-tu t'en charger ? plaida-t-elle. Je ne pense pas avoir la force d'affronter mes collègues et d'admettre que j'ai couché avec toi.

— Oui. Je m'en chargerai. Et rassure-toi, je n'entrerai pas dans les détails. Il s'agit du bébé, pas de ce que nous avons fait.

Elle garda la main sur son ventre.

— Kristen va s'inquiéter pour moi, tu le sais.

Kristen, la réceptionniste, était une petite brune piquante, d'un peu plus de vingt ans, qui la suivait comme son ombre. Jake n'avait jamais vraiment accroché avec elle, et sa loyauté allait avant tout à Carol qu'elle remplaçait pendant son arrêt maladie. Au quotidien, elle faisait de son mieux pour l'assister et la rendre fière.

— C'est parce qu'elle t'admire.

— Je le sais. Moi aussi, je l'aime beaucoup. Mais jamais je ne me serais attendue à me retrouver dans cette situation. C'est tellement surréaliste.

— Dès que tu seras prête à rentrer au bureau, j'organiserai cette réunion. Tout ira bien, poursuivit-il avec un optimisme qu'il était loin d'éprouver.

En fait, il n'avait pas la moindre idée de comment ils allaient gérer cette responsabilité partagée pour le restant de leur vie.

— Je reviens vendredi.

— Eh bien, ce sera vendredi.

Dans deux jours, il annoncerait que Carol et lui allaient avoir un bébé. La nouvelle serait officielle, et ce serait le début de leur avenir commun.

Ce même vendredi, quand Carol sortit de l'embarrassante réunion à la suite de Jake, elle était en proie à un soulagement intense. Au moins, c'était fini, elle n'aurait plus à mentir sur la raison de ses malaises ni à cacher son ventre quand il commencerait à se voir ou à s'inquiéter d'annoncer la nouvelle au bureau. Depuis ce matin, tout le monde était au courant.

Jake avait géré l'affaire en vrai patron, se contentant d'exposer les faits, en précisant bien que Carol et lui n'étaient pas ensemble. Il avait expliqué qu'ils allaient élever leur enfant dans deux maisons différentes et qu'elle continuerait à travailler pour lui. Pour résumer, que rien ne changerait.

Si seulement cela avait pu être aussi simple, songea-t-elle dans un soupir.

À la fin de la réunion, ses collègues s'étaient dispersés pour sortir de la salle de conférences en file indienne, dans un silence pesant, visiblement gênés. Carol partageait leur embarras et soupçonnait qu'à la première occasion Kristen viendrait lui parler en privé.

Heureuse de pouvoir s'échapper, elle regagna son

bureau et s'installa devant son ordinateur pour se mettre au travail.

Environ une heure plus tard, quelqu'un frappa un coup discret à la porte. Comme elle l'avait prévu, c'était Kristen, avec ses vêtements branchés, ses cheveux courts et ses grandes créoles aux oreilles. Elle lui fit signe d'entrer.

Kristen s'exécuta et referma derrière elle. Puis, les yeux écarquillés d'étonnement, elle s'exclama :

— Je n'y crois pas ! Tu vas être la maman du bébé de Jake. Toi ! La femme la plus gentille, la plus normale de la planète.

Carol tressaillit. Elle-même peinait encore à y croire.

— Ce sont des choses qui arrivent.

— Tu peux le dire ! En même temps, j'ai toujours eu l'impression qu'il ne t'était pas indifférent.

— Vraiment ? s'étonna-t-elle.

Elle qui pensait avoir constamment fait preuve de la plus grande discrétion concernant son attirance pour Jake.

La jolie brune hocha la tête. C'était une jeune femme menue qui jouait Peter Pan dans une pièce de quartier. Elle aimait le théâtre et, comme beaucoup de gens à Los Angeles, s'essayait à l'art sans en tirer aucune ambition.

— Au moins, Jake est riche, il pourra s'occuper du bébé financièrement, fit-elle remarquer, pragmatique. Mais j'ai un mal fou à l'imaginer en père.

Carol se remémora l'émotion qui lui avait étreint le cœur quand il avait déclaré qu'il viendrait border le bébé le soir.

— Je pense qu'il fera de son mieux.

— C'est bien. Mes parents n'étaient pas mariés non plus, tu sais. Je voyais à peine mon père quand j'étais petite et je le vois encore moins aujourd'hui.

— J'en suis désolée pour toi, Kristen, mais je ne

pense pas que Jake sera un père absent. Il m'a proposé de m'installer dans une maison près de la sienne pour que ce soit plus facile pour moi, même si ce n'était pas ainsi que j'avais envisagé d'élever un enfant.

— Je suis juste contente que ce soit toi et pas l'une de ses copines prétentieuses qui attende son enfant. Tu es une personne sincère et tu feras une super maman.

— Merci. Jake dit la même chose.

— Sur le fait que tu fasses une super maman ?

— Oui. Il pense que c'est dans mes gènes.

Son cœur se serrant soudain, l'évidence la frappa. Qu'importait l'opinion qu'il avait d'elle, dès que les choses seraient tassées, elle supposait qu'il reprendrait ses habitudes de play-boy. Il s'engageait vis-à-vis de leur enfant, pas d'elle. Et savoir qu'il sortait avec d'autres femmes la mettrait au supplice.

— J'espère juste ne pas craquer avant la naissance du bébé, ajouta-t-elle.

— Tu ne craqueras pas, l'assura Kristen. Tu es trop forte pour ça.

— Je n'ai pas encore pleuré. J'essaie de tenir.

Pourtant, elle avait souvent été au bord des larmes, mais elle s'était fait violence.

— Ne t'inquiète pas, tu t'en sortiras, certifia la réceptionniste avec un sourire d'encouragement. En attendant, je ferais bien de retourner travailler.

— Merci pour ton soutien.

— Je t'en prie. Est-ce que je laisse la porte ouverte en partant ?

Carol lui fit un signe d'assentiment et, une fois seule, lutta pour reprendre ses esprits. Quand elle releva la tête, Jake se tenait sur le seuil. Décidément, le défilé n'arrêtait pas !

— Tout va bien ? J'ai vu Kristen sortir d'ici.

Il s'avança et, à son tour, referma la porte.

— Tout va bien, affirma-t-elle pour le tranquilliser. Elle voulait juste parler.

— Ça t'a aidée ?

Oui et non, songea Carol. La confiance que Kristen plaçait en elle lui mettait du baume au cœur, mais ses angoisses liées aux frasques de Jake l'avaient fragilisée.

— Tout va bien, répéta-t-elle.

L'air à moitié convaincu, il lui suggéra :

— Tu peux rentrer plus tôt, si tu le souhaites.

— Je préfère rester.

Elle ne voulait pas paraître lâche en s'éclipsant dès le premier jour.

Jake hocha la tête et dénoua sa cravate. Il avait déjà retiré la veste du costume qu'il portait pour le rendez-vous — il ne restait jamais longtemps dans une tenue qu'il considérait comme pompeuse. Si ce n'était qu'à cet instant précis sa nature fébrile semblait encore plus prononcée.

— Personne n'est venu m'en parler, déclara-t-il.

— Pourquoi veux-tu que quiconque vienne t'en parler ? Tu es le patron.

— Qui a mis son assistance enceinte, je te rappelle. Je parie qu'ils pensent que j'ai profité de toi. Ce n'est pas ce que j'ai fait, dis-moi, Carol ? demanda-t-il, une ombre d'inquiétude passant sur son visage.

Attendrie par la culpabilité qu'exprimait son regard, elle le rassura :

— Non, pas du tout. Et le fait que je sois enceinte n'y change rien. Je te désirais avec la même ardeur que tu me désirais.

Ce qu'elle ne s'était pas gênée pour lui prouver lors de leurs ébats. Elle ne le laisserait pas déformer la vérité.

— Même Kristen m'a dit qu'elle me soupçonnait d'être attirée par toi.

— Vraiment ? Je suppose que ce genre de choses n'échappe pas aux femmes, et l'admiration qu'elle te porte a dû la rendre plus observatrice à ton égard. Je suis content que tu sois revenue, en tout cas. Tu m'as manqué, ajouta-t-il en fourrant sa cravate dans sa poche de pantalon.

— Tant mieux, parce que tu vas sans doute beaucoup me voir en dehors du bureau maintenant, lui rappela-t-elle.

Avec un sourire narquois, il mima un gros ventre.

— C'est vrai, d'ailleurs, j'ai essayé de t'imaginer dans plusieurs mois. Je n'ai jamais touché le ventre d'une femme enceinte avant.

Allait-il toucher le sien ? À cette simple pensée, elle se sentait défaillir.

— Moi si. Beaucoup de mes amies ont des enfants.

— Tu l'as déjà annoncé à certaines ?

Elle secoua la tête.

— Je voulais d'abord que tout le monde au bureau soit au courant. Et toi, en as-tu parlé à Garrett ou à Max ?

— Non. Max traverse toujours le pays avec son sac à dos, je dois attendre qu'il soit joignable pour l'appeler, mais je vais l'annoncer à Garrett ce week-end. Je lui ai déjà dit que tu avais été souffrante, je vais pouvoir lui expliquer pourquoi.

— Je me demande ce qu'il va penser.

— Une fois la première surprise passée, il voudra sans doute me botter les fesses pour n'avoir pas été plus prudent.

— Cela aurait pu arriver à n'importe qui, nous avons été prudents…

— C'est vrai, mais c'est arrivé à moi, le cavaleur. Cela ne va pas lui plaire. Et toi, te sens-tu nerveuse à la perspective de l'annoncer à tes amies ? s'enquit-il en triturant sa cravate dans sa poche.

— Oui, reconnut-elle, ne pouvant nier qu'elles allaient s'inquiéter aussi. Elles ne vont pas aimer l'idée de me savoir mère célibataire, moi qui ai toujours rêvé de mariage.

— Je suis désolé, Carol.

De quoi s'excusait-il, d'avoir insisté sur le fait qu'il ne pouvait l'épouser ? De toute façon, elle avait toujours été d'accord avec son argument.

— Ce n'est pas un problème. Je ne suis pas assez bête pour croire qu'avoir un enfant ensemble fera de nous un couple pour la vie.

— Je me demande si ce sera un garçon ou une fille.

— C'est trop tôt pour le dire, mais nous devrions pouvoir le savoir à la seconde échographie, au cinquième mois de grossesse.

Gênée, elle s'agita sur son fauteuil. Il continuait à l'envelopper d'un regard brûlant de désir, comme s'ils avaient toujours été amants.

— Je suppose que nous aviserons en temps et en heure.

Elle déplaça une pile de papiers sur son bureau, regrettant que, contrairement à elle, il ne fasse pas le moindre effort pour ignorer l'alchimie entre eux.

— Il nous faudra aviser sur de nombreux points.

— Trop, déclara-t-il, avant de se diriger vers la porte. Tu veux déjeuner avec moi ?

En général, s'il ne sortait pas avec des clients, elle lui commandait à manger sur place.

— Non merci, mais j'apprécie ton invitation.

— Très bien. Dans ce cas, je te dis à bientôt.

— À bientôt.

Une fois seule, elle laissa échapper un long soupir accablé. Était-ce de la folie d'espérer qu'il soit l'homme de sa vie ? Assurément, pourtant, elle ne pouvait s'en empêcher.

Quelque part, au tréfonds de son âme de rêveuse, elle les imaginait destinés l'un à l'autre, comme devraient l'être les parents d'un enfant à venir.

- 10 -

Jake retrouva Garrett sur la jetée, à proximité du complexe hôtelier. Ils s'assirent sur un banc d'un blanc immaculé, devant un café en front de mer.

Rassemblant tout son courage, il avoua à son frère adoptif que Carol attendait un bébé de lui et, comme il l'avait prévu, ce dernier l'accabla de reproches.

— C'est arrivé par surprise, se défendit-il.

— Les tremblements de terre arrivent par surprise. Les raz-de-marée arrivent par surprise, fit son frère en balayant la mer d'un geste ample, comme si une vague monstrueuse était sur le point de les engloutir. Mais mettre ton assistante enceinte ? Tu ne vas pas me faire croire que tu n'aurais pas pu prendre tes précautions.

Se rabattant sur la seule excuse qui lui vint à l'esprit, il expliqua :

— Notre préservatif devait être défectueux.

— Tu sais très bien que ce n'est pas ce que j'ai voulu dire.

Il était évident que Garrett partait du principe qu'il n'aurait jamais dû coucher avec Carol.

— Oui, je le sais, mais je suis déjà assez perturbé comme ça, figure-toi. Alors franchement je pourrais me passer de tes sermons !

— Je suis désolé, mon vieux. Je ne veux pas compliquer encore les choses pour toi, mais c'est que tu t'es fourré dans un sale pétrin, et Carol est une fille bien qui ne devrait pas payer la note seule.

— J'ai l'intention de pourvoir à leurs besoins, à elle et au bébé, protesta Jake. Je vais les installer dans une maison de mon quartier et je serai toujours là pour eux.

Son regard s'attarda sur une famille qui jouait sur la plage. Le benjamin était un enfant blond de dix-huit mois environ, un trublion qui se tortillait dans les bras de sa mère. Songeur, il reprit :

— Même si je ne sais pas vraiment comment, pour tout t'avouer.

— Laisse faire le temps, le rassura son frère. Tu apprendras.

— Je l'espère. Je veux les protéger, elle et le bébé.

Il continua à regarder la famille au bord de l'eau. Les enfants s'élancèrent vers la mer avec des planches tandis que le petit dernier, assis sur les genoux de sa mère, jouait maintenant avec le seau en plastique rouge que lui avait donné son père.

— La vie prend parfois d'étranges détours, soupira Garrett.

— Tu peux le dire.

La plage réveillant des souvenirs, il se surprit à regretter que l'aventure qu'il avait vécue avec Carol soit terminée, mais la situation était déjà bien assez épineuse pour se lancer dans une nouvelle idylle avec elle.

— Je me demande si je ne devrais pas l'inviter à habiter chez moi jusqu'à ce qu'elle trouve une maison, finit-il par dire. En tout bien tout honneur, bien sûr, clarifia-t-il. Mais je pourrais ainsi me familiariser avec sa grossesse, la suivre au quotidien.

— Cela me semble être une excellente idée, l'encouragea Garrett.

— Peut-être pourrais-je l'inviter à pique-niquer demain pour en discuter avec elle. Cela dit, je ne sais absolument pas comment elle réagira.

À condition qu'elle n'ait pas de projets pour dimanche. En fait, il ignorait tout de la façon dont elle occupait son temps libre.

Après un moment de silence, il finit par demander à son frère :

— Alors, as-tu décidé ?

— Quoi ?

— Si tu allais proposer un travail à Meagan Quinn ?

— Non, pas encore, mais j'ai de la marge : sa date d'éligibilité à la liberté conditionnelle n'est que dans six mois. Ensuite, il y aura une audience, puis son cas sera étudié. Cela ne se fera pas du jour en lendemain.

— Si elle n'a pas de contrat de travail, la commission des libérations conditionnelles refusera de considérer son dossier.

— Je sais, je suis en train de peser le pour et le contre, expliqua Garrett en se rembrunissant. Meagan a une fille qui aura environ deux ans quand elle sortira.

— Comment est-ce possible ? Elle est en prison depuis un bon moment, déjà.

— Elle a découvert qu'elle était enceinte peu de temps après son arrestation, confia son frère, et le père l'avait déjà quittée. Elle a accouché en prison, et l'un de ses frères s'est occupé du bébé pour qu'il ne soit pas envoyé en foyer d'accueil.

— Comment sais-tu tout cela, s'étonna Jake.

— C'est maman qui l'a découvert, récemment, et qui m'en a parlé, quand elle s'est intéressée à la mise en liberté conditionnelle de Meagan.

— Avec la crèche que tu as fait construire pour tes

salariés, ton complexe hôtelier serait le lieu de travail idéal pour elle.

— Serais-tu en train de me suggérer de l'engager à cause de ma crèche ? Son enfant n'est pas ma responsabilité.

Certes, mais l'intonation de voix de Garrett le trahissait : il s'inquiétait pour cet enfant.

— Avec tout ce que Meagan a traversé, elle a peut-être fait amende honorable.

— Et peut-être n'a-t-elle pas changé du tout. Elle pourrait toujours être la petite voleuse cupide qui nous a tous dévalisés.

— Tu ne le sauras jamais si tu ne lui laisses pas une chance, argua Jake. En outre, tu ne sais pas vraiment ce qui l'a poussée à prendre cet argent.

— A-t-on jamais une bonne raison pour voler ?

— Non, mais cela ne peut avoir aucun rapport avec la cupidité, expliqua Jake. Regarde-moi : j'ai commencé à voler pour essayer d'oublier mon chagrin, puis pour impressionner mes copines. Tu te souviens à quel point j'étais paumé à l'époque.

— Oui, je me souviens. Nous l'étions tous, admit Garrett avec un soupir résigné. Je suis toujours indécis, mais bon, il me reste du temps pour réfléchir.

— Moi aussi, je dois cogiter sur bien des points, renchérit Jake en ramenant son attention sur la famille, sur la plage.

Maintenant dans les bras de son père, le blondinet buvait dans un gobelet à bec tenu par sa mère.

Sa décision était prise : il allait demander à Carol d'habiter chez lui pendant un temps pour essayer de faire le point. Savoir si elle accepterait ou non son invitation était une autre histoire.

Le dimanche suivant, Carol retrouva Jake dans un parc de son quartier. Il lui avait téléphoné pour lui proposer de pique-niquer avec lui, car il voulait l'entretenir d'un nouvel aspect des arrangements concernant le bébé. Sans savoir au juste à quoi il faisait référence, mais consciente qu'ils avaient encore plusieurs questions à aborder, elle avait accepté son invitation.

Ils étalèrent une couverture à l'ombre d'un grand arbre et ouvrirent la glacière débordant des mets délicieux que le chef de Jake avait préparés.

— Alors, que voulais-tu me dire ? lança-t-elle.

Tout en remplissant son assiette, il suggéra :

— Nous pourrions peut-être nous détendre un peu avant d'entrer dans les détails.

Contenant son impatience, elle acquiesça :

— Très bien. C'est un beau parc, fit-elle remarquer. C'est la première fois que je viens ici.

— Moi aussi. C'est très animé, aujourd'hui, ajouta-t-il en jetant un coup d'œil à la ronde.

Carol hocha la tête.

— Beaucoup de familles profitent de cette belle journée pour faire des barbecues.

— Nous aussi, avec mes parents, nous en faisions dans le jardin. La vie de banlieue le week-end…

— Ton père cuisinait ?

— Oui, mais c'était maman qui préparait tout à l'avance et lui qui recevait tous les compliments.

D'une voix empreinte de nostalgie, Carol murmura :

— Chez nous aussi.

C'était d'ailleurs le genre d'avenir dans lequel elle s'était toujours projetée, mais maintenant qu'elle attendait le bébé de Jake ces rêves n'étaient plus vraiment d'actualité.

— Je n'aime pas répéter nos habitudes familiales,

poursuivit-il. Cela ne fait que renforcer mon sentiment de perte.

— Au contraire, cela m'aide à me souvenir de la mienne, déclara Carol avec un soupir mélancolique.

— Toi et moi sommes différents en cela.

— Nous sommes différents en beaucoup de points, souligna-t-elle.

Ils le savaient depuis le jour où ils s'étaient rencontrés... Et à présent, ils allaient avoir un bébé ensemble.

— Tous les combien es-tu censée voir ton gynécologue ? s'enquit-il alors, en grignotant quelques grains de raisin.

Elle étala du brie sur une poire coupée en deux.

— Une fois par mois, pour le moment, puis ce sera tous les quinze jours, puis toutes les semaines jusqu'à l'accouchement.

— Je me demande si tu auras des envies de femme enceinte.

— Si c'est le cas, j'espère que ce sera pour ce genre de choses, répondit-elle en savourant sa poire au fromage. Mais, me connaissant, j'aurai des envies bizarres.

— Comme des boulettes de pain azyme trempées dans du chocolat, par exemple ?

Elle eut un petit rire.

— Seigneur ! Pourvu que non.

— Je devrais peut-être prévenir mon cuisinier, au cas où, plaisanta-t-il, partageant son hilarité.

Son sérieux revenu, Carol fronça les sourcils.

— Pourquoi ton chef me préparerait-il à manger ? demanda-t-elle.

Le regard de Jake s'assombrissant, il déclara :

— Parce que je pensais que tu pourrais emménager chez moi pour un temps. C'est immense, tu pourrais avoir l'aile des invités pour toi toute seule.

Abasourdie, elle le dévisagea. Jamais elle n'aurait imaginé qu'il lui proposerait d'habiter chez lui.

— Combien de temps ?

— Je ne sais pas, peut-être cinq ou six mois. Cela nous laissera le temps de chercher une maison dans laquelle le bébé et toi pourrez vivre plus tard tout en me permettant de suivre ta grossesse de près.

— Mais je vais être un boulet pour toi, à me dandiner en robe de maternité dans ta fastueuse garçonnière.

— On dirait que j'habite le manoir Playboy, dit-il en se renfrognant. Ou l'équivalent.

— Ce n'en est vraiment pas loin.

— Ce n'est pas vrai, protesta-t-il, et même si cela l'était je devrai bien m'assagir quand j'aurai un enfant.

— Je sais, mais le bébé n'est même pas encore né.

— Tu compliques tout, Carol, fit-il d'un ton de reproche.

Certes, mais à la perspective d'emménager avec lui, de vivre dans une telle proximité, elle était tétanisée.

— Je ne vois pas pourquoi je ne peux pas rester dans mon appartement, lança-t-elle.

— Je viens de te l'expliquer : je veux suivre ta grossesse sans passer mon temps à m'inquiéter pour toi. Et, franchement, je ne suis pas tranquille de te savoir toute seule chez toi. Et s'il arrivait quelque chose ?

— Tout ira bien.

— Mais si ce n'est pas le cas ? Un problème est toujours possible, alors que si tu habites chez moi je pourrai te surveiller. En fait, pour me rassurer, j'aimerais même que tu restes jusqu'à la naissance.

Carol s'émerveilla de le voir adopter soudain une attitude admirablement protectrice, l'attitude du père dont elle avait toujours rêvé pour ses enfants, mais elle se força à se rappeler qu'elle avait affaire à un milliardaire fêtard.

Pouvait-il vraiment s'assagir ou allait-il se laisser rattraper par ses vieilles habitudes, même si elle habitait chez lui ? De toute façon, elle peinait à s'imaginer vivant sous son toit. Il était grand temps de lui ouvrir les yeux sur la réalité.

— Je ne sais pas, Jake. Je suis d'accord, tu vas devoir t'accoutumer à l'idée de devenir père, mais je ne pense pas pour autant que cela justifie ma présence chez toi jusqu'à la naissance. Songe un peu aux problèmes que cela pourrait entraîner ? ajouta-t-elle en jouant nerveusement avec sa serviette en papier. Le fait de m'avoir chez toi vingt-quatre heures sur vingt-quatre pourrait te donner l'impression que tu es pris au piège.

L'enveloppant d'un regard scrutateur, il répliqua :

— J'ai plutôt l'impression que c'est toi qui te sens prise au piège.

Elle tressaillit. Il n'avait pas tort. D'un autre côté, elle était aussi celle qui pourrait s'attacher, qui pourrait espérer plus que ce qu'il était capable de donner.

— Je ne veux pas précipiter les choses, c'est tout, se défendit-elle.

— Allez, fais un essai, laisse-moi te protéger. Tu as mon sang en toi, désormais, ajouta-t-il avec un geste vers son ventre toujours plat.

Son sang, sa force vitale.

Poussant un cran plus loin, elle avoua en toute honnêteté, sans prendre de gants :

— Je ne pourrais pas supporter de te voir sortir avec une autre, ni que tu ramènes des femmes chez toi, dans ton lit.

— Tu crois que c'est ce que je fais ? Je te garantis qu'avec tout ce qui se passe faire des conquêtes est bien la dernière chose que j'ai en tête. Et toi, vas-tu recommencer à faire des rencontres sur Internet ? poursuivit-il, l'air inquiet.

Elle sursauta. Comment pouvait-il même poser une telle question ?

— Bien sûr que non, je vais avoir un bébé !

La toisant du regard, il lâcha :

— Moi aussi.

— Mais ce n'est pas toi qui le portes.

— Eh bien, tu n'as qu'à t'imaginer que si.

Elle faillit éclater de rire à cette idée. Pourtant, elle était touchée par sa détermination toute paternelle et, même si elle avait conscience du risque qu'elle prenait, elle avait envie qu'il les protège, le bébé et elle, elle voulait sa chaleur, sa sollicitude.

— C'est entendu, nous allons essayer, céda-t-elle, tentant d'apaiser les battements affolés de son cœur. Mais si la situation se complique j'ai besoin d'être sûre que je pourrai partir avant la naissance.

— Si ce n'est que la situation est déjà compliquée, Carol, lui rappela-t-il, son regard s'adoucissant.

— Je sais.

Et c'était sans compter l'effet que sa présence produisait sur elle. Elle n'avait qu'une crainte : que cet arrangement ne fasse que renforcer ses sentiments pour lui.

Carol regrettait maintenant d'avoir insisté pour faire ses cartons elle-même au lieu d'accepter l'offre de Jake d'engager des déménageurs.

Bien sûr, il lui avait proposé de l'aider et l'avait surveillée d'un œil de faucon, poussant les hauts cris chaque fois qu'elle envisageait de soulever une charge trop lourde. Par conséquent, tout ce qu'elle possédait de léger était emballé. Au final, en dehors de sa prétendue fragilité, le véritable problème était lié à ses nausées, détail dont elle ne lui avait pas encore parlé.

Elle jeta un coup d'œil de l'autre côté de la cuisine, où il était en train de s'occuper de la verrerie.

— Ça va ? lui demanda-t-il en levant vers elle un regard inquiet.

— Tout va bien, mentit-elle.

— Tu es pâle comme une morte.

— Je vais bien, s'entêta-t-elle.

— Alors pourquoi donnes-tu l'impression d'être sur le point de défaillir ? Tu dois t'asseoir, lui intima-t-il.

Abandonnant ses cartons, il s'avança vers elle.

— Peut-être quelques minutes, admit-elle en se laissant escorter jusqu'au canapé dans lequel elle s'effondra. J'avoue, je suis fatiguée, mais j'ai aussi des nausées matinales.

— Mais nous sommes l'après-midi, fit-il remarquer, l'air perplexe.

— Cela peut arriver à n'importe quelle heure. Je me sens nauséeuse depuis une dizaine de minutes, et pour la première fois.

— La poisse ! Tu veux un verre d'eau ou quelque chose ?

— Je veux bien un soda. J'ai de la limonade citron-citron vert au frais.

Avec un peu de chance, la boisson apaiserait ses crampes d'estomac.

Il se dirigea vers la cuisine et revint avec une cannette. Elle la prit, savourant sa fraîcheur contre sa paume, puis fit sauter la languette et but une petite gorgée.

— Merci, murmura-t-elle.

— De rien, mais tu as toujours une mine à faire peur.

— Merci bien.

— Tu sais bien ce que je veux dire, la réconforta-t-il en s'asseyant à côté d'elle.

Elle sirota encore un peu de soda. Elle avait l'impression d'être sur le point de tomber dans les pommes sur ses genoux.

— Si je perds connaissance, ne panique pas, l'avertit-elle.

À ces mots, Jake devint blême.

— Pour de bon ? Dis-moi ce que je dois faire.

Elle n'en avait pas la moindre idée. Elle ne s'était jamais évanouie de sa vie.

— Rien.

— Rien ? répéta-t-il, déjà affolé. Peut-être devrais-tu mettre ta tête entre tes genoux, j'ai toujours entendu dire que c'était ce qu'il fallait faire... Mais peut-être pas dans ta condition ?

Manifestement, il était tout aussi perdu qu'elle.

— Tu veux t'allonger ? poursuivit-il.

— Oui, je crois que ce serait mieux.

Elle lui tendit le soda, et il se releva pour lui permettre de déplier ses jambes. Entre ses vertiges et la nausée, elle se sentait vraiment mal en point.

La dominant de toute sa taille, il baissa les yeux vers elle, scrutant son visage d'un air inquiet.

— Je suis désolée, s'excusa-t-elle, devinant à quel point cela devait être pénible pour lui.

— Tu n'y peux rien, la réconforta-t-il. Je peux finir les cartons, pendant ce temps, il ne reste plus grand-chose.

Essayant de dissiper la tension, elle ironisa gentiment :

— Comme tu es serviable ! Tu changeras le bébé aussi quand il sera né ?

— J'imagine qu'il faudra que j'apprenne. Mais j'envisage également d'engager une nourrice pour aller de chez toi à chez moi, qu'en penses-tu ? Je peux transformer l'autre aile pour invités pour l'y loger, comme ça, elle pourra s'y installer chaque fois que le bébé dormira chez moi.

Carol lui lança un coup d'œil surpris. N'avait-il pas

prévu initialement de venir chez elle le border dans son lit ? Se sentant toujours aussi lasse, elle soupira :

— Je regrette d'être dans cet état. Le pire, ce sont les nausées.

— J'espère que je n'en aurai pas quand il faudra le changer, plaisanta-t-il. Cela m'arrivait quand je devais ramasser les crottes de chien, dans mon enfance.

Elle le regarda, dubitative. Aussi étrange que soit cette conversation, au moins, elle la distrayait de son état.

— Tu avais un chien ?

— Non, mais mes sœurs et moi gardions celui du voisin. J'étais nul, pour m'en occuper. Mais je me demande quand même si nous ne devrions pas acheter un chiot pour le bébé.

— C'est gentil de ta part, mais peut-être nous limiterons-nous aux animaux en peluche pour commencer, lui conseilla-t-elle pour refréner ses ardeurs paternelles.

Elle se rassit et lui prit le soda des mains.

— Je commence à me sentir mieux.

Il l'examina d'un œil scrutateur.

— Tu en es bien sûre ?

— Oui.

Elle porta la cannette à ses lèvres. Une fraction de seconde plus tard, elle fut saisie d'une violente nausée.

Sentant son estomac se retourner, elle se précipita aux toilettes où, Dieu merci, elle arriva à temps.

Elle se releva et, flageolant sur ses jambes, se rinça la bouche. Mortifiée, elle s'aperçut alors que Jake se tenait sur le seuil de la porte. Avait-il été témoin du tout l'épisode ?

S'emparant d'une serviette, il l'humecta d'eau.

— Laisse-moi t'aider.

Il lui tendit le linge humide dont elle se tamponna le visage. Après l'avoir remercié, elle s'écroula de nouveau à terre. Il vint s'asseoir à côté d'elle.

— C'est comme si j'avais la gueule de bois, déclara-t-elle.

— Je parie que tu n'as jamais bu à ce point de ta vie, fit-il avec un sourire taquin.

— C'est vrai, mais c'est comme ça que je l'imagine. Toi, en revanche, je parie que tu as déjà bu à ce point.

Sa gêne dissipée, elle se félicitait maintenant de sa présence.

— Oh que oui ! Crois-moi, j'en ai pris des cuites !

— Je vais peut-être battre ton record, si ça continue comme ça. Mais je me sens mieux maintenant, dit-elle en retirant la serviette de son front pour la poser sur ses genoux.

— C'est ce que tu as dit juste avant de te ruer vers les toilettes.

— Je sais, mais, cette fois, c'est vrai. Je commence même à avoir faim.

— Pour de bon ? lança-t-il, l'air soulagé. Qu'est-ce qui te ferait plaisir ?

Une image lui traversa immédiatement l'esprit.

— Un artichaut à la vapeur. C'est délicieux, non ?

— Pas particulièrement, répliqua-t-il avec perplexité. Qui a envie d'un artichaut après avoir vomi ?

Elle, manifestement. Et même si elle appréciait les artichauts, ils n'avaient jamais vraiment fait partie de ses aliments de prédilection, mais, en cet instant précis, la simple perspective d'en déguster un lui mettait l'eau à la bouche.

— Tu veux bien aller m'en acheter un ? Prends-en même deux, au cas où.

La stupéfaction se peignant sur son visage, il demanda :

— Ils les vendent déjà cuits ?

Amusée par sa naïveté, elle rétorqua :

— Bien sûr que non ! Je les ferai cuire moi-même.

Allez, va ! ajouta-t-elle en lui donnant un petit coup sur l'épaule. Tu en trouveras des frais chez le marchand de primeurs, au bout de la rue.

Ses yeux noirs s'illuminant, il s'exclama :

— Je comprends ! C'est ta première envie de femme enceinte, c'est ça ?

— Sans doute.

Et c'était une envie d'une violence implacable. Pourtant, elle n'arrivait qu'en seconde position dans l'échelle de ses envies. La première restait celle que lui inspiraient Jake et les nuits interdites qu'elle avait partagées avec lui.

Comme un futur père dévoué, il sortit chercher les artichauts, tout en marmonnant quelque chose sur le fait que, décidément, leur enfant était vraiment un petit malin d'avoir déjà trouvé des moyens de les faire tourner en bourrique.

- 11 -

Carol habitait chez Jake depuis trois semaines. Elle continuait à souffrir de nausées mais, ne trouvant aucun médicament pour la soulager, elle luttait contre en gardant des crackers dans un tiroir de son bureau. Et, une fois rentrée, elle s'accordait autant de détente que possible.

L'aile des invités, qui était devenue sa résidence temporaire, était aussi grande que son appartement, voire plus. Belle et lumineuse, aménagée dans un style moderne, elle offrait toutes sortes d'avantages, y compris un patio privé foisonnant de verdure. Elle avait même sa propre cuisine pour cuisiner au gré de ses envies et continuait à dévorer ses artichauts à la vapeur et tout autre aliment inspirant son humeur. Raymond, le chef, un solide gaillard qui ressemblait à un adorable grand-père, la gâtait en lui concoctant des petits plats inventifs.

Raymond n'habitait pas le manoir : il venait uniquement pour confectionner les repas, à la demande de Jake. En général, ce dernier se préparait son petit déjeuner qui consistait en un milk-shake protéiné que son entraîneur avait conçu pour lui — il ne mangeait des œufs au bacon que lorsqu'il était en voyage. Quant à Carol, elle n'aurait pas touché à l'un de ces affreux milk-shakes pour tout l'or du monde.

La gouvernante arrivait tous les lundis, réglée comme une horloge, pour faire le ménage dans sa suite, bien que

Carol, qui s'était toujours occupée elle-même de son appartement et rangeait son espace le dimanche, ne laisse jamais de désordre. Le reste du manoir était confié aux autres employées de maison.

En cette journée de repos, elle paressait dans sa chambre. Il était midi et, encore en pyjama, elle se sentait totalement désœuvrée.

Elle n'avait plus de travaux de couture en cours : la semaine précédente, elle avait terminé le patchwork des Caraïbes pour Jake, qui s'en était montré enchanté et en avait recouvert l'un des murs de la future chambre du bébé, en souvenir du week-end durant lequel il avait été conçu. Pour un homme n'ayant jamais souhaité d'enfants, il faisait son possible pour s'ouvrir à la paternité.

Soudain, le téléphone de Carol bipa, signalant un texto. Son cœur fit un bond dans sa poitrine à l'idée qu'il s'agissait peut-être de Jake. Effectivement, c'était lui :

Garrett veut passer t'apporter quelque chose. Tu es d'accord ?

Oui, bien sûr, répondit-elle.

Viens dans le salon, nous allons l'attendre.

J'arrive.

Il termina la conversation par un simple :

OK

Elle s'empressa de gagner son dressing pour en sortir une robe d'été décontractée. Le fait de vivre dans une maison de cette taille était de la pure folie, aussi déraisonnable que les sentiments que lui inspirait Jake. Elle se laissait bien trop souvent aller à des rêveries sur son compte, et la tendresse dont il faisait preuve en parlant de leur enfant éveillait en elle des émotions indéfinissables.

Pourtant, il était toujours aussi indomptable, comme elle le voyait chaque fois qu'elle le regardait dans les yeux. Sa future paternité n'avait en rien calmé son caractère impétueux et, parfois, elle avait même l'impression que cette nouvelle responsabilité n'avait fait que l'intensifier.

En arrivant dans le salon, elle le trouva, dos à elle, en train d'admirer la vue devant une baie vitrée.

Sans lui signaler sa présence, elle prit le temps de l'observer : son corps qui lui était désormais si familier, ses épaules bien décuplées, les muscles de son dos saillant sous son T-shirt, ses longues jambes moulées dans son jean.

Comme s'il avait senti son regard sur lui, il se retourna soudain, sa grâce virile lui coupant le souffle.

— Te voilà, lui dit-il.

— Oui, acquiesça-t-elle, se faisant violence pour refouler son émoi.

— Comment va Artichaut ? plaisanta-t-il.

Elle sourit devant le surnom qu'il avait donné au bébé.

— Tout va bien, il est sage.

— Et toi, tu te sens bien, aujourd'hui ?

Elle hocha la tête. Aussi bien qu'une femme amoureuse pouvait l'être.

Jake resta près de la fenêtre. Depuis qu'elle avait emménagé, ils avaient délibérément gardé leurs distances, ce qui ne suffisait pas à réguler la puissance de l'alchimie entre eux, si intense qu'elle en était presque palpable.

Sans laisser s'installer un silence gênant, elle demanda :

— Quand attends-tu Garrett ?

— D'un instant à l'autre, répondit-il en faisant enfin un pas en avant.

Elle eut un pincement au cœur. Pourquoi ne comblait-il pas l'espace entre eux ?

— Est-ce qu'il t'a dit ce qu'il m'apportait ?

— Non, mais ce n'est pas de sa part : c'est un cadeau de sa mère. Comme il lui a annoncé la venue du bébé, je suppose que cela aura un rapport. Elle voulait l'accompagner, mais elle était fatiguée, aujourd'hui.

Carol avait rencontré Shirley Snow à plusieurs reprises au fil des années, sans pour autant la connaître. Elle savait néanmoins qu'elle souffrait de problèmes de santé dont les symptômes empiraient parfois, suivant les périodes.

— J'en suis désolée.

— Elle a toujours eu des hauts et des bas.

— C'est gentil de sa part de penser à moi.

— Oui, Shirley a vraiment un cœur d'or. Tu veux bien que je touche ton ventre ? lança-t-il subitement, changeant de sujet. Juste pour voir s'il y a une différence.

Décontenancée, Carol ne sut que répondre, craignant que ce contact lui plaise beaucoup plus que de raison.

— C'est trop tôt, protesta-t-elle sans grande conviction. Cela ne se voit même pas encore.

— Je sais, mais le bébé est là. Bien sûr, si tu ne veux pas, je comprends.

— Non, tout va bien. Tu peux, ajouta-t-elle bêtement.

Refuser ne lui semblait pas une option.

Il s'avança vers elle et plaqua sa paume sur sa robe, dans un geste plein de tendresse qui l'emporta dans une espèce de rêve éveillé. Elle avait soudain l'impression de flotter, comme la sirène dans la mer.

Mais, très vite, le souvenir de leurs ébats amoureux la rattrapa. S'il la déshabillait ici et maintenant, allait-elle tomber à ses pieds ?

Il garda sa main scrupuleusement immobile mais, quand elle leva la tête vers lui et que leurs regards se croisèrent, il l'enlaça et l'attira contre lui.

Les yeux dans les yeux, ils étaient sur point de s'embrasser quand la sonnette retentit, les ramenant tous les deux à la réalité. Jake fit un bond en arrière, et elle lissa sa robe.

— Tu es prête ? lui demanda-t-il.

Avec un hochement de tête, elle le suivit dans le hall, où il ouvrit la porte pour accueillir leur invité.

Garrett entra, en costume d'homme d'affaires, chargé d'un paquet enveloppé d'un tissu blanc, et leur annonça d'emblée qu'il ne pouvait pas s'attarder. Ils restèrent donc dans le vestibule, une pièce au plafond aussi haut que celui d'un musée et dotée d'un escalier majestueux.

— Bonjour, la salua-t-il.

— Bonjour, répondit-elle.

Les cheveux ramenés en arrière et la posture impeccable, Garrett dégageait son élégance habituelle.

Elle l'avait toujours apprécié, sans doute parce que, avec leurs natures pragmatiques ils avaient le même type de personnalité — si ce n'était que, lors de ce week-end avec Jake, gagnée par la fièvre des Caraïbes, son bon sens l'avait abandonnée et qu'elle était maintenant enceinte.

Garrett lui tendit le paquet et, avant même qu'elle l'eût ouvert, annonça :

— C'est un sac médecine que ma mère t'a fabriqué. Jake, Max et moi avons eu chacun le nôtre quand nous étions enfants. Et maintenant que tu fais partie de notre petite bande hétéroclite elle voulait que tu aies le tien.

Carol faillit fondre en larmes. Elle ne désirait rien tant qu'être incluse dans leur groupe. Elle déballa son cadeau pour découvrir le sac de cuir incrusté de ravissantes perles.

— C'est superbe ! affirma-t-elle d'une voix étranglée. Vraiment magnifique. S'il te plaît, remercie ta mère pour moi et dis-lui que je viendrai la voir quand elle sera suffisamment rétablie pour recevoir des visites.

— Cela lui fera très plaisir. En attendant que tu y

ranges tes propres trésors, elle y a mis quelques pierres porte-bonheur à l'intérieur, précisa Garrett. Un jaspe rouge pour favoriser la croissance du fœtus, une aventurine verte pour le développement de l'enfant et une calcite rose pour stimuler le lien entre l'enfant et sa mère.

Enchantée par ces coutumes indiennes, elle ouvrit le petit sac et demanda :

— Et cette dernière ?

— C'est un quartz « aura d'ange ». Pour t'envoyer des anges, suivant le souhait de Jake qui veut vous protéger.

En proie à une indicible émotion, elle jeta un coup d'œil au père de son enfant. Il l'enveloppait d'un regard tout aussi attendri, leurs deux cœurs visiblement au diapason.

Enfin, rompant le lien, elle se tourna vers Garrett et déclara :

— C'est le cadeau parfait. Je vais l'accrocher à côté de mon lit.

— Je suis contente que cela te plaise, répondit-il en rajustant machinalement sa cravate. Mais je dois y aller, j'ai une réunion.

— Merci encore. Et s'il te plaît embrasse ta mère pour moi.

Le magnat de l'hôtellerie sourit, ses traits burinés s'adoucissant.

— De ta part et de la part du bébé ?

— Oui, acquiesça-t-elle en lui rendant son sourire.

Jake le salua d'une bourrade toute fraternelle dans le dos, puis Garrett prit congé, les laissant en tête à tête.

Après son départ, ils s'attardèrent un moment dans le vestibule. Malgré tous ses efforts, fasciné par la révérence avec laquelle Carol tenait son sac médecine, Jake n'arrivait pas à la quitter des yeux.

— Tu as raison de dire que c'est le cadeau idéal, dit-il enfin.

— Je vais devoir réfléchir à ce que je vais mettre à l'intérieur. Mais j'aime les pierres de Shirley.

— C'est amusant de savoir que tu vas la garder à côté de ton lit. C'est là que je range le mien.

— Vraiment ? Je n'avais pas remarqué. D'un autre côté, je ne suis jamais allée dans ta suite, s'empressa-t-elle de se corriger.

Et surtout pas à proximité de mon lit, songea-t-il.

— Je l'ai accroché avec un attrape-rêves fabriqué aussi par Shirley.

— Un attrape-rêves ? s'exclama-t-elle. Ces objets ont toujours éveillé ma curiosité, ils sont devenus si populaires.

— Ils sont censés protéger pendant le sommeil, expliqua-t-il. Les cauchemars sont retenus par le filet et se dissipent le matin. Mais les beaux rêves s'infiltrent par le trou du centre pour glisser le long des plumes et s'imprégner dans les souvenirs.

Sondant les profondeurs de son regard, elle lui demanda sans détour :

— Tu fais des cauchemars, Jake ?

— J'en ai fait, après avoir perdu ma famille : j'ai rêvé de l'accident… et du feu. Je voyais la voiture brûler et des démons se levant des cendres.

Il jeta un coup d'œil au tout premier tatouage à son bras, Uncta, le dieu du Feu. Il avait dû attendre ses dix-huit ans pour se le faire faire.

— Moi aussi, j'ai fait des cauchemars après le drame, avoua-t-elle. Mais j'en ai oublié les détails. Je me souviens juste que je me réveillais en pleurant au beau milieu de la nuit, poursuivit-elle en pressant le sac médecine contre son cœur. Que j'avais peur de me rendormir.

— C'est compréhensible.

Repensant à la façon dont elle avait perdu ses parents, il fronça les sourcils.

— Que s'est-il passé ce matin-là, Carol ? s'enquit-il. Qui les a trouvés ? Pas toi, j'espère.

Il n'avait pas eu l'intention d'avoir cette conversation, mais pour une raison inexplicable il avait besoin de savoir.

— Non, soupira-t-elle en crispant les doigts sur le sac. Mais il est vite devenu évident qu'il y avait un problème. Ce matin-là, ma mère, qui ne voulait pas que je rentre seule à la maison, était censée venir me chercher. Bien entendu, elle n'est jamais arrivée. Pas plus qu'elle n'a répondu au téléphone quand je l'ai appelée. Alors la mère de mon amie m'a ramenée en voiture.

— La maman qui avait organisé la soirée pyjama ?

— Oui, Nancy Reynolds. Quand nous sommes arrivées, la porte d'entrée était fermée à clé. Nancy a regardé par la petite fenêtre du garage où elle a vu les deux véhicules.

— Tu n'avais pas de clé ?

Elle secoua la tête.

— Mes parents ne nous permettaient pas de rentrer seules à la maison, je n'avais donc aucune raison d'en avoir une. Ils attendaient que je sois un peu plus grande pour me donner ce type de responsabilité. Ils étaient très protecteurs.

Elle marqua une pause et prit une profonde inspiration.

— Nancy m'a ramenée chez elle et a téléphoné à la police. Ce sont eux qui ont trouvé ma famille.

Et sa vie avait basculé, songea Jake. Exactement comme la sienne.

— Je vais sans doute être un père ultra-protecteur, fit-il remarquer.

Il s'inquiétait déjà de la sécurité du bébé dans le ventre de Carol.

— Après ce que nous avons tous les deux traversé, je comprends ce que tu ressens, murmura-t-elle. Le drame de notre enfance nous a façonnés à jamais, pour faire de nous les personnes que nous sommes.

— On dit que le temps guérit toutes les plaies, mais c'est faux : la blessure est peut-être moins vive, mais elle est toujours là.

Après une seconde de silence, elle demanda :

— Y a-t-il eu une cérémonie religieuse pour ta famille ?

— Non, il n'y a rien eu. Mon grand-père a déclaré qu'il n'avait pas les moyens de payer. Quant à ma tante, elle était complètement fauchée. J'ai juste prié pour eux, dans mon esprit. Et pour la tienne ?

— Mes parents avaient une assurance décès, mais mes sœurs n'étaient pas incluses et ils n'avaient pas acheté de concessions pour elles. J'imagine que personne n'a envie de penser que ses enfants peuvent mourir…, lâcha-t-elle d'une voix neutre. Notre église a fait une collecte pour qu'elles puissent être enterrées avec eux.

— Comment as-tu supporté la cérémonie ? s'inquiéta-t-il, content malgré lui de ne pas avoir eu à traverser l'épreuve du cimetière.

Il n'avait été qu'un tout jeune orphelin, totalement anéanti.

— C'était comme un cauchemar. Si ce n'est que quand tu te réveilles tu sais que c'est la réalité.

Son cœur saignait pour elle, pour lui, pour eux deux.

— Peut-être vais-je demander à Shirley de fabriquer quelques attrape-rêves pour notre bébé. Un pour sa chambre ici et un autre pour celle de ta nouvelle maison.

Il était prêt à tout pour protéger leur enfant.

— C'est adorable, Jake, acquiesça-t-elle avec un sourire.

Nous pourrions peut-être y ajouter quelques quartz « aura d'ange » pour renforcer l'effet protecteur.

— L'idée me plaît beaucoup.

Tout comme la savoir chez lui lui plaisait, même si c'était un sentiment beaucoup trop intense pour être raisonnable.

— Tu avais raison, reprit-il. Il est trop tôt pour que je sente le bébé bouger, mais cela devrait être plus facile quand ton ventre grossira.

Tout ce qu'il ressentait, c'était cet implacable désir pour elle, mêlé au regret de ce baiser qu'il avait failli provoquer.

— J'espère que oui, sinon nous pourrions donner l'impression de faire des bêtises, ajouta-t-elle en baissant la voix.

— Je suis seul responsable de t'avoir prise dans mes bras, je n'aurais pas dû. À l'avenir, je ferai attention à ne rien faire pour attiser nos envies.

— Merci, j'apprécie ta délicatesse. Et maintenant je vais aller accrocher mon cadeau à côté de mon lit, déclara-t-elle en soulevant le sac médecine. À tout à l'heure.

— À plus tard.

Pensif, il la regarda se diriger vers son aile de la maison. Sans doute cherchait-elle juste une excuse pour s'éloigner de lui et du trouble qu'il lui inspirait. Néanmoins, il la laissa partir. Il ne pouvait pas la retenir, pas quand il venait de promettre de se montrer raisonnable. Même si, en dépit de tout, son besoin de l'embrasser à perdre haleine était plus impérieux que jamais.

- 12 -

Au fur et à mesure que la grossesse de Carol progressait, son amitié avec la mère de Garrett s'intensifiait. Ces derniers mois leur avaient permis de développer un lien et, dès que l'occasion se présentait, elles se retrouvaient, comme aujourd'hui, pour prendre le thé.

Tandis qu'elle sirotait son *chai* épicé tout en discutant, Carol avisa une figurine peinte sur une étagère, entourée de toute une cohorte de fées, des gnomes, des dragons et de sirènes.

— Vous avez une licorne ? s'étonna-t-elle.

— Oui, je l'ai trouvée sur Internet, répondit Shirley. Tu me connais, j'aime collectionner les bibelots féeriques. Quand Garrett a fait l'acquisition de ce complexe, il a proposé de me construire une maison dans le parc, comme il l'avait fait pour lui-même, mais j'aime vivre à l'hôtel. J'aime sentir l'activité autour de moi, et quand je suis assez en forme pour sortir il me suffit de descendre dans le hall d'entrée. Je peux dîner au restaurant de mon choix, et me faire coiffer et vernir les ongles au salon. Parfois, je reste avec le concierge et je discute avec les clients.

Carol approuva d'un signe de tête. Shirley habitait l'une des suites du dernier étage, qui offraient une vue spectaculaire sur la plage.

— Le nec plus ultra de la vie de palace, constata-t-elle.

— C'est vrai. Quand Garrett était enfant, j'étais femme

de chambre, et même si j'étais souvent sans emploi en raison de ma santé précaire, il a grandi dans cet environnement.

— Je l'ignorais.

Mais elle comprenait maintenant pourquoi Garrett s'était lancé dans l'hôtellerie.

— Et aujourd'hui je suis comblée par le succès de mon fils.

— Vous devez vraiment être fière de lui.

Avec un soupir, Shirley répondit :

— Je le suis, plus que je ne pourrais le dire. Il m'apporte tout ce dont j'ai besoin : la meilleure nourriture, les meilleurs soins médicaux, tout ce qui me faisait défaut auparavant. Sans lui, je ne serais sans doute plus de ce monde, aujourd'hui.

Carol l'observa. Même si Shirley faisait plus que ses cinquante ans, avec ses cheveux bruns grisonnants, ses traits énergiques et ses yeux d'un noir profond elle demeurait jolie. Si sa propre mère avait vécu, elle aurait eu cinquante-cinq ans cette année.

— Qu'y a-t-il ? Ai-je dit quelque chose pour t'attrister ? s'inquiéta Shirley.

— Non, je pensais juste à ma mère.

— Oh ! je suis désolée, je peux à peine imaginer à quel point elle te manque. Je parie que, si elle était ici, elle se réjouirait de la venue du bébé. Regarde comme ton petit ventre qui s'arrondit est mignon.

Un peu rassérénée, Carol jeta un coup d'œil à sa taille.

— C'est vrai.

En tout cas, Jake était de cet avis. La braise couvait toujours entre eux, et il avait tout le temps envie de le toucher... sans pour autant admettre que c'était pour des raisons parfois autres que paternelles. Et même si c'était pour elle des moments très difficiles, qui faisaient battre son cœur à cent à l'heure, elle parvenait tant bien que mal à les surmonter.

— Aussi étrange que cela puisse paraître, j'aime être enceinte.

— Il n'y a rien d'étrange à cela. Tu es radieuse, tout comme doit l'être une future mère.

— J'en suis déjà à dix-huit semaines, déclara Carol. Oh ! et demain, j'ai ma deuxième échographie. Nous allons peut-être découvrir si c'est un garçon ou une fille.

— Quel suspens ! s'exclama Shirley en battant des mains. As-tu une intuition ?

— Non, mais Jake et moi avons décidé que nous voulions savoir. Il est si anxieux de tout ce qui concerne ce bébé qu'il a du mal à tenir en place et va souvent faire de la course automobile sur un circuit pour se défouler.

— Il a toujours été du genre à filer avec le vent. Quand ils étaient petits, je m'inquiétais de son influence sur Garrett et sur Max, je craignais qu'il les entraîne sur une mauvaise pente, mais ce n'est jamais arrivé. Je pense que Jake a beau être un rebelle, il est le plus doux des trois. Il a eu une famille saine et aimante, qui lui a montré ce qu'était la stabilité ; il la comprend.

— Il fera un père merveilleux, acquiesça Carol. Il adore déjà le bébé.

Elle était sensible au souci qu'il prenait de sa grossesse.

— Cela doit te rendre heureuse.

— Oui, bien sûr.

Hélas, cela renforçait aussi ses sentiments à son égard et l'attachement contre lequel elle luttait. Le pire était de passer ses nuits seules. Elle regrettait sa présence à son côté, brûlant d'envie qu'il la prenne dans ses bras. Pourtant, si elle partageait son lit, elle ne serait pas capable de lui résister. Son désir pour lui était toujours aussi violent.

— Vous avez commencé à chercher une maison ? s'enquit alors Shirley, interrompant le fil de sa rêverie.

— Pour moi ? Non pas encore. Nous le ferons quand je serai plus près du terme. Je suis juste étonnée que nous ayons pu habiter si longtemps ensemble. Mais, vu la superficie chez lui, cela équivaut presque à vivre sous deux toits différents.

— Jake a le goût des grandeurs. Je suis surprise qu'il n'ait pas déjà préparé la chambre du bébé.

— La décoratrice est réservée, mais il attend de savoir si ce sera une fille ou un garçon.

— Je compte sur vous pour me donner le résultat de l'échographie, dit Shirley en lui tapotant le bras. Tes parents seraient fiers de toi, Carol. Tu es une fille bien.

Une fille bien qui attendait un bébé avec un dépravé notoire, songea Carol avec une pointe d'ironie.

— J'essaie juste de rester fidèle à moi-même.

— C'est le mieux que l'on puisse faire, l'assura Shirley.

Tout comme Jake était fidèle à lui-même, autant que chacun d'entre eux pouvait l'être dans cette situation.

Et demain ils sauraient s'ils allaient avoir une fille ou un garçon.

Ils attendaient une fille, s'émerveilla Jake, un petit être parfait avec un cœur qui battait fort et régulièrement. Il avait assisté à l'échographie avec Carol, assis à côté d'elle ce matin pendant que le technicien passait le transducteur sur son ventre couvert de gel. Puis il avait regardé l'écran et avait vu leur fille.

Et ils étaient repartis avec l'enregistrement. C'était la plus belle journée de sa vie, encore plus exaltante que la première échographie. La dernière fois, leur enfant ressemblait à un minuscule extraterrestre, mais aujourd'hui il avait parfaitement vu un petit être humain. Il avait déjà regardé la vidéo un million de fois, étudiant chaque détail, imaginant ses sensations quand il la tiendrait dans ses bras.

Assis face à Carol dans le patio, au bord de la piscine dont la surface étale reflétait la clarté de la lune, il s'exclama :

— Quelle expérience incroyable !

— C'est vrai, approuva-t-elle, en prenant son ventre au creux de ses mains. C'était merveilleux.

Il aurait voulu que le moment dure toujours, mais il savait qu'elle ne tarderait sans doute pas à aller se coucher. Quant à lui, il était dans un tel état d'euphorie qu'il ne pensait pas pouvoir trouver le sommeil avant des heures.

— Nous devrions commencer à chercher des prénoms, faire une liste de ceux que nous aimons tous les deux, suggéra-t-il.

— Oui, si tu veux. Tu as l'air surexcité, ajouta-t-elle avec un sourire.

— Je le suis. Pense un peu à ce miracle. Toi et moi, deux orphelins, fabriquant un petit être comme ça. Tu as vu comme notre fille est belle ? Elle est tout simplement parfaite.

Son sourire se faisant encore plus éclatant, elle répondit :

— Crois-tu que je l'ignore ?

Il dévisagea la mère de son enfant. Avec ses cheveux qui voletaient dans la brise nocturne et son ventre rebondi, elle était vraiment ravissante, rayonnant d'une beauté dont il ne se lassait pas.

— J'ai tellement hâte d'être à la prochaine échographie pour la revoir.

— Peut-être pourrions-nous lui donner un prénom qui représenterait nos deux familles. Tu veux en trouver un de tradition choctaw et je vais réfléchir à un prénom irlandais.

— Tu es irlandaise ? s'étonna-t-il, surtout de ne pas encore le savoir, après tout ce temps.

Elle fit un signe d'assentiment.

— Du côté de ma mère. Mes grands-parents maternels étaient originaires d'Irlande.

— D'où ?

— Une ville du comté de Cork, Midleton.

Sentant son pouls s'accélérer, il poursuivit :

— C'est de là que viennent les ancêtres de ta mère ? Quelle coïncidence incroyable !

— Pourquoi ? Tu y es allé ?

— Non, mais les Irlandais ont érigé un monument à la gloire du peuple choctaw dans cette même ville.

Elle l'observa avec stupéfaction.

— Tu es sûr de ne pas confondre ?

— Absolument. Pendant la Grande Famine, la tribu choctaw a donné de l'argent à l'Irlande ce qui, étant donné leurs propres difficultés, était un geste particulièrement généreux. Mais, ayant eux-mêmes connu la faim lors de leur exode forcé du sud-est des États-Unis à l'Oklahoma, la « piste des larmes », ils ont voulu apporter leur soutien au peuple irlandais.

Carol semblait pendue à ses lèvres, fascinée par un passé qui liait ses ancêtres aux siens.

— Alors quand ils ont entendu parler de la Famine de la pomme de terre qui décimait les Irlandais, ils leur ont envoyé de l'argent ?

— Exactement. Et depuis ce jour les deux peuples ont des affinités. Le monument s'appelle les Âmes sœurs. En revanche, j'ignore pourquoi ils ont choisi de l'ériger à Midleton, c'est peut-être en lien avec l'artiste.

— À quoi ressemble-t-il, ce monument ? demanda-t-elle.

— C'est une sculpture gigantesque représentant neuf

plumes d'aigle en acier qui forment une coupe vide. La coupe symbolise la Grande Famine, les plumes les Choctaw. J'ai vu des photos sur Internet, mais j'aimerais me rendre en Irlande, un jour, pour la voir de mes propres yeux.

— Moi aussi, approuva-t-elle en resserrant ses mains sur son ventre. Quel magnifique héritage pour notre fille !

— Nous ferons en sorte de l'y emmener, pour visiter le monument et le berceau de ta famille maternelle. Nous ferons le voyage tous ensemble.

À peine ce dernier mot eut-il franchi ses lèvres qu'il sentit la peur lui étreindre l'estomac, non à l'idée de voyager ensemble, mais à celle d'un avenir qui allait les séparer.

Qu'allait-il arriver par la suite, quand Carol et leur enfant habiteraient dans leur propre maison ? Quand Carol et lui recommenceraient à avoir des relations avec d'autres personnes ?

Il envisagea la possibilité qu'elle rencontre le mari qu'elle avait toujours voulu, un homme qui deviendrait le beau-père de sa fille. Cette simple pensée lui tordait les tripes de douleur. Le bébé qu'elle portait lui appartenait, il refusait de la perdre au profit d'un inconnu qui viendrait empiéter sur son territoire.

Une idée lui traversa l'esprit. Et s'il proposait à Carol de l'épouser, pour s'assurer de la garder dans sa vie ? À peine la perspective était-elle émise qu'elle lui parut comme une évidence, la meilleure initiative possible : ses craintes de voir quelqu'un usurper sa place ne l'emportaient-elles pas sur sa peur de s'engager avec Carol ?

Force lui était d'admettre que si : il ne voulait pas que Carol le quitte pour un autre, qu'importait sa terreur à la perspective de l'épouser.

— Je commence à m'endormir, annonça-t-elle soudain, le ramenant dans le présent.

Le sang lui battant aux tempes, il fixa droit dans les yeux celle dont il envisageait de faire sa femme.

— Je me doutais que tu voudrais te coucher tôt.

Elle se mit debout et lissa son chemisier sur son ventre.

— À demain matin. Ça ira, ajouta-t-elle, voyant qu'il se levait aussi. Je peux me débrouiller.

— Je sais, mais j'ai envie de t'accompagner.

— Vraiment, tout va bien.

— Puis-je au moins dire bonne nuit au bébé ?

— Bien sûr.

D'un geste, elle l'invita à s'approcher.

Submergé par une myriade d'émotions, il posa des doigts en éventail sur la petite proéminence qu'était leur fille. Puis, levant les yeux vers elle, il lui dit :

— Dors bien.

Elle brisa le lien, et il la regarda s'éloigner, s'enfonçant dans la nuit avant de disparaître à l'intérieur de la maison.

Resté au bord de la piscine, il prit une décision qui pourrait changer sa vie à jamais.

Carol se prépara, s'attendant à partir au bureau dans la voiture de Jake. Quand leurs emplois du temps coïncidaient, comme aujourd'hui, ils s'y rendaient ensemble, néanmoins, ce matin, en entrant dans la cuisine, elle ne le trouva pas en costume, mais en short et T-shirt.

— Tu comptes travailler plus tard ? s'enquit-elle.

Il secoua la tête.

— Je n'y vais pas du tout, j'ai trop de choses à l'esprit.

— Il est arrivé quelque chose ? s'inquiéta-t-elle en l'observant avec attention. Il y a un problème ?

Il avait l'air lessivé, comme s'il n'avait pas fermé l'œil de la nuit, et n'avait même pas bu son milk-shake aux protéines, qui attendait toujours dans le mixeur.

Tout le reste était en ordre, pourtant. Après le passage de l'équipe du ménage la veille, sa cuisine à la pointe du progrès scintillait, les appareils chromés brillant comme des miroirs.

— Que se passe-t-il, Jake ?

L'air gêné, il fourragea dans ses cheveux.

— Je crois que toi et moi devrions nous marier.

Carol resta bouche bée. Soudain glacée de la tête aux pieds, le souffle coupé et la gorge sèche, elle le dévisagea, incapable de proférer une parole.

— Qu'en penses-tu ?

Le sol se dérobant sous ses pieds, elle dut s'asseoir sur un des tabourets de bar regroupés autour de l'îlot central.

— Tu as bien dit « nous marier » ? répéta-t-elle.

Elle voulait s'assurer d'avoir bien entendu son étrange proposition.

— Oui, tu sais…

Des doigts de ses deux mains, il mima un couple remontant l'allée.

De plus en plus abasourdie, elle demanda :

— Pourquoi ? Pourquoi souhaites-tu te marier tout à coup ?

— Pour notre fille.

— C'est la seule raison ?

Il la scruta, les sourcils froncés d'étonnement.

— N'est-ce pas suffisant ?

Qu'importait à quel point elle avait toujours voulu se marier, elle n'allait pas prétendre que c'était le cas.

— Non. Il faut être amoureux pour se marier.

— Mais nous aimons notre enfant, fit-il remarquer. Et elle mérite d'avoir ses parents sous le même toit, vivant en couple.

— Ce n'est pas parce que nous sommes dans la même

maison avec un morceau de papier pour nous unir que cela fera de nous une famille, et tu le sais aussi bien que moi. Nous avons été tous les deux élevés par des parents qui s'aimaient et qui aimaient leurs enfants, et c'est ça, le genre de famille que je veux.

— Mais notre bébé a besoin de nous ensemble, insista-t-il, de plus en plus agacé.

Carol ravala son propre énervement. Décidément, il était vraiment obtus quand il s'y mettait !

— Je ne parle pas de notre fille, je parle de nous.

— Mais je ne veux pas que tu en épouses un autre.

Un instant, elle resta interdite :

— Pardon ?

Il versa la mousse verte de son milk-shake dans un verre et en but une gorgée, avant de reprendre :

— Si tu ne m'épouses pas, tu te marieras un jour avec un autre, et notre pauvre enfant sera déchirée entre lui et moi.

— Alors c'est donc ça ? Tu es jaloux d'un homme que je n'ai encore même pas rencontré ?

— Quel est le problème ? Le fait que je ne veuille pas qu'il s'approche de mon enfant ? Ou de ma femme ?

Carol le fixa d'un regard intransigeant.

— Je ne suis pas ta femme, je te rappelle, trancha-t-elle.

— Tu pourrais l'être si tu m'épousais. Je te donnerais tout, Carol, tu ne manquerais de rien.

— À part d'amour ?

Son cœur saignait rien qu'à cette pensée.

— Tu n'es pas amoureuse de moi non plus. Alors, quelle différence est-ce que cela fait ?

— C'est important, c'est le rêve que j'ai toujours eu.

— D'être avec un type qui ne me ressemble en rien ? Eh bien, pardon de t'avoir proposé de m'épouser et d'avoir gâché ta vision idéale de l'avenir.

— Tu es injuste.

Même à cet instant précis, le regard plongé dans ses yeux d'un noir de jais, elle savait qu'elle pourrait l'aimer et que c'était peut-être même déjà le cas. Mais, pour rien au monde, elle ne le lui avouerait. À la simple pensée que cela pourrait arriver, elle était saisie d'une stupide envie de pleurer.

— Je t'en prie, Carol ! plaida-t-il. Accepte.

— Je ne peux pas, gémit-elle, à deux doigts de craquer.

Jamais elle ne prendrait le risque d'épouser un homme qui ferait voler son âme en éclats.

Il persista :

— Imagine le magnifique mariage que nous aurions : nous pourrions prononcer nos vœux sur la plage, organiser une grande réception, couper notre gâteau, adopter toutes les coutumes des nouveaux mariés.

Elle le foudroya du regard. Elle le haïssait pour cette description si idyllique, pour ces visions de rêve qu'il faisait naître dans son imagination.

— Oui, la cérémonie serait belle, mais ce serait juste une fête, un événement mondain.

Et Jake excellait à ce genre de chose.

— Ce ne serait pas notre quotidien, précisa-t-elle.

— Je pense que j'adorerais être marié à une femme aussi sexy, protesta-t-il. Si tu me le permettais, je te porterais dans ton lit à cet instant précis, ajouta-t-il en posant son milk-shake.

Elle secoua la tête, luttant contre les besoins qui montaient en elle. Elle ne pouvait le laisser la tenter, qu'importait le pouvoir de séduction qu'il exerçait sur elle.

— Ça ne marcherait jamais.

Debout de l'autre côté du bar, il la fixa.

— Nous sommes parfaitement compatibles, Carol, et tu le sais aussi bien que moi.

Peut-être, en effet. Mais sans espoir qu'il lui rende ses sentiments, elle ne fléchirait pas.

— Ma réponse est toujours non.

— Tu peux persister dans ton refus, mais je n'ai pas dit mon dernier mot. Je suis le père de ton enfant et, qu'importent les efforts à déployer, je serai aussi ton mari, ajouta-t-il avec une pointe de dureté dans la voix.

- 13 -

Loin de s'avouer vaincu, Jake consacra les deux semaines suivantes à déployer des trésors de charme pour la convaincre d'accepter sa proposition, mais en vain. Toutefois, il n'était pas découragé et refusait de renoncer. Il avait même une bague dans sa poche et il espérait finir par la faire céder.

Ce soir était le moment idéal pour la lui offrir puisque Carol devait l'accompagner à une réception destinée à lever des fonds pour sa fondation. Après avoir enfilé son smoking, il alla frapper à la porte de sa suite.

— Il ne me reste qu'à mettre mes chaussures et récupérer mon sac, et je serai prête, annonça-t-elle.

— Prends tout ton temps.

Il la balaya d'un regard admirateur. Elle portait une robe noire classique au col orné de perles. Devant son charmant petit ventre rebondi, il éprouva un soudain élan de félicité à l'idée que son état ne prête plus à confusion ; il était même enchanté que le monde entier sache qu'il allait être père. Ses cheveux étaient relevés en un chignon élégant, la lumière du plafonnier allumant des reflets roux dans ses mèches dorées.

— Tu es ravissante, la complimenta-t-il.

— Merci. Tu n'es pas mal non plus, ajouta-t-elle en glissant ses pieds dans une paire de ballerines.

— Merci. J'ai l'impression de ressembler à un marié.

Malgré son silence, il devina que, comme il l'avait espéré, son commentaire avait fait mouche. Aucun doute, elle allait y penser toute la soirée.

— Avant de partir, j'ai quelque chose à te donner.

Il n'avait nulle intention d'attendre plus longtemps pour lui offrir sa bague. Il plongea la main dans sa poche et en sortit l'écrin.

— Jake, protesta-t-elle, ayant manifestement deviné ce qu'il contenait.

— Fais-moi ce plaisir, tu veux bien ?

Il l'ouvrit et le lui tendit, dévoilant une alliance formée de deux plumes d'aigle se refermant sur un cœur, surmonté d'un splendide diamant rose de six carats en forme de couronne.

— J'ai fait des recherches sur les bagues irlandaises et me suis inspiré des anneaux de Claddagh pour la faire dessiner sur mesure, expliqua-t-il. J'ai écouté les conseils du bijoutier, bien sûr, mais c'est la première fois que j'achète un cadeau seul, sans l'aide de ma styliste.

Il s'interrompit pour rassembler ses idées.

D'après ce qu'il avait découvert, cette bague traditionnelle pouvait se porter de quatre façons différentes : à l'annulaire droit, la couronne tournée vers le haut, pour les célibataires, vers le bas, pour les amoureux ; à l'annulaire gauche, couronne vers le haut, pour les fiancés, vers le bas, pour les mariés.

— Elle est exquise ! s'extasia Carol en sortant le bijou de son écrin. Et si finement ciselée… Je n'ai jamais rien vu de tel.

— J'ai fait faire l'anneau en forme de plume d'aigle, en hommage à mon sang choctaw, et gardé la forme classique des Claddagh. Je voulais quelque chose qui symbolise notre lien, ajouta-t-il d'une voix douce. Désormais, tu peux la porter à ta main droite, la couronne vers le haut, pour indiquer que tu es célibataire. Plus tard, quand tu décideras de m'épouser, tu pourras la passer à la main gauche pour montrer que nous sommes fiancés.

Elle inspecta la bague sous tous ses angles.

— Quelle coutume fascinante !

Une bouffée d'espoir l'envahit. Était-ce signe qu'il progressait ?

— J'ai choisi un diamant rose parce qu'ils sont rares. J'ai failli acheter un diamant plus gros, mais celui-ci complète la forme et la taille de la bague.

— Tu plaisantes ? Il est énorme, commenta-t-elle, et absolument magnifique.

— Quand nous serons mariés, je me ferai dessiner le même genre d'alliance, en or, sans le diamant. Ce sont des bijoux unisexes.

D'une voix un peu tremblante, elle lui rappela :

— Je t'ai déjà dit que je ne pouvais pas t'épouser, Jake.

— Tu peux la porter à la mode des célibataires, répéta-t-il.

Tout ce qui comptait pour lui était de la voir à son doigt.

Finalement, après un instant de réflexion, elle la glissa à son annulaire droit, la couronne vers le haut.

— Merci d'avoir pensé à moi et au bébé, dit-elle. Je suis touchée par tout le temps et tout le soin que tu y consacres. Vraiment, sincèrement, j'en suis bouleversée.

Enhardi par ses compliments, il insista, plein d'espoir.

— Rappelle-toi simplement qu'un jour tu seras ma femme. Je ne peux pas mêler un autre homme à l'éducation de mon enfant.

— Ne parlons pas de ça et sortons plutôt profiter de notre soirée.

— Très bien, acquiesça-t-il en jetant un coup d'œil au diamant qui scintillait à son doigt.

Combien il aurait aimé pouvoir la prendre dans ses bras et l'embrasser… et la convaincre de l'épouser ! Mais, pour le moment, c'était un début.

La réception, sur le thème du casino, était donnée dans un hôtel particulier Art déco rénové qui appartenait à Jake. En général, il le louait pour des événements spécifiques, mais aujourd'hui il l'avait réservé pour la soirée caritative. Si Carol fut frappée par la beauté de l'endroit, qui était grandiose, sa bague ne quittait pas ses pensées. Elle était magnifique, tout comme l'était la tradition qu'elle symbolisait. Mais le problème qui la hantait n'en avait pas disparu pour autant : même si cet anneau représentait un cœur, la demande en mariage de Jake n'était pas motivée par l'amour. Il persistait à répéter qu'il ne voulait pas qu'elle en épouse un autre et qu'elle le sépare de son enfant. Sur ce plan, rien n'avait changé.

Pourtant, elle avait accepté la bague, même si elle la portait en femme douloureusement célibataire.

Elle avait beau avoir fait son possible pour refouler ses sentiments, elle devait à présent admettre la vérité : elle était tombée amoureuse de Jake. Et, pour elle, rien ne pouvait être pire. Jamais elle n'aurait imaginé vivre un jour un amour non partagé. Mais quelle femme y aurait pensé ? Les contes de fées ne finissaient-ils pas toujours bien ?

Alors qu'ils s'avançaient dans la grande salle de réception, Jake proposa :

— Veux-tu que j'aille te chercher quelque chose ?

— Non merci, j'irai tout à l'heure, répondit-elle en avisant le buffet débordant de petits-fours succulents. Tu n'es pas obligé de me tenir la main. Tu es l'hôte de la soirée, tu dois faire le tour de tes invités.

Il se rembrunit.

— Je ne veux pas te laisser seule.

— Ne t'inquiète pas, tout ira bien. Je vais peut-être même aller jouer un peu à la roulette.

— D'accord. Mais prends ça, au cas où tu aies besoin de te reposer, dit-il en lui tendant une clé. C'est celle de l'une des suites privées, la première porte en haut de l'escalier.

— Merci. C'est très attentionné de ta part.

— Je veux juste que tu puisses aller t'allonger, le cas échéant. Tu peux aussi rentrer tôt, si tu préfères : tu peux prendre la voiture et Garrett me ramènera. Quoi que tu décides, je sais à quel point tu te fatigues vite, en ce moment, et ce sera probablement une longue nuit.

— Je pense que j'irai plutôt dans la chambre si nécessaire, indiqua-t-elle en rangeant la clé dans son sac.

Elle n'avait aucune envie de quitter la soirée sans lui.

La tête penchée de côté, il la scruta du regard.

— Que pensent tes amies, Carol ?

— À quel sujet ? demanda-t-elle, perplexe.

— Du fait que je veuille t'épouser. Tu le leur as dit, je suppose ?

— Oui. Et elles trouvent que je devrais accepter ton offre. Elles ne comprennent pas pourquoi je refuse d'épouser le bel homme riche qui est le père de mon enfant.

Alors qu'elle avait espéré qu'elles se rallieraient à elle, aucune n'avait adhéré à son point de vue.

Il soutint son regard et déclara :

— Donc, elles ne croient pas à ta théorie sur l'amour non plus ?

— Ton statut de milliardaire semble effacer tout sentiment. La plupart des gens se laissent fléchir par l'argent.

Et une fois qu'elles verraient la bague elles seraient encore plus impressionnées, ajouta-t-elle intérieurement.

— Je me suis habitué à ça, répliqua-t-il avec un haussement d'épaules désinvolte. En outre, je préfère les avoir dans mon camp, qu'importe l'origine de leur intérêt.

Sa proximité la mettant mal à l'aise, elle lui suggéra :

— Tu ferais bien d'y aller. Tes invités t'attendent.

— Tu as sans doute raison, d'autant plus que je dois aussi retrouver Garrett. Je viendrai te voir plus tard, d'accord ? Et si tu décides de monter, j'ai ma propre clé de la suite.

Elle fit un signe d'assentiment et le regarda s'éloigner. Il avait vu juste, tout à l'heure, concernant son smoking : il lui donnait l'air d'un marié.

Prenant la direction opposée, elle traversa le rez-de-chaussée du faux casino pour trouver une place libre à une table de roulette.

Elle jouait mal, mais elle s'en fichait, l'important étant que les gains soient destinés aux enfants des foyers d'accueil, une cause qui leur tenait particulièrement à cœur à Jake, Garrett, et à elle. À Max aussi, malgré son absence. Jake avait néanmoins pris soin de lui annoncer la venue du bébé.

Une voix féminine l'arracha soudain à ses pensées.

— Oh ! tu es là ? Bonsoir.

Elle tourna la tête et découvrit, juste à côté d'elle, la chanteuse Lena.

Elle n'avait pas revu la pop star depuis son anniversaire. Toujours aussi stupéfiante, avec ses cheveux blond platine et ses yeux de chat, celle-ci portait une robe en lamé doré, fendue à l'avant, et un boa en plumes blanches drapé autour du cou.

Un sourire aux lèvres, elle examinait son ventre.

— J'avais entendu dire que tu allais avoir un bébé avec Jake et je vois que les rumeurs étaient fondées. Cela date des Caraïbes ?

— Oui ! s'exclama Carol. Tout est la faute de ton week-end « Réservé aux couples ».

D'un geste théâtral, Lena rabattit son boa, sans se départir de son sourire.

— Je suis si contente d'avoir eu un rôle dans cet heureux événement. Vous avez intérêt à m'inclure dans la famille par extension.

— Tu penses bien ! Je suis sûre qu'elle adorera sa tante excentrique.

— Elle ? reprit aussitôt Lena. C'est une fille ? Dans ce cas, tu peux compter sur moi pour l'emmener faire les boutiques et la gâter. En parlant de gâter, ajouta-t-elle en montrant le diamant à son doigt. C'est un cadeau de Jake ?

— Il vient de me l'offrir, ce soir.

Lena lui prit la main pour l'examiner de plus près.

— Quelle merveille ! Et si royale avec la couronne… La bague idéale pour une femme de ton élégance.

— Merci, dit Carol avant de lui expliquer la symbolique de l'anneau. Je la porte à droite, car je ne suis pas prête pour l'épouser.

— Je comprends tes réserves, je n'ai jamais imaginé Jake en mari. Mais le fait qu'il veuille essayer de se poser parle plutôt en sa faveur. À propos, je ne suis plus avec Mark, révéla-t-elle, sautant du coq à l'âne. Nous avons arrêté de nous voir peu de temps après mon anniversaire.

— Oh. Je suis désolée. Vous formiez un beau couple.

— C'était sympa tant que ça a duré, mais j'ai un nouvel amant.

— Déjà ?

— Depuis un moment, s'esclaffa Lena. Mais, d'après la taille de ton ventre, cela fait plusieurs mois que nous ne nous sommes pas vues.

— Mark travaille toujours pour toi ?

— Non, c'était trop gênant. J'ai engagé un nouveau danseur pour le remplacer. Au fait, je voulais te prévenir : il y a une jolie brune là-bas qui nous observe, ajouta Lena avec un signe du menton.

— C'est peut-être l'une de tes fans ?

— J'ai plutôt l'impression que c'est toi qu'elle regarde.

Carol jeta un coup d'œil derrière son épaule et reconnut immédiatement la belle femme vêtue d'un fourreau rouge scintillant.

— C'est Susanne Monroe, une ex de Jake. Ils ont rompu juste avant qu'il m'emmène aux Caraïbes.

— Eh bien, cela explique tout. Parce qu'elle a vraiment l'air fascinée par toi.

— Je ne sais pas pourquoi elle s'intéresserait à moi et à ma situation avec Jake. Elle n'est sortie que brièvement avec lui pour se consoler de son divorce d'avec Kenny Monroe, le champion de base-ball.

— Peut-être, mais je les ai vus discuter tout à l'heure.

Carol refoula une pointe de jalousie.

— C'est une invitée, il se doit d'être poli.

— Je te conseille juste de protéger ton bien.

— Jake ne m'appartient pas, pas comme tu l'entends, se défendit-elle.

— Allons donc ! Il t'a demandée en mariage, que je sache. Cela te donne un droit de surveiller une femme qui pourrait essayer de le récupérer.

Carol refusait de croire que Susanne courait après Jake. Pourtant, même après l'avoir vue partir avec sa clique de Beverly Hills, l'inquiétude de Lena persista à la perturber. Au bout d'un moment, sentant le besoin de s'éloigner des festivités, elle décida de gagner la suite.

Beaucoup plus tard, quand elle se réveilla, elle découvrit Jake à côté du lit, beau comme une apparition. Il lui annonça que la soirée était finie, ce qui lui fit se demander depuis combien de temps elle était montée. Elle n'en avait pas la moindre idée, ayant l'impression de n'avoir fermé les yeux que pour quelques instants, avant de sombrer dans un profond sommeil.

L'esprit encore embrumé, le regard levé vers lui, elle croyait voir le prince charmant prêt à se pencher sur sa Belle au bois dormant.

Elle n'aborda pas le sujet de Susanne. Cela lui aurait paru mesquin, alors que ce si bel homme qui voulait l'épouser s'apprêtait à la ramener chez lui.

En cette fin d'après-midi, le lundi suivant, en contemplation devant sa bague, de plus en plus partagée, Carol se demandait quel effet elle lui ferait à la main gauche. Devait-elle accepter la demande en mariage de Jake et construire une vie avec lui ?

Elle ne pouvait nier que chaque instant passé en sa compagnie lui procurait un sentiment de bien-être, de justesse.

Jake était gentil, protecteur et attentionné, merveilleusement romantique ; bref, doté de toutes les qualités recherchées chez un mari. Et il mettait tant de ferveur à essayer de la convaincre de devenir sa femme. Serait-il possible qu'il soit également en train de tomber amoureux d'elle ? S'abandonnant à sa rêverie, elle resta fascinée par le bijou qu'il lui avait offert, l'imaginant à son annulaire gauche.

Distraite par le bruit de la porte de son bureau qui s'ouvrait, elle vit Kristen passer la tête dans l'entrebâillement. La réceptionniste semblait anxieuse. Avait-elle aussi des problèmes de cœur ?

— Que se passe-t-il ? s'inquiéta-t-elle.

— Je peux te parler quelques instants ?

— Bien sûr, approuva-t-elle, intriguée.

Kristen entra, referma avec soin la porte derrière elle et vint se percher sur une chaise en face d'elle.

— Je sais que tu refuses d'épouser Jake, mais tout le monde au bureau est au courant qu'il t'a demandée en mariage, il ne s'en est pas caché.

Elle n'ignorait pas que Jake avait vendu la mèche et professé ses intentions.

— Tu es venue essayer de me convaincre d'accepter ? Parce que j'ai déjà été…

— Je suis désolée, mais ce n'est pas pour cela que je suis ici. C'est tout le contraire : je l'ai vu aujourd'hui avec une autre femme.

Carol sentit son cœur faire un bond dans sa poitrine.

— Pardon ?

— Je suis allée chercher des tacos au restaurant mexicain et, pendant que j'attendais ma commande, je l'ai vu en train de déjeuner avec l'une de ses ex. Ils buvaient des margaritas et avaient l'air vraiment très proches. Elle lui touchait même la main.

Carol sentit une nausée monter en elle.

— C'était Susanne Monroe ? L'ex du champion de base-ball ?

— Oui. C'était elle, celle qui avait l'habitude de se pavaner au bureau comme une Kardashian. Comment as-tu deviné ? ajouta Kristen d'un air surpris.

— Elle était à la soirée caritative samedi et Lena m'a mise en garde contre elle, mais j'ai balayé ses doutes, même si elle m'a dévisagée de façon vraiment insistante.

— Je suis tellement désolée, Carol. Je déteste devoir t'en parler, mais je ne veux pas te voir souffrir.

Trop tard, elle se sentait déjà terrassée par une douleur déchirante.

— Tu as eu raison de me le dire. Elle sait que tu les as repérés ?

— Non, ils étaient dans un box, et elle me tournait le dos. Tu crois que je pourrais avoir mal interprété leur entrevue ?

Carol la regarda droit dans les yeux. Après ce que la réceptionniste venait de lui raconter, elle ne savait plus que penser.

— Ce serait possible ?

— Aucune idée. Je déteste devoir tout gâcher pour toi mais, si Lena t'a également mise en garde, je ne pense pas avoir rêvé. J'ai juste du mal à croire que, vu à quel point il tient à t'épouser, il puisse avoir une liaison avec une autre.

— Moi aussi, je peine à l'imaginer. Je vais commencer par lui demander des explications.

Elle espérait de tout son cœur qu'en dépit des apparences il s'agisse d'un malentendu.

— Et s'il couche avec Susanne ?

— Dans ce cas, je bouclerai mes valises et je partirai. Il me serait impossible de rester habiter chez lui, affirma-t-elle.

— Et tu donnerais ta démission ?

— Oui. Sans la moindre hésitation.

Le fait de voir Jake tous les jours au bureau la détruirait à petit feu. Et même si leur enfant ne pouvait lui permettre de couper totalement les ponts, elle ferait tout ce qui serait en son pouvoir pour ne plus faire partie de sa vie.

— Je ne pense pas que, cette fois, je pourrais te remplacer comme quand tu étais en arrêt maladie : j'en voudrais beaucoup trop à Jake, pesta Kristen.

— Ne t'inquiète pas, je trouverais une intérimaire en

attendant qu'il embauche quelqu'un à long terme. Ce ne sera pas à toi de réparer les dégâts.

Elle devrait s'en charger seule.

Assis en face de Carol dans son séjour, Jake avait le cœur serré. Comment pouvait-il inspirer une opinion aussi négative à tant de gens ?

— Ce n'était pas un déjeuner en amoureux avec Susanne, affirma-t-il, répondant à l'accusation qui venait de lui être lancée. Et son intérêt pour toi à la soirée n'avait rien de malsain. Elle ne cherchait pas à se remettre avec moi ni à te nuire, elle était simplement curieuse de toi.

Carol resta muette. De toute évidence, elle voulait des explications.

— Quand elle t'a vue avec Lena, elle a eu envie de venir te parler, poursuivit-il. Mais elle a eu peur et elle s'est tenue à distance.

Croisant les bras, Carol demanda :

— En quel honneur s'intéresse-t-elle à moi ?

— Parce que je lui ai tout raconté, et elle trouve très romantique que tu sois parvenue à dompter un type comme moi. C'est ce qui lui a donné envie de te connaître.

Jake prit le verre d'eau glacée devant lui et but une gorgée.

— Sa propre vie sentimentale est un véritable fiasco : elle n'est toujours pas remise de sa rupture avec son ex. C'est pour ça qu'elle m'a envoyé un texto aujourd'hui pour déjeuner avec moi, elle voulait me demander comment elle pouvait récupérer Kenny.

L'air sceptique, Carol persifla :

— Et c'est toi qu'elle est allée choisir comme conseiller conjugal ?

— Je sais, c'est assez incroyable ! Elle supposait que toi et moi étions un couple. Je ne lui avais pas donné tous les détails ; je m'étais contenté de lui signaler que j'avais l'intention de t'épouser. Alors quand elle m'a proposé de déjeuner aujourd'hui, je me suis dit que j'allais l'éclairer sur la vraie nature de notre relation et lui expliquer que je n'étais pas qualifié pour l'aider.

— Kristen m'a raconté qu'elle te tenait la main.

— C'est exact. Pour me réconforter, quand je lui ai confié que tu refusais de m'épouser.

— Je suis navrée que tout le monde ait sauté à des conclusions, Jake, concéda Carol en décroisant les bras.

— Alors tu me crois ?

— Oui. Et je suis désolée que Susanne ne soit pas remise de sa rupture avec Kenny. Mais toi et moi ne sommes pas des modèles de bonheur.

— Ce que je regrette. Je ne comprends toujours pas pourquoi tu ne veux pas m'épouser, ajouta-t-il en se levant pour venir se placer à côté d'elle.

— J'étais en train d'y réfléchir quand Kristen est entrée dans mon bureau pour me raconter ton déjeuner.

— Vraiment ? Tu y réfléchissais ? s'exclama-t-il, son visage s'illuminant.

— Oui, mais je réfléchissais aussi au grand amour.

Son sang ne fit qu'un tour. Avait-elle toujours l'intention d'en rencontrer un autre ?

— Et si tu ne trouves jamais l'amour de ta vie ? Ou si tu penses que tu l'as trouvé et qu'il se révèle être une ordure ? Tu m'épouseras alors ? Ou ne serai-je jamais à la hauteur de tes rêves ? s'insurgea-t-il.

— Oh ! Jake ! murmura-t-elle dans un long soupir. Si seulement tu savais.

De plus en plus perplexe, il s'étonna :

— Si je savais quoi ?

D'une voix altérée, elle confessa :

— Que j'ai déjà rencontré l'homme que j'aime. Qu'il fait déjà partie de ma vie.

Soudain, il eut l'impression qu'un gouffre s'ouvrait sous ses pieds.

— Il y a quelqu'un d'autre ? Comment est-ce même possible ? Je suis le seul avec qui tu as passé du temps.

Mais Carol le regarda sans répondre, le visage affichant soudain une expression d'une immense gravité.

C'est à ce moment-là qu'un éclair de lucidité le foudroya. Quel crétin il faisait ! Comment avait-il pu rester aveugle si longtemps ?

— Alors, c'est moi ? demanda-t-il en se frappant la poitrine. Je suis l'homme que tu aimes ?

Les lèvres tremblantes, Carol hocha la tête d'un mouvement saccadé.

— Tu m'aimes ? D'amour ?

— Oui, répondit-elle en se penchant vers lui.

Cela aurait dû être une bonne nouvelle. Son aveu aurait dû le transporter de joie, mais au lieu de cela il fut pris de panique. Il ne connaissait rien à l'amour entre un homme et une femme, ayant toujours fait tout ce qui était en son pouvoir pour blinder son cœur, son âme, contre toute émotion susceptible de dériver vers ce genre de sentiments.

Il se leva et s'avança vers la fenêtre, les yeux errant sur les collines californiennes. Quand il se retourna de nouveau vers Carol, sa panique ne connut plus de bornes. Elle l'enveloppait d'un regard empreint d'une souffrance infinie.

— Je suis désolé, dit-il, je ne m'attendais pas à…

— Je vais te laisser. Je dois faire mes valises.

— Tu pars ? Pourquoi ? Non ! protesta-t-il. Reste, nous allons trouver une solution.

Son effroi était à son comble à l'idée qu'elle puisse s'enfuir de chez lui.

— Je ne vois aucune solution, lâcha-t-elle d'une voix altérée. Je ne peux plus vivre ici, cette situation est intenable pour moi.

Lui aussi en souffrait, mais il ne pouvait supporter de la perdre.

— Je t'en prie, je veux toujours t'épouser. Je veux toujours offrir une vie de famille à notre enfant.

Elle le dévisagea comme s'il avait soudain perdu la raison.

— Comment peux-tu songer à m'épouser quand tu ne peux même pas t'asseoir à côté de moi ? Quel genre d'exemple comptes-tu donner à notre fille ?

Malgré son désir de prouver qu'il pouvait toujours être un bon mari et père, il ne pouvait se résoudre à la rejoindre sur le canapé. Il luttait, peinant à respirer. Peut-être avait-elle raison, peut-être était-il en train de perdre la tête.

— Prends tout le temps dont tu as besoin, mais je dois partir d'ici, répéta-t-elle.

Elle se leva du divan et, quand elle sortit de la pièce, il était toujours dos à la fenêtre, les deux pieds comme rivés au sol.

- 14 -

Carol fit sa valise à la hâte, ne pensant qu'à une chose : fuir au plus vite. Elle n'avait pas eu l'intention d'avouer à Jake qu'elle l'aimait, mais maintenant le mal était fait et c'était le pire jour de sa vie d'adulte.

Alors qu'elle était en pleins préparatifs, Jake entra dans sa chambre, envahissant son espace et mettant de nouveau son cœur au supplice.

— Tu n'étais pas obligé de me suivre ! lui lança-t-elle.

— Si, je devais le faire, même si je suis resté pétrifié sur place un moment. J'avais besoin de rassembler mes esprits.

Mais il avait toujours l'air aussi stressé et fourrageait nerveusement dans ses cheveux en bataille. Le rebelle tourmenté, songea-t-elle. L'homme qui avait pris son âme au piège.

— C'est la première fois qu'une femme me parle d'amour, je ne sais pas comment réagir, Carol.

— Tu es censé accepter cet amour et le rendre, répondit-elle. Ça en devient même ironique, parce que quand je réfléchissais à t'épouser je me demandais si, toi aussi, tu étais en train de tomber amoureux de moi : preuve de ma bêtise de rêveuse.

Et combien elle avait eu tort, ajouta-t-elle en son for intérieur.

Il retira sa main de ses cheveux.

— Je préférerais simplifier les choses.

C'était loin d'être simple pour elle.

— Et épouser quelqu'un que tu n'aimes pas ? persifla-t-elle. Ce n'est pas ainsi que fonctionne un mariage.

— Traditionnellement, non, mais cela peut l'être quand on décide de le faire fonctionner. Et il est peut-être temps que je m'habitue à…, finit-il en détournant le regard.

Elle l'étudia à travers l'écran de ses cils baissés.

— … À quoi, à une relation à sens unique ? Dans laquelle je serais la seule à aimer ?

— J'essaie juste de préserver ce que nous avons.

— Ce que nous avons est un leurre, rétorqua-t-elle avec un profond soupir qui résonna dans la pièce. Je vais téléphoner à Shirley et lui demander si elle peut m'accueillir pendant quelques jours.

Elle ne voulait pas se retrouver seule et elle savait que personne ne pourrait mieux la réconforter que la mère de Garrett.

— Je n'emporte pas tout avec moi aujourd'hui, poursuivit-elle. Je reviendrai chercher mes affaires, mais tu ne me verras plus au bureau, je quitte mon poste. Je vais appeler une agence d'intérim pour te trouver une remplaçante, puis tu pourras engager quelqu'un de permanent, quand tu te sentiras prêt.

Jake jeta un coup d'œil aux vêtements sommairement pliés qu'elle avait placés sur le lit.

— Je refuse ta démission, protesta-t-il.

— Tout comme tu veux toujours m'épouser. J'en suis consciente, mais c'est comme ça. Tu te rends compte d'à quel point c'est absurde ?

— Je n'y peux rien : dans mon esprit, tu es toujours censée être ma femme, nous sommes censés être ensemble. Toi, moi et notre fille, ajouta-t-il en jetant un coup d'œil à son ventre.

Elle n'était pas d'accord.

— Pas de cette manière.

— Il n'y a rien que je peux dire ou faire pour te retenir ?

— Rien !

Elle ne pouvait pas l'obliger à l'aimer, à partager ses sentiments. Pourtant, il avait l'air si perdu, si perplexe, qu'elle aurait voulu enrouler ses bras autour de lui et le réconforter… Mais à quoi bon ? Elle était tout aussi chamboulée que lui.

— Il est préférable que nous vivions des vies séparées et adoptions un système de garde alternée, comme nous l'avions prévu à l'origine.

Quand elle fit mine de retirer sa bague, il leva les mains en l'air.

— Je te défends de me la rendre. Je refuse de la prendre.

— Jake, je t'en prie, plaida-t-elle.

— Pas question, s'obstina-t-il en secouant la tête, aussi entêté qu'un homme pouvait l'être. En outre, qu'est-ce que cela peut faire si tu continues à la porter ? Elle indique juste que tu es célibataire.

— C'est différent maintenant.

Célibataire ou pas, la bague représentait toujours tout ce qu'elle aimait chez lui : sa chaleur, sa générosité, le père tendre et attentionné qu'il était devenu, l'héritage historique qu'ils partageaient. Elle ne pouvait pas tourner le dos à tout cela, aussi, après l'avoir retirée de son doigt, elle la rangea dans son écrin, puis elle le ferma et le fourra dans son sac médecine qu'elle mit dans sa valise. Puisque Jake refusait de la reprendre, c'était le mieux qu'elle puisse faire. En laissant la bague, elle l'aurait blessé et elle ne supportait pas l'idée d'intensifier encore la douleur entre eux.

— Quand j'ai cru qu'il y avait quelque chose entre

Susanne et toi, j'étais prête à partir, mais jamais je n'aurais pensé le faire en de telles circonstances.

— Et moi, jamais je n'avais envisagé que cela finirait, voilà tout, répliqua-t-il d'une voix étranglée. Le soir de la réception, quand je suis entré dans la chambre et que tu as ouvert les yeux pour me regarder, j'ai eu l'impression que nous étions déjà mariés.

— Moi aussi, j'ai eu l'impression d'être une mariée quand je me suis réveillée et que je t'ai vu, une princesse attendant son prince. Je t'ai même imaginé m'embrassant.

Il fit un pas vers elle.

— Je regrette de ne pas l'avoir fait.

— Cela n'aurait pas eu d'importance, plus maintenant, déclara-t-elle en reculant.

Il ne s'avança pas plus, n'essaya pas de combler le fossé entre eux, et Carol se força à refouler sa déception ; cela n'aidait pas à atténuer sa peine.

— Je vais te laisser finir tes bagages, dit-il. Préviens-moi quand tu seras prête, je les porterai dans la voiture.

— Merci, se contenta-t-elle de répondre. J'ai juste un sac.

— Tu ne dois rien porter, insista-t-il.

Restée seule, elle lutta contre ses larmes qui menaçaient de déborder. Elle redoutait le futur. Qu'importaient les années qui s'écouleraient, qu'importait à quel point leurs vies seraient différentes et la distance entre eux, jamais elle ne cesserait de l'aimer.

Jake passa les deux journées suivantes confiné dans son immense maison vide. Depuis la mort de sa famille, jamais il n'avait éprouvé un tel sentiment de solitude. Carol lui manquait atrocement.

Il comprenait pourquoi elle était partie, mais il ne supportait pas d'être ici sans elle. Il ne voulait rien de plus que l'épouser, et pas juste à cause du bébé, mais pour la joie que lui procurait sa présence, le même type de bonheur qui s'était éteint à jamais en lui quand sa famille avait péri dans leur voiture en flammes.

Était-ce pour cela qu'il n'avait pu rendre à Carol son amour ? Créer une famille, une vraie famille, comme celle qu'il avait perdue, le terrifiait, alors il s'était contenté de lui proposer un mariage bancal.

Il devait prendre une décision. Il ne pouvait rester ainsi, à se complaire dans son erreur, dans sa souffrance d'être un idiot alors qu'il avait la certitude que laisser s'enfuir Carol n'avait aucun sens.

Pourtant, il était terrorisé. Depuis qu'elle était partie, les cauchemars de son enfance avaient resurgi et il revivait chaque nuit l'accident. Même l'attrape-rêves ne semblait pouvoir le protéger de ses démons. Rien ne le pourrait jamais, à part affronter ses peurs.

Il ne lui restait plus qu'une chose à faire : retourner voir la maison dans laquelle il avait grandi, la maison du bonheur.

Toujours aussi perplexe, Carol relut les textos qu'elle venait d'échanger avec Jake.

Je suis devant mon ancienne maison.

Quelle ancienne maison ?

Celle de mon enfance.

Je ne comprends pas.

Je t'expliquerai en personne. J'ai changé. Je peux venir ?

Oui.

Même si elle avait hâte de savoir ce qu'il avait à lui dire, la perspective de le voir lui mettait les nerfs en pelote.

Quand son téléphone avait bipé, lui indiquant le premier message, elle paressait devant la télévision, en pyjama et sans une touche de maquillage. Elle s'était donc dépêchée de se refaire une beauté à l'aide d'un soupçon de gloss et de mascara, puis avait enfilé une blouse de maternité et un legging.

Ne voulant pas réveiller Shirley qui faisait la sieste dans sa chambre, elle ne l'avait pas prévenue de la visite de Jake.

En l'entendant frapper à la porte, elle prit une profonde inspiration pour se calmer, mais sans grand succès.

Puis, se raisonnant, elle alla ouvrir et se trouva nez à nez avec le père de son enfant, l'homme qu'elle aimait de toutes les fibres de son être, de tous les battements de son cœur.

Avec sa virilité sauvage, il était toujours aussi beau, pourtant, quelque chose en lui avait changé : son regard semblait plus serein, la lueur de mélancolie qui ne le quittait jamais en dépit de tous ses efforts avait disparu. Qu'est-ce que cela signifiait ? En quoi est-ce que cela pouvait affecter leur relation ?

Elle lui fit signe d'entrer, et il lui emboîta le pas jusque dans le séjour. Elle mourait d'envie de le toucher, de caresser sa joue, de sentir le léger picotement de sa barbe. Se refrénant, elle se mit à jouer nerveusement avec l'ourlet de sa tunique.

— Où est Shirley ? demanda-t-il.

— Elle se repose. Veux-tu aller dans la chambre d'amis où je dors ?

Elle ne tenait pas spécialement à avoir une discussion privée dans les espaces communs, au cas où Shirley se lèverait.

— Oui, ce serait le mieux.

Elle le précéda dans le couloir, et ils pénétrèrent dans une pièce aux couleurs gaies. Elle referma la porte derrière eux.

Après de longues minutes d'un silence gêné, il finit par déclarer :

— Je suis désolé de t'avoir fait de la peine, Carol.

— Moi aussi, je suis désolée, je n'ai jamais voulu te causer de chagrin. Mais je ne comprends toujours pas pourquoi tu es ici, pas plus que le rapport avec la maison de ton enfance.

D'une voix grave, il raconta :

— Pour la première fois depuis l'accident, j'ai eu besoin de retourner la voir. Je voulais sentir l'esprit de mes parents, de mes sœurs, trouver la paix. Depuis que tu m'as quitté, les cauchemars que je faisais après leur mort sont revenus, j'avais besoin d'exorciser ma peine.

— Ça a marché ? demanda-t-elle. Tu as perçu un lien avec ta famille ?

— Non, mais j'ai perçu un lien avec moi-même. Les âmes de mes parents et de mes sœurs se sont envolées depuis bien longtemps, mais j'ai retrouvé l'âme de l'enfant que j'avais été pour devenir l'homme que je suis aujourd'hui. Et j'ai enfin compris la raison pour laquelle je ne pouvais pas m'engager totalement vis-à-vis de toi : j'étais tétanisé de peur à l'idée que si nous vivions le même amour que mes parents avaient connu nous aussi serions frappés par le malheur. Mais, garé devant notre maison, en retrouvant la douceur de mes souvenirs d'enfance, j'ai su que je voulais le même bonheur familial pour nous, pour notre fille. J'ai su que je voulais te donner mon cœur.

Carol n'avait à présent plus qu'une envie : effleurer son visage et le caresser, mais elle se contenta de l'écouter, le laissant exprimer toutes ses émotions.

— Après que tu m'as annoncé que tu étais enceinte et que j'ai commencé à m'inquiéter que tu te maries avec un autre, je ne me suis même pas arrêté pour réfléchir à ce qu'impliquerait tomber amoureux de toi. Alors quand tu m'as enfin avoué tes sentiments j'ai paniqué, ajouta-t-il en faisant un pas vers elle. Mais, maintenant, je sais que si je veux t'épouser c'est parce que je t'aime, Carol.

Son cœur se gonflant d'allégresse, elle comprit soudain à quoi était dû le changement qu'elle avait vu dans ses yeux quand il était arrivé : ils exprimaient tout son amour.

Ses larmes jaillissant, elle s'autorisa enfin la caresse dont elle rêvait. La peau de son menton était chaude sous ses doigts, sa barbe naissante un peu piquante. Elle laissa sa main courir sur ses beaux traits énergiques, repoussa ses cheveux en arrière pour retracer sa cicatrice d'enfance de l'index.

— Je serai honorée de t'épouser parce que tu m'aimes, répondit-elle. Porter la bague que tu m'as offerte me manque.

— Porte-la maintenant.

— Je la porterai toute ma vie.

Elle la sortit du sac médecine et la glissa à son annulaire gauche, dans la position indiquant qu'elle était fiancée, scellant ainsi leur futur de cette couronne irlandaise montée sur une plume choctaw.

Quand il se pencha pour l'embrasser, elle exulta à la perspective de la vie qu'ils allaient construire ensemble. Elle ne pouvait imaginer plus beau moment. C'était la demande en mariage dont elle avait toujours rêvé, un rêve devenu réalité.

Quand Shirley se réveilla, ils s'empressèrent de lui annoncer la grande nouvelle. Folle de joie, la mère de Garrett les serra contre son cœur à les en étouffer.

Désormais, l'avenir leur appartenait, et ils allaient passer toute leur vie ensemble.

Quand il ramena sa fiancée chez lui, Jake déclara :

— Je vais vendre cette immense demeure froide pour nous installer dans une maison plus chaleureuse, comme celle que j'avais l'intention d'acheter pour le bébé et toi.

Penchant la tête de côté, elle s'étonna :

— Vraiment ? Tu es sûr de vouloir déménager ?

— Je préfère prendre un nouveau départ dans une maison qui nous conviendra à tous les deux, expliqua-t-il. Mais nous devrons quand même la prévoir assez spacieuse pour une famille nombreuse.

— Une famille nombreuse ? répéta-t-elle, perplexe. Tu t'attends à ce que les préservatifs nous lâchent de nouveau ?

— Non, mais je pensais que nous pourrions envisager d'agrandir notre famille. Tu ne veux tout de même pas qu'Artichaut soit fille unique ?

— Tu as raison, approuva-t-elle avec un sourire béat. Il faudra lui donner des frères et sœurs.

— Nous pourrions en avoir trois. Mais commençons par le commencement, fit-il en posant sa main sur son ventre.

— Oui, nous allons avoir une magnifique petite fille.

— Et tout ira bien. Comment pourrait-il en être autrement avec la femme de ma vie ? Mes parents t'auraient adorée.

— Les miens aussi, répondit-elle. Ils seraient si heureux pour moi. Tu avais raison de dire que je n'ai pas su me laisser aller à mon chagrin quand je les ai perdus ; je me sentais même coupable, faible, de pleurer la nuit. Je voulais être forte.

— Tu es forte, lui affirma-t-il. Et moi aussi. Mais, ensemble, nous sommes encore plus forts que séparés.

Viens t'allonger avec moi, Carol, ajouta-t-il en la prenant dans ses bras. Je veux te serrer contre moi.

Elle le suivit dans sa chambre, et ils se blottirent l'un contre l'autre sur son lit.

— Tu m'as manqué, confessa-t-il.

— Mais maintenant nous serons toujours ensemble. Je suis si heureuse que tu m'aimes. J'ai l'impression de rêver.

— Sauf que tu ne rêves pas, nous sommes tous les deux bien éveillés, dit-il en défaisant quelques boutons de son chemisier pour caresser son soutien-gorge en dentelle. Regarde comme tu es jolie… Jolie et enceinte.

— J'aime être enceinte. Shirley m'a dit que j'étais radieuse.

— C'est vrai. Tu aimerais te marier sur la plage ?

Elle hocha la tête.

— Avec toi en costume et moi dans une longue robe blanche fluide, confia-t-elle. Et des roses rouges, les fleurs que j'ai toujours imaginées pour mon bouquet de mariée.

— Nous pourrons nous unir dans l'hôtel de Garrett, il a même une organisatrice de mariages qui pourra nous aider. De nombreuses cérémonies y sont célébrées, au bord de l'eau.

— Ce serait parfait ! exulta-t-elle. Avec tes frères, et Shirley. Elle est un peu notre mère à tous les deux, maintenant. Et nous pourrions peut-être demander à Lena de chanter à la réception. Je veux un mariage aussi joyeux que possible.

— Je demanderai à Max et Garrett d'être mes témoins, Max va bientôt rentrer de son année sabbatique. Et, dès que nous aurons fait le point avec Garrett, nous pourrons fixer la date.

Elle tira sa chemise hors de son jean et fit courir ses doigts sur ses abdominaux.

— Une chose est sûre, nous aurons un voyage de noces très sensuel. Je ne vais pas pouvoir m'arrêter de toucher mon mari.

— Ni moi ma femme.

Il glissa sa main sous la taille de son legging, puis dans son slip pour la caresser à l'endroit le plus sensible de son être.

Quand elle poussa un cri, il l'étouffa d'un long baiser langoureux. Ils n'avaient pas fait l'amour depuis leur week-end sur l'île paradisiaque, et il se délectait de se retrouver avec elle. Son parfum d'agrumes le grisait ; chaque parcelle de son être semblait lui faire l'effet d'un aphrodisiaque.

Ils se déshabillèrent tour à tour, et il explora les changements de son corps. Son ventre était délicieusement arrondi, ses seins plus lourds et leur aréole d'un rose plus soutenu.

Ses lèvres se posèrent sur sa féminité palpitante, et de sa langue il caressa la chair frémissante, brûlante, qui l'attendait.

Il la cajola à la faire défaillir, jusqu'à ce qu'elle soit submergée de sensations délicieuses. Renversant la tête en arrière, elle se cambra, s'abandonnant à la magie de l'instant, alors qu'il lui prodiguait la plus douce des tortures.

Secouée par les spasmes du plaisir, elle murmura d'une voix hachée :

— Je te veux en moi.

Il roula alors sur le dos, l'entraînant sur lui. Le chevauchant, les mains entrelacées aux siennes, elle se mit à onduler des hanches, la tête renversée dans l'extase. Les paupières closes, elle allait et venait sur lui jusqu'à ce qu'ils s'abandonnent, portés par un puissant tourbillon de volupté. Lorsqu'elle rouvrit ses yeux, il vit son beau regard émeraude se voiler d'un plaisir indicible. Le long frisson qui l'électrisa rejaillit sur lui par vagues, dans une explosion de sensations.

Elle se laissa retomber sur lui et, comblée, resta blottie contre lui, avant de lever la tête vers lui.

Ses iris étaient d'une couleur qui lui donnait l'impression de se noyer dans l'océan.

Elle était sa sirène, la femme de sa vie, la femme qu'il allait épouser.

D'un ton rêveur, il suggéra :

— Nous pourrions nous marier au crépuscule, avec un château de sable illuminé de centaines de bougies en arrière-plan, comme aux Caraïbes.

— Je suis si heureuse d'avoir fait ce voyage avec toi ! chuchota-t-elle avec ferveur, en se penchant vers lui pour effleurer ses lèvres d'un baiser. D'avoir vécu cette idylle tropicale. Ce qui s'est passé entre nous était écrit.

Et ce serait ainsi pour toujours, songea-t-il. Ils étaient amis, amants, parents…

Une famille à tous les sens du terme.

Retrouvez prochainement,
dans votre collection

PASSIONS

Une nouvelle chance pour Layla, de Janice Maynard - N°1013

Après son rendez-vous avec Joshua, Layla est plus troublée que jamais. Son ami d'enfance, devenu un homme très séduisant, réveille en elle des sensations qu'elle croyait éteintes… Ne pouvant les ignorer plus longtemps, elle s'engage dans une liaison passionnée avec lui. Mais quand les sentiments viennent se mêler à leur histoire, Layla prend peur : alors qu'elle est à un tournant de sa vie, saura-t-elle y faire une place pour Joshua ?

L'amour d'un été, de Stacy Connelly

Gemma est dans tous ses états ! Trahie par son fiancé, elle a annulé leur mariage et passe sa lune de miel en solitaire au Maverick Manor. Mais sa rencontre avec le séduisant Hank lui met vite du baume au cœur. Alors qu'elle tombe sous son charme, Gemma tente de se raisonner : sa vie est à New York et aucun avenir n'est possible entre elle, la citadine jusqu'au bout des ongles, et lui, le rancher taciturne…

Ennemis et fiancés, de Jules Bennett - N°1014

Lana est folle de rage… Carson vient de remporter la présidence du Texas Cattleman's Club, le poste qu'elle convoitait ! Pire encore, à la suite d'un quiproquo, les voilà fiancés ! Contraints de résoudre leurs différends et cette folle affaire, tous deux font alors un pacte : ils feront semblant d'être en couple durant un mois, puis ils annonceront leur rupture. Un jeu qui se corse quand Lana se prend à éprouver une attirance incontrôlable pour son ennemi…

Au cœur de la tempête, de Susannah Erwin

Invitée au mariage de son frère, Finley doit faire appel à tout son self-control quand elle y retrouve Will, celui qui l'a quittée quinze ans plus tôt sans une explication. Mais lorsqu'une terrible tempête les réunit tous les deux dans un chalet coupé du monde, pendant plusieurs jours, les tensions laissent place aux explications et l'atmosphère se réchauffe doucement… Au point de leur offrir une seconde chance de bonheur ?

Un imprévisible *bad boy*, de Joss Wood - N°1015

SÉRIE : SCANDALES À PORTLAND 1/4

Kinga est ravie d'organiser le gala qui célébrera le centenaire de Ryder International, l'entreprise familiale. À un détail près : son grand-père lui impose la présence du chanteur Griff O'Hare, réputé être un *bad boy* imprévisible ! D'abord méfiante à son égard, Kinga est surprise d'éprouver pour Griff un désir irrépressible – une sensation plutôt malvenue alors qu'elle doit collaborer avec lui…

Une nuit interdite, de Joss Wood

SÉRIE : SCANDALES À PORTLAND 2/4

Tinsley n'a pas le droit d'être attirée par Cody Gallant, pour la simple et bonne raison qu'il s'agit du frère de son ex-mari ! Mais lorsqu'il lui propose une danse le soir du nouvel an, elle se laisse aller entre ses bras et passe une nuit inoubliable avec lui… Dès le lendemain, Tinsley redescend sur terre et, affolée, se promet de ne jamais plus céder à ce désir interdit…

Attirée par son protecteur, de Shannon McKenna - N°1016

SÉRIE : LIAISONS À SEATTLE 3/3

Harcelée en ligne, Ava Maddox n'a d'autre choix que de solliciter l'aide de Zack Austin, directeur de la sécurité chez Maddox Hill. Ce dernier prend immédiatement les choses en main en assurant lui-même sa protection. Mais cette proximité trouble Ava : si elle essaie d'abord de se convaincre que Zack n'est pas son type d'homme, elle se rapproche inéluctablement de lui, à son corps défendant…

Une douce parenthèse, de Christine Rimmer

Tandis que Cami fuit le mariage organisé par sa famille tyrannique, elle arrive par hasard sur les terres de Garrett Bravo, venu se ressourcer dans son chalet en pleine montagne. En voyant son désespoir, il lui offre l'hospitalité pour quelques jours, à son grand soulagement. Auprès de cet homme au grand cœur, Cami se sent bientôt pousser des ailes – et libre d'aimer…

Une maman pour Lila, de Karen Booth - N°1017

Marcus n'a pas le choix : il va devoir dire à Ashley qu'il ne veut plus la voir. Car, depuis que sa séduisante voisine le presse de dîner avec elle, il ne peut s'empêcher d'être envoûté par son charme. Pire, Lila, sa fille de trois ans, s'est elle aussi attachée à Ashley et semble la considérer comme la maman qu'elle n'a plus... Bouleversé, Marcus s'en fait la promesse : pour le bien de sa petite fille, il fera sortir de leur existence cette femme qui pourrait n'y semer que le chaos...

Le prix de la vérité, de Sarah M. Anderson

Casey Beaumont est enceinte ? Zeb ne décolère pas. S'il a passé une nuit avec sa sublime employée – qui n'est autre que la fille de son pire ennemi –, c'était uniquement pour se débarrasser d'elle plus facilement par la suite. Pas pour lui faire un enfant ! Pourtant, face aux prunelles noisette de Casey, ses envies de revanche semblent soudain perdre tout intérêt...

Trompeuses fiançailles, de Merline Lovelace - N°1018

SÉRIE : LE JOURNAL INTIME D'UNE HÉRITIÈRE 1/4

Sarah St. Sebastian a toujours protégé sa sœur Gina. Alors, quand Devon Hunter la menace de révéler au monde que sa cadette lui a dérobé une précieuse antiquité, elle accepte sans hésiter le marché odieux qu'il lui propose. En échange de son silence, elle jouera le rôle de sa fiancée pendant six mois. Six longs mois durant lesquels elle devra côtoyer cet homme dangereux, qui a non seulement le pouvoir de déshonorer sa famille, mais surtout celui de faire battre son cœur...

Le bébé de l'ambassadeur, de Merline Lovelace

SÉRIE : LE JOURNAL INTIME D'UNE HÉRITIÈRE 2/4

Depuis toujours, Gina St. Sebastian trace son chemin avec insouciance, comptant sur sa sœur Sarah pour régler les problèmes qu'elle s'attire régulièrement. Mais lorsqu'elle se découvre enceinte, à la suite du week-end enfiévré qu'elle a passé dans les bras de l'ambassadeur Jack Mason, elle sait qu'elle doit prendre ses responsabilités. Aussi n'est-il pas question pour elle d'accepter le mariage de convenance que cherche à lui imposer le père de son enfant...